1980年代

小说六记

蔡翔 著

生活·讀書·新知 三联书店

Copyright © 2024 by SDX Joint Publishing Company.
All Rights Reserved.
本作品版权由生活·读书·新知三联书店所有。
未经许可，不得翻印。

图书在版编目（CIP）数据

1980年代：小说六记 / 蔡翔著．—北京：生活·读书·新知三联书店，2024.6（2024.10重印）
（三联人文）
ISBN 978-7-108-07788-2

Ⅰ.①1… Ⅱ.①蔡… Ⅲ.①中国文学－当代文学－文学研究 Ⅳ.①I206.7

中国国家版本馆CIP数据核字(2024)第039737号

责任编辑	冯金红
装帧设计	何　浩
责任印制	李思佳
出版发行	生活·讀書·新知 三联书店
	（北京市东城区美术馆东街22号 100010）
网　　址	www.sdxjpc.com
经　　销	新华书店
印　　刷	河北鹏润印刷有限公司
版　　次	2024年6月北京第1版
	2024年10月北京第2次印刷
开　　本	880毫米×1092毫米　1/32　印张 13.25
字　　数	222千字
印　　数	6,001-9,000册
定　　价	69.00元

（印装查询：01064002715；邮购查询：01084010542）

目　录

导论　"退后一步"与1980年代　i

第一章　小资产阶级是怎样被改写的

从《波动》到《晚霞消失的时候》　1

一　作者和作者背景　3

二　火车和空间　8

三　意象和物象　12

四　人物　20

结语　41

补记一　44

第二章　怎样才能成为小资产阶级

从《人生》到《平凡的世界》　63

一　高加林想要什么（一）　64

二　高加林想要什么（二）　69

三　高加林和土地　*74*

　　四　高加林和村庄　*78*

　　五　高加林和爱情（一）　*83*

　　六　高加林和爱情（二）　*90*

　　七　高加林进城　*95*

　　八　《平凡的世界》好像不太平凡　*101*

　　结　语　*107*

补记二　*110*

第三章　"小日子"的政治、经济和美学想象

　　重读古华《芙蓉镇》　*123*

　　一　先从《话说〈芙蓉镇〉》说起　*123*

　　二　什么样的日子才算"小日子"　*127*

　　三　怎样才能过好"小日子"　*133*

　　四　芙蓉镇的"政治世界"　*146*

　　五　芙蓉镇的结局　*154*

补记三　*157*

第四章　"小日子"和对"小日子"的反思

　　重读王润滋《鲁班的子孙》　*172*

　　一　黄家沟的木匠铺为什么倒闭　*172*

二　老木匠　178
　　三　小木匠到底是一个什么样的人　185
　　四　穷人该如何描写　195
　　五　什么是理　200
　　六　批评家在说些什么　203
　　结　语　207

补记四　210

第五章　**工业化，还是去工业化**
　　　　现代化在1980年代　230
　　一　为什么要写工厂　231
　　二　还是要从《乔厂长上任记》谈起　237
　　三　新工人怎么管理　247
　　四　那么科学呢？　259
　　五　作为意识形态的现代化　268

补记五　273

第六章　**反1980年代的1980年代**　289
　　一　释题　289
　　二　从反思到改革　291
　　三　例外的作品　310
　　四　现代派从形式创新开始　317

五　"知青一代"和"寻根文学"的崛起　331
　　六　先锋的出场　343
　　七　走向1990年代　352
　　结　语　359

补记六　361

参考书目　393

后　记　396

导论 "退后一步"与1980年代

什么是1980年代,这个问题实际上并不好回答,仁者见仁,智者见智。

所以,我选择"退后一步"这个小小的角度,来讨论1980年代的某些特点。

既然是"退后一步",那么,先要回答1980年代从什么地方"退后",从哪些问题"退后"。这就涉及1950—1970年代,这三十年是1980年代的前史。

1

如果说,1950—1970年代有什么特点的话,那么特点之一,可能就是安全。这个安全和冷战有关。

冷战构成了"二战"后新的世界格局,中国在这个世界格局之中,新中国更在这个世界格局之中。冷战对中国1950—1970年代影响巨大,这个影响,一是领土的安全，二是人心的安全。

领土的安全，起自朝鲜战争，冷战中的世界格局进一步变化，后来又因中苏交恶，领土的安全威胁也随之变大。

人心的安全，也就是意识形态的安全，这和通常说的"和平演变"有关。"西方"是攻方，中国实际处于守势，但表现出来的形态，是"寓守于攻"。这个"攻"，就是关于普遍真理的争夺。但它的起因，需要讨论。这个起因和冷战有关，也和安全有关。

领土安全和人心安全，构成了一种潜在的焦虑。1950—1970年代，有各种焦虑，安全是最重要的焦虑。这个焦虑影响了国策，也影响了人口的治理方式。

1950年代，毛泽东最著名的论断之一，就是"大仁政"和"小仁政"的关系。"大仁政"讲的是国家的长久之计，这个长久，包括工业化。工业化和现代国家有关，也和安全有关。抗日战争使得中国共产党认识到工业化的重要性，朝鲜战争进一步强化了这种认识。强调工业化，就会有资本积累的问题，这个问题在当时的冷战格局下，只能内部消化。这就牵涉到"民生"，也就是"小仁政"，"小仁政"要服从于"大仁政"，这就是当时的国策。不是说1950—1970年代不注重"民生"，而是说，当"小仁政"和"大仁政"发生冲突时，"小仁政"仍然要服从于"大仁政"。这就是1960年代陈毅和查良镛（金庸）关于"核子"和"裤子"之争的国策背景。

领土安全问题，导致领土内部的安全焦虑，从而出现一种新的人口治理方式。这种方式就是"政治运动"（阶级斗争）。这个"政治运动"指向残余的旧统治阶级，也指向各种思想改造，更指向意识形态领域的激烈冲突。而在1960年代，则具体表现为"接班人"问题，也就是对"子一代"的争夺。政治运动的治理方式，既给当时的民众提供了进入公共领域的可能，但其极端化和频繁化也搅乱了民众的生活世界，1980年代的"去政治化"，实质是"去政治运动化"。而"接班人"问题，则异化为1960年代的所谓"血统论"，这是当时最恶劣的思想表现。1980年代的反思，实际上建立在遇罗克的思想基础上。

对1950—1970年代的反思，应该建立在冷战和安全的前提下，明了这个前提，才能展开对这个时代的分析，包括民众如何愿意让渡出一部分的权利，以保卫自身的安全。说当时"闭关锁国"，没有错，但是要搞清楚，这个"关"是怎么闭的，"国"又是如何被锁上的。1980年代的意义首先从这里开始。

1970年代的中美建交，是一个大事件，这个事件是1980年代的前提，也意味着安全问题得以暂时被搁置。

1980年代是在安全问题被暂时搁置的前提下展开的，当安全不再成为首要的威胁时，才可能找到自己的另一个关键词，那就是"发展"。这是在一个和平的世界格局中的发展，有自己的考虑重点，也有自己的方向。这个方向就是富裕，所以，"贫穷不是社会主义"深得人心。

中美建交是外因，中苏关系缓和也是外因。

1950年代开始的"大仁政"，到了1980年代效果显现。工业化初见成效，国力渐强，是内因。

在这个前提下，1980年代才有可能从容地谈发展。这个发展也有两个方面，一是启蒙，二是富裕。

启蒙和个人有关系，强调的是个人权利，所以反对"救亡压倒启蒙"。道理很简单，只有安全不再是最主要的问题，才可能从容地讨论"救亡"和"启蒙"的关系，也就是集体和个人的关系。

富裕同样和个人有关，1980年代的发展实际指向的也是个人的富裕，就是所谓的"小仁政"，"小仁政"和民生有关。但"小仁政"有赖于"大仁政"的施行。

这样，就出现了新的人口治理的要求，这个要求，包含了个人要求扩大自己的权利，这个权利既有思想的权利，也有富裕的权利。思想的权利体现在文化阶层，富裕的权利体现在平民阶层。这两种权利要求遥相呼应。所以，1980年代，知识分子和底层民众结成了一种暂时的联盟。这是1980年代文学所谓黄金期的根本原因。

这是从"安全"问题上的"退后一步"，这个"退后一步"发现了很多问题，反思和这个"退后一步"有关，只有退后，才能反思。同时，又发现了通向未来的许多可能性。所以，这个"退后一步"也和未来有关。

和平与发展是1980年代潜在的写作逻辑。

2

《红灯记》中李奶奶"痛说革命家史",构成了一个"阶级情"的共同体隐喻,这个共同体是政治共同体。政治共同体的核心正是阶级。阶级同时构成了国家的政治主体。

但是,在1950—1970年代,这个政治共同体是不稳定的。当"阶级"这个概念呈现出超强的包容性的时候,它常常突破"出身"的限制,具有一种强烈的召唤性,这种召唤来自共同的政治信仰、理想以及对未来的愿景。同时,它整合社会的各个阶层,从而构成一种强大的共同体形式,这就是五星红旗的政治内涵。

可是在激进政治的驱动下,这个共同体开始清除自身的异质性,以求一种更加纯粹的政治形态。1950—1970年代的各种政治运动,都和这种异质性的清除有关。这种对异质性的清除,固然来自"安全"的焦虑,可是持续不断的运动,却对生活世界造成了更多的安全威胁。在某种意义上,政治运动是一种"中断",是对日常生活的"中断"。频繁的中断,也会引起生活世界的情感反应。高晓声的《李顺大造屋》即是对这种"中断"的表述。当代的政治运动,不仅是社会科学的研究对象,也是文学研究的一个重要课题。不同时代不同作品对政治运动的描写，表述了不同时代的社会无意识和相应的情感活动。而这种累积的情感反应在1980年代则构成了明确的政治诉求。

而在各种政治运动中，共同体也一直处于分裂—整合—再分裂的过程中，在这个过程中，许多人受到伤害。1980年代，从"伤痕文学"到"反思文学"，讲述的，就是这个"伤害"的故事。不能说这个故事不真实，相反，很真实。

"阶级"这个概念也开始退向"出身"，这就是"阶级成分"的流行，从而形成一种事实上的社会压抑。1960年代的"血统论"则把这种"成分论"推向极端，是当代最恶劣的思想表现，构成了一种新的不平等的社会形态，以至于张承志在四十年后，仍在思考"歧视"的不平等含义（张承志《四十年的卢沟桥》）。

遇罗克的《出身论》是1960年代最为重要的思想遗产，1980年代的政治反思，建立在遇罗克的思想基础上。

"伤痕文学"的意义，不是可有可无的，个人从政治（运动）退出，回到所谓的"亲情"，意味着政治共同体的真正破裂。

因此，1980年代实际上意味着从政治世界退回到生活世界，并在这个世界中，提出自己的政治要求。

回到生活世界，并不意味着共同体的消失，相反，1980年代一直在要求结构新的共同体。而这些新的共同体和生活世界的重新发现有着密切关系。

"共同美"是1980年代的重要表征。"共同美"的提法来自何其芳"在《人民文学》1977年第9期里回忆毛泽东同志谈话的文章,毛泽东同志是肯定了共同美感的。他说:'各个阶级有各个阶级的美,各个阶级也有共同的美,口之于味,有同嗜焉'"[1]。朱光潜在《关于人性、人道主义、人情味和共同美问题》一文中,是把共同美和人性、人道主义、人情味并列的,而所谓人性,即是"人类自然本性"[2]。人道主义建立在人性和人情的基础上。这就实际构成了1980年代的普遍真理。这种普遍真理是具有政治性的,它要求以此真理结构新的共同体,并生产出一种新的政治形态。这是启蒙精神的实质。

因此,从政治世界的退后一步,并不是真正的"去政治化",而是重新政治化,在这种重新政治化的诉求中,包含了一种对政治边界的划定,正是这种边界的划定保证了生活世界的安全。这是1980年代的普遍诉求。

这种以人性、人道主义、人情味和共同美重新构成的共同体,本质上是文明共同体,而文明需要启蒙,这是1980年代启蒙主义崛起的重要理由。文明指向教养,因此,如何习得文明就是一个极为重要的命题。在这个命题下,美也是需要习得的,在这里,习得和自然本性

---

[1] 朱光潜,《关于人性、人道主义、人情味和共同美问题》,陆梅林、盛同主编,《新时期文艺论争辑要》,第1288页,重庆出版社,1991年。
[2] 同上书,第1284页。

（包括共同美）之间，并不是没有裂痕。这个裂痕最终导致1980年代文学的分裂。更重要的是，无法习得的人，自然被归结为愚昧，这就是1980年代文明和愚昧的主题。所以，这个新的共同体也是有边界的，不可能容纳所有的人，而被排除在这个共同体之外的人如何表现，则成为1980年代文学的难题。

1980年代，文明重新区隔了人群，这种区隔有无可能产生一种新的歧视，不是一个小问题。1980年代的文学，包括伤痕文学和反思文学，本质是歧视-伤害，不是压迫-平等。这种有关伤害的叙述，带有一定的阶层性。因此，反歧视的另一面，就有可能生产出新的歧视——对所有庸众的歧视。

这一由人性等要素重新结构的共同体，基本排除了政治经济学的影响，也因此带来纯真的主体性要求。在这种要求中，1980年代对世界表现出最大的善意，审美论代替了政治论；同时，一旦它走出这种纯真的主体性，面对一个真实的政治经济学的世界，难免进退失据。当社会重新阶级化以后，这种普遍人性的有效性，就会导致文学的怀疑。

3

1950—1970年代，政治性很强，尤其到了1970年代，可以说，形成了一种僵化的"政治正确"。1980年代的反思,很大程度上是对这种"政治正确"的反思,当时有句话,叫"假、大、空",非常形象。

可是,1950—1970年代的政治,究竟是什么?这个政治有很多面向,其中一个面向,是教化,但不是简单的规训。毛泽东在《读苏联〈政治经济学(教科书)〉的谈话》中说:"在劳动生产中人与人的关系,也是一种生产关系。""所有制方面的革命,在一定时期内是有底的……但是,人们在劳动生产和分配中的相互关系,总要不断地改进,这方面很难说有什么底。"这种人与人的关系,根本上是平等,是劳动者的权利[1],不仅仅是政治关系,还意味着伦理关系。因此,教化本身带有道德意味,要求对人最终的完美塑造。

毛泽东对这种完美的人的概括,体现在《纪念白求恩》一文中:"我们大家要学习他毫无自私自利之心的精神。从这点出发,就可以变为大有利于人民的人。一个人能力有大小,但只要有这点精神,就是一个高尚的人,一个纯粹的人,一个有道德的人,一个脱离了低级趣味的人,一个有益于人民的人。"在这种教化下形成的个人品格,就是德性,是现代的君子,是儒家传统的现代性转换。不过,现代的德性,突破了传统儒家的君子/小人之辨,是无分国族、阶级的德性,所谓"六亿神州尽舜

---

[1] 毛泽东,《读苏联〈政治经济学(教科书)〉的谈话(节选)》,《毛泽东文集》第八卷,第135—136页,人民出版社,1999年。

尧",即是。因此,这一德性,又多少有了一点阳明心学的意味。

1950—1970年代,对普通人,也是有压力的,这个压力之一,即是高尚,高尚也会构成压力。德性压抑了欲望。人总是有欲望的,甚至包括对庸俗的欲望。

所以,1980年代从"政治正确"的退后一步,实际上会带动许多领域的变化,包括德性。所谓牵一发而动全身,也是。这就是"实践是检验真理的唯一标准"的时代背景。

而导致这种退后的关键一点,就是经济,在文学上,就构成了围绕"生计"的叙事。这个"生计",就是贫穷。1980年代的改革文学,起点是贫穷,贫穷构成一种社会恐惧,这种恐惧压倒一切,包括德性。而改革的终点,是富裕。富裕构成了改革的正当性,同时构成了改革的合法性。从起点到终点,势必要重新改写革命史,革命史的起点是压迫,终点则是平等。这是隐藏在1980年代最为根本的冲突。

1980年代的改革,从生产力开始,而如何解放生产力,是实践的重要内涵。生产力从生产关系中的脱颖而出,将带来诸多方面的巨大变化,其中包括务实的政治品格。这个时候,文学选择现实主义,有着充分的时代理由。

但是,政治并没有消失,生产力中间隐藏了重新政治化的要求。1980年代的文学,是有政治性的。这个政治性围绕"私"这个概念展开，在展开的过程中，随之生产出新的冲突，不过，这种冲突主要局限在道德领域。计划经济的逐渐松动，同时威胁了公共性的观念领域。

尽管在1980年代，所有制并未根本变动，但私有经济的成分开始出现，个人从精神走向物质，走向物质的个人带来社会活力，这个活力由野心和欲望构成。

4

1957年完成了社会主义改造，标志是公私合营，这也意味着新民主主义的终结。尔后开始的社会主义实验，建构了一种全新的生产关系。这种生产关系带动了各个领域的变化。政府逐渐地"全能"化，单位则政府化，是个小全能的政府，生老病死样样管。文化也开始单位化，政治化是一面，另一面是政府化，这个政府化改变了文化场域的结构。文化人成了"公家人"，生老病死也有人管。现在喜欢讲文学的生产制度，文化的"公家人"，是重要的生产制度。当然，文学的情况要复杂一些。一方面，文化的单位化保证了文化人的生活，这一点，文化人是满意的；但是，思想和表述的自由，是文化的根性，这一点，又和文化的体制化是冲突的。这个冲突，在1980年代全面展开。当然，1980年代的文化人也一直没有放弃鱼和熊掌兼得的心态。

1950—1970年代，公有制是核心，公有制在文化上的反映，是激活了相关的传统，这些传统包括大同思想，也包括"公"的道德观念。所以，不存在纯粹的社会主义，包括纯粹的社会主义意识形态。只是，1950—1970年代，道德（传统）隐藏在社会主义里，这和1980年代不一样。1980年代，社会主义隐藏在道德（传统）中。所以，社会主义改造，是"公"对"私"的改造。这个改造既指向所有制，也指向人心，里面是有教化因素的。

但是，有一个领域是特殊的，这个领域是农村。尽管农村也在进行社会主义改造，但不可能彻底，即使人民公社化，公社也不可能全能化，生老病死样样管，做不到。做不到，就有特殊化。所以，人民公社是半计划经济，另一半是自然经济。这个半计划半自然的经济形态，就形成了公私兼顾的1950—1970年代的农村现实。反映在文学中，农村题材的小说，公私冲突要远甚于城市。这里面，有经济基础。而相比其他阶层，农民从这个体制的得益也是最小的。

所以，1980年代的改革，选择从农村开始，不是没有道理的。

尽管1980年代的农村改革，并没有彻底改变土地的所有权，但是集体所有制已经松动，最终，人民公社解体。

土地承包，是1980年代的大事件，这个事件把公私冲突推向文化的浪尖。不过，土地承包并没有带来农村新的阶层分化，这也是事实，这和土地的所有权关系没有根本变化有关。真正变化的，是现代市场的崛起和对农村的渗透，这个渗透才造成了农村的阶层分化。

但是改变已经开始。1980年代的退后一步，在文化上，是从公领域的逐渐退出。这一退出，开始改写文学史。曾经被1950—1970年代压抑的"发家"思想开始成为社会实际的主流文化。《创业史》里的梁三老汉成为1980年代农村改革文学的真正起源。

这个退后一步，在思想史上，即是从大同退向小康，《礼记·礼运》篇讲"大同"与"小康"："大道之行也，天下为公。选贤与能，讲信修睦。故人不独亲其亲，不独子其子，使老有所终，壮有所用，幼有所长，矜、寡、孤、独、废疾者皆有所养……是谓大同。"这是理想。"今大道既隐，天下为家；各亲其亲，各子其子；货力为己……是谓小康。"这是现实。1980年代乃至以后的问题，是小康的问题。

无小康，则无大同，这是1980年代的共识，后面是对贫穷的恐惧，也是对"一大二公"的怀疑。怀疑的依据，是效率，这个效率指向富裕。富裕得到官方的支持，启蒙则由知识者推动。二者有合有分。

但是集体所有制开始动摇，同时动摇的，是坚固的思想结构，这个结构既包含社会主义的意识形态，也包括传统的价值观念，二者在当代史上是混杂在一起的。

所谓个人，即从这种生产关系中脱颖而出，在平民阶层，这个个人不是从苦闷中生产出来，而是从贫穷中挣脱而来，它和启蒙主义者设想的个人并不完全一样。它是物质的，不完全是精神的，却是1980年代真实的个人。所谓束缚性的关系，也不是封建的宗法关系，而是集体所有制的关系。但是在1980年代，这种集体关系常常被指认为封建关系。这是1980年代个人产生的真正前提，因此，1980年代的个人，有其独特内涵，并不完全等同于"五四"以后现代史上的个人。所以，1980年代的个人，是需要认真辩证的。1980年代有两种个人，一种是精神的，遵循的是"苦闷—觉醒"的写作逻辑，这一点，和"五四"类似；另一种，是物质的，主要由"贫穷—富裕"构成。二者有分有合，并非老死不相往来。

所谓物质的个人，由物欲构成，说得通俗点儿，就是私心，它是1980年代乃至以后的个人的起点。这个起点包含了个人为了生存的努力，然后成为经济人，再走向理性。这样一种个人的演化史，并不等同于启蒙主义者对人的完美设想，却是1980年代个人含义的真实变化。1980年代再现了西方现代性的漫长过程。

私欲构成了1980年代文学隐蔽的叙事动力，并成为一种新的崇高的美学形态。任何一个文本，都由多重叙事构成，最为隐蔽的叙事，则表现出写作者对自我乃至世界的想象。在合作化小说的背后，隐蔽地表现出写作者的大同理想；而在1980年代文学的后面，则是小康。

但是，私与私之间，是有战争的。私的扩张没有边界，边界最终由"战争"界定。因此，小康才会产生法和制度，这是《礼记·礼运》篇对法和制度的起源性的猜想。

私和私的战争，引起1980年代文学的紧张，这种紧张主要表现在道德领域。公的概念并没有在1980年代完全消失，也不可能消失，但公的概念逐渐退回到道德领域。即使在1980年代的农村改革文学中，也有一个变化的过程，从最初的赞美渐渐转变为困惑和怀疑。在文学中，则是从计算到算计，一旦个人进入"算计"，叙事者就会警惕，比如王润滋的《鲁班的子孙》。个人的扩张导致了共同体的分裂，1980年代是中国历史上从未有过的"大变局"。

这一"大变局"从农村蔓延到城市，并继续蔓延到各个领域，自我是这个"大变局"的核心概念。"潘晓来信"集中表现了这一"大变局"的价值困惑。

多种经济成分的并存，是这一"大变局"的经济基础，也是各种思想乃至情感动荡的经济基础。1980年代的讨论，最后还是要回到经济基础，回到政治经济学上来。

5

1950—1970年代的文化场，思想上是一元论，相应的，是制度上的"一体化"（洪子诚）。这种一体化，激活了一部分思想乃至文学的潜力或者活力，当然，同时也压抑了另外的思想和文学的活力。

因此，1950—1970年代的文化，根本的问题是结构。结构的问题，有些来自政治，有些也未必。

从某些具体的文学作品来看，它们没有问题，有些堪称经典，里面有很多深刻的想法。但是整体结构过于单一，这是供应端的问题。比如说，那些通俗化的文学就很难进入这个结构。实际上，社会对文学的需要是非常复杂的，高雅和深刻都是文化的必需品，但是通俗甚至低俗也未必不被社会需要。实际上，文学需要解决的是剩余物，剩余物需要排泄的通道，把这些通道统统堵死，未必高明。而排斥这些通俗文化，和政治教化有关，也和新文学传统有关。这方面，1950—1970年代的文学，继承的仍然是新文学的传统。恪守这一传统，也会影响政策。回过头看，1950—1970年代的文学，表现形式是通达的，但实质上，很干净，干净也是一种高雅。这和主流社会有关。1950—1970年代的文学，本质上是一种主流文学，要求构造新的主流文化，因此，天然地具有一种保守性。

即使在新文学传统的内部，也充满排斥性，排斥性的后面，是政治正确。这一传统也被继承，现实主义排斥现代主义，社会生活排斥个人生活，等等。所以，讲一体化，是要考虑多种因素的，当然，其中最重要的因素，还是政治。当代生活，政治挂帅，这个政治，是观念化的，也就是意识形态，意识形态改造社会，也改造人心。这本来无可厚非,立国同时要立教(文化),但是过于单一的文化,反而因此丧失了文化的活力。文化领导权是在各种表述的博弈中逐渐确立的,它依靠的是同意而不纯粹是服从。

1970年代,重要的思想事件是"李一哲"的大字报(《关于社会主义的民主与法制》)。该文章明确要求表述的自由,实际上,即是要求思想的多样性。文学上,则是赵振开(北岛)的《波动》和靳凡的《公开的情书》,无论形式还是内容,在当时都是异质性的存在。这种异质性要求的,是异端的权利。所以,《今天》杂志的创刊词,引用了马克思的原话:"你们赞美大自然悦人心目的千变万化和无穷无尽的丰富宝藏,你们并不要求玫瑰花和紫罗兰散发出同样的芳香,但你们为什么却要求世界上最丰富的东西——精神只能有一种存在形式呢?"而《读书》杂志,则提出了"读书无禁区"的口号。

思想的压抑,形成了思想者的"苦闷",而"苦闷"需要"觉醒","觉醒"则需要阅读,这就引入了现代史上另一种叙事逻辑,始于苦闷,终于觉醒,即"苦闷—觉醒"的叙事逻辑。这种叙事逻辑服从于启蒙的需要。这样,现代史上就有三种基本的叙事逻辑:压迫—平等;贫穷—富裕;苦闷—觉醒。这三种叙事逻辑分别对应于革命、改革和启蒙,同时作用于1980年代,相互纠葛,也相互排斥,并因此构造出不同的文学形态。当然,所谓"压迫—平等"的叙事逻辑，在1980年代变异为"歧视—伤害"，这一变异是重要的，它催生的是一种新的歧视，对应的是1980年代的伤痕叙事。

但是，最重要的是反思。退后一步，产生反思，反思打开诸多的写作领域。

诸多写作领域的形成，意味着不同的思想探索，这些探索有些得到政治的支持，有些未必。何况，政治本身也在探索。1980年代并不完全是鸟语花香，意识形态的冲突同样渗透在文学的探索之中。政治运动也并未完全消失，当然，相对于1950—1970年代，运动的强度和烈度有所降低。这也是事实。

思想探索以及因此引起的文学探索构成1980年代的文学景观，现实主义不再一家独大。对人的探索也从社会转向内心，"向内转"推动了现代主义的崛起，现代主义包括现代派、寻根文学、先锋文学等等。启蒙本身也面临挑战。异化和异端构成文学探索的两个面向。1980年代的异化发端于政治反思，但又受到精神分析学的影响，在人心的小世界中，试图找到异化更深刻（也可能是更浅薄）的成因。异端推动了思想乃至文化的创新，影响或者延宕着主流社会（文化）的形成。因此，在1980年代文学的内部，冲突一直绵延不绝。冲突的核心正是改革，各种力量都在试图影响改革的走向。

6

1980年代的特点之一,正是所谓的"退后一步",从激进的政治实验退后一步。这个"退后一步"逐渐确立了改革的具体内涵。

"贫穷"是1980年代改革最为重要的理由。因为"贫穷"这个概念的存在,彻底清除了倒退的可能,所以,1980年代的"退后一步",实际面向的是未来,而不是过去。所有的冲突和争论是有关未来的冲突和争论。

1980年代的"退后一步",出现了多种历史可能性,而如何选择构成了1980年代的内在焦虑。

在这里,"西方"的影响是巨大的。说1980年代人是西方主义者,有点言重,但以西为师也是存在的。这一影响,来自现代化。怎样现代化是1980年代最为根本的思想动力,也因此导致改革的内在分裂。而1980年代的文学也在这种冲突中逐渐由社会的现代化转向人的现代化。当然,这个现代化实际上又是语意不清的。更多的时候,它是一个能指,并以此组织各种不同的叙事。

西方的影响同时构成影响的焦虑,这种焦虑意味着"本土"的崛起,这就是1985年前后产生的文化热,文学上,则是"寻根派"的崛起。

1980年代的"退后一步"并不意味着1950—1970年代的彻底消失,这个时代形成的社会主义文化也一直以各种隐蔽的形式影响着1980年代的文学。1980年代的文学以反思革命为起点,但同时又自觉或不自觉地继承着革命的遗产。当然,这个遗产最后转化为革命的伦理遗产,并且以传统的形式出现。

1980年代是一个过渡的时代,形成了两个时代的深刻断裂,而创造性正是产生在这种深刻的断裂之中。1980年代的意义在于,它通过各种冲突,也通过各种探索,为下一个时代提供了各种选择的可能。尽管时代的变化并不完全依赖思想或者文学,但思想或者文学的言说仍然提供了打开下一个时代的某种可能。真正的社会变化仍然来自改革叙事,"市场"是一个最为重要的因素。后来所有的冲突都是围绕这个"市场"展开。但是,1980年代仍然是我们的"来处",在这个"来处"中,"小我"战胜"大我",个人的崛起形成了所谓的历史"大变局"。

第一章

小资产阶级是怎样被改写的

从《波动》到《晚霞消失的时候》

有关新时期文学的起源问题，历来聚讼纷纭。随着《七十年代》的出版，一段尘封的历史被重新打开，晚近亦有文学史学者循着这一思路，将起源问题深入1970年代，而所举的例证，即有北岛（赵振开）的小说《波动》等。[1] 而在我看来，新时期文学很难找出单一的源头，勉强一点说，大概是某种"多源共生"的格局，而在这一格局中，北岛的《波动》的确占据着非常重要的起源性位置。这一起源，包括人物、叙事态度，尤其是因此确立的情感结构，经由《今天》杂志，再到后来的所谓"纯文学"，逐渐成为1980年代的主流叙事，并主导了尔后三十年的文学走向。究其核心，即是所谓"个人"的崛起，或者自我的发现。

---

[1] 黄平，《新时期文学起源阶段的虚无——从"潘晓讨论"到"高加林难题"》，《文艺研究》2017年第9期。

但是，什么是"个人"，在文学，尤其是小说中，总还要结合具体的描写细加讨论，而在对《波动》的各种分析中，李陀的"小资产阶级"说尤为值得重视。他认为小资"实际上是要建立一种特定的价值系统的努力，其中又隐含着对某种新的生活方式/社会的强烈向往"，并且直言"女主人公肖凌就是个典型的小资，不过她是个文革时代的小资，是当代小资的一位前辈"。[1]但是，这里仍有数点疑惑，第一，"小资产阶级"在现代中文的语境里，是一个语义相对含混的概念，有时候，它和生产资料的占有程度结合；有时候，它也指向个人的思想、情感甚至教养和趣味、人格类型等，尤其在文学作品中。第二，在小说中，如果就思想，尤其是情感状态而言，谁是小资产阶级？肖凌/南珊，还是杨讯/李淮平？谁才是？第三，也是最为重要的一点，《波动》，或者《晚霞消失的时候》，是怎样改写了1950—1970年代当代文学中有关"小资产阶级"的描写，这样的改写意味着什么，尤其在思想史层面。

但是，李陀的意见仍然是重要的，里面包含着一个重要的思路，即如何将阶级关系的变动，引入"新时期文学"起源问题的讨论之中，而《波动》《晚霞消失的时候》这类小说的出现，则预言着一个阶级的崛起，这个

---

[1] 李陀，《新小资和文化领导权的转移——〈波动〉修订版序言》，《现代中文学刊》2012年第4期。

阶级的崛起,将改变后来的社会结构,乃至思想结构。当然,这一切隐蔽在文本深处,也隐含在1970年代的社会无意识之中。

因此,我在以下的讨论中,将沿着李陀的思路进入,最后,我将提出这样一个问题:小资产阶级,还是小资产阶级-社会主义。

一 作者和作者背景

北岛的《波动》初稿写于1974年[1],1979年6—10月发表在《今天》第4—6期,署名艾珊。1981年,正式刊登于《长江文艺丛刊》第1期,署名赵振开。对比《今天》版和《长江文艺丛刊》版,后者删去"我只好摸出两块临走时妈妈塞在书包里的巧克力,放进嘴里",其余未动。而据礼平(刘辉宣)自述,《晚霞消失的时候》写于1976年,应该是10月以后。[2]1981年发表在《十月》第1期,所以,多种文学史著作均将其归入"文革"时期的"地下写作"。

在西方"新批评"的理论脉络中,"作者"的重要性

---

[1] 北岛《断章》:"1974年11月下旬某个清晨,我写完中篇小说《波动》最后一句,长舒了口气。"北岛、李陀主编,《七十年代》,第26页,香港牛津大学出版社,2008年。
[2] 参见礼平,《写给我的年代》,《晚霞消失的时候》,第173—174页,花城出版社,2010年。

日益下降，但是，对于中国当代文学而言，由于其尚未完成经典化，无论批评还是阅读，都很难完全摆脱经验制约，因此，引入"作者"的因素，对理解文本，仍然有一定的作用。而颇具戏剧性的是，北岛和礼平都毕业于北京四中，并在同一个班级。[1]两人之间，有共性，亦有差别，并导致二者的小说在叙事内涵上，既有相似性，差异性也很明显。

研究1960年代，北京四中据有相对重要的位置。"文革"前，这所中学云集了北京的高干子弟和高知子女，而在"文革"中，北京四中不仅是"老红卫兵"的重要基地，同时也涌现出了挑战"老红卫兵"的新红卫兵组织，比如"四三派""四四派"等。"四三派"之所以出名，和这一组织创办的《新思潮》有关，特别是在创刊号上，矛头直指"特权阶层"。[2]礼平和北岛尽管在一个班级，但显然分属两个阵营。礼平是"老红卫兵"的重要成员，而北岛似乎和"四三派"走得更近。[3]其中缘由，多少和他们的家庭有关。礼平出身于典型的高干家庭，父亲来自红四方面军，母亲则是1937年以后奔赴延安的

---

[1] 参见北岛，《断章》，收入《七十年代》。
[2] 《论新思潮——四三派宣言》，参见宋永毅编，《文化大革命和它的异端思潮》，香港田园书店，1997年。
[3] 参见北岛《走进暴风雨》："《论新思潮——四三派宣言》……作者张祥龙后来成了我的好朋友，他哥哥张祥平是'新四中公社'的笔杆子。"《暴风雨的记忆：1965～1970年的北京四中》，第251页，生活·读书·新知三联书店，2012年。

知识青年。[1]这样的夫妻组合，在当时的高干家庭中不鲜见，并多少影响了子女的思想/情感结构。北岛的家庭似乎更复杂些，父亲供职于机关单位，但好像不是一般职员，勉强地说，大概可以归于"知识分子干部"这一类别[2]，北岛也因此在"文革"中，得以和体制内文人有某种程度的交往。[3]而在1980年代，"知识分子干部"（包括体制内文人）或明或暗地推动着"思想解放运动"，并塑造了一代知识青年。因此，要理解1980年代，不可不了解这一"知识分子干部"（体制内文人）群体，包括他们的出身、教养、趣味、信仰，等等。因此，在《波动》中，北岛对官僚阶层的批评，是相当激烈的，批评对象，不仅包括了所谓的"造反派"王德发（同样来自官僚阶层），也指向典型的"老干部"林东平。如果不了解"新思潮"以及北岛自身的经历，大概很难理解《波动》的叙事态度。相比之下，《晚霞消失的时候》缺乏《波动》对官僚阶层的批评力度，这同样和礼平的经历有关；而对历史，礼平的叙事态度中，多少包含了一种"大和解"的潜在意愿，这也和礼平后来对自身的反思有关。颇可玩味的是，后来卢新华写出了小说《伤痕》，对"老干部"阶层给予了完全的同情，也因此成为当时的文学主

---

[1] 参见礼平、王斌，《只是当时已惘然》，收入《晚霞消失的时候》。
[2] 参见北岛，《父亲》，《城门开》，第211页，生活·读书·新知三联书店，2015年。
[3] 参见北岛，《听风楼记——怀念冯亦代伯伯》，《读书》2005年第9期。

流。而北岛和礼平,却或激烈或温和地在小说中对这一阶层进行批评或沉思。因此,将《波动》和《晚霞消失的时候》纳入"伤痕文学",的确不怎么合适。

1980年代思想的另一重要来源,则和这些"高干子弟"有关,尤其是进入1970年代以后。经过时间的沉淀,特别是家庭变故和自身遭遇,相继促使一部分"高干子弟"从怀疑"文革"到反"文革",其中,又分两种走向。一是"民生"问题,这和他们的知青经历有关,其中著名的有张木生等人,这些人先后成为1980年代重要的思想/政策推手,并实际推动了1980年代的经济/政治体制改革。[1] 在他们的叙述中,"贫穷"的概念被反复涉及,而1980年代的改革开放,"贫穷"正是最为重要的情感动力之一,并延伸到文学写作。另一走向,则涉及文化。1970年代的京城青年(当然是非普通家庭青年),苦闷之余,将兴趣转移到文/艺,而这一文/艺,当然具有浓厚的西方色彩,比如,赵越胜在回忆中,就讲述了他在1970年代的学艺经历,同时,这一文/艺也起到了重新区隔人群的作用。[2] 1970年代崛起的这一文化现象,多有论者将其归于"灰皮书"的影响,但也不尽然。1949年以后,新中国的文化建设,有两大举措:一是古代典

---

[1] 参见李零,《七十年代——我心中的碎片》,收入《七十年代》。
[2] 参见赵越胜,《骊歌清酒忆旧时——记七十年代我的一个朋友》,收入《七十年代》。

籍的标点整理；二是西方著作的翻译出版，其中尤以文学为最。而当时介绍的西方文学，多为19世纪前后的作品。其时，西方恰逢资产阶级上升阶段，文学中所出现的"个人"形象，尽管不乏野心和贪婪，但也多少显示出这一时期的朝气蓬勃。同时，在"五四"新文化所奠定的社会文化结构中，所谓"高雅文化"，实际上也一直具有浓郁的西方色彩。所谓文化领导权，究竟在谁手里，实际上很难说。因此，倘要研究1970—1980年代"个人"的崛起，这两点不可不注意，尤以后者为甚。

多年以后，礼平回忆："四中的学生成分结构中，有很多干部子弟，但严格说，这里主要集中了干部子弟中的精英；另一方面，也集中了另一类精英，就是曾被我们认为是'异己'或'资产阶级知识分子'的子弟。"又说："我在八一学校是优等生，但考进四中就吃不消了。四中的学生个个全都聪明得成了精"，"这一切让我得出结论：我在这里和人家根本无法相比。……这纯粹是靠天分，而不是靠努力"。并进一步引申说："那时在共产党干部中，就已经形成了一种强烈的危机感——他们的子女在学习上远远不及'资产阶级'，尤其是'资产阶级知识分子'的子弟们，那么将来由谁'接班'呢？这在二十世纪六十年代成为重大的社会问题和政治问题，即'接班人'的问题。"[1]

---

[1] 刘辉宣，《昨夜星辰昨夜风》，《暴风雨的记忆》，第69、67、68页。

这些零零星星的叙述，多多少少可以帮助我们了解1960—1970年代北京的文化氛围，"知识"、"高雅"、"文化"，甚至"自信"，这样一些语词的归属权，正在悄悄发生转移。由此，也能多多少少帮助我们理解隐藏在《波动》和《晚霞消失的时候》文本深处的某种无意识。

二　火车和空间

"东站到了，缓冲器吱吱嘎嘎响着。窗外闪过路灯、树影和一排跳动的栅栏。"这是《波动》的开头，这一开头让人联想起王蒙1980年发表的著名小说《春之声》对火车的描写。物象被内心化，说1980年代的现代主义运动发端于北岛的《波动》，应不为过。而在技术层面，它多少杂糅了诗与戏剧的写法，这一写法，在先锋小说中，尤甚。

火车与20世纪中国文学的关系，已经开始进入研究者的视域，这不仅仅是技术问题，更意味着一种新的美学原则的崛起——"远方"的概念出现了，这个"远方"，既可以象征过去，也可以代表未来，而同"远方"相关的，正是浪漫主义。在中国1950—1970年代的当代文学中，这一浪漫主义的书写，最为著名的，有贺敬之的《西去列车的窗口》。稍后，到了1982年，铁凝的《哦，香雪》再现了"火车"与"远方"，当然，内涵已经截然不同。

《波动》并不在这一浪漫主义的书写序列中,火车没有把杨讯带往"远方"(甚至不同于食指《这是四点零八分的北京》),也没有将其带回故乡——而"归来"则是1980年代的重要主题之一,这一写作趋向,亦分为二路,一路是所谓"知青文学",另一路则是"五七"一代。当时,亦有人称之为"归来者文学"。杨讯从下乡之地返回北京,又从北京来到这一陌生的城市,原因无他,只是投奔父执林东平,这也是杨讯当时能够"享受"到的特权之一。这样的空间选择,在《晚霞消失的时候》中,则是泰山,却和旅途联系在一起,这是和《波动》很不一样的地方。唯一类似的,是他们共同选择了"第三地"作为故事展开或延续的空间形式。而这一"第三地"难以名之。在福柯,有"异托邦"一说,有学者解释这一异托邦有能力将几个无法并存的空间并置在一个真实的空间内,同时还作为一个幻觉空间使周遭一切真实的空间变得虚幻,因此,它"是一个没有位置的位置,位于可见与可述之间的领域中"[1]。但这似乎也难以完全概括,故暂以"异地"称之。

在形式尤其技术层面,这一空间的选择,并不难解释。异地,得以使男女主人公或偶遇,或重逢,并摆脱"熟悉"的人事纠葛,亦因此,"异地"成为颇具象征意

---

[1] 战宇婷,《异托邦》,汪民安主编,《文化研究关键词》(修订版),第501页,江苏人民出版社,2020年。

味的空间形态，同时，也使小说获得戏剧性的叙事效果。但是，仅仅这样解释，似乎还不够。

北岛曾经回忆《波动》的创作经过，这一经过和他的工厂生活有关，也和1970年代的压抑有关："时代，一个多么重的词，压得人喘不过气来。可我们曾在这时代的巅峰。一种被遗弃的感觉——我们突然成了时代的孤儿。就在那一刻，我听见来自内心的叫喊：我不相信——"[1]1960年代的结束，使得这一代青年短时间内无所适从，熟悉的生活（场景）消失了，一切从头开始，但因为迷惘，这一"从头"多少变得"陌生"。不止北岛，即使当时的下乡知青，刚开始的时候，也或多或少遭遇了类似的"陌生"语境。但具体到北岛而言，他和下乡知青的差异则在于，北岛更多地作为"个人"进入这一"陌生"语境，下乡知青则因为共同体的存在，多少可以依靠"集体"的力量抵抗"陌生"。所以，当北岛游历白洋淀，相遇芒克，除了知己感，多少还生发出对知青共同体的羡慕。[2]因此，空谈孤独，未免抽象，更重要的，可能是隐藏在孤独背后摆脱孤独的挣扎和努力，这一挣扎和努力渗透在《波动》的叙事之中，也多多少少矫正着《晚霞消失的时候》的浪漫主义写作倾向。

这三个层面，技术、个人经验、理论，共同构成了

---

[1] 北岛，《断章》，《七十年代》，第24页。
[2] 同上书，第24—26页。

小说的文本无意识，而对于《波动》和《晚霞消失的时候》而言，《波动》更具现代主义气质，《晚霞消失的时候》则更倾向于浪漫主义，这也和礼平的经历有关，毕竟，他们的出身、遭遇、思想起源等，都有着很大差异。

无论北岛，还是礼平，在一个陌生的空间，更多地沉湎于自我的反思，迫切寻找另一个可以认同的对象，代表着一个阶层的渐渐沉落，或慢慢老去，而在叙述中，另一个阶层却正在冉冉升起。这也昭示了1970年代坚固的思想结构正在松动，起码在"干部子弟"这个群落中是如此。而另一种可能性，也同时在"小资产阶级"这个语意模糊的阶层中涌动。因此，"异地"成为这两种思想，更准确地说，是两种情感的博弈空间，正是在博弈的过程中，"命运"的概念才可能出现——个人处于一种"被抛"的生命状态，但又积极寻找重新选择的可能。这一点，又不同于后来的先锋小说。

1980年代早期，多的，并不是《波动》这一类作品，而是"归来者文学"。"五七"一代，带着历史的恩怨，回到原地，或者，起点。失去与补偿，构成文本深处的潜意识，最后喷涌而出，化为文字。而"知青文学"，更多考虑的，是"回城"的生计，并就此打开日常生活的写作可能。这一路文学，最值得注意的，是王安忆的《本次列车终点》，它似乎预言了另一种寻找的可能——无论是张承志《北方的河》，还是孔捷生《南方的岸》，甚至后来的"寻根文学"。但是，无论"失落"的具体所指,还是"寻找"通向何处,都和北岛无关,也和礼平无关,那是另一个群落的故事。所以,1981年,《波动》和《晚霞消失的时候》相继公开发表后,多少显得突兀,尽管招致批评,却也并未引起写作领域的震动。但是,这两部作品都预言了一个阶层的崛起,同时,也预言了现代主义在1980年代出现的可能。就此而言,意义非凡。它们当时更多地作为潜流存在,后来慢慢浮出地表,直到先锋小说崛起,才将"异地"作为普遍的空间意象。

三 意象和物象

《波动》和《晚霞消失的时候》,艺术上的特点,大概是密集的意象/物象的使用。选择意象,是为了抒情,不同的意象选择,背后是不同的情感主体。而频繁的物象介入,则已经蕴含了一种文明冲突论的意味。

1 意象

"检票的老头依在栅栏门上打瞌睡,一颗脱落的铜纽扣吊在胸前,微微摇晃。他伸了个懒腰,从口袋里摸出怀表说:'又晚点了,呸,这帮懒骨头。'他把票翻来翻去,然后长长地打了个哈欠,把票递过来。'我去过北京,天桥、大栅栏、花市,没啥。'我递给他一支烟。'您什么时候去的?''民国二十三年。'他划着火柴,用手挡住风,火光在他的指缝间和额头上跳了跳,他贪婪地吸了一口。'那年正赶上我娶媳妇，去扯点花布啥的。'"这是《波动》开始的场景，站台。

可是，"民国二十三年"的介入，却使"场景"陌生化了。这无关是否真实，而在于，1949年以后，小说中的人物即使回忆往事，也很少使用这种语气，因此，无论是1974年，还是1979年，或者公开发表的1981年，"民国二十三年"的使用，多少显得突兀，然而，也正是这一突兀，使得这里的叙述获得一种戏剧性的效果——不知今夕何夕。历史的进程，也因为"民国二十三年"而被中断，场景一旦脱离历史，就开始意象化。通过这一意象化的场景设置，杨讯被抛入一个陌生且荒芜的"异地"，尤其，"异地"被去历史化了。

更为突兀的，可能是接下来的叙述。杨讯离开站台，到哪里去呢？是漫无目的地游荡，还是到林东平的家里？小说没有交代，只是写："一路上，没有月亮，没有灯光，只在路沟边草丛那窄窄的叶片上，反射着一点点不知打哪儿来的微光。忽然，亮着灯的土房从簌簌作响的向日葵后面闪出来，它蹲在一块菜地中间，孤零零的。挂在门前的一串红辣椒，在灯光下十分显眼。"北岛并不十分擅长结构小说，但极善用词，更擅画面的设置和描写。不仅此段，纵观全篇，动词的使用常常出神入化。[1]

---

[1] 参见李陀，《新小资和文化领导权的转移——〈波动〉修订版序言》，《现代中文学刊》2012年第4期。

动词的介入，蕴含着一种行动的渴望，尽管，行动更多地被压抑，或者无措。就此而言，在现代主义的叙述技巧中，多少又隐藏着启蒙主义的冲动。陌生、荒芜的意象设置中，依然倔强着的，是改造中国的雄心，这一强烈的政治性，不仅投射在"挂在门前的一串红辣椒，在灯光下十分显眼"，并延续在尔后《今天》真正的创作内涵之中。如果联系北岛的诗作，这一政治性或者启蒙主义倾向，就不难理解。而在《波动》中，北岛真正的叙事中心在肖凌，而非杨讯，或者真正试图的是抒情，而非叙事。这一点和礼平不同，在《晚霞消失的时候》中，叙事中心却在李淮平，而非南珊。

因此，《波动》采用的是"拼贴"，而非情节的逻辑推演。不断跳跃的视角，宛如摄影镜头，或者戏剧画面。叙事线索，也多头并进。一方面，是现实主义的描写，再现了1970年代的政治斗争；另一方面，却是富含现代主义的意象设置，并试图通过这些意象，寻找某种本质，这一本质，超越于现实之上。就此而言，无论是1970年代，还是1980年代早期，寻找的依然是一种总体性，并试图以此克服分裂的现实。那么，这一总体性又是什么？

在《波动》中，相对集中的意象可能是月光："妈妈在弹《月光奏鸣曲》"，"月光投在地板上，叮咚起舞，像个穿着白色纱裙的女人，周围的一切都应和着她，发出嗡嗡的回响"，"月光凝固了"，"月亮沿着长满蒿草的墙头滚动，我站住了，深深地吸了口气。归宿，多让人渴望呵，只要长久一些，安静一些，宁可什么也不想"，"月亮升起来了，这是一弯新月，长着副艺术家的下巴"，等等。在中国古典文学的脉络中，月亮总是象征着宁静、阴柔、寂寞，还有淡淡的乡愁。《波动》重启这一意象，自是意味深长。1940年代，周扬在肯定赵树理的同时，顺带批评了某些作家的小资产阶级倾向，其中，涉及了有些作家"写月亮，写灵魂"，并认为"叙述"这个领域"有打扫一番的必要"。[1]这并不是说，"前三十年"，尤其是"十七年"文学中，没有月亮的描写，不是这样。但是，即使有，月亮也常常和"火热"联系在一起，用法不太一样，比如，王汶石的《黑凤》，再往前，有孙犁的《白洋淀纪事》。中国当代文学史，不仅是思想冲突的历史，也是美学乃至意象争夺的历史。"前三十年"，社会服从于某种总体性的目的，文学也不例外，因此，"斗争"成为最为重要的叙事范畴，这一斗争，既包含政治，也意味着对自然界的克服，也因此，"火热"常用来描写"场景"。与火热相伴，便是太阳了，它成为"革命美学"的核心意象。周扬就曾经强调"光明和新生"的美学原则。[2]但问题是，阅读者

---

[1] 周扬，《论赵树理的创作》，《中国新文学大系（1937—1949）》（第一集），第585页，上海文艺出版社，1990年。
[2] 同上书，第580页。

既需要"火热",也需要"宁静";既需要"太阳",也需要"月亮",甚至,淡淡的"哀愁",这无可厚非。无论是孙犁的《白洋淀纪事》,还是后来茹志鹃的《静静的产院》,其美学成功之处,恰在于在"斗争"与"宁静"之间,做了有效的调和,或者妥协。而当"革命美学"发展到极端,全面驱逐"宁静"(实为个人),便会引起激烈的叙述反弹。《波动》的"月亮",实则意味着退出这一主流叙事。当然,后来"退出"成为一种新的主流叙事,则是另一回事了。

相较于《波动》的意象设置,《晚霞消失的时候》最令人称道的,则是泰山的景色描写:薄雾、清晨、暮色、晚霞,等等。而在山行道上,则是"老人"的出场,他与自然,共同构成小说的意象。礼平确有掉书袋的癖好,甚至炫技。撇开这些,核心,无非是真、善、美。而在当时,所谓真、善、美,一、强调了多样性,瓦解了一元论,这不是小事。1978年,《今天》创刊,北岛亲自撰写了创刊词,其中引用了马克思的原话,强调"大自然悦人心目的千变万化和无穷无尽的丰富宝藏",反对"精神只能有一种存在形式"。二、1970—1980年代强调多样性,并不等同于后来的解构主义,相反,还在试图寻找新的统一性。无论《波动》,还是《晚霞消失的时候》,在多样性的辩论中,多多少少倾向于善,也即伦理。1980年代早期的文学,正是征用了"伦理",并将其美学化,才生产出强大的社会动员力量。

相对密集的意象使用，使得这两篇小说都略显空洞，但是，恰恰因为意象，尤其这些意象从历史化的语境中抽身而出，成为"能指"，而能指的空洞化，却反而开始生产意义，并介入现实，使得阅读者产生改造现实的冲动。因此，社会性并不仅仅只能由现实主义承担。但是，要保证这一由意象生产的意义源源不绝，还需要两点：一、意象的肉身化，即谁承担这一意义的世俗化；二、这一意义，如何与现实博弈。因此，《波动》与《晚霞消失的时候》在使用意象的同时，则是物象的频繁介入现实。

2 物象

在《波动》和《晚霞消失的时候》中，物并不完全是客观的，而是被符号化了，也只有当物被符号化，才可能介入现实，并有力地区分人群。

小说里的物大概有这样几种系列，并且和人物有机地统一在一起。

"钢琴"，"红茶"（红茶是煮的，还要加糖："自己加糖吧。"英国茶？），"洛尔迦的诗"，"音乐盒的小马车"，"葡萄酒"（《波动》），"莎士比亚戏剧集"，当然，还有"咖啡"："推开写有'中天门茶厅'的弹簧玻璃门……要了杯很浓的咖啡"（《晚霞消失的时候》）。1976年，泰山是否有咖啡厅，我还真不知道，但这并不重要，重要的是，所有这些物，已经变成符号。因此，它在生产意义。

而这些物（符号化的物），和肖凌，或者南珊，有机地统一在一起，所谓真、善、美，在此亦获得肉身化的可能。

另一类物，"工具箱上的一个破旧的绿搪瓷碗"，"一只苍蝇在灯泡上小心翼翼地爬行着"，"匕首"，"坑坑洼洼的路面"，等等。这些，则和底层社会联系在一起。

还有另一些物，"黑色的吉姆牌轿车"，"八条地毯"，"两套高级沙发"，"一台日本电视机"，"吉他"，"吊灯"，当这些物和"干部"阶层联系在一起，又隐含着什么，特权？虚假？还是对暴发户的嘲讽？

撇开这些不论，仅就这些物/符号的排列而言，构成的，实际是一个等级秩序，而在这一秩序的顶端，则是"钢琴""红茶"等，并以此区分人群。

在某种意义上，这些物折射的，或许是布尔迪厄意义上的"生活风格"，而构成这一"生活风格"的，则有趣味、教养，等等。当"阶级"这个概念退场之后，并不意味着人群就此停止区分，相反，物或者"生活风格"的介入，则在另一个层面区分人群，这一层面，即文化。进一步，则是美的重新定义。所谓文化领导权，也正是通过"生活风格"而逐渐确立的，这一确立的过程，非常隐蔽，却拥有强悍的进攻性。

坦率说，1949年之后，社会隐蔽的合法趣味，并不完全来自领导阶级，相反，有很多恰恰来自被领导阶级，尤其是资产阶级和小资产阶级，并构成1960年代"日常生活的焦虑"。而在布尔迪厄看来，看似自然而然的趣味，背后则是"习性"。习性通过学校教育、文化资本和阶级出身获得，尤其是那种从儿童时期开始在家庭内部实行的全面的、早期的和不知不觉的教育，与后来的有系统的和快速的教育不同，前者给予的是自信和自如。更重要的可能是，这一"习性"构成了布尔迪厄所说的"法定的熟悉"——通过长期浸润在一个由有修养的人、实践和物萦绕的日常空间形成身体经验，这种经验赋予贵族一种深刻的无意识，即不加掩饰的"趣味"。[1] 所以，肖凌可以说"不过，我只喝白酒"，而不会有人把她和白华联系在一起；同样，南珊即使"已经是一个成年的女干部打扮"，也无法改变她内在的优雅。因此，日常生活的文化实践，已经使肖凌或者南珊获得了某种"自由"。同时，这一自由，也使得肖凌或者南珊拥有了某种"气质"，这一气质也同时给人先天形成或者自然而然的感觉。

而另一些阶层，比如为生活所困的底层，他们的日常消费，只是一种客观必然，习性是做被迫之事。至于杨讯、李淮平和林东平等人，也并无根本的不同，都处于一种习性的模仿之中，是新统治阶级向旧统治阶级的

---

[1] 参见皮埃尔·布尔迪厄，《区分——判断力的社会批判（上册）》第一章"文化贵族的爵位和领地"以及第三章"习性与生活风格的空间"，刘晖译，商务印书馆，2015年。

模仿。差别只在于,杨讯、李淮平在模仿之中,同时生产出一种深刻的认同。布尔迪厄研究的意义可能在于,他把我们认为自然而然的东西,比如趣味、习性、气质、生活风格,还原为一种阶级关系,以及生产关系。而《波动》《晚霞消失的时候》则把阶级关系以及生产关系,演化为自然而然的物象,比如趣味、习性、气质、生活风格,等等。因此,在1970年代,文化领导权的争夺已经开始,尽管那时只是在一个狭窄的文化圈子里,却获得了1980年代的普遍支持。这一支持首先来自经济和政治的变革。当然,它同时来自对"文革"时期极左政治的文化控制的反感。而究其深因,则是传统的社会主义一直没有建构起自己的"高级文化"。

四 人物

1 肖凌 / 南珊

肖凌(《波动》)和南珊(《晚霞消失的时候》)都是小说中理想性的人物,倾注着写作者的生命激情。1970年代,美的定义已经在悄悄发生变化,政治/社会实践领域的退出,导致一种抽象/幻想的美感体验,而在这一体验中,同时渗透的,则是对另一种可能世界的追寻。这一追寻,延续到1980年代。可以说,肖凌/南珊提供了一种新的美学原则,在这一美学原则的笼罩下,产生了不同的女性形象。而李陀的"小资产阶级",指的正是肖凌，也可以包括南珊等这一类型的女性形象。

美并不是抽象的，在叙事者的美学观照中，肖凌/南珊的美丽，更多地包含了优雅，优雅则和教养有关。北岛和礼平的写作，都和遇罗克有一定的关系，遇罗克的《出身论》构成了1970/1980年代所承继的最重要的思想遗产，以至于四十年以后，张承志仍然在思考这一问题。[1]但是，一旦引入"教养"，又悖论似的构成一种新的"出身论"。当张承志困惑于以追求平等为己任的中国革命为什么又在制造新的不平等，那么，新的困惑则可能在于，1980年代，在继承遇罗克思想遗产的写作脉络中，为什么又生产出了新的不平等。这一切，恐怕仍然要回到1970年代。

1970年代，无论是北岛还是礼平代表的不同的青年群落，都陷入了对"文革"的反思，这一反思同时导致他们对现实政治的叛逆，但是，叛逆需要认同，无所认同的叛逆事实上是不存在的——这也是我们稍后将要讨论的父亲形象。如何构建一个新的世界，这是北岛或者礼平们当时需要考虑的问题。问题是，这个世界由谁领导，北岛和礼平从不同的路径最后走到一起，尽管他们之间的差异要大过共性。

无论是肖凌，还是南珊，在描写上，都有一个共同的特点：家世。优雅或者高贵都和这一"家世"联系在

---

[1] 张承志，《四十年的卢沟桥》，《读书》2006年第12期。

一起。肖凌出身于一个相对单纯的知识分子家庭，这个家庭拥有一种浓郁的艺术氛围，"妈妈在弹《月光奏鸣曲》。屋里关着灯，我像只小猫静悄悄地坐在钢琴旁，小辫披开，散发着肥皂的香味。月光投在地板上，叮咚起舞，像个穿着白色纱裙的女人，周围的一切都应和着她，发出嗡嗡的回响"。南珊出身于旧军人家庭，但是她的父亲楚轩吾实际上是一个被儒化的军人，或者说，被知识分子化了——这一描写，几乎成为1990年代以后通俗文学的流行写法（比如电视剧《亮剑》中的楚云飞），很难说这是对《晚霞消失的时候》的模仿，也许只是巧合。但巧合更显得意味深长。因此，李淮平和南珊的偶遇，便有了如下的场景：用英语和俄语朗诵《渔夫和金鱼》、莎士比亚戏剧集，等等，"我面前的这个女孩子和我见过的一切女孩子都不同。她的学识，她的性情，她的品格，她的一切内在的气质，都比她表现出来的要丰满、充沛得多"。[1]

所有美好的，或者说如此优雅和高贵的气质，都来自童年的记忆，某种纯真的印迹。这样的描写，也许可以使我们想起《钢铁是怎样炼成的》里的冬妮娅，事实

---

[1] 按照礼平的回忆，南珊的原型来自他的妻子，但在和王斌的对话中，他还提到了这样一个细节：少年时，他们在中国美术出版社的宿舍前，看到两个女孩子，衣着鲜丽，很文静的样子。于是有一种说不上来的感觉，"反正就是觉得人家比我们内里强，感觉她们属于另一个世界，那个世界一眼看上去就比我们的世界有意思多了"。《晚霞消失的时候》，第308页。

上，冬妮娅也成了那一代人的情结。问题是，这一情结为何定格在少女冬妮娅，而舍弃了青年冬妮娅。在《钢铁是怎样炼成的》中，保尔和冬妮娅成年以后有过两次重逢，一次是共青团会议，另一次则在铁路工地。在奥斯特洛夫斯基，最终的思考仍然在阶级，无法跨越的阶级鸿沟粉碎了任何童话般的浪漫主义叙事。而在《波动》和《晚霞消失的时候》中，童话则又被召回。核心，仍然是对"文革"政治的厌恶，也因此，这一童话般的叙事在1970/1980年代早期，会成为许多作家的写作趋向，比如张洁《从森林里来的孩子》，等等。这样的写作，或许失之于清浅，但也唯其清浅，反而使得某种观念得以顺利进入人心。

《波动》和《晚霞消失的时候》都具有某种悲剧性，这一悲剧性并不现代，倒是颇为接近鲁迅在《再论雷峰塔的倒掉》中所说的"悲剧将人生的有价值的东西毁灭给人看"。问题在于，何谓"有价值"？因此，在趣味（文化）的冲突背后，正是价值（政治）的争夺。在《波动》和《晚霞消失的时候》中，这一价值正是所谓"文明"。而"文明"必然相应带来谁是"文明"的创造者这一问题。北岛和礼平都相继从阶级论中退出，但又不自觉地进入另一种"出身论"（家世）。这正是1970年代的某种悖论，以"出身论"为象征的"文革"政治，生产出了它的强劲对手，这一对手在挑战"文革"政治的同时，又不由自主地陷入了它原来所要反对的政治逻辑

("出身论")。这一悖论似的叙事逻辑一直延伸于尔后的将近四十年，却掩盖在后来获得的某种普遍性的价值观念里，比如人性、人情、共同美，等等。

但是，肖凌或者南珊，并没有永远停留在少女冬妮娅阶段。颇有意味的是，吸引着男性叙事者的（杨讯或者李淮平），却始终是少女冬妮娅，这一少女冬妮娅的倒影，折射在肖凌/南珊的身上。但是，肖凌/南珊却在这一男性叙事者的注视中默默成长起来。

青年女性，尤其是小资产阶级知识女性的成长——这一成长通常伴随着改造和自我改造，曾经一度构成1950—1970年代社会主义成长小说的基本内涵，比如杨沫的《青春之歌》。林道静从一个柔弱的小资产阶级，成长为坚强的无产阶级战士，不仅依靠所谓的"引路人"（卢嘉川/江华），还必须有赖于一定的社会实践。更早的，比如丁玲的《在医院中》，同样涉及这一叙事模式，陆萍的成长，正在于对自身（小资产阶级）弱点的克服。因此，在这一类小说中，首要的是塑造一个有意义的他者，而主体在和这一他者的对话（自我改造）中，获得一种积极的主体性。

《波动》和《晚霞消失的时候》在某种意义上，具有这一"成长小说"的叙事痕迹。肖凌经历了革命的迷狂和绝望，从而告别了自己的青年时代；南珊则在一开始就被革命抛弃，尽管小说没有交代，但我们大致可以推断，她的成长是在被抛的状态中默默完成的。差别在于，

《在医院中》《青春之歌》这一类小说中的"他者",在《波动》和《晚霞消失的时候》中却相继隐匿,甚至成为质疑的对象。因此,肖凌/南珊的成长,基本上和这类"引路人"无关,相反,却是在对"引路人"的质疑和反抗中完成的。这一叙事模式不可小觑,它基本上颠覆了1950—1970年代的主流文学,而"个人"(主体性)则在这一颠覆和反抗中浮出水面。但是,这只是就其叙事表面而言,纯粹的个人实际上很难存在,回到内心,也只是一种说法。什么是内心?这个内心是被建构的,还是自然的?在1970/1980年代,都会将这一内心看成是自然的。但并不是。肖凌或者南珊的"家世"恰恰意味着这一内心的建构性。因此,在文本更隐秘的层面,实际存在着另一种"引路人",在《波动》中,是妈妈,在《晚霞消失的时候》中,则是楚轩吾。因此,即使在1980年代,在对"父亲/母亲"严苛审视的同时,伴随着的,仍是另一种对"父亲/母亲"形象的积极寻找。这一寻找,从未停止,直到今天,依然如此。

但是,"个人"这个概念同样不可小觑,它使1970年代的反抗获得一种新的命名,从而区别于1960年代的反抗,并直接通向1980年代。而在1980年代,这一命名终于得到了某种合法性的支持。尽管,更强大的阶级力量隐匿在这个"个人"的背后。

在《波动》中,最激烈的辩论来自这里:

"请告诉我,"她掠开垂发,一字一字地说,"在你的生活中,有什么是值得相信的呢?"我想了想。"比如:祖国。""哼,过了时的小调。""不,这不是个用滥了的政治名词,而是咱们共同的苦难,共同的生活方式,共同的文化遗产,共同的向往……这一切构成了不可分的命运,咱们对祖国是有责任的……""责任?"她冷冷地打断我。"你说的是什么责任?是作为供品被人宰割之后奉献上去的责任呢,还是什么?""需要的话,就是这种责任。""算了吧,我倒想看看你坐在宽敞的客厅里是怎样谈论这个题目的。你有什么权力说'咱们'?有什么权力?!"她越说越激动,满脸涨得通红,泪水溢满了眼眶。"谢谢,这个祖国不是我的!我没有祖国。没有……"她背过身去。

1970年代,这样的叙述是惊世骇俗的,即使在1980年代仍是,比如白桦的《苦恋》,由于再现了类似的描写,导致了著名的"苦恋"风波。不管这类意见是小说人物一时的激愤之辞,还是写作者借人物之口说出了自己的想法,粗暴的政治批判并不能解决问题。我们必须直面的,恰恰是共同体如何分裂,因何分裂。它不仅是历次政治运动,也是"文革"期间"血统论"造成的恶劣结果之一。这一结果也是1980年代个人的起源之一,这一点,无须否认。如果从更抽象的角度来说,这一辩论折射出的，是不同政治原则的冲突：它不仅意味着责任和权利的统一，也意味着，究竟是共同体高于个人，还是个人高于共同体。这一问题，至今仍然隐匿在各种美学甚至政治辩论的背后。因此，讨论个人的美学意义的同时，其后面的政治意义，也仍然是重要的。

肖凌/南珊最重要的美学特征，应该是她们性格的坚定性，这一点，完全不同于以往的文学——不仅是1950—1970年代的主流文学，甚至是"五四"新文学中的小资产阶级女性形象。前者，比如宗璞的《红豆》，后者，则如茅盾的《虹》，等等。那种柔弱、彷徨甚至多愁善感，在《波动》和《晚霞消失的时候》中被一扫而空。其中缘由，倒也值得玩味。

在《晚霞消失的时候》中，同样有一段耐人寻味的描写。李淮平和南珊重逢，李淮平就文明和野蛮的关系，滔滔不绝地发表自己的观点："文明和野蛮就像人和影子一样分不开……全部荷马史诗，都是关于那场远征特洛伊城的战争的。也就是说，在一场最残酷的古代战争中，产生了一部最美丽的古代神话。它们能分开吗？希腊神话是文明的故事还是野蛮的故事？""矛和盾永远是两件配套的武器，文明和野蛮也永远分不开。什么东西使人类进入了文明？铁。恩格斯说过，冶铁术的发明使人类脱离野蛮状态而进入文明时代。但铁最初却是用来制造武器的。而且直到今天，钢铁也仍然是最重要的战略物资。那么你来说吧，铁究竟是文明的天使呢？还是战争的祸根？"在李淮平的雄辩面前，南珊似乎词穷："是啊，这是一个无法解决的矛盾。从前我一直认为，野蛮是人间一切坏事的根源。而今天，你却向我证明了它可能是好的……"十五年后，李淮平已经淡忘了当年的夸夸其谈，这似乎也意味着，一旦革命的"野蛮"真正侵犯到了李淮平们，包括他们的家庭，他们就会很自然地退回到"文明"，这个"文明"由各种优雅或者高贵的符号构成。李淮平说："当时我们是谈到了这样一个题目：关于文明和野蛮。但是，我却得承认，我从来就没有好好想过它。至于当时我讲的那些……不过是些……怎么说呢？我找不到合适的语言来说明我当时怎么会说出那样一些似是而非的话。"南珊却不以为然，摇了摇头："不，你说的并不是一些似是而非的话。十五年前，当我责备人们总是用野蛮去破坏自己创造的文明时，你曾经向我说，文明和野蛮就像人和影子一样分不开。""你的那些话，就是这样深地启发了我，使我想了整整十五年。十五年来，你在我的记忆中模糊了，遗忘了，但你说的那些话在我心中却始终没有淡漠，没有泯灭。为了找到它的答案，我思索了这样久。可是，今天当我再一次见到你，希望你能告诉我的时候，你却说你完全忘了，甚至说你根本就没有很好地想过。难道，它不值得一切人都去好好思索一下吗？"《晚霞消失的时候》充满一种夸夸其谈的修辞风格，隐藏其中的，无非是"斗争/占有"这一概念，以及相应的政治决断。当李淮平毅然抛弃了这一概念的时候，南珊却在认真思考，这似乎有点接近黑格尔的"主奴关系"，但是，是一种变形的主奴关系。当"主人"沉溺于艺术的时候，"奴隶"却在学习"主人"的思想。李淮平和南珊的重逢，也颇像保尔和冬妮娅在铁路工地的相遇，但是，李淮平不是保尔，南珊也不是冬妮娅。小资产阶级的平庸已经不复存在，相反，南珊异常地坚定，甚至具有坚定的政治决断。当李淮平向南珊发出爱情的信号时，南珊却认为李淮平的信念"太庸俗了"。庸俗什么呢？爱是什么？能够用爱来缝合裂痕，或者完成真正的"大和解"吗？后来，"爱"反而成为1980年代非常流行的主题。但是，南珊明确地拒绝了这所谓的"爱情"，对于南珊来说，真正无法忘记的，恰恰是历史，"你应该知道，这些历史对于我们这个家族来说是悲惨的回忆。我们不能忘记它，但也不愿常去提起"。当"胜利者"愿意走出历史，"失败者"却坚定地恪守着自己的历史记忆。四十年以后，这一"历史"开始成为"战场"。后来，礼平回忆"血统论"，认为"这个口号主要是冲着小资产阶级去的"，"它选错了对象，惹翻了一个强大的社会群体，最后使我们很丢脸地被人家从'文革'的戏场上扫地出门"。[1] 不管这是礼平当时的真实想法，还是事后追述，我们都会感觉到，最后的战场，恰恰来自文化领域。

---

[1] 礼平、王斌，《只是当时已惘然》，《晚霞消失的时候》，第243页。

2 杨讯/李淮平

杨讯离开北京前,他母亲曾在他的书包里塞了两块巧克力。"我只好摸出两块临走时妈妈塞在书包里的巧克力,放进嘴里。"不知出于什么样的考虑,这段话在1981年的《长江文艺丛刊》版中被删除了。我倒是觉得这一删除有点可惜,它暗示了杨讯的出身乃至性格,他是不必考虑衣食问题的那种年轻人。李淮平同样出身于这样一种家庭,所以,"小时候……",是他们常常会有的一种句式(包括后来的王朔)。从共和国理所当然的接班人,到"文革"时期的"狗崽子",优渥环境形成的柔弱,慢慢地变得坚强起来,在某种意义上,《波动》和《晚霞消失的时候》更像杨讯/李淮平的成长小说。

这一成长,并不完全在于现实的磨难。《波动》中,隐隐约约暗示了杨讯的经历(冤狱),但无论怎样看,都有点叙事者勉强追叙的感觉,也就是说,杨讯身上缺乏那种思想者的气质,比如老久等人(《公开的情书》)。李淮平的经历则更具典型性,老红卫兵—狗崽子—参军—提干。因此,他们的成长,实际上是在对"文革"的反思中完成的,而在小说中,则通过身世的追寻显现出来。如果说,在肖凌/南珊,是所谓家世,那么,在杨讯/李淮平,则是身世的叙述了。而这一叙述,又因作者的差异,很是不同。

在杨讯的身世追寻中,贯穿着一个非常重要的概念,真相,而伴随真相的,则是所谓谎言。1980年代,这一概念慢慢成为反思历史的基本理路。也就是说,历史从"纪念碑",变成了一个被批判甚至否定的对象。而讨论这样一个演变的过程,则成为今天一项重要的工作。

杨讯和林东平的关系,很可能来自《牛虻》中亚瑟(牛虻)和主教蒙太里尼的原型启示。它暗示着"纪念碑"的倒塌。"纪念碑"的形成,需要光明的支持,进而幻化成"父亲"的形象。但是,在《波动》中,也如在《牛虻》中,这一"父亲"形象崩溃了,杨讯成为私生子,而且,林东平也并不是那么高尚,他喜欢奢侈,也不拒绝女人。因此,这一"父亲"始终活在叙事者审视的眼光中。可是,"父亲"为什么就不能有女人、爱情,甚至性?难道,"纪念碑"如此不堪一击?在某种意义上,"文革"前,革命史基本上是一部光明史,在这一历史叙事中成长起来的青年,恰恰具备了所谓小资产阶级基本的性格特征,是温室里长出来的花朵。而"文革"在某种意义上,客观上具有"解密"的功能,一些讳莫如深的事情,经过大字报、传单,或者所谓小道消息,而渐露端倪。一切都是"阴谋"。历史的叙事从一端迅速地滑向另一端。有人说过社会主义是天堂吗?说过。有人说过革命杜绝了一切的残酷吗?当然。因此,一旦社会主义不再像天堂,自然会被形容为地狱;也因此,一旦历史的残酷性被真实地呈现出来,杨讯们当然无法接受。1970年代,甚至今天,杨讯或者李淮平们仍然无法深入历史的残酷,去直面20世纪发生的一切。而这一切,恰恰来自前三十年的"光明"叙事。联系北岛后来有名的诗句,"卑鄙是卑鄙者的通行证,高尚是高尚者的墓志铭",《波动》《晚霞消失的时候》的叙事已经具备了将大历史转化为个人德性的特征,这也恰恰是后来1980年代文学基本的叙事特征,即用伦理叙事替代了政治叙事。而这一叙事导致的结果,是后来的文学(又岂止是文学)很难直面历史:20世纪的中国革命究竟为何发生,如何发生,它改变了什么,什么是它真正的历史遗产,即使荒诞,而隐藏在荒诞背后的,又究竟是什么样的理性思考,这些,用个人的德性大概很难解释。

相较于杨讯,李淮平的"身世"更加辉煌,也没有那么多的反思、质疑,甚至审视。在李淮平的记忆或回忆中,父亲的形象始终是正面的,很多年以后,比如湖北作家邓一光,才重新接续了这一写作思路。坦率说,《晚霞消失的时候》更像一篇文化策论,是对"血统论"的反省和总结,也可以说是对当时高层的谏言,所以,后来对《晚霞消失的时候》的批评,礼平很是不屑。[1]这一总结最关键的,无非如他所说,"血统论"选择了一个强大的对手,这一对手尽管在政治和军事上失败,但在文化上,却始终立于不败之地。没有说出来的是,这一对手才是文明的真正的继承者和守护者。《晚霞消失的时候》的真正要点,正是文明/野蛮的讨论。不能说这样

---

[1] 参见礼平、王斌,《只是当时已惘然》,收入《晚霞消失的时候》。

的思考不具价值，相反，无论什么样的政治、制度乃至意识形态，最终的落点，仍是要提供乃至创造一种更具召唤力量的文明形态。也因此，文明乃是政治最后决胜的战场。1980年代，核心，正如季红真所言，是文明与愚昧的冲突。[1]而当礼平自觉地居于历史的"野蛮"位置，那么，楚轩吾（包括他的子弟们）则具备了所有"文明"的要素，包括个人的德性。文明论一旦离开具体的历史语境，包括政治和经济，很容易转向这样的叙事。比如说，失败者同样具有德性。这没有问题，《史记》对项羽的描述就具有这样的倾向，再比如，《飘》（这在1970年代的地下阅读中很是流行）对南方将领的描述也是如此。可是，战争背后各种因素的复杂博弈，才是真正值得沉思的。这些，不是文明论能够解释的，更不是审美论能够解释的。而站在李淮平立场上的反思，又能反思出什么呢？要么是因父辈的赫赫战功而产生的沾沾自喜（"你那么急切地追问战场上的细节，在听到你父亲的种种情况时又流露出那么兴奋的神情"[2]），要么是在"高雅"的文明形态面前，表现出一种深刻的自卑（"可是我们这些将校之家有什么呢？我们的房子是千篇一律的营房，家具是千篇一律的营具。这些东西无所不在地体现着父辈的级别，但除此而外，我们的生活中没有任何可以体现

---

[1] 参见季红真，《文明与愚昧的冲突》，华东师范大学出版社，2014年。
[2]《晚霞消失的时候》，第161页。

和表达我们的个性和情性的东西"[1]）。而关键则可能在于，1970年代，在官方的高调叙述中，"人民"被空洞化；而在另一些叙述中，比如《波动》和《晚霞消失的时候》，"人民"则开始退场。

当然，这并不是说，《晚霞消失的时候》涉及的"文明"讨论不重要，相反，非常重要。1950—1970年代社会主义的挫败，很重要的原因即来自文明的战场。而如何建设一种新的文明，正是革命之后最为重要的工作之一。1950—1970年代，坦率说，这一工作并没有做好，没有做好的原因，见仁见智，各持己见即可。但其中一点是过于偏激，文明，也并非"阶级"这一概念所能全部囊括的。

3 父一辈以及子一代

无论《波动》，还是《晚霞消失的时候》，都出现了父辈的形象，但意义乃至叙事功能都有很大差异。

《波动》有两个人物，林东平和王德发。王德发不用说，造反派，一个漫画式的人物。值得注意的是，这个人物同样来自原来所属的官僚阶层，在某种意义上，这一描写更贴近1970年代。1970年代，不仅社会各阶层之间出现分裂，所谓官僚阶层内部，也充斥着斗争，因此，"新干部"有时并不新，也可以是"老干部"，历史的恩

---

[1] 礼平、王斌，《只是当时已惘然》，《晚霞消失的时候》，第309页。

怨常常延续在政治冲突之中。强调这一点,是试图还原1970年代的真实性或者复杂性,即使官僚阶层,也是如此,并非后来的叙事那么简单。林东平的描写要复杂得多,七情六欲俱全,充满矛盾。简单地说,1970年代,林东平式的人物已经不知道自己到底要什么,宦海浮沉,唯有所谓亲情还萦绕在心,也因此,为了这一亲情,常常突破道义的底线,这是杨讯最无法忍受的,从而把他放在叙事者审视的目光里。这和"伤痕文学"中的"老干部"形象完全不同。接续这一写法的,是后来金河的《重逢》。当然,即使是《重逢》,也并未构成1980年代的文学主流。

《晚霞消失的时候》中同样出现了两个父辈式的人物,李聚兴和楚轩吾,分别代表了李淮平心目中完美的父辈形象,同时也意味着叙事者的内心分裂。对于这些"红色子弟"来说,最难处理的,可能就是这一类父辈形象。当他们试图寻找另一个可能的世界时,必须反叛这类父亲,转而认同一个新父;可是,为了维持自己"血统"的纯正性,又必须塑造"生身父亲"的伟大形象,在《晚霞消失的时候》中,"战功"成为"胜利者"唯一骄傲的资本。

最为批评家称道,也是作者比较得意的,可能是泰山长老的形象塑造。这是一个观念化的人物,也可以说,就是一个符号。实际上,《波动》和《晚霞消失的时候》都是相当概念化的作品。追究起来,十年"文革",这些青年人都积累了相当多的想法,而为了顺利表达这些想法(观念),则必须绕开现实,因此,大都舍弃现实主义的写作方法,而以表现为主。这一写作思路,一直延续到1980年代,并通过"现代派"的形式表现出来。后来者由于未明了此中关键,其"表现"反而容易露拙。礼平通过泰山长老表达出的,是他对宗教的思考。[1]当然,已非对具体的宗教形态,而是对一种形而上学的思考。不能说这些思考没有意义,在当时尤其如此,可也不必过于当真。坦率说,宗教的核心,无非是再生的愿望,既是信仰,也是献身,既是哲学思辨,也是激情的燃烧。就这点而言,社会主义恰恰包含了一种宗教式的激情形态。差别只在于,社会主义将对彼岸的追求,转化为此世的奋斗。其胜利与挫折,都与此有关。因此,站在宗教的立场反思社会主义的实践,反倒可能会形成反思者的悖论。泰山长老的意义,不过是真、善、美三字。这一点,倒是重要。它意味着,经过1960年代的政治实践,原来固有的,并在1970年代被重新强化的"一元论"(一体化)开始解体,思想出现多元化的态势。对于1970年代的青年人来说,自由首先从思想开始。但是,礼平的特点则在于,他意识到这一变化,但并未放弃总体性的思考,也就是说,他仍然试图将多元的思想图景纳入一个统一的理论框架,只是,他选择了宗教式的形而上

---

[1] 参见礼平、王斌,《只是当时已惘然》,收入《晚霞消失的时候》。

思考。对于1970年代的礼平来说,这已经很不容易了。

而在《波动》中,除了对父一辈的塑造,更值得注意的,可能是对那些(官僚阶层)"子一代"的描写。所谓"虚无"(实质是小说中的用语"空虚"),对这些青年来说,可能更为贴切。"你们那会儿要比我们轻松些,一切都明摆着,用不着含糊。可我们,要么干脆没出路,要么所有的出路都让你们安排好了,活着还有什么劲儿……"——这是林东平(父一辈)与王胖儿(子一代)的对话。空虚之余,自然将精力发泄在物质性的追求上(舞会、奇装异服,等等)。正是王胖儿、媛媛、发发等人,构成了后来王朔小说的人物原型,当然,不是模仿,而是生活提供了这一类人物的存在。因此,在1970年代,一方面,"自由"通过思想、趣味、文化等的追求而显现;另一方面,所谓"自由"也表现为物质性的享受。对于"后三十年"来说,这两者时分时合,倒也并非老死不相往来。

4 白华和"二踢脚"

在写法上,《波动》提供了一种群像式的人物描写,也因此,我们更能窥探写作者的无意识倾向。其中,值得注意的,是"二踢脚"和白华。

"二踢脚"是一个工人,肖凌的师傅,但更像是一个痞子,肮脏、粗鲁,不断地纠缠肖凌。这个人物的出现,完全改写了1950—1970年代中国当代文学中的工人形象。

不能说"二踢脚"不真实，相反，生活中，完全存在着这样一类人物。问题不在这里，问题是，工人中可能存在着"二踢脚"，也存在着非"二踢脚"式的人物。写作者选择"二踢脚"，显然有着自己的考虑。这一考虑，有有意识的，也有无意识的，更有写作逻辑自身的限制和推动。

当写作者通过物的区分，重构了社会关系，而这一关系，实际上又是等级性的，那么，势必要处理处于这一关系中的最低端人口，而这一类人口在小说中，只能由工人（"二踢脚"）承担。而这一区分人群的标准，则是由所谓"高级文化/知识"构成的"文明"。正是这一"文明"的介入，才有可能重新区分"高级"和"低级"。这是由写作逻辑决定的。而1950—1970年代的中国当代文学，实际上一直在抵制因为这一"文明"的介入而导致的人群的重新区分，比较早的，有对《我们夫妇之间》的批评，再后来，有《千万不要忘记》《年青的一代》，等等，无不涉及这个话题。但是，这一批评的背后，是维持既有社会秩序的政治标准。一旦这一政治（因为"血统论"）遭到质疑，那么，"文明"的概念必将重新介入，以替代旧有的政治标准。《晚霞消失的时候》尽管没有涉及这一话题，但其潜在的逻辑并无二致。

《波动》和《晚霞消失的时候》都潜在地具有"文明/野蛮"的区分标准，并以此构成冲突的动因。这一点，在1980年代获得了广泛支持，季红真并以此为题构写了她的硕士论文。如果说1980年代具有什么时代主题，那么，何谓"文明"可能是其中一个，最后，以《河殇》暂告一段落。

以"文明/野蛮"为主题线索，另外的原因可能在于，在新贵族与旧贵族的冲突之间，写作者选择了旧贵族，并以此作为文明的代表或象征。这一选择，不再以创造一种新文明为己任（包括"五四"以来的新文学叙事），相反则强调接续或继承某种文明。就这一点而言，认为1980年代的文学回到了"五四"传统，实际上又是可以质疑的。

强调文明没有问题，问题在于，再造文明，永远和政治主体的选择相关。1970/1980年代，"人民"事实上开始退场。文学退回到审美领域，在这一领域中，所谓个体/个人也被小资产阶级化，同时，亦被政治主体化。但是，这一阶级无法提出更为具体和宏大的社会再造方案。因此，文明可能是最为合适的政治/审美的挑战载体，通过文明/野蛮的分流，婉转地透露出社会改革的意愿。写作者可能没有预料到的是，文明的介入，必将导致人群的重新区分。一旦底层社会被纳入野蛮/愚昧的范畴，"人民"事实上也需要重新改写，或者，干脆消失。只有在这一具体的历史语境中，张承志的意义才能被真正认识。

在这一所谓的文明视野中，"二踢脚"尽管是某一具体的个人，但同时也被抽象化了，底层不仅仅是病态的，更是野蛮的,其原因则在于愚昧(比如后来刘心武《班主任》中的宋宝琪)。而知识分子的位置,也只有在这样的文明/野蛮的区分中,才能真正获得确立,并由此推动启蒙主义的叙事。这一叙事主流,在1980年代中后期受到挑战:一是张承志,重新塑造"人民"的美学意象;二是王朔,对知识分子的伪善极尽调侃之能事。这两种挑战的走向完全不同。通过王朔,文学走向1990年代,市场被有力地嵌入文学的潜意识之中。而张承志,则循着另外的道路寻找新的政治主体,但他"穷人"的概念始终徘徊在审美领域,而没有办法政治化。其中缘由,难以言尽。

那么白华呢?《波动》花了很多的篇幅描写白华,盗贼、游侠,或者流浪汉。讨论白华的形象是否成功,意义不大。重要的是,北岛为何要描写这样一个人物,并不吝赞美之词?原因大概不难理解,自太史公起,中国文人素有游侠的叙事传统,这一传统多少包含了文人的某种悲戚,所谓"赴士之厄困",文人对政治尤其是上流社会失望,往往会将理想投注在虚拟的游侠身上。这一理想,一是行动性,以此克服自身的软弱;二是,这一点可能更重要,当这些小资产阶级从旧有的营垒中叛逃出来,也就是说,成为个体,那么,接下来的问题则是,个人与个人之间,究竟应该构成什么样的关系?这一点,北岛相对古典,和1980年代的先锋文学很不一样。北岛强调个人,但更希望构建人和人之间的理想关系。

而在1970年代,政治关系幻灭之后,这一理想则由江湖构成,或者说,纵向的"忠"的关系解体,取代它的,则是横向的"义"。

结　语

一个阶层就是在这样的叙事中冉冉升起,而且,是以受害者的名义。这是历史的事实,有谁能够否定吗?不能。面对这样的历史事实,叙事者给予同情也很正常。但并不仅仅止于同情,那是"伤痕文学"需要解决的问题。《波动》和《晚霞消失的时候》所要努力的,同时还在于,借助这一阶层,企图重新构造现实,并进而寻找新的历史主体,或者未来。

礼平曾经解释"文革"时期"血统论"的由来:"在我们的五星国旗上,大星代表共产党,四颗小星代表工人阶级、农民阶级、小资产阶级和民族资产阶级……什么是小资产阶级?其实就是一般的知识分子……这个'血统论'就是冲着他们喊出来的。"这意味着什么呢?意味着"我们在后来的'文革'中便给自己制造了一个强大的对手。……它选错了对象,惹翻了一个强大的社会群体,最后使我们很丢脸地被人家从'文革'的戏场上扫地出门"。[1]

---

[1] 礼平、王斌,《只是当时已惘然》,《晚霞消失的时候》,第242—243页。

那么,小资产阶级为什么强大呢?他们实际掌握的,正是一种高级文化。礼平回忆某个知识分子的家庭:"那简直就是一个神话般的地方。小院里种着花,那时的北京可不是所有的院子里都种花的。客厅里油亮的红地板,那时的北京也不是所有的客厅里都有红地板。屋角就是一架钢琴。……是很有名的舞蹈家,他们家钢琴响起来的时候,那个情景绝对是只有外国电影中才会出现的。"[1]这就是礼平这些"胜利者"当时的感觉。

李陀说《波动》通过肖凌表达出"建立一种特定的价值系统的努力,其中又隐含着对某种新的生活/社会的强烈向往",实际上,这话用在《晚霞消失的时候》可能更合适。那个未来的生活,是一种小资产阶级的生活,未来的社会,则是一种小资产阶级–社会主义。这个社会主义,由小资产阶级构成。当然,这只是一种文学现象的描述,并不是马克思主义的小资产阶级–社会主义。

1970年代,甚至1980年代,中国当代文学仍然在社会主义的框架中思考,只是他们理解的社会主义有了变化。起码,礼平们渴望的这种小资产阶级–社会主义,应该是优雅、高尚的,充满人情和温馨,是一个爱和善意的世界。这难道不好吗?当然很好,有谁会不喜欢这样的世界呢?没有。只是,离开政治和经济,这样的爱和善终究只能是浪漫的。尔后的历史发展解释了一切。小

---

[1] 礼平、王斌,《只是当时已惘然》,《晚霞消失的时候》,第309页。

资产阶级转化成中产阶级,却并没有像预期的那样成为社会的领导者——就像他/她们曾经被描述为的布尔迪厄的"文化贵族"那样,而是仍然在生活中苦苦挣扎。

1970—1980年代,思想谈不上多么深刻,甚至有些天真,他们不是政治现实主义者,更接近施米特所谓的政治浪漫派。然而,就是这种天真,居然开创出一个时代。这种巨大的善意、爱和因此构成的情感力量,本也是文学理想的题中之义。有时候,它和现实的政治世界达成某种默契,也有时候,未必会有这种默契。文学和政治,各自影响着世道和人心。只是,后来的历史发生了变化,1970—1980年代生产出来的小资产阶级的美学理想,也越来越固守在中产阶级的自我欣赏中。

补记一

1

1970年代，可以看作1980年代的前史。1970年代，大革命的浪潮已经退去，制度重新落实，言论也被再度管控。但人心已如脱缰野马，很难收拾。而且，经历太多，各种各样的说法，真真假假，历史和现实都不再清晰。青春不再，热血冷去。那一代人，已经很难真正回到神话和童话编织而成的时代。

那些人，应该是有想法的。有些来自经验，有些来自阅读。经验是各自不同的，阅读却大同小异。各自不同的经验，被编织进大同小异的阅读，得出的结论，就有了些许相似之处。

阅读通常来自地下，这些地下读物也并不新奇，原来就有，都是正规渠道发行的，只是因了突然的遭遇，被打入冷宫。这些读物到了地下，因了它的边缘或非主流,却获得了强劲的生命力。半是懵懂,半是新奇,再和个人的境遇对照,竟然也催生出许多想法。这些想法,有些深刻,有些也并不深刻,有些有意思,有些也未必有意思,但和原来毕竟有了不同。这些稀奇古怪的想法,一窝蜂地进入了1980年代。

当时却是兴奋的,以为有了许多发现。对于1980年代,都说重要的是反思,但发现也不可略去。发现也同样带来反思。更兴奋的是,发现了一些新奇的领域。原来以为熟悉的,现在变得陌生,原来陌生的,现在却感到熟悉。这些新奇的领域不断扩展,塞满了一个时代。这些,都是1970年代的余风所及。

1980年代绝对不能低估,但也没有必要说得那么深刻,许多想法,也都和新奇有关。因了新奇,渐渐地也自以为深刻起来。

这些新奇,构成了1970年代的非主流。非主流,是相对于主流而言的。或者反过来说,当时的主流生产出了自己的非主流。任何社会,都有自己的主流,主流是需要的,但主流不能把自己弄得过于封闭,这样,事情往往会适得其反。

有些新奇,也都是些旧物。旧物的发现,依赖于1970年代的退出。退后一步,万物皆新。但这些旧物,却因了时代境遇的不同,竟然又生长出许多真正属于1980年代的想法,这些想法,很多是创造,倒有些新了,和它原来的模样,竟然有了些不同。

到底是反思发现了新奇，还是新奇带来了反思，说不清楚。

2

1980年代，有一个侧面是青年，当然，这个青年也是有来历的。

这个时代的青年，大都出生在1950年代前后，也可以说他们是共和国的"战后婴儿潮"一代。这一代人，有他们的金色童年，但到了1970年代，开始成熟，事情的变化，就在这个时期。

变化出自两个方面，其一是偶然，比如知青下乡，进入乡村，才真正遭遇一个现实的中国，这个震撼是大的，许多看法，开始有了变化。其二，却是必然的了，社会（城市）的福利制度是好的，但未必跟得上"婴儿潮"一代的成长。这时候，年轻人也开始有了衣食的烦恼，慢慢地现实起来。

"婴儿潮"一代，也分两类，一类是普通工农子弟，上升无门，说阶层固化，1970年代是严重的，这一点少有人提及，比如，那时候最流行的，也是普通人最反感的，就是"走后门"了。老百姓，想走后门也难。恋爱、结婚、工作、住房，困扰是很多的，也很实际。对许多人来说，"富裕"不是一个可有可无的概念。

还有一类青年，不必操心衣食，关注的是心灵，他们思考得比较"理论",但不能说没有意义。这些思考,想的是人心,涉及面是广的,也不乏深刻。

这两类青年,一起走向1980年代,分分合合,也同时开创了两种叙事:一种是有关"富裕"的叙事,讲的是如何过好自己的"小日子",这一点,很"改革";另一种则是"启蒙"了,讲的是人如何为人,这一点,也很"改革"。这两者,有时候很难分清。

生活也罢,精神也好,核心都是"自我",前者是个人的物质基础,后者就是个人的精神依据了。用后来流行的话说,也就是物质文明和精神文明。这是和以往的思考很不一样的地方。

这个"自我"产生的前提,是对大政治的退出,这个大政治,几乎囊括了当时社会的各个主流领域,也包括各种主流的说法。用诗人北岛的话说就是"我不相信"。从旧体制退出,才意味着1980年代的真正开始,这一点,已经在1970年代震荡。当然,这是一种特指,它指向1950—1970年代,后来,更向历史延伸。所谓发现,也和退出有关。

3

说起青年,想起一个词,知识青年。这个知识青年,指的是念过中学,然后就去社会了,是这样的一类青年人。到了"文革",这个称呼才变成一个特指,专门指代

"上山下乡"的青年。

我们说起1950年代,就会提到"识字运动"。但是,识字以后会怎么样?有了文化以后又会怎么样?因为这个"识字以后",包括中等教育在中国城市的逐渐普及,催生出了一个新的群体,这个群体,就是"知识青年"。可以说,这个群体的产生,影响了后来几十年中国的政治和文化。这个群体的出现,在某种意义上重构了个人和世界的关系,因为发现个人永远是和发现世界结合在一起的,不然我们就无法理解,为什么高加林到县城里面一定要去看那个什么《参考消息》。这样一种个人和世界关系的重构,带来的是这个群体的一个总体性特征,说得通俗一点,就是不安分,这也是小资产阶级产生的土壤。这样一来,如何安放这样一个刚刚产生的不安分的知识青年群体,恰恰是当时,不管是政治,还是文化,都要面对的一个问题。

实际上,文/艺在这方面做出了非常迅速的回应,我们比较熟悉的有《千万不要忘记》。《千万不要忘记》通过季友良这样一个正面形象,试图用平凡的工作来进入一种忘我的境界。问题是,通过工作来达到忘我,能不能安放这样一个群体?丛深很敏锐,应该意识到了这个问题,所以在叙述上显得很犹豫。这样,现实主义的写作,通过"解决问题"的写法,就面临了一个很大的挑战。所以,我觉得可以从另外一部话剧《年青的一代》,做一些相关的讨论。

在这个文本中,"远方"的概念再度出现了。而伴同"远方"的,则是"远行"。这样一种写作方式多少具有了一些浪漫主义的特征。通过另外一种方式达到"忘我",这个方式就是再度点燃一种激情。而"远方"概念的再度出现,重新结构了一种新的世界图景。这方面的写作构成了1960年代的基本特征之一,比如边疆文艺的出现。浪漫主义的再度崛起,暂时缓解了现实主义的焦虑。

那么,我们怎么看待1960年代重新崛起的浪漫主义?这种写法影响了一代青年。通过浪漫主义的写作,直接打开了1966年的大门。1970年代,这种革命的浪漫主义退潮,对这一代人来说,就是"远方"这个概念开始消失。到了1980年代,这一代知识青年从浪漫主义中走出来,试图回到现实主义,比如韩少功,但现实主义是无法安放这一代青年的。因为他们身上实际上仍然残留着浪漫主义的气质,就是始终有一个"远方"的概念,有一种不安分,有一种叛逆的性格。所以这一代人实际上挣扎在现实主义和浪漫主义之间。唯一的例外,可能是张承志。张承志重要的是他在不断地寻找远方和人群。所谓1960年代的精神,也就是一种浪漫主义的精神,所以说在这个脉络里面,我们会看到,这一代知识青年为什么最后没有走向改革文学,就是解决问题的那种现实主义;但是也无法重新走向浪漫主义,最后剩下的唯一的可能性恰恰就是现代主义。在虚无中挣扎,试图再寻找一个新大陆,这就是1980年代以后文学发展的脉络。

沿着这个脉络我们往前推，它的血脉在于1960年代，和知识青年这个群体的产生有一点关系。所以我说中国是一个独特的经验，它始终是不稳定的，充满着一种内在的悖论，从来就没有一个固定的东西，任何一种理论的出现，都会遭遇另一种理论的反驳，它们共生于共和国的结构之中。伯林在讨论德国浪漫主义的时候，说德国的浪漫主义打开了通向现代主义的大门，在中国可能是1960年代的浪漫主义通过中间十年各个曲折的环节走向了现代主义。但有一点可能是相似的——远方的消失，浪漫主义自然会走向现代主义。但是现代主义的终结又意味着什么，则是另外一个话题了。

4

说起1980年代，论者都会把它和"五四"并列，这样的并列当然没有问题。比如说，个人；比如说，发现自我；比如说，自由；比如说，启蒙主义；等等。

也有一点差别，"五四"反叛的，是封建主义，是家族制、宗法制；1980年代，则是从当时的极左政治中走出来，要突破集体的美学原则。问题就是，这个极左政治不管怎么说，也还是在当时的思想光谱中，怎么处理它和中国革命的关系，是个麻烦。

为什么说是个麻烦？所谓"五四"也有复杂性，复杂就复杂在社会主义思想的介入。所以，"五四"以后，因为社会主义，知识青年一路向下，这个"下"，指的是工农，是社会基层，有改造社会的雄心，当然，后来又有了自我改造。

1980年代就不一样了，因为挑战极左政治，顺便把社会主义也反思了一下，最后的结论，是要"告别革命"。下是自然不能下了，那就向上，上又上不到天，最后不尴不尬，只能成为小资产阶级了。

5

人群总是会被区隔，不是被政治区隔，就是被经济区隔，当然，也会被文化区隔。

政治和经济的区隔，看得比较明白。政治的区隔，现在倒是淡了，这是进步，不承认也不行。有点暧昧的，是文化的区隔。有文化的和没文化的，懂艺术的和不懂艺术的，读哲学的和不读哲学的，硬要说一样，不实际。过去，有过很多努力，比如说卑贱者最聪明，但都收效不大，而且也都成为历史了。

区分没有什么问题，但区隔成三六九等，就有问题。尤其这个区隔被阶层化，甚至阶级化。

6

现在，关于1970年代或者1980年代的回忆还是蛮多的，看多了，也会有点怀疑。不是所有的声音都能化为文字，普通人的声音，很少能进入历史。慢慢地，就流逝了。所以，我对这些史料，一直是怀疑的。史料不就是文字吗？不就是文化人的想法吗？而那些能够留下来的文字则成了材料，对这些材料的研究，就成了历史。

这当然不是说，现在的这些回忆就没有价值，相反，很有价值。那些阶层，新的权势阶层，旧的文化贵族，在1970年代圈子化了，而且，这些圈子还在相互靠拢，然后就在一起了，而且，还一起打开了一个新的时代。你可以不喜欢，却不能不承认，这就是1980年代的起源，最起码，也是起源之一。

这好像也并不是中国的特产，前社会主义国家，大都有这方面的现象。研究研究这个，倒有点意思。

新政治和旧文化，本来谁也不服谁。新政治要改造旧文化，旧文化心里不服，嘴上不敢说，悄悄地把骄傲放在心里，毕竟文化资本还是在的。慢慢地，火车头还在往前开，后面的车厢不肯动了，再动，就动到自己了。这时候就研究艺术了。当然，这个艺术不是"小二黑结婚"。研究艺术的，都是政治二代，看见文化人就有点自卑，就在想，能不能搞点历史和解。有文化的，这时候就成了文化二代。说他们不需要政治二代，也难说，权势总是好的，也是需要的。毕竟，高不成低不就，也算是门当户对。

所以，你有时候会读出个共治。权势还是那个权势，但文化不是那个文化了。慢慢地,旧文化变成了新文化,就会要求政治也变一变。这些,都是后话了。

这里面,本来也没有老百姓什么事,后来有了1980年代平民阶层崛起,剧情发生了变化。历史没有按照1970年代的导演向前发展。所以,不能说1980年代的事情,都埋藏在1970年代里。

不过,1970年代还是不能小觑,不管什么二代,还是他们,也只能是他们,打破坚冰,开拓出一条思想的航道。所以说,1980年代,自下而上,有的;自上而下,也不能说没有。

有些想法,也影响到了后来的年代。这些想法,有的引起共鸣,也有的被慢慢扬弃。比如说,文化贵族,始终只是1980年代的美好想象。1990年代崛起的新富人阶层,才真正开始改变中国的社会格局。

7

北岛等主编的《暴风雨的记忆——1965—1970年的北京四中》,是本很有意思的书。研究1960年代,北京四中是个微观小世界。这个世界,既有干部子弟,也有高知子弟,当然还有许多其他阶层的子女。这本书有几个关键词,其中一个是"血统论"("老子英雄儿好汉,老子反动儿混蛋")。里面的杀气让许多人"战栗"。战栗的,也不全是"黑七类",还包括许多普通人家的孩子,

"从'对联'开始,我对干部子弟这个群体,原有的敬意全无(与个别人还是朋友),他们身上再无父兄折射的光芒,只剩特权带来的狂傲与利益。而在另外的群体中,却有着真正的智慧、才华、幽默与尊严"(唐晓峰《走在大潮边上》)。

还有一篇,也蛮有意思。"四中一大特点就是高干、高知子弟云集,父辈包括部长、将军、教授、工程师,甚至国家领导人。要说绝大多数很低调、很平民化,但不经意的一举一动却透出生活的富裕与优越——他们显然属于不同的社会阶层和等级。而我,父母都是工人,每月收入加在一起才一百零八元(这在他们工厂已算高工资了,他们以此感到自豪),要供养我们六个兄弟姐妹吃饭穿衣,特别是按时缴学杂费、书本费,还是紧巴巴的。……与许多同学的家庭相比,我家在经济地位、社会地位和政治地位上差了一大截,除了下意识的自卑外,也让我深感困惑。"(赵京兴《我的阅读与思考》)这种所谓的"革命"最后把自己的"主人"也赶走了,当然,他们认为自己才是真正的主人。因为这种困惑,赵京兴(作者)和遇罗克成了朋友,也成了遇罗克《出身论》的坚决支持者。多年以后,他回忆说:"我当时就认为,《出身论》只是个简单的真理——父母的政治面貌当然不会像血型那样是可以遗传的。若无'血统论',它本来是不言自明的,用不着那么多人摇旗呐喊,更用不着遇罗克献出生命。但随着对社会认识的深化,我才明白,它触动的实际是某些人感情背后的权力与利益。《出身论》对特权势力造成建国以来从未有过的冲击。""可以说,一代人的斗争,极大地削弱了中国的特权势力,否则改革开放不会那么顺利,但真正对中国特权势力造成冲击的不是'文革',而是改革开放。在引入市场机制后,金钱的力量摧枯拉朽般地打击了计划经济时期形成的特权势力。"一个新阶级崛起了,这个阶级酝酿在1970年代的思考和1980年代的小规模实践之中。当然,这个新阶级的崛起,是否像作者想象的那样美好,则是另外一件事了。"我出狱后做临时工,空余时间重操旧业——阅读与思考,只不过改变了阅读方向,从哲学转向经济学。促使我转向的一个重要原因是,我看到周边的工人、农民是多么渴望过上好日子——白洋淀农民为住上新房,顶着烈日,围海造田般用河泥筑成一块块宅基地;北京家庭主妇把劳保手套拆成线,再一针一针钩成装饰窗户、桌面的针织品。此情此景,常让我感动得热泪盈眶。"(赵京兴《我的阅读与思考》)这是另一条通向1980年代的道路。

8

1980年代的"自我",也是有前世的,这个前世,就是1970年代。当然,这话不严谨,1950—1970年代,这个"自我"已经在了。不过,那时的"自我"被政治化

（大我化）了，但是已经有了"自我"的脾气。最大的脾气就是"造反"。所以，那时好像没有什么青春期，都在叛逆，而且是合法化的叛逆。转折是在1970年代，不要说那些什么子弟，就是普通人，也开始对当时的政治产生了怀疑，也在反思。对青年人来说，纷纷从"政治青年"转为"艺术青年"，那种政治的叛逆也因此变成艺术的叛逆。思想由此打开。

这个转折的细微处到底是什么，还真说不清楚。但有一点，变得孤独了，这可能是因为从人群中退出的关系，而政治总是属于人群的。所以，《波动》中，退出政治的肖凌和杨讯就很孤独。但是孤独者因为艺术/知识又变得充实，或自以为充实。这时候，对周围，对周围的人群，对周围的世界，就有点不屑。所以，孤独者是骄傲的，也有点矫情。这几乎成了1980年代"自我"的艺术肖像。

都说1980年代是一个纯真的年代，也许是，那个年代的人还没有完全从1950—1970年代中摆脱出来，还有点单纯，功利心也不是太强。不过，也可以从另外一个方面来解释。所谓纯真，就是把自己封闭起来，举世皆醉我独醒。切断和周围的联系，然后保证一种纯真的主体性的建构。这种主体性的表现方式就是独语、自白和抒情。所以，所谓1980年代，也是一个抒情的时代，越到后来，越甚。而与人群的对话，则渐渐淡了。写作上，自然就远离了现实主义。

话又说回来，周围的世界实际上不可能完全消失，怎么可能呢？只是，世界的概念变了。他者也是有的，只是不在周边的人群里。说他们是西方主义者，有点过了，但把西方看成有意义的他者，应该还是有点的。不过，不是积极的对话，而是学习和模仿。

因此，这个"自我"就有点飘。烟火气，自然也是没有的。所以，才有了后来的寻根，有了文化自觉的要求。

实际上，1980年代，最难的是讲衣食，而不是讲自我。讲自我，理论一套一套，都是现成的。所以，那时候有西方热，如饥似渴，囫囵吞枣。但是讲衣食，就难了，要么公有制，要么私有制，二选一，是个难题。所以，1980年代到后来，也是避难就易。这个倒不能怪他们，时代的限定。在这个意义上，1950—1970年代，反而有一定的探索性。公有制，谁也没遇见过，人心怎样，不知道，只能揣摩，揣摩有时候也会出错。

空中楼阁最容易，怕就怕这个自我从楼阁中走出来。自我走到现实，自我就会碰到自我。好聚好散也就算了，不肯散呢？这就不好说了。小姐碰到柴米油盐，也会起凡心。这时的自我就有点俗了，《一个冬天的童话》很大胆，遇罗锦以为什么话都能说，但她不知道，有些事能做还真不能说，一说就俗，这和1980年代的高雅是不匹配的。尽管它和1980年代自我的内在逻辑是一致的。

9

1980年代的人,都有点骄傲,但骄傲也是要有本钱的,最起码,要有家世,要有门第,没有家世和门第,就自己打出一个家世和门第。所以,1980年代的人,也蛮强悍。

后来,流风所及,这类小说也多了起来。一门三进士,有的;五世而不斩,也是有的;最不济,也得是个留洋博士。

杨苡在《一百年,许多人,许多事:杨苡口述自传》中说,"我是相信平等,反对讲究等级那一套的","那时候再想不到,这些年,家世啊,家里过去的风光啊,有钱有势什么的,又变得吃香了,'贵族'成了一个好头衔","现在不是常说到'教养'吗?摆阔,津津乐道这些,我看就是没教养"。这一点和"五四",好像不太一样。

10

但是不管什么,都要有现实空间的支持,再深刻的理论,想要开花,也得有一小块土壤。

1980年代究竟是个什么样的空间呢?这是个大问题。

一方面,旧体制在松动,体制内,也有了缝隙;而另一方面,新体制还没有完全建立,也没有这样那样的规矩。这样,在新旧之间,有了更多的空间,这些空间就成了缝隙。有了这些缝隙，才有了个人，有了自我，有了自由。说白了，就没有什么浪漫，有的，只是现实。

上面和下面，也没有绝对一致的地方。即使上面，也不是铁板一块，有保守派，也有改革派。某甲要批判，某乙可能会保护。上面会批判，下面可能会睁只眼闭只眼，说说也就过去了。1980年代的上面和下面，中央和地方，是一个更大的题目，搞清楚这些事，对研究1980年代的文学有帮助。现在都喜欢讲什么文学的生产机制，这才是1980年代文学的生产机制。

11

施米特写过一本书，《政治的浪漫派》。施米特解释什么是浪漫，"我们不妨设想，有人正在城市街道上散步或在集市上闲逛，他看着农妇在兜售自己的货物，家庭主妇在买东西。这些十分投入地交易着鲜果佳肴的人，令他大为感动；可爱的小孩、专注的母亲、生龙活虎的年轻人、身板笔挺的男人和庄重的长者，都让他着迷。此人就是个浪漫派。描绘自然状态时的卢梭，讲述中世纪的诺瓦利斯，在文学修养上可能有别于此人，但在实质上或心理上，他们并无不同。因为，用来编造浪漫主义神话的情境和题材，本质上是一样的东西。所以，我们遇到的是一系列规定了浪漫派特点的人所共知的形象：无害人之心的童稚的原始人、善良的初民、有骑士风的封建领主、纯朴的农民、仗义的强盗头子、周游四乡的学徒、可敬的流浪汉,还要加上俄罗斯农民。他们都源于这样的信念:在某处可以找到人的天性之善"。不过,这是浪漫,还不是施米特要说的政治的浪漫派,"对于德国人的感受来说,这种基于人性善的定义,太过看重人身上道德的方面,很少看历史方面,完全没有宇宙万物的视野。如此定义肯定不能算浪漫派的定论,它根本就不充分"。施米特引用了丹纳的说法:"丹纳极为严格地依靠他本人以及上一代人杰出的社会学和历史学著作给浪漫问题提供了清晰的历史解说。在他看来,浪漫派是一场市民阶级运动,贯穿于18世纪反对占支配地位的贵族教养的斗争。那个时代的标志是平民占领的到来。新的浪漫派艺术与民主和新兴市民阶级的公众品味同步发展,它觉得传统的贵族风格和古典章法是矫揉造作的模式,它需要真实而自然的东西,所以经常致力于彻底破坏一切风格。……他认为,浪漫派意味着某些革命性的东西:一种新生命喷薄而出。"不过,当丹纳"用民主一词时,他所想到的根本不是现代工业化大国的大众民主。他指的是自由派中产阶级、中产阶级、市民阶级教养和市民阶级财产的政治统治"。

施米特对"浪漫"及浪漫派的追根溯源和批判性论述极为精彩:"浪漫派把思想的创造性移植到审美领域,移植到艺术和艺术批评的领域,然后在审美的基础上理解所有其他领域。乍一看,审美的扩张导致了艺术的自我意识的大大强化。摆脱了一切羁绊的艺术,似乎在无限制地扩张。出现了把艺术绝对化的宣言。提出了普遍艺术的要求,举凡精神、宗教、教会、民族和国家,都汇入一条洪流,它发展于一个新的中心——审美。然而,旋即发生了一场彻底的畸变。艺术被绝对化,但它同时也带来了问题。从绝对的意义上理解艺术,却没有义务提供伟大而严格的形式和表现。"再有,"这些乍看上去得到极大拔高的东西,依然停留在不负责任的私人感情领域,浪漫派最精美的成就存在于私密的感情之中"。而"从社会学角度看,这个审美化的普遍过程,仅仅是以审美手段把精神生活的其他领域也私人化。当精神领域的等级体制瓦解时,一切都变成了精神生活的中心。然而,当审美被绝对化并被提升到顶点时,包括艺术在内的一切精神事物,其性质也发生了变化,成了虚假的东西"。施米特追问说:"另一个更重要的问题依然悬而未决:这种审美的扩张基于什么样的精神结构,这场运动何以能够出现,并在19世纪大获成功?"以下,大概是施米特的回答:"只有在因个人主义而导致解体的社会里,审美创造的主体才能把精神中心转移到自己身上,只有在市民阶级的世界里,个人才会变得在精神领域孤独无助,使个人成为自己的参照点,让自己承担全部重负,而在过去,重负是按等级分配给社会秩序中职能不同的人。在这个社会里,个人得成为自己的教士。不仅如此,由于虔敬的核心意义和持久性,个人还得做自己的诗人、自己的哲学家、自己的君王、自己的人格大教堂的首席建筑师。浪漫派和浪漫现象的终极根源，在于私人教士制之中。如果我们从这些方面来考虑，就不应只盯着心地善良的牧歌派。相反，我们必须看看浪漫运动背后的绝望——不管这绝望是在一个洒满月光的甜蜜夜晚为了上帝和世界而变成抒情的狂喜，还是因尘世的疲惫和世纪病而叹息，悲观地撕裂自我，抑或疯狂地钻进本能和生命的深渊。我们必须看看以其怪异的面孔刺穿色彩斑斓的幕布的三个人：拜伦、波德莱尔和尼采。他们是这种私人教士制中的三位大祭司，也是其三个牺牲品。"

用施米特的理论来解释1980年代或者1970年代好像不太准确，也没有什么必要。比如，那个时候好像还没有什么"市民阶级运动"，更没有"市民阶级财产的政治统治"。不过，施米特对审美的批评很有意思。

第二章

怎样才能成为小资产阶级

从《人生》到《平凡的世界》

1983年1月,我在《上海文学》发表了我的第一篇文学评论《高加林和刘巧珍——〈人生〉人物谈》,这篇文章帮助我走上了文学批评的道路,也就此改变了我的人生。1980年代惠赐我良多,所以我总是心怀感激,但这并不妨碍我同时反思这个年代,包括我自己的思想历程。

1980年代是这样一个年代,旧体制正在动摇,新制度尚未确立,一切皆有可能,哪怕高加林的结局充满悲剧性,也阻挡不了阅读者改变自我命运的激情。这很浪漫,但正是浪漫造就了1980年代,或者说,1980年代成就了浪漫。当然,新制度终于落实,1980年代的浪漫也只是那一瞬间的事情。

后来,路遥出版了《平凡的世界》,并托出版社给我寄来一套。我读了,但没有马上发表意见。那时候,我想再慢慢思考一段时间。但是后来发生了很多变化,我的兴趣也已经转移。2002年,我进入大学工作,在每次面试研究生的时候,学生都会提到《平凡的世界》,这本书成了他们的圣经。这使我惊讶,我能感觉到的,是路遥的影响历久弥新。于是,我又拿起《人生》和《平凡的世界》,我想知道为什么。读了几遍,慢慢地,有了一些想法,但也只是一些想法而已。

这四十年,尤其是近年,路遥研究已经进入了一个新境界,不仅史料丰富,研究也更上层楼。那些优秀的论文,拓展了我的视界,其实,已用不着我再来饶舌。但我还是想再来说一说,更多的是想表达对路遥的一点追思。

以下,我想用札记的方式,记录我重新阅读的一些感受。

一 高加林想要什么(一)

高加林想要什么,不是个问题,但从这里出发,也许可以展开讨论。

高加林有两个身份,这两个身份都是作者赋予他的。第一,高加林是个文学青年。文学青年是个有意思的话题。往前,有1950年代的夏可为,因为充满文学幻想,不安于学业,受到赵树理的批评。[1]一般来说,文学青年

---

[1] 参见沈杏培,《"夏可为事件"与20世纪五六十年代"青年出路"问题》,《人文杂志》2022年第5期。

有激情，也富于幻想，但不安分，是小资产阶级的温床。而如何规训文学青年，也是1950—1970年代的主要任务。但另一方面，文学门槛低，投入成本也少，是底层青年改变自身命运的路径之一。说1980年代是文学时代，是对的，但也不能不反思这个问题。当然，能够借助文学改变命运的，毕竟是少数，但给了许多人幻想。高加林没有这么大的野心，只是喜好，但喜好给了他梦想的条件。实际上，文学青年作为原型，影响到许多作品中人物的塑造，哪怕这些人物并不"文学"。丛深《千万不要忘记》里的丁少纯如此，铁凝《哦，香雪》中的香雪也是如此。第二，高加林是个高考失败者，这就切断了他上升的道路。1977年恢复高考，是件大事。写高考成功者的多，写失败者的少，《人生》就写了失败者。高考相对平等，但高考前的准备，未必平等。路遥的叙事重点不在这里，重点写这方面的，是刘心武的《乔莎》[1]。路遥关注的，是流动，这个流动，不仅仅是城乡间的自由流动，更是阶层之间向上的可能。说阶层流动，是句废话，流动的实质，是向上，而非向下。对于1980年代的底层青年而言，高考是向上的主要通道，高考失败，就基本失去了改变自身命运的可能。

一开始，高加林并没有那么大的野心，失败，也就没有那么多的绝望，能够做一个民办教师，他很满足。"他

---

[1] 刘心武，《乔莎》，《北京文艺》1980年第9期。

高中毕业没有考上大学，已经受了很大的精神创伤。亏得这三年教书，他既不用参加繁重的体力劳动，又有时间继续学习，对他喜爱的文科深入钻研。他最近在地区报上已经发表过两三篇诗歌和散文，全是这段时间苦钻苦熬的结果。现在这一切都结束了……"结束的，不仅是职业，还有希望，"这个职业对他来说还是充满希望的。几年以后，通过考试，他或许会转为正式的国家教师。到那时，他再努力，争取做他认为更好的工作。可是现在，他所抱有的幻想和希望彻底破灭了"。结束的原因，也很简单，大队书记高明楼把这个位置给了自己刚高中毕业的儿子三星。

这大概是1970年代末或者1980年代初的事情。

另外一件事，也刺激了高加林。

高加林心不甘情不愿地做回了农民，有一次，去城里担粪，遇见了同学张克南的妈妈，一个副食品公司的干部。张克南的妈妈"已经记不得他是谁了"，因为，"他现在穿得破破烂烂，满身大粪；脸也再不是学生时期那样白净，变得粗粗糙糙的，成了地地道道的农民"。张克南的妈妈一脸嫌弃，话说得很难听，"这些乡巴佬，真讨厌"，"走远！一身的粪！臭烘烘的！"。

这大概也是1970年代末或1980年代初的事情。

这并不是个人和个人的冲突，如果张克南的妈妈认出高加林，不会这样；而高明楼一直很欣赏高加林，如果可能，他也不会拿掉高加林的教师资格。那么，不说阶级，也是阶层之间的对立了。是一个阶层对另一个阶层的剥夺，也是一个阶层对另一个阶层的侮辱。在个人背后，总是阶层，所以，空谈个人，真是毫无意义。但是，在1980年代，对于高加林来说，除了以个人的名义加以对抗，还有其他的方式吗？

所以，高加林走得很决绝，发誓要混出个人样："一种强烈的心理上的报复情绪使他忍不住咬牙切齿。他突然产生了这样的思想：假若没有高明楼，命运如果让他当农民，他也许会死心塌地在土地上生活一辈子！可是现在，只要高家村有高明楼，他就非要比他更有出息不可！要比高明楼他们强，非得离开高家村不行！这里很难比过他们！他决心要在精神上，要在社会的面前，和高明楼他们比个一高二低！"

这些话，很熟悉，千百年来，都这样。所以，1980年代说的，有时候也会是些"旧话"。

但是，"自我"却在旧话中慢慢复苏，这很奇怪。

现实主义总要写环境，这个环境有社会关系，也有生产关系。路遥写环境，很精彩，也很敏感。写干部群体的变化，再度高高居上；也写村庄的变化，写高明楼和刘立本。高明楼是"大能人"，刘立本就是"二能人"了。刘立本是生意人，"挣钱快得马都撵不上"。高明楼和刘立本还是儿女亲家，"'大能人'和'二能人'一联亲，两家简直成了村里的主宰"。这就是乡村社会权力和金钱的结合，也是1980年代大历史的一个小小缩影。当理论还没有来得及概括和总结，文学已经以它敏感的触角深入到社会的肌理。

环境变化,就会带来人的变化,也会带来相应的表现形式。高加林抽烟的细节很精彩。高加林烟瘾很大,想抽烟,"纸烟却没有了——准确地说,是他没有买纸烟的钱了。当民办教师时,每月除过工分,还有几块钱的补贴,足够他买纸烟吸的"。于是,这天早上,他醒来"接连抽了两支烟,他才感到他完全醒了。本来最好再抽一支更解馋,但烟盒里只剩了最后一支——这要留给刷牙以后享用"。

这很别扭,别扭使他感到全世界都在和他作对。所谓个人意识就在这种"别扭"中成长起来。

把个人的产生,归结为精神,归结为启蒙思想,这没有错,但不全面。对于另外一些人,尤其是底层青年,这个个人,是有物质性的,也有环境压迫的因素。说得极端点,这个个人是被"逼"出来的。当然,这个个人,或者自我,这个时候还不自觉,需要思想的命名,不同的思想,就有不同的命名,也会把这个个人引向不同的人生道路。

1980年代的命名,当然来自启蒙精神,但是,这一命名一旦进入底层,就会形成一种平民化的个人主义运动,这个运动有物质性的利益要求。它并不纯粹,也不完美。当然,也许本来就没有什么纯粹或完美的个人主义。纯粹或完美,只在文艺家的臆想之中。

这是高加林的"外因"。

二 高加林想要什么（二）

2012年6月，我应程光炜兄的邀请，参加了中国人民大学文学院主办的学术会议"路遥与八十年代文学的展开"，并在会上做了题为"知识、知识青年和高加林"的发言。在发言中，我引入了两个概念，知识和知识青年。

高加林是知识青年，这个群体有自己的谱系，广义的和狭义的。狭义的知识青年，主要是指1960—1970年代"上山下乡"的城市青年；广义的知识青年，则指1950年代以后开始陆续出现，并逐渐壮大的青年群体。这是中等教育在中国普及化的结果，是一种新的人口形态。勉强来说，这个群体应该居于普通民众和知识分子之间。这个群体实际上影响了中国几十年的政治和思想变化。而在1950—1970年代，主流意识形态一直试图规训这个新兴的青年群体，而文/艺也实际承担着这一规训使命。比如话剧有丛深的《千万不要忘记》、陈耘的《年青的一代》，小说有胡万春的《家庭问题》，等等。规训的效果，有，但也未必很大。

构成知识青年内涵的，当然是知识，这个知识，是现代的。现代知识，本质上属于城市，和乡村就有些不太融合，严重的甚至会分裂，这是根本。这个知识，塑造了高加林，也塑造了高加林的世界观。

高加林有自己的世界，这个世界很大，高家村盛不下，所以，高加林到县城，要去看《参考消息》，那里面有欧洲，是高加林的世界。1950—1970年代，如何处理个人和世界的关系，是个重要命题。个人隐匿在岗位（乡村或工厂）后面，通过岗位，确立自己和世界的关系，而这个世界和个人的世界观是一致的，形成了一个统一的世界图景。所以，"第三世界"的概念不是可有可无的，它巩固或者强化了意识形态对个人的形塑。1980年代，"第三世界"的退场，使得个人直接面对新的世界，这个世界是新奇的，是由城市、富裕和自由构成的。世界那么大，高加林也想去看一看。这个世界也同时唤醒了高加林习得的知识。1980年代，知识的定义也发生了变化，过去，重知识的实践性，毛泽东在《整顿党的作风》中说："什么是知识？自从有阶级的社会以来，世界上的知识只有两门，一门叫做生产斗争知识，一门叫做阶级斗争知识。"[1]毛泽东对知识的概括有点简单，这个简单留下了隐患。但重实践，却是那个时代知识的重要特点。这个特点在1980年代受到挑战，知识开始回到学校。这个变化是重要的，也和知识分子的利益诉求有关。

这个知识塑造了高加林的心灵，甚至同时塑造了他的身体。小说有这样一个细节，说的就是高加林的身体："他的裸体是很健美的。修长的身材，没有体力劳动留下的任何印记，但又很壮实，看出他进行过规范的体育锻炼。脸上的皮肤稍有点黑；高鼻梁，大花眼，两道剑眉

---

[1]《毛泽东选集》第三卷，第773—774页，人民出版社，1966年。

特别耐看。头发是乱蓬蓬的,但并不是不讲究,而是专门讲究这个样子。他是英俊的,尤其是在他沉思和皱着眉头的时候,更是显示出一种很有魅力的男性美。"叙事者在这样的讲述中透出一种自恋,但同时也传递出这样几个信号:一、美的含义变了;二、劳动摧残美;三、美和教育有关。美的含义的变化,是美需要"讲究",开始和自然脱钩;劳动摧残美,意味着美要求从实践中退出;美和教育有关,则暗示着美需要习得,李泽厚风靡一时的《美的历程》,多少也暗含着这一意思。1980年代是一个泛审美论的时代,即审美从私人的情感领域向社会各个层面大肆扩张。美的问题下面我还会继续谈到,现在先说学校。

所谓启蒙主义,也是需要物质性支持的,这个物质性的条件之一就是学校。学校意味着知识,也意味着知识的传承,传承者就是教师,是知识分子,这和1980年代知识分子的利益诉求有关,也和启蒙主义有关。相关的一个细节是刘心武的《班主任》。《班主任》里面有一个人物叫谢惠敏,是思想僵化的学生代表,这个细节说的也是身体,是谢惠敏的身体,"谢惠敏的个头比一般男生还高……有一回,她打业余体校栅栏墙外走过,一眼被里头的篮球教练看中。教练热情地把她请了进去,满心以为发现了个难得的培养对象。谁知这位长圆脸、大眼睛的姑娘试着跑了几次篮后,竟格外地让人失望——原来,她弹跳力很差,手臂手腕的关节也显得过分僵硬,一问，她根本对任何球类活动都没有兴趣"。谢惠敏身体僵化，隐喻了她的思想僵化，而僵化的原因是对学习（体育）"没有兴趣"。学校意味着知识，知识还同时意味着思想独立的可能。而这个知识和美有密切的关系（比如小说里的石红），身体是表征。

这个知识区隔了高加林和乡村，也区隔了他和人群的关系。高加林有点清高，也可以说骄傲，他自以为和别人是不同的，这个不同，因了境遇的变化，就有点格格不入。格格不入正是自我意识产生的征兆。

清高或骄傲，都需要资本，知识（文化）就是高加林的资本，所以，他看不起高明楼，也看不起刘立本，有权有钱又怎样，他们没有文化。这是非常典型的1980年代小知识分子的心理。"从内心说，高加林可不像一般庄稼人那样羡慕和尊重这两家人。他虽然出身寒门，但他没本事的父亲用劳动换来的钱供养他上学，已经把他身上的泥土味冲洗得差不多了。他已经有了一般人们所说的知识分子的'清高'。在他看来，高明楼和刘立本都不值得尊敬，他们的精神甚至连一些光景不好的庄稼人都不如。高明楼人不正派，仗着有点权，欺上压下，已经有点'乡霸'的味道；刘立本只知道攒钱，前面两个女儿连书都不让念——他认为念书是白花钱……这两家的子弟他也不放在眼里。高明楼把精能全占了，两个儿子脑子都很迟笨。……刘立本的三个女儿都长得像花朵一样好看，人也都精精明明的，可惜有两个是文盲。"当高加林受到欺负时，很自然地就会产生这样的想法："要比高明楼他们强，非得离开高家村不行！这里很难比过他们！他决心要在精神上，要在社会的面前，和高明楼他们比个一高二低！"

这个"一高二低"是什么？是个人的"出息"。寒门子弟也可以做"上等人"。这是高加林和高明楼、刘立本之间有关"上等人"的战争。而战争的内在逻辑并不冲突。如果这只局限在高加林个人，并没有什么问题，个人有选择的自由。问题在于，作为一个艺术形象，它折射出1980年代知识阶层的某种普遍愿望，而在1990年代成为这个阶层的普遍共识，这就是所谓的"造导弹的不如卖茶叶蛋的"之争辩。近些年，这个愿望被现实扑灭，知识分子不再奢望做社会的"上等人"，而满足于目前中产阶层的位置。

因此，在高加林的背后，是有运动支持的，这个运动，我称之为平民化的个人主义运动。个人主义一旦进入平民阶层，它必然产生改变自身命运的强烈要求，这个要求是物质性的，并不是什么纯粹的精神自我，这个纯粹的精神自我只存在于文艺家的臆想之中。从这一点来说，路遥了不起，他率先走出了纯粹的精神自我的臆想。

高加林对未来的想象，并不是进城务工这么简单，香雪也不是（铁凝《哦，香雪》）。他要的是一份体面的工作，是要成为小资产阶级，小资产阶级的理想在1980

年代成为知识青年一种潜在的社会愿望。对于杨讯（北岛《波动》）或者李淮平（礼平《晚霞消失的时候》）来说，成为小资产阶级只需要完成世界观的改变。但是对于高加林，这是不够的，他首先需要进城，有一份体面的工作，还需要一个城市户口。没有物质支持，所谓个人，是非常虚幻的。能够标榜精神的，则是因为已经有了物质。

现在，高加林只需要一个进城的机会，但是对于叙事者来说，还需要完成高加林和环境的切割，这一切割大致有三个层面：一是和土地的切割，这和他的农民身份有关；二是和村庄的切割，这和共同体有关；三是和爱情的切割，这和阶层上升的道路有关。

三 高加林和土地

高加林不喜欢土地，一点也不喜欢，"他十几年拼命读书，就是为了不像他父亲一样一辈子当土地的主人（或者按他的另一种说法是奴隶）"。不喜欢土地的前提，是他不愿意当农民，"他虽然没有认真地在土地上劳动过，但他是农民的儿子，知道在这贫瘠的山区当个农民意味着什么。农民啊，他们那全部伟大的艰辛他都一清二楚！他虽然从来也没鄙视过任何一个农民，但他自己从来都没有当农民的精神准备"。当然，他也不喜欢劳动，回到村里后，他的劳动是被迫的，只是不愿意被全村人看成"一个不劳动的二流子",他必须"承认他目前的地位——他已经是一个地地道道的农民了"。

1980年代,这样的表述是坦率的,没有隐瞒,也是惊世骇俗的。1980年代,仍然承续着1950—1970年代的余风,也承续着千百年的潜移默化,那就是,土地是神圣的,劳动是崇高的,农民则是德性的化身。这样的余风,或者这样的潜移默化,也有很多人未必赞同。在古代,有"万般皆下品,唯有读书高";在现代,则是小资产阶级的崛起。小资产阶级依托城市,展开了自己的想象,这个想象恰恰是脱离劳动,渴望离开土地,否则,当年的《新青年》杂志也不会公开地赞美劳动。[1] 1980年代实际上唤醒了各种记忆,这些记忆,很值得分门别类地加以辨别和讨论。

往近里说,高加林解构的,是1980年代早期"改革文学"建构的人和土地的自然感情,只有把人和土地的关系自然(感情)化,当年的农村改革才能顺利进行。如果说,在《哦,香雪》中,更多的是一种城里人的想象,是城市对乡村的召唤,那么,到了《人生》,则是乡村内部的分裂,是乡村知识青年的脱颖而出。这个分裂,意味着到了1980年代,改革逐渐地城市化,现代化则同时意味着逐渐地小资产阶级化。城市开始占据改革的核

---

[1]参见蔡翔,《革命/叙述:中国社会主义文学、文化想象(1949—1966)》,第223页,北京大学出版社,2010年。

心位置,并成为一种召唤的生产装置。

土地和劳动,不仅是乡村的生产方式,也是乡村的生活方式,这个方式,高加林已经不习惯了。这个不习惯,是从身体,到意识,甚至包括语言。

高加林虽然是农家子弟,但正如他父母担心的,"他从小娇生惯养,没受过苦,嫩皮嫩肉的,往后漫长的艰苦劳动怎能熬下去呀!"。艰苦劳动总能熬下去,高加林最不能接受的,是生活方式的改变,这个改变,意味着他已经彻底成为农民。

高加林"卖馍"一节写得很有意思。

高加林进城赶集,他父亲让他卖馍,"卖上两个钱",可以换点"灯油和盐"。可是,当高加林"挽着一篮子蒸馍加入这个洪流的时候,他立刻后悔起来。他感到自己突然变成一个真正的乡巴佬了。他觉得公路上前前后后的人都朝他看。他,一个曾经是潇潇洒洒的教师,现在却像一个农村老太婆一样,上集卖蒸馍去了!他的心难受得像无数虫子在咬着"。更难的还在后面。"他想起父亲临走时吩咐他,叫他卖馍时要吆喝。他的脸立刻感到火辣辣地发烧。天啊,他怎能喊出声来!"但总是要喊的,他跑到一条荒沟里练习,"白蒸馍哎——","他听见四山里都在回荡着他那一声演戏般的、悲哀的喊叫声。他牙咬住嘴唇,强忍着没让眼里的泪花子溢出来"。可是,真到了城里的集市上,"有几次他试图把口张开,喊叫一声,但怎么也喊不出声音来"。这就是语言的作用。

当他张口的时候，才发觉烧灼他嘴唇的仍然是学生时代的语言，那是另一个阶层的语言，可是他已经不是那个阶层的成员了。"他自己明显地感到，他在这个世界里，成了一个最无能的人。"这个世界不是他想要的，可是命运却让他成为这个世界的人。这就是身份变化带来的痛苦。

我在农村的时候，接触过一些像高加林这样的回乡知青，我感觉他们比我们这些下乡知青更顽强地保留着学生时代的习惯。当时不太理解，后来慢慢明白，对我们这些城里人来说，多少还有点希望，尽管这希望很可能是虚幻的；可是他们却连这点虚幻的希望也是没有的，他们只能流连在过去的学生记忆中。

城乡的差别一直是存在的，而在1980年代，因为有了一丝跨越的希望，才变成鸿沟，变得不可忍受。这个鸿沟，就是阶层差异。这是现实，也是高加林的心理感受。因此，高加林在城里见到昔日的同学，会感觉到深深的刺激，"高中毕业了。他们班一个也没有考上大学。农村户口的同学都回了农村，城市户口的纷纷寻门路找工作。亚萍凭她一口高水平的普通话到了县广播站，当了播音员。克南在县副食公司当了保管。生活的变化使他们很快就隔开很远了，尽管他们相距只有十来里路，但在实际生活中，他们已经是在两个世界了"。而在前面，小说已经有交代，黄亚萍的父亲是"县武装部长和县委常委"，张克南的父亲则是"商业局局长"。这里面，城乡差异是有的，阶层的鸿沟也是存在的。1980年代的文学，反特权的声音曾经有过，后来，渐渐消失了。

真正不能忍受的，是侮辱，是一个阶层对另一个阶层的侮辱，这就是我在前面引述的张克南的母亲对高加林（农民/乡巴佬）公开的蔑视和侮辱。

土地和劳动，只有满足了以下两个条件才能生产意义：一、能给劳动者带来富裕；二、能使劳动者获得尊严。所以，人和土地的关系，或者人和劳动的关系，都不是什么自然的情感关系，而是一种被建构的生产关系。

因此，高加林逃离土地，脱离劳动，在小说中，就有了正当性，有了理由。

四 高加林和村庄

个人想要脱颖而出，就会要求相应的自由流动，并且要求解除自身的束缚。对于高加林来说，土地和劳动是一重束缚，村庄则是另一重束缚。

小说的第二章有这样的风景描写，先写村庄："川道上下的几个村庄，全都罩在枣树的绿荫中，很少看得见房屋；只看见每个村前的打麦场上，都立着密集的麦秸垛，远远望去像黄色的蘑菇一般。"再写学校："他的视线被远处一片绿色水潭似的枣林吸引住了。他怕看见那地方，但又由不得不看。在那一片绿荫中，隐隐约约露出两排整齐的石窑洞。那就是他曾工作和生活了三年的学校。"

你可以说它们都是景观，但是学校却由景观变成了风景。风景是由人心生产出来的,反过来又具有一种召唤人心的力量。那是另一个世界,是高加林向往的世界,象征着文明,也意味着体面。

村庄是乏味的,"像黄色的蘑菇一般",使人产生离开的冲动。

两个世界因此而被"风景"区隔。

高加林到后来实际上是认命的,当离开不再可能,叙事者必须寻找高加林留下来的理由,而这并非《人生》的首创。如果说,1980年代乃至以后,在乡村知识青年的问题上,文学要给出的是离开的理由,那么,在1950—1970年代,给出的则是留下来的理由。这些理由各种各样。其中一点,是知识,知识对农村是有用的。知识对农村有用,那么知识青年对农村也是有用的。这个知识可以改变农村,知识青年就相应承担了改造农村的使命。在叙事内部,这一逻辑可以是自洽的。相应的描写,散见于赵树理的《三里湾》、马烽编剧的电影《我们村里的年轻人》,等等。

《三里湾》写回乡知青范灵芝,范灵芝爱上了王玉生,王玉生没念过什么书,但手巧,爱琢磨,喜欢(也只能)用土方法发明创造,是实践派的代表。范灵芝看见,就想着"为了社里的建设,也该把自己在学校用的那些圆规、半圆量角器、三角板、米达尺借给玉生用一用……她把那些东西取来,一件一件教给玉生怎么用"。王玉生很高兴,说:"谢谢你!这一来我可算得了宝贝了！"这个宝贝就是知识，现代知识，这个知识是学校里习得的。因此，知识对农村是有用的，当然，这个知识还必须经过实践。范灵芝和王玉生就是理论和实践相结合的典范。

知识对农村是有用的，这个有用的前提是改变，而要改变，就不是知识本身所能承担的，必须有政治的介入，要有一种"愿景"，这个愿景是现代的。在《三里湾》中，就是所谓的"三张画"，三张画里，是有现代性的。但是，在1980年代，农村的这一愿景消失了，消失的原因很多，既有政策的变化，也有历史的因素，未来迟迟未到，农村依然如故。

高加林不想留下来，但命运要求他留下来，这是命，高加林后来认命了，只能留下来，当然，其中也包括他和刘巧珍的爱情。尽管心不甘情不愿，但也只能如此。留下来，就想干点什么，这个什么，就是所谓的漂白粉事件。

高家村"古旧"，"不习惯现代文明"。现代文明这个词在小说中时常出现，改变本身就意味着一种现代性。所以，1950—1970年代的文学，给出的知识青年留下来的理由，大都包含着一种现代性，这个现代性，也有启蒙的意思。小说中，刘巧珍刷牙，是个事件，卫生事件。这个卫生，是现代的，所以，"不习惯现代文明的人"，就看不惯，把它当成"西洋景"。最后，就连刘立本也看不下去了，骂巧珍："狗屁卫生！你个土包子老百姓，满嘴的白沫子，全村人都在笑话你这个败家子！你羞先人哩！"刘巧珍很不服气，也很委屈，问刘立本："那巧玲刷牙你为什么不管？"刘立本的回答有意思："人家是学生，你是个老百姓！"乡村不仅愚昧，而且甘于愚昧。这是前奏，也是铺垫。

高加林既然要留下来，就想用知识改变高家村，这个改变，不是像1950—1970年代通常描写的那样，从生产入手，而是从卫生（生活）开始。这是不太一样的，这个不一样，有时代背景，背景就是文明和愚昧，这是1980年代的主题。路遥很擅长展示时代全景，在《平凡的世界》里，表现尤甚。

高加林的"卫生革命"起源于村里的水井。在高加林看来，水井"脏得像个茅坑！"。刘巧珍也认同，但说："没办法，就这么脏，大家都还吃。"又说："农村有句俗话，说不干不净，吃了没病……"高加林不同意，说："干脆，咱两个到城里找点漂白粉去，先撒着。罢了咱叫几个年轻人好好把水井收拾一下。"

高加林往水井里撒了漂白粉以后，在村里引起轩然大波，"所有的人都用粗话咒骂"。这就是所谓的漂白粉事件。这个细节引起一些研究者的注意，有不少精彩的分析，比如杨庆祥的《妥协的结局和解放的难度——重读〈人生〉》[1]。

高加林的行为，暗含着"干净"的概念，干净是和

---

[1]《南方文坛》2011年第2期。

肮脏对应的，在当代的政治话语体系中，干净或肮脏都有其所指，指向的是人的心灵，服膺于"改造"这一意识形态主题，所以，毛泽东《在延安文艺座谈会上的讲话》中，有这样一段表述："拿未曾改造的知识分子和工人农民比较，就觉得知识分子不干净了，最干净的还是工人农民，尽管他们手是黑的，脚上有牛屎，还是比资产阶级和小资产阶级知识分子都干净。这就叫做感情起了变化，由一个阶级变到另一个阶级。"[1]在这里，干净或肮脏是一个政治隐喻。这一表述在1980年代被重新颠倒，也在《人生》中获得回应。回应的方式是把"干净"重新纳入卫生的范畴。而支持卫生革命的是知识，也就是文明。这后面并不仅仅是卫生问题。实际上，1950—1970年代，同样有一套公共卫生的话语体系，在这套体系中，卫生关乎人民健康，毛泽东尤其重视。早在1933年，毛泽东在《长冈乡调查》中就说："疾病是苏区中一大仇敌，因为它减弱我们的革命力量。如长冈乡一样，发动广大群众的卫生运动，减少疾病以至消灭疾病，是每个乡苏维埃的责任。"又说："厅堂、睡房不要放灰粪，前后水沟去掉污泥，坪场打扫光洁，公共的水沟、坪场则轮流打扫。"[2]这就很具体了。这是两套不同的话语体系。但是在叙述，尤其是在文学叙述中，这两套话语有

---

[1]《毛泽东选集》第三卷，第860页，人民出版社，1966年。
[2]《毛泽东文集》第一卷，第310、309页，人民出版社，1993年。

时候也会混淆。同样，高加林的卫生革命涉及了公共卫生问题，但也未必完全如此，其中混杂着他对村庄的"憎恨"（"旧道德观念"）、对文明的向往以及来自知识的自信。所以，高加林的卫生，应该纳入启蒙的话语体系中加以考察，这也是1980年代的特征之一，即如小说中反复出现的文明和愚昧那样。

漂白粉事件的结束，有赖于高明楼的介入。"咱们真是些榆木脑瓜！加林给咱一村人做了一件好事，你们却在咒骂他，实实地冤枉了人家娃娃！……这水现在把漂白粉一撒，是最干净的水了！"高明楼接着舀了半马勺凉水，"一展脖子喝了个精光"。又说："我高明楼头一个喝这水！实践检验真理呢！你们现在难道还不敢担这水吗？"于是，"大家都嘿嘿地笑了"，"气势雄伟的高明楼使众人一下子便服帖了。大家于是开始争着舀水……"

高加林的卫生革命，并不是高加林的胜利，而是高明楼的胜利。高加林很痛苦地看到，离开高明楼（权威），他的知识（文明）是无力的，这是对高加林乡村启蒙的极大打击。我们可以感觉到的是，政治和知识开始分裂，而在以往的叙述中，这二者是可以统一在一起的。这有悖于高加林的启蒙理念。

五 高加林和爱情（一）

高加林和刘巧珍，一个村里长大，有青梅，但好像没有什么竹马。不过，刘巧珍对高加林是有心的，喜欢的原因是高加林有文化。这和1950年代不同，1950年代，比如评剧《刘巧儿》，喜欢的理由是"爱劳动"。所以，重要的是写作时间。1980年代，是知识分子的年代，爱不爱劳动，并不是那么重要，重要的是知识。高加林不喜欢刘巧珍，原因也是这个，刘巧珍是"文盲"。

故事先要从关系入手。人和人见面，才有关系，这个关系无非两种，一是偶遇，二是重逢，写法千变万化，但都不出这两个基本范畴。《人生》写高加林和刘巧珍重逢，写得很有想法。

小说先写刘巧珍出场，"刘巧珍看起来根本不像个农村姑娘。漂亮不必说，装束既不土气，也不俗气……美丽的脸庞显得异常生动"，这是叙事者的角度，充满赞叹，也在不经意间，流露出1980年代的气息。什么叫"不像个农村姑娘"？这句话里，"漂亮"和"农村姑娘"是分裂的。美很重要，但什么是美好像更重要。1980年代，美的定义发生了变化，审美权掌握在城市（现代）这里，所以，"既不土气，也不俗气"才会使刘巧珍"美丽的脸庞显得异常生动"，而这种美是需要学习或模仿才能获得的。1980年代，美学很流行，可以说率先打开了1980年代的大门，而1980年代关于什么是美的重新定义，是个重要的研究课题。

不过，高加林好像并不怎么认可叙事者的赞叹，"他在感情上对这个不识字的俊女子很讨厌"，这个讨厌有双重含义,一是刘巧珍姐姐"是高明楼的儿媳妇",二是刘巧珍"不识字"。高加林的爱情观是"谈得来",这倒是继承了1950—1970年代的爱情观念。不过,在1980年代,对于高加林来说,"谈得来"的具体含义发生了变化。共同性必须建立在"文明"的基础上,高加林的爱情观和启蒙有关系,这和《三里湾》中范灵芝和王玉生/马有翼的关系有差别。

高加林和刘巧珍后来有了爱情,这个爱情来得有点突兀,完全因了偶然性,这个偶然性就是高加林卖馍。高加林卖馍卖不出去,因为他喊不出口。正当他一筹莫展、自愁自怨的时候,刘巧珍出现了。刘巧珍接过了高加林的馍筐,也接过了高加林的沮丧。一转身,刘巧珍又出现了,递过来卖馍的钱,还有两条烟。

刘巧珍"今天的行动是蓄谋已久的"。因为她爱高加林,高加林有文化,"吹拉弹唱,样样在行;会安电灯,会开拖拉机,还会给报纸上写文章哩!再说,又爱讲卫生,衣服不管新旧,常穿得干干净净,浑身的香皂味!"。文学青年是1980年代新的时代英雄,英雄需要崇拜,英雄的身边也总要有美女,刘巧珍就是这样的美女,不过,这个美女有点自卑,"可惜她自己又没文化,无法接近她认为'更有意思'的人。她在有文化的人面前,有一种深刻的自卑感"。刘巧珍有一双慧眼,能够发现高加林(文学青年)的价值,刘巧珍又是自卑的,对高加林(文学青年)有一种仰慕。这就满足了1980年代文学青年双重的心理期待：发现和崇拜。这样的描写征用的是古代"落难公子后花园"的叙事原型，这样的征用，在当代，只能发生在1980年代。

爱情就这样发生了。在刘巧珍，是爱情；在高加林，是不是，还很难说。不过，有一点可以肯定，高加林"心里很感激她"。因为感激，高加林突然发现了刘巧珍的美，"他惊异地发现巧珍比他过去的印象更要漂亮。她那高挑的身材像白杨树一般可爱，从头到脚，所有的曲线都是完美的。衣服都是半旧的：发白的浅毛蓝裤子，淡黄色的的确良短袖衫；浅棕色凉鞋，比凉鞋的颜色更浅一点的棕色尼龙袜。她推着自行车，眼睛似乎只盯着前面的一个地方，但并不是认真看什么。从侧面可以看见她扬起脸微微笑着，有时上半身弯过来，似乎想和他说什么，但又很快羞涩地转过身，仍像刚才那样望着前面"。刘巧珍发现了高加林的才华，高加林发现了刘巧珍的美。这是一种男性知识者的叙事眼光，但又不完全是，接下来的叙述有点离奇：

> 高加林突然想起，他好像在什么地方见到过和巧珍一样的姑娘。他仔细回忆了一下，才想起他是看到过一张类似的画。好像是一幅俄罗斯画家的油画。画面上也是一片绿色的庄稼地，地面的一条小路上，一个苗条美丽的姑娘一边走，一边正向远方望去，只不过她头上好像拢着一条鲜红的头巾……

这好像很离奇，高加林望着刘巧珍，却想起另一个姑娘。但仔细想想，这段描写还是蛮重要的。高加林在为刘巧珍的美寻找一种审美（观念）依据，也暗示他对刘巧珍的爱情只是一种移情，就好像人总是通过内心发现风景一样。高加林自己恐怕也不清楚，他是把生活嵌入了艺术，还是把艺术嵌入了生活。

但是生活和艺术总是分裂的，高加林进了村子就开始后悔，"一种懊悔的情绪突然涌上他的心头。他后悔自己感情太冲动，似乎匆忙地犯了一个错误。他感到这样一来，自己大概就要当农民了。再说，他自己在没有认真考虑的情况下就亲了一个女孩子，对巧珍和自己都是不负责任的"。所以，"赶集那天以后，他一直非常后悔他对巧珍做出的冲动行为。他觉得自己目前的处境，根本不是谈情说爱的时候。他甚至觉得他匆忙地和一个没文化的农村姑娘发生这样的事，简直是一种堕落和消沉的表现，等于承认自己要一辈子甘心当农民了"。这里面，有利益的再三考量，也有原初的爱情理念。

但刘巧珍是认真的，也是兴奋的，她按照高加林希望的样子来改变自己，这就是她开始刷牙了。而高加林实际上也非常"想念她"，"这种矛盾和痛苦，比手被镢把拧烂更难忍受"。而当高加林彻底认命，准备老老实实当农民的时候，他也就此接受了刘巧珍的爱情。于是，就有了留下来的理由，"爱情使他对土地重新唤起了一种深厚的感情。他本来就是土地的儿子。他出生在这里，在故乡的山水间度过梦一样美妙的童年。后来他长大了，进城上了学，身上的泥土味渐渐少了，他和土地之间的联系也就淡了许多。现在，他从巧珍纯朴美丽的爱情里，又深深地感到：他不该那样害怕在土地上生活；在这亲爱的黄土地上，生活依然能结出甜美的果实"。

不过，故事如果到此结束，重复的，不过是1950—1970年代的知青主题。路遥把握的，是1980年代重要的思想/感情的变化，在这个意义上，他必须拒绝柳青的思想遗产。而1980年代最为重要的思想议题，是离开，而不是留下。这个离开是广泛的，广泛地渗透在各种文学叙述中，并且被表征为一种英雄行为。正如福柯在《什么是启蒙》中描述的那样，"现代性是一种态度，这种态度使得掌握现在的时刻的'英雄的'方面成为可能。现代性不是一个对于飞逝的现在的敏感性的现象；它是把现在'英雄化'的意志"。而这种态度来自"与传统的断裂、对新颖事物的感情和对逝去之物的眩晕"。[1]

这个"眩晕"，来自城市，也就是"现代"，高加林进城后的生活，有点云里雾里，这正是"眩晕"的文学表现。也正是在"眩晕"中，高加林完成了和刘巧珍的切割，也完成了和"传统"的彻底决裂。

但是高加林不是于连，因为写作者不想让高加林成

---

[1] 米歇尔·福柯，《什么是启蒙》，汪晖、陈燕谷主编，《文化与公共性》，第430—431页，生活·读书·新知三联书店，1998年。

为于连。在《人生》中，有不少故事线索，每一条线索都可能成为一个新的故事，比如，高加林的暂时留下来，可能成为一个类似《创业史》的故事，高加林进城也可能成为一个《红与黑》的故事，等等。但是路遥把每一种可能的故事都暂时中断，这些中断要在《平凡的世界》中才会重新恢复，或者被重新改写。

高加林最后失去了一切，失去了爱情，失去了刘巧珍，也失去了城市和乡村。四十年前，我把它们理解成道德的训诫，现在想来，还是有点浅薄了。

高加林和刘巧珍的爱情，隐喻了一种深刻的矛盾，这个矛盾关乎城市和乡村，现代和传统，个人和族群，天空和土地。1980年代，有写土地的，比如何士光的《乡场上》；也有写天空的，比如韩少功的《飞过蓝天》，等等。而在《人生》中，这些成为不可兼得的尖锐矛盾。最后，表征为理性和情感的冲突，现实主义和浪漫主义的冲突，而在《平凡的世界》中，现实主义和浪漫主义成为平行的叙事方式。人实际上无从选择，这一无从选择，成为后来文学——包括寻根文学和先锋文学的重要主题。就此而言，现实主义也同样可以抵达现代主义的思想主题。

离开，需要付出代价；成为个人，也需要承担所有的风险。但人总需要选择，《人生》在选择的风险面前却步，《平凡的世界》做了风险更小的选择。1980年代的文学把选择的风险留给了社会，现实的个人总是奋不顾身地进行选择，成为把握当下的"英雄"。而失去的一切，也在选择后转化为艺术，这就是"故乡"的流行。也因此，《平凡的世界》的影响要大于《人生》。

六　高加林和爱情（二）

我当初评论《人生》，原稿实际上写了三个人物，除了高加林和刘巧珍，还有黄亚萍。编辑老师审稿以后，觉得还是集中写高加林和刘巧珍比较好。我听取了这个意见，同时也是觉得黄亚萍这个人物写得并不怎么好，删改以后，就更名为《高加林和刘巧珍——〈人生〉人物谈》。

不过，这个人物一直存留在记忆中，还是想再谈一谈，主要不是谈这个人物，而是谈高加林，因为黄亚萍是高加林欲望的另一面，这一面折射出高加林的愿景和不安。

高加林和黄亚萍是中学同学，属于"谈得来"的那种，但是两人之间有鸿沟。这个鸿沟不仅是城/乡的，也是阶层的。小说写高加林进城卖馍，在汽车站见到黄亚萍，"脸刷一下白了——白了的脸很快又变得通红。他感到全身的血一下都向脸上涌上来"。高加林和黄亚萍的重逢不同于他和刘巧珍的重逢。

黄亚萍代表了高加林想拥有的一切：城市、文明、现代、教养、富裕，等等。但高加林在黄亚萍面前是自卑的，因为阶层的差异，也因为城乡的区隔。

在学校的时候，高加林和黄亚萍有共同语言，"他俩有时在一块讨论共同看过的一本小说，或者说音乐，说绘画，谈论国际问题"。毕业以后，"共同语言"退居幕后，身份进入台前，一个是农民，另一个成了县广播站的播音员，所以，"尽管他们相距只有十来里路，但在实际生活中，他们已经是在两个世界了"。相比共同语言，身份成了更重要的区隔，他"很快就把这一切都推得更远了，很长时间甚至没有想到过他们"。所以，在实际生活中，"谈得来"未必那么重要，但是这个"谈得来"却会烙在情感的记忆中。

事情的变化发生在高加林进城以后。高加林进城，意味着横亘在他和黄亚萍之间的差异消失了。而在高加林和黄亚萍的关系上，黄亚萍更主动。

黄亚萍是个现代青年，路遥把他对现代的理解置放在黄亚萍身上，这也是1980年代对现代的普遍理解："在这个县城里，黄亚萍可以算得上少数几个'现代青年'之一。在她看来，追求个人幸福是一个人的权利和自由。'我是我自己的'，谁也没权力干涉她的追求，包括至亲至爱的父母亲。"当然，她同时也是现实的，这个现实就是高加林的农民身份，但是高加林进城以后，"那个对她来说是非常害怕的前提已经不复存在"。存在的，是高加林的才华、浪漫和情趣。当然，也存在张克南和刘巧珍。前者，她迅速地切断，后者，她仔细地把各种利弊告诉了高加林,这时候,黄亚萍理性又很"工具"。这似乎正是现代的两个面向,一方面是浪漫,另一方面又精于计算。前者,使高加林很迷恋;后者,则使高加林有点疑惧。这也是路遥面对现代的复杂态度。

在黄亚萍的主动下,高加林切割了他和刘巧珍的联系,"谈得来"(共同语言)再次成为离开的理由。这是一个通俗的"痴心女子负心汉"的故事,这个故事在1950—1970年代的文/艺中也常常会被征用,比如《霓虹灯下的哨兵》里的陈喜和春妮。不过,那时的征用是为了批评,所以还杂糅着"浪子回头金不换"的原型。路遥继承了这个传统,但高加林的"回头"更多的是被迫和无奈。真正大胆而又赤裸裸征用"痴心女子负心汉"原型的,是张贤亮的《绿化树》,没有任何的掩饰和自我辩护。路遥和张贤亮不一样。路遥属于高加林和刘巧珍的世界,而张贤亮只是因为历史的偶然,才和马樱花的世界相遇。"乡下人"和"城里人"是不一样的。

高加林离开刘巧珍,意味着他和土地的彻底决裂,但是这个过程是痛苦的,而且这种痛苦会伴随终生。所以,叙事者必须寻找各种离开的理由。"谈不拢"是一种,"再说些什么呢?她自己也不知道了"。高加林曾经试图把艺术嵌进生活,这就是"红头巾"的隐喻。"高加林一直想给巧珍买一条红头巾,因为他和巧珍恋爱的时候,想起他看过的一张外国油画上,有一个漂亮的姑娘很像巧珍,只是画面上的姑娘头上包着红头巾。

出于一种浪漫,也出于一种纪念,虽然在这大热的夏天,他也要亲自把这条红头巾包在巧珍头上。"可是艺术是无法根本改变现实生活的。最后,这个理由还是来自刘巧珍:"加林哥,你参加工作后,我就想过不知多少次了。我尽管爱你爱得要命,但知道我配不上你了。我一个字不识,给你帮不上忙,还要拖累你的工作……你走你的,到外面找个更好的对象……"这已经不仅仅是"离开"的理由,而是一种彻底的"解脱"。

对于高加林来说,离开几乎成为一种"原罪",因此,他需要解脱。这种原罪,存在于很多人身上,也隐蔽地渗透在文学作品中。我们可以看到的,就是乡村或者被浪漫化,或者被肮脏化,这些隐蔽的书写或多或少出于一种原罪的自我救赎,其中的甘苦也只有书写者自己能够体会。

而在黄亚萍面前,高加林一直不够自信,这种不自信也出于彼此的出身和生活方式的不同。高加林有时会烦恼,说话也会生硬,这是他和刘巧珍在一起时不曾有过的,也许,这才是真实的恋人状况,只是高加林并不知道。

在当代作家中,有关路遥的史料大概是收集最全的,在这些史料中,我们大致了解到路遥的情感经历,比如他和城市女知青的爱情纠缠,等等。[1]通过这些史料,我

---

[1] 参见厚夫,《路遥传》,人民文学出版社,2015年。

们能够稍许理解高加林和黄亚萍的情感纠葛,那种贯穿始终的不信任和不安全感。所以,路遥会写黄亚萍最后的退却,这一退却出于功利的计算。换一个作家,大概很难写出其中的复杂意蕴。

黄亚萍对高加林有过一段观察:"她现在看见加林变得更潇洒了:颀长健美的身材,瘦削坚毅的脸庞,眼睛清澈而明亮,有点像小说《钢铁是怎样炼成的》里面保尔·柯察金的插图肖像;或者更像电影《红与黑》中的于连·索黑尔。"事实上,高加林也一直在保尔和于连之间穿梭,吸引黄亚萍的,可能是两者都拥有一种英雄主义的气质,尽管两者英雄主义的实质和内涵有所不同。无论是保尔,还是于连,都来自1950—1970年代的文化影响,由此也可见1950—1970年代的文化构成是复杂的,正是这种复杂的文化元素,影响了高加林,也影响到路遥的写作。

所以,当高加林面临失败的时候,他主动采取的,是一种保尔式的行为:"即使亚萍现在对他的爱情仍然是坚决的,但他自己已经坚定地认为这事再不可能了,他们仍然应该回到各自原来的位置上,他尽管是个理想主义者,但在具体问题上又很现实。"

我在上课的时候,曾经问学生,在刘巧珍和黄亚萍之间,高加林到底更爱谁。有个女同学说,高加林谁也不爱,他只爱他自己。好像是,好像也不全是,可以参考。

七　高加林进城

空间和空间之间是有差异的，这种差异象征着社会的阶层化。而占据统治地位的空间，就会成为"风景"。高加林进城以后，面对县城，有这样一段风景描写："西边的太阳正在下沉，落日的红晖抹在一片瓦蓝色的建筑物上。城市在这一刻给人一种异常辉煌的景象。城外黄土高原无边无际的山岭，像起伏不平的浪涛，涌向了遥远的地平线……当星星点点的灯火在城里亮起来的时候，高加林才站起来，下了东岗。一路上，他忍不住狂热地张开双臂，面对灯火闪闪的县城，嘴里喃喃地说：'我再也不能离开你了……'"风景生产出一种召唤的力量，那是统治者向被统治者的召唤。

但是进入空间，需要方式。

德勒兹在讨论普鲁斯特《追忆逝水年华》中的社交空间的时候，认为空间是由各种符号构成的，符号和符号，构成一种复杂的符号系统，而要进入这一符号系统，需要"学习"，学习"这些社交圈服从于哪些符号"。这些符号实际上就是进入的口令，而口令则是由符号系统背后的"立法者和大主教"决定的。[1]这个"口令"，在1980年代，就是高考。高加林并没有掌握这个口令，所

---

[1] 德勒兹，《普鲁斯特与符号》，第6页，姜宇辉译，上海译文出版社，2008年。

以城市"毫不留情地把他遣送了出来"。

还有一种进入的方式。

《水浒传》写林冲雪夜奔梁山,一开始并不顺利。王伦制定的"口令"是投名状,杀一人或劫一担财富。林冲等了三天,等来了青面兽杨志。后来在梁山其他头领的说情下,林冲才勉强进入这个空间。但是对王伦的不满,却已种下。后来晁盖等人上梁山,王伦再次拒绝。林冲忍无可忍,一刀把王伦杀了,拥立晁盖做新的"立法者和大主教",同时修改了进入的口令。这是通过暴力进入某一空间的叙事原型。但是在1980年代,这一原型不可能被叙事者再次征用。

高加林采用的是第三种方式,造假。严格来说,这一方式是第一种方式的变体。也就是说,高加林实际上认同既有的符号和符号系统,也认同进入这一空间的方式,只是被迫以造假来复制进入的口令。这一点,几近于于连。而叙事者也通过黄亚萍的视角("更像电影《红与黑》中的于连·索黑尔")给出暗示。

在小说中,命运这个概念经常出现,但指向的不是宿命,而是一种偶然性,闪烁不定。1980年代,偶然性的出现是一个重要的思想史提示,意味着人从必然性中退出,处于一种不可把握的历史状态。后来,偶然性成为先锋文学重要的艺术表征,人在偶然的历史和现实中,随波逐流。但是,1980年代早期,包括《人生》,偶然性表现为一种瞬间,甚至一种机遇,重要的是人如何把握这一瞬间，并成为英雄。只有突出偶然性，个人才能成为把握瞬间的英雄。当然，这个瞬间有时并不能把握。显然，在1980年代，成为英雄和成为英雄的不可能，交替出现，因此，这一个人既是坚定的，又是迷茫的。这就是命运概念所包含的时代意蕴。

高加林的叔叔回到家乡担任了地区劳动局局长，这是偶然，这个偶然改变了高加林的命运。县劳动局副局长马占胜给高加林搞到了一个小煤窑的招工指标，然后又把他安排进了县委通讯组，做了通讯干事。所谓"穷在闹市无人问，富在深山有远亲"，这是叙事者对世故人情的感叹。

高加林的才华在县城充分地展现出来，"县城南面的一场暴风骤雨，给高加林提供了第一次工作的机会"。高加林主动请战，前往灾区报道。高加林能吃苦，"有一种冒险精神——也可以说是英雄主义品格"。当然，还有才华。他的第一线报道获得了广泛的好评。

> 高加林立刻就在县城成了一个引人注目的人物。他的各种才能很快在这个天地里施展开了。地区报和省报已经发表了他写的不少通讯报道；并且还在省报的副刊上登载了一篇写本地风土人情的散文。他没多时就跟老景学会了照相和印放相片的技术。每逢县上有一些重大的社会活动，他胸前挂个带闪光灯的照相机，就潇洒地出没于稠人广众面前，

显得特别惹眼。加上他又是一个标致漂亮的小伙子，更使他具有一种吸引力了。……

这样的赞誉好像还不够。

傍晚的时候，他又在县体育场大出风头。县级各单位正轮流进行篮球比赛。高加林原来就是中学队的主力队员，现在又成了县委机关队的主力。山区县城除过电影院，就数体育场最红火。篮球场灯火通明，四周围水泥看台上的观众经常挤得水泄不通。高加林穿一身天蓝色运动衣，两臂和裤缝上都一式两道白杠，显得英姿勃发；加上他篮球技术在本城又是第一流的，立刻就吸引了整个体育场看台上的球迷。

所以，"在一个万人左右的山区县城里，具备这样多种才能，而又长得潇洒的青年人并不多见——他被大家宠爱是很正常的"。

这说明什么呢？在这里，我们能够感觉到的，是一种寒门子弟的自信，这种自信来自自身的能力（才华）。当个人主义进入平民阶层，就一定会要求冲破"门第"的叙事限制。这是非常典型的1980年代的风格。而在1980年代，文凭还不像后来那样重要，所谓"不拘一格降人才"，是1980年代的普遍呼声，这是叙述的现实依据。

高加林的能力,来自知识(学校),但是叙事者对能力的讨论,却越出了学校的一个重要环节,即所谓考试,尤其是高考。高考的落第者,未必没有能力,而考察一个人的能力,则是实践,关键是能否给落第者同样的机会。所以,机会才是关键。这样的想法,来自1950—1970年代。文学重要的地方,是能共时性地呈现叙事者的复杂情绪,叙事者在不同的甚至矛盾的主题之间游移,文本的内部永远都在相互引用和互相质疑。

当然,这只是一个插曲。

高加林进城以后春风得意,不仅收获了事业,也收获了新的爱情。但也正应了那句老话,祸兮福所倚,福兮祸所伏。他和黄亚萍的关系,引起张克南母亲的愤怒,一纸举报,高加林的命运急转直下。他被清理回乡,转了一圈,高加林又回到原点。命运的大起大落,使故事跌宕起伏。四十年后,重新阅读,也是读得眼花缭乱。

最为关键的,或许是作者并不想使高加林成为于连,而事实上,高加林也很难成为于连。

1980年代,个人主义是很难彻底的,总是有各种各样的因素,阻扰个人成为把握瞬间的英雄。这些因素,有的来自1950—1970年代的政治规训,正是在这一规训下,路遥回到了柳青,叙事者经常化身评论者,进行大段的社会评论,比如,叙事者有时会这样评论(总结):"如果社会各方面的肌体是健康的,无疑会正确地引导这样的青年认识整个国家利益和个人前途的关系。我们可以回顾一下我国五十年代和六十年代初期对于类似社会问题的解决。令人遗憾的是，我们当今的现实生活中有马占胜和高明楼这样的人。他们为了个人的利益，有时毫不顾忌地给这些徘徊在生活十字路口的人当头一棒，使他们对生活更加悲观；有时，还是出于个人目的，他们又一下子把这些人推到生活的顺风船上。转眼时来运转，使得这些人在高兴的同时，也感到自己顺利得有点茫然。"这是强调环境的客观影响。有的因素则来自传统，德顺爷爷的出场，只是为了引出一种道德训诫。

种种复杂因素的存在，决定了高加林不可能成为于连，去不择手段地追求成功，他是1980年代失败的英雄。这种失败感几乎充斥在1980年代的文学之中。

对于路遥来说，《人生》充满了太多的逻辑可能，但是每一种可能，路遥都不会满意，比如说，高加林一度想留下来，有可能成为新的梁生宝，这是路遥不可能同意的；再比如，高加林在和黄亚萍的关系中，有可能成为于连，这也是路遥不能认可的，等等。1980年代，这不仅是路遥，也是很多写作者共同的困扰，他们热情地推动个人的脱颖而出，但是并不坚定地清楚，脱颖而出的个人何去何从。

所有这些矛盾，路遥将在《平凡的世界》中给予修正。

八 《平凡的世界》好像不太平凡

《平凡的世界》是一部特别值得讨论的作品，但是要详细分析，大概需要几篇文章，更何况，这方面的研究近年很多，我也很难有什么新的补充。在此，我只是想对《平凡的世界》和《人生》的互文关系，谈点粗略的想法。

《平凡的世界》是一部大书，试图记录1980年代的宏大变化。但我更感兴趣的，是这部作品对《人生》的引用、解释和修正，以及重新的创造乃至改写。路遥在这里，展示了他的全部复杂性。

《平凡的世界》写了兄弟俩，孙少安和孙少平。孙少安影响小，孙少平影响大。

说孙少安，要先说柳青。路遥视柳青为师，从谋篇布局到叙事语言，包括那种评论性的旁白，都有柳青的影子。这在陕西作家中间，比较突出。所以，路遥和柳青，有师承关系。但路遥对柳青，不仅是师承，还有叛逆，叛逆即断裂，断裂才有创造。这是最好的继承。典型，就是《人生》。从集体的创业到个人的逃离，这是两个不同的时代，也是两个时代之间深刻的断裂。时代的断裂，才造成写作的断裂。无视时代的深刻变化，不是现实主义。就这点而言，路遥反而在断裂中，领悟到柳青的写作要点。

但是柳青一直活在路遥心中，包括柳青的理想主义，这一点，在《人生》中无法表达，但在《平凡的世界》中，有了表现的可能。这就是孙少安的由来。孙少安也是英雄，路遥对英雄，有一种难以割舍的情愫，不知道是崇拜，还是惺惺相惜。孙少安不是孙少平，更不是高加林，孙少安是梁生宝，一个老派的英雄。曾几何时，梁生宝从一个朝气蓬勃的青年英雄，到了《平凡的世界》里，成为一个老派的人，一个传统的人，而青年的概念，则被移植到了孙少平身上。谁能说这不是时代的深刻变化？

孙少安是一个好人，好人的意思，就是有责任感。孙少安对家族有责任感，对村庄也有责任感。对于个人，责任是枷锁，所以1980年代，个人要脱颖而出，首要的，即是打破责任的枷锁。高加林如此，孙少平也是如此。但是反过来，枷锁突出的也是一种美德，即自我的牺牲。这也是一种英雄主义。路遥大概很难拒绝这种美德的吸引，早在《惊心动魄的一幕》中，就有这种情感的流露。

责任是梁生宝的性格特征，孙少安继承了这一性格。所以，孙少安也是梁生宝。但也有不同，梁生宝寻求的，是共同致富，孙少安不是，孙少安走的是先富的道路，这是被时代所规定的。1980年代，共同致富的结果是悲剧，把这种悲剧写到极致的，是王润滋《鲁班的子孙》。孙少安没有走这条路，而是审时度势，个人先富起来再说。这非常符合1980年代的改革精神，也和路遥试图再现1980年代社会变化的宏大叙事有关。但是先富起来的孙少安想要帮助还未富起来的乡亲,所谓先富帮后富,这也是1980年代改革的初衷。不过,先富帮后富,在当时的文学中很少表现,不是不想表现,而是不知道怎样表现。或者说,生活还没有来得及提供这方面的典型事例。

孙少安富起来后,想办窑厂,也是想给乡亲们一个致富的机会。方式是集资,所谓股份制,在1980年代已经开始流行。孙少安先去找富人,然后再找穷人。集资的过程,有点像1950年代的初级社,类似的描写有周立波的《山乡巨变》等,但孙少安是自发的,这又和《山乡巨变》不同。政治退场,前台突出的是伦理。1980年代,有怀旧,比如《鲁班的子孙》。怀的,不是体制,是德性。社会主义退回到道德领域,它所产生的善的召唤,写作中很难拒绝。

孙少安最后还是失败了,失败的原因有许多,其中之一,来自群众。群众不理解,还有很多猜忌。这是和《创业史》《山乡巨变》等很不一样的地方。1980年代,有许多重要的变化,变化之一,是群众的含义变了。1950—1970年代,群众是依靠的对象,群众中有自发的社会主义激情,群众缺少的,是"带头人",所以,英雄总是代表了群众的根本利益,而且,能对群众构成巨大的召唤力量。尽管这样的理念最后形成叙事的套路,但背后,是一套严谨而自信的政党理论。所以,梁生宝并不孤独,在他的背后,是国家,是政党,是完整的意识形态。在《平凡的世界》中，这样的理念要逊色不少，孙少安是一个孤独的英雄，丹柯似的英雄。群众面对这个"个人"，不信任。原来的理念世界已经崩溃，独异的个人很难代表什么。在这样的背景下，群众多少带有"庸众"的色彩。1980年代，实际上一直存在着这一类的写作，比如张承志，而对群众的失望，也构成这类写作共同的潜意识。所以，他们最后也往往由政治转向审美。

但是在孙少安的描写上，路遥是充满感情的，被《人生》压抑的柳青式的激情在这个人物身上复活。所以，一个作家的思想构成往往是复杂的，很难以某部作品加以简单的判断。孙少安的失败，是1950—1970年代的失败，是这个时代最后的挽歌。因此，在《平凡的世界》中，有一种挽歌式的现实主义。

这样，路遥实际上陷入一种写作的困境，他不再满足于高加林式的个人主义，也无法突破梁生宝（孙少安）式的集体主义的失败困境。他只能再度回到高加林，并把他修改为孙少平。在这个修改过程中，征用的是浪漫主义，所以，在《平凡的世界》中，一直平行着两种写作方法，现实主义和浪漫主义。

孙少安的失败，隐喻了一段大历史的挫折；孙少平的出现，建立在这一挫折的基础上，重新出发，寻找一种新的可能性。对路遥这一代人来说，这是一种非常隐蔽的潜意识，所谓"寻根文学"，也是如此。至于写作者个人，可能意识到了，也可能根本没有意识到，但这一直闪烁在文本的深处。这一潜意识来自历史的挫折甚至失败，所以路遥不可能直接回到柳青，但又不满足于高加林式的个人主义，那么，孙少平意味着什么呢？

在《平凡的世界》中，孙少平依然是孤独的，但是这个孤独，不是高加林式的对土地的蔑视，而是对庸常生活的拒绝。实际上，《平凡的世界》是可以和张承志《北方的河》对读的。他们都试图超越庸常生活，寻找一种新的精神的可能性。这是对遥远的1960年代精神的回应，当然，只能是一种审美的回应。

但是这种寻找，建立在回避日常生活的前提下。在《平凡的世界》中，日常生活由孙少安承担，同时也决定了这一部分的现实主义的写作趋向，不断地克服生活中的难题，直至失败。孙少平负责寻找，因此，他只能离开。但是孙少平的离开，不是高加林式的离开。高加林有明确的目的，他要成为一个小资产阶级，就必须进城，有城市户口，有一份体面的工作，这样，才能施展他的才华，实现理想。对于高加林来说，小资产阶级已经不仅仅只是一种情感或者文化类型，而是一个物质化的阶层，已经暗含了小资产阶级向中产阶级转化的主题。这个主题在所谓"新写实小说"，比如刘震云《一地鸡毛》那里得到回应。《一地鸡毛》里的小林，可以看作进城以后的高加林。

孙少平不是，他的离开没有高加林式的目的，他只是寻找，因此，他的离开也不需要理由。他只是离开，看一看外面的世界。而离开的过程，同时也是孙少平的游历过程。因此，对于孙少平的描写，只能是浪漫主义的。他不进入生活，只是游历生活。这个游历，同时也是孙少平的成长过程，《平凡的世界》是孙少平的成长小说。孙少安失败了，孙少平在孙少安失败的基础上开始成长，只是这个成长是在以离开孙少安为隐喻的改造社会的前提下完成的，所以，孙少平是另一种意义上的高加林，一个浪漫化、审美化的高加林。曾经在高加林身上激烈冲突的保尔和于连在孙少平这里开始完美地统一。统一的前提是，保尔的目的和于连的目的都开始消失，留下的，只是一种英雄主义的品格。孙少平最后也成为这样一种英雄，一个美德的英雄。孙少平更接近海明威的《老人与海》，或者杰克·伦敦的《白狼》。尽管路遥一直在对抗现代主义，但不能否认1980年代的现代主义运动多少也在《平凡的世界》中留下影响的痕迹。

孙少平的游历也是一种经历，世界在他的游历中缓缓打开。这个世界并不那么完美，在不完美的经历中，路遥的叙述是现实主义的。如同《人生》一般，1980年代的改革，充满缺憾。残酷的，甚至黑暗的一面，被次第打开。孙少平需要克服这一面，但如何克服，不知道。他所能寻找到的，还是人道主义。这是1980年代无法超越的思想高度。引用的理论无论令人如何眼花缭乱，最后仍然只能在人道主义面前却步。这是政治退向伦理的必然结果。

而另一面，是孙少平向往的世界，这个世界本质上是伦理的，是善的，也是美的。在《人生》中，这个世界曾被撕裂，而《平凡的世界》则重新缝合了这个被撕裂的世界。缝合的方法是浪漫主义，典型的表征是田晓霞。正是在田晓霞身上，刘巧珍和黄亚萍合二为一，现代而又古典。高加林向往又恐惧的因素因此隐匿。但过于理想的人物总是难以持久，田晓霞的牺牲，给这个世界留下缺憾，但残缺的世界却因此动人。

孙少平的结局令人愕然，但并不突然。小说隐晦地描写了他和工友的遗孀惠英嫂的关系，孙少平发誓在有生之年要照顾好惠英嫂和她的孩子（这让我们想起柔石《二月》里萧涧秋和寡妇文嫂的故事）。在革命的废墟之上，孙少平除了以这种方式来凸显他的利他主义的英雄品格外，还能有其他的方式吗？

1980年代以政治上的批评和反思革命为其开端，而在它的尾声，则以个人主义的方式继承了革命的伦理遗产。这是另一种激进的小资产阶级的思想表达。在这一意义上，《平凡的世界》仍然是悲剧的，是一种面对时代无能为力的悲戚，是一种充满行动欲望又不知如何行动的悲观。而这一点，在张承志1980年代的写作中得到了更为酣畅淋漓的表达。

结　语

如果把《人生》和《波动》、《晚霞消失的时候》做某种对读，那么，《人生》流露出的，大致可以说是一种怎样才能成为小资产阶级的焦虑。当"个人"的概念进入平民阶层，成为小资产阶级的前提一定是职业、户口、收入等等，简单一点说，就是怎样"进城"。在这里，小资产阶级被阶层化，而不仅仅只是一种情感类型或者文化类型，它预示了一种可能，就是小资产阶级向中产阶级演化的可能性。这种可能性推动了1980年代平民化的个人主义运动，表现出来的，正是阶层流动的强烈要求。

这会使人想起巴尔扎克的"外省青年"，也会使人想起司汤达的《红与黑》，但高加林不是拉斯蒂涅，最后也没有成为于连。阻扰这一叙事走向的，是革命的伦理遗产，这一遗产中包含了传统的德性因素。1980年代，保守主义，包括善的概念，并没有完全退场，总是或明或暗地阻扰着叙事的激进走向。

阻扰这一激进叙事走向的，同时还有作为情感或文明类型的小资产阶级属性。1980年代，写作者还很难完全认同中产阶级的生活，那种枯燥的生活类型将完全熄灭不死的激情。在这一意义上，刘震云的《一地鸡毛》可以看作《人生》的后续。

所以，路遥必须改写《人生》，在《平凡的世界》中，孙少平从中产阶级回到了小资产阶级，也就是说，去掉了这一阶层的物质化属性，而保留了它的情感和文明特征。它符合了1980年代小资产阶级的审美要求，即一种无目的的目的性。

《人生》试图在高加林身上把保尔和于连统一起来，最后还是失败了。而在《平凡的世界》中，于连隐匿了，凸显的是保尔。于是，孙少平最后也成为"圣徒"。但是，孙少平的"圣徒"是小资产阶级的，而不是共产主义的——他会使我们联想起柔石的《二月》里萧涧秋和寡妇文嫂的故事。

所有这些改写，都来自孙少安的失败，孙少安正是孙少平的镜像。孙少安的失败成就了孙少平的文学意义，从改造社会退回到个人的自我拯救，从政治退回到审美。这就是1980年代的理想主义，在德性的坚持中，也多少能感受到某种失败的沮丧。正是在《平凡的世界》中，路遥把曾经被《人生》压抑的某些情愫淋漓尽致地表达出来，从而构成复杂的时代长卷。这是长篇小说带来的魅力。

补记二

1

1977年,最重要的事件之一,大概就是高考制度的恢复。高考制度的恢复,打开的,是阶层流动的大门,这个门一开,个人改变命运的激情就再也不能阻止。所谓的自我意识,是在这样的背景下发生的。它和利益有关,和阶层流动有关。

《人生》就是在这样的背景下产生的,只是,这个阶层流动体现在城乡之间,但它的本质,仍然是阶层流动。因为在城乡差异的背后,仍然是阶层差异。

严格来说,阶层流动这个说法不是太严谨。什么叫阶层流动?向上,还是往下?往下的阶层流动,一直有。别的不说,1960—1970年代知识青年的"上山下乡",就是往下的阶层流动。往下的阶层流动,很多人是不满意的。所以,1980年代的阶层流动,应该说是阶层上升。这是阶层流动的本质。

社会主义，也有阶层，而且，还在生产自己的阶层差异，否则，也不会有"三大差别"一说。有阶层差异，又要克服阶层差异，但是怎么克服，就是个问题。1950—1970年代，依靠两点，一是规训，二是往下。首当其冲，就是知识青年。这里面，有时代因素。

1950年代，强调"识字"，但是"识字以后"会怎样？这是个问题。随着中等教育的普及，逐渐生产出了"知识青年"这一新的人口形态，尤其是农村知识青年，何去何从，是进城，还是回乡？这成了问题。这里，也有两个因素，一是城市能否吸纳这些农村知识青年；二是知识青年离乡以后，农村怎么办？时至今日，第一个问题随着城市的扩张，解决了；第二个问题，却没有解决。这就是《人生》高加林问题的历史由来。

1980年代，阶层的向下受到了批评，知识青年开始回城。但农村知识青年怎么办？这是《人生》中高加林问题的现实原因。

可是，《人生》的意义远远越出了高加林具体的身份，它在阅读中获得广泛的共鸣，这个意义指向的就是阶层上升。1950—1970年代，阶层向上的通道是相对狭窄的，这就造成了阶层的固化。1960年代最恶劣的政治口号是所谓的"血统论"，这个"血统论"和当时阶层固化的现状有关系，只是以一种极端的等级论的语言表现出来而已。

1977年,高考只是一个引子,引发出阶层上升的愿望。高加林高考失败了,但他想做"上等人"的愿望并没有因此消失,反而因了现实的恶劣更加强烈。

但是在1980年代,所谓阶层,表现出来的是个人。这个"个人",和启蒙有关系,但更和利益有关,个人的脱颖而出,要求离开,这个离开是广义的。对于平民子弟来说,就是要求离开自己所属的阶层,而跃向另一个更高的等级。这就是阶层跃迁。所以,个人主义一旦进入底层,就不仅仅是精神的,而是物质化的。

什么叫社会活力,进入个人的世界,这个活力就是野心和欲望,表现出来的,就是阶层流动(上升)。不承认这一点,就是掩耳盗铃。

2

《波动》和《晚霞消失的时候》讲述的是小资产阶级的故事,而且都和官僚阶层有关。小资产阶级被描述为一种文明类型,但是这个小资产阶级也是有阶层归属的,这个阶层就是文化阶层。《波动》和《晚霞消失的时候》演绎了这两个阶层之间的战争,预示了未来社会领导权的争夺。《波动》的态度非常决绝,在官僚阶层和文化阶层之间,毫不犹豫地站在了文化阶层这一边,也就是小资产阶级这一边。《晚霞消失的时候》则相对暧昧,希望的是两个阶层的和解,从而"共治天下"。后来,礼平在回忆"血统论"的时候说,这个口号就是冲着小资产阶级去的,"既不是'红五类',也不是'黑五类',既不是'地富反坏右',也不是'工农兵党政'"。又说,当时这个口号"选错了对象,惹翻了一个强大的社会群体,最后使我们很丢脸地被人家从'文革'的戏场上扫地出门"。[1]这就是1970年代开的花,开在新贵族和旧贵族的战场上。这些花和平民阶层并没有多大关系。

1980年代继承了1970年代的思想遗产,但是并没有完全按照1970年代的剧本上演。猜到了开头,未必猜得到结尾。有一条线索,改写了1970年代的剧本,这就是围绕"生计"的叙事。在"生计"叙事中,平民登场。这并不是说,1970年代就此偃旗息鼓,所有关于个人、文明、精神、审美等的叙事,都成了"启蒙",而把"启蒙主义"和"出人头地"合二为一的,就是《人生》。高加林"进城"就是对等级社会新的战争宣言,这是一场关于"上等人"的战争。寒门子弟加入了"上等人"的战争。所谓的阶层上升,必然遭遇阻力,哪里来的一路坦荡。

但是,这场战争的剧本仍然是"上等人"的,仍然是1970年代排定的。1980年代,不存在什么阶层冲突,阶层冲突首先要有阶层意识。1980年代只有个人意识,没有阶层意识。因此,阶层冲突只能转化为个人和个人

---

[1] 礼平、王斌,《只是当时已惘然》,《晚霞消失的时候》,第242—243页。

之间的冲突，只能以个人主义的形式表现出来。在个人的背后，还是阶层。

但是，阶层的命运早已决定，个人从自己所属的阶层中脱颖而出，渴望的，不是为自己所属的阶层奋斗，而是跃升到新的阶层，"上等人"的阶层。在那跃升的一瞬间，他就注定要离开自己的阶层，所以，离开的真正含义，就是脱离他的原生阶层。谈不上背叛，却是真正的逃离。

高加林的结局，只是一个偶然，并不是1980年代的必然。1980年代毕竟为寒门子弟打开了阶层向上的可能，这也是许多人怀念1980年代的原因。但是，高加林"回乡"，作为一种象征，却是必然。那是对原生阶层的负疚，这种负疚将伴随终生。

1980年代，官僚阶层和文化阶层分别找到了自己的文学代言，但是平民阶层没有，平民阶层不可能再有自己的代言人。从这个阶层走出的个人，进入了新的阶层，成为新的"上等人"，他可能会在新阶层中苦苦挣扎，饱尝世态炎凉，但不可能再回到自己的原生阶层。所以，高加林的失败，才是真正的原生阶层的悲剧。

3

1980年代之所以留在人们的记忆中，很重要的一点，就是打开了阶层上升的通道，给寒门子弟带来了希望。

这个通道是现实的。

高考是很重要的上升形式,尽管高加林是高考失败者,但高考的意义还是在的。高考不问出身,不讲成分,不靠关系,不开后门,最重要的是,肯定了知识的重要性,间接肯定了人的才华。高加林有底气,这个底气就是才华,所以他有点清高,也很骄傲,但是这种清高或者骄傲,是被高考这一形式引发出来的。放在之前,不太可能。

高考打开了一扇门,同时也关上了其他的门,高加林就是被高考这扇门关在了城外。所以他不甘心,他需要打开另外的门,但很困难,所以他只能造假。阅读者同情高加林,因为高加林有才华。高加林需要的是机会,证明自己的机会,只要有机会,寒门子弟也可以出人头地。

这样的机会,在1980年代也是存在的。

1980年代,恰逢旧体制正在动摇,新制度尚未完全确立,在这新与旧之间,各种机会也随之出现。这些机会,刺激了个人的野心和欲望,1980年代,复活了巴尔扎克笔下的"外省青年"。

这些机会并不都是高尚的、优雅的、文质彬彬的,相反,有很多是低俗的、野蛮的,在合法与非法之间游走。在这些人中间,诞生了1990年代的"新富人"。也有失败者,但是失败者依然意气风发,对于平民阶层来说,本就没有什么可以失去的,失败了,不过是回到自己的原生阶层。

但是这些成功者,或者失败者,很少进入1980年代的文学,《人生》是个异数。1980年代的文学,强调个性解放,鼓励自我,但这个自我或者个性,也是有边界的,这个边界就是精神。越过精神边界的个人显得低俗。所以,1980年代的文学,并没有产生自己的巴尔扎克,而且始终有一种小资产阶级的趣味。这种趣味被描述成现代的。因此,香雪(铁凝《哦,香雪》)进城的愿望才是现代的愿望。

王朔打破了这一精神化的边界,他的人物行走在合法与非法之间。但是王朔小说里的人物本质上并不追求物质,他们追求的是这一过程中间的刺激,以及这种刺激带来的快感。这些"大院子弟"骨子里仍然是骄傲的,因为他们有"家世",他们并不需要通过别的方式完成阶层的上升。这个阶层的根基是深厚的,世界仍然是他们的。

但是平民阶层不一样,这个阶层已经没有自己的骄傲,也无尊严可言,除了离开,没有其他的存在方式。所以,尽管高加林失败了,却激起了更多人改变自身命运的勇气。在命运面前,道德规训没有什么意义。

《人生》仍然属于1980年代,路遥选择了乡村知识青年,游走在精神和物质之间,所以,小说显得文质彬彬。更野蛮也更粗俗的改变自我命运的故事,不可能走进路遥的视野。这就保证了《人生》在文学史上的地位。但是，路遥毕竟说出了一个故事，一个寒门子弟要求出人头地的故事，这是1980年代的事实。研究1980年代的文学，不仅要研究它说了什么，还应该研究它没有说什么，被省略的部分，可能更有意思。这个时候，所谓社会史，不是和文学史对应的社会史，而是在哪些地方，和文学史擦肩而过。路遥并没有省略1980年代的社会史，所以路遥的小说不仅有文学史的意义，也有社会史的意义，这是路遥应该享有的荣耀。

1980年代的这些个人，充满野心和欲望的个人，同样来自启蒙。启蒙复活的，不仅有优雅的自我，也有粗俗的自我；有追求精神的个人，也有不择手段攫取利益的个人。这是启蒙的两面。

4

1980年代有很多故事，在那些故事里，豪门子弟与寒门子弟并存。他们被野心和欲望驱使，追逐自己的权益。也有许多卑微的小人物，不是为了体面，也不是为了做什么"上等人"，只是为了活着，为了活得好一些，背井离乡，寻找希望。在1980年代，离开的故事是多样的。

这些离开的故事并没有全部进入1980年代的文学，1980年代的文学也在选择，选择自己的故事，研究这些选择，也是一件有意义的工作。

有多种因素在阻扰这些故事进入当时的文学。

启蒙创造了1980年代的个人（自我），可是，当这个自我走进生活，就会面目全非。它生产欲望，也追逐利益，坚执人文精神的启蒙者，会对此个人失望。可是，在生存和理性之间，本来就会生产出"经济人"，只有经过"经济人"这个阶段，才会产生出理性人，计算本来就在理性范畴之中。1980年代的启蒙者，召唤出了个人，但面对物质化的个人，难免惊慌失措。

但是更重要的因素来自道德领域。经过1950—1970年代的文化熏陶，对于未来的设想，已经深深烙上主流社会的印记。而主流社会的根本就是伦理。面对"经济人"的冲击，1980年代的文学不可能无动于衷，他们不希望未来的主流社会是一个由纯粹"经济人"构成的世界。在1980年代，社会主义退回到道德领域，革命作为伦理遗产而被部分地接受。

所以，文学的某种表现形式之一就是，可以有计算，但不太能接受算计。

1980年代的文学实际上是矛盾的。它们鼓励自我，但不能接受物质化的个人；它们肯定市场，但不接受市场重新组织社会；它们需要社会的活力，但野心和欲望仍然是它们恐惧的对象。即使以解构自居的先锋文学，也无法彻底征用这种野心和欲望。1980年代的文学，实际上是自相矛盾的。而且，它们习惯把这种野心和欲望推向1950—1970年代，在这里，伤痕文学的影响是巨大的，这是先锋文学习惯选择的历史时间。

5

高加林是有精神后裔的,这个后裔分成两个走向。

一个走向即是所谓的"小镇青年",它是巴尔扎克"外省青年"的中国版。不过,"小镇青年"没有"外省青年"那么大的野心,就像高加林不是于连。世界那么大,"小镇青年"也想出去看一看。但是,"小镇青年"也不是没有功利性的想法,"小镇青年"的理想是进入"中产阶层"。这个想法支持着"小镇青年",未来的世界一片灿烂。

理想或者理想的破灭,都和这个中产阶层有关。上不上,下不下,唯一真实的,最后就是所谓的"日常生活"。但这个"日常生活"却慢慢失去了1980年代的朝气蓬勃。

《一地鸡毛》里的小林,可以看成高加林进城的后续。

小林在大城市的机关工作,这是黄亚萍给高加林勾画的未来,也是高加林梦寐以求的未来。高加林最后失败了,但是小林成功了。小林进城后,迎接他的是每天的白菜豆腐洗尿布,是必须忍受女老乔的狐臭汇报工作。美好生活在1980年代的后期开始破灭,日常生活是如此乏味单调。文学青年开始成为机关中年,意气风发的高加林也变成了不温不火的小林。生活磨损了理想,也磨损了斗志。

日常生活是1980年代的一个重要概念,这个概念曾经给予改革以正当性。但是1980年代前期的日常生活,更多是以美好生活的形象出现，并且在私人领域里展开，进而构成私人生活的神圣不可侵犯性。这是自由主义的接受基础。

在1980年代后期，日常生活开始变得枯燥乏味，围绕这一日常生活展开叙事的，是所谓的新写实小说。但是，刘震云和池莉不一样。池莉更亲近城市的市井生活，在枯燥乏味的日常生活中，考虑的是怎样活得有滋有味，这就是她的《热也好冷也好活着就好》，生存是第一要紧的。刘震云的《一地鸡毛》更像"小镇青年"的进城实录。

可以想象，小林在进城前的奋斗，是把故乡变成异乡的过程。高加林没有完成这个过程，失败了。小林是成功者，但是这个新的故乡带给他更多的烦恼。这个烦恼是中产阶层带给他的，中产阶层的生活充满重复和单调。显然，小林缺乏再一次把故乡变成异乡的冲动，生活也没有给他这种希望。1980年代后期的文学，既缺乏往下看的勇气，也失去了向上走的可能。在这样的境遇中，所谓日常生活才可能进入文学叙事。这是新中产阶层的烦恼，并且这个阶层迅速地向市民阶级转化。

所以，日常生活是一个中产阶层建构的概念。

6

1980年代后期，有两部长篇小说，路遥的《平凡的世界》和陈忠实的《白鹿原》，都出自陕西作家之手。在

1980年代后期悲观和沮丧的氛围中，这两部小说是异数，表达的是重构世界秩序的愿望。可以不同意这两位作家的具体观点，但这种重构秩序的努力，却值得重视。

《白鹿原》希望重构的，是乡村共同体，这个共同体打上了士绅结构的印记，重返儒家思想的愿望，意味着保守主义的隐隐欲动。这是改革进行了十年以后，共同体重新进入当代文学视野的一种表征，也意味着强势崛起的个人对社会共同体的撕裂。

《平凡的世界》的视野要更为宏大，全景的叙事视角几乎囊括了1980年代的改革现实。路遥没有回避改革带来的各种问题，这些问题通过各种社会场景的扫描得到艺术地再现。在这些叙事中，高加林隐匿了，孙少平出现了。

路遥和高加林有相似之处，同样来自乡村，同样对"现代文明"有着强烈的憧憬，这些相似之处，使得《人生》的叙事视角更多地集中在高加林身上。但是，路遥毕竟不同于高加林，路遥的性格和更为宏大的政治理想是高加林无法承担的。路遥的政治理想在《人生》中被压抑，但是在《平凡的世界》中展现无遗。当然，在《平凡的世界》中，路遥的这种政治理想是非常隐蔽的。

孙少平代表了路遥的另一种面向，这个面向希望积极介入现实，并且重构世界秩序。

但是，孙少平是不成熟的，孙少平的离开，更多的是游历，是性格和思想的磨炼。值得注意的，是孙少平的底层经历，这些经历给孙少平提供了底层的叙事视角。这个视角，在《人生》中是被压抑的，或者说，只是一种进城的理由。《平凡的世界》中出现了田富堂等老干部形象，通过这些形象，展现的是一种上层视角。值得注意的是，这一上层视角和孙少平的底层视角构成了一种遥相呼应的叙事关系。这是路遥的政治思考，也就是改革如何顾及社会底层的利益。1980年代后期，这样的思考并不多见，却是下一个时代重要的思想主题。

不过，孙少平能否承担这一重构世界秩序的重任，仍然是一个问题，根本的原因，仍然在于对未来的设想。但是一个重要的思想史命题，却在这种思考中浮现。

1980年代，是一个"少数"的时代，这个少数指向新的社会精英。1980年代前期，少数代表了多数，这是1980年代作为黄金时代的根本原因。但是随着改革的深入，也应该看到，这个少数和多数之间产生了裂痕。孙少平的游历或者经历，可以视为少数重新走向多数的努力。这一点，是重要的，即使在今天，仍然是一个重要的主题。

1990年代，将会终结1980年代的各种表述，市场的强势崛起，从根本上改变了这个世界的各种秩序。但是1980年代的文学表述可能会给后来的时代带来各种思考，毕竟，那是"来处"。

第 三 章

"小日子"的政治、经济和美学想象

重读古华《芙蓉镇》

1981年,古华《芙蓉镇》发表,并于1982年获首届茅盾文学奖,更因为1986年经由谢晋改编成电影,从而拥有了更为广泛的社会影响。

《芙蓉镇》几乎集合了当时所有的文学类型,比如"伤痕""反思""改革"等等。重新阅读这部小说,有可能进入1980年代早期的某种社会无意识,这种无意识被文学重新组织起来,并给予"命名"。

一 先从《话说〈芙蓉镇〉》说起

古华在《话说〈芙蓉镇〉》一文中曾经交代自己的创作缘由:"一九七八年秋天,我到一个山区大县去采访。时值举国上下进行'真理标准'的大讨论,全国城乡开始平反十几、二十年来由于'左'的政策失误而造成的冤假错案。该县文化馆的一位音乐干部跟我讲了他们县里一个寡妇的冤案。故事本身很悲惨，前后死了两个丈夫，这女社员却一脑子的宿命思想，怪自己命大，命独，克夫。我当时听了，也动了动脑筋，但觉得就料下锅，意思不大。不久后到省城开创作座谈会，我也曾把这个故事讲给一些同志听。大家也给我出了些主意，写成什么'寡妇哭坟'啦，'双上坟'啦，'一个女人的昭雪'啦，等等。我晓得大家没真正动什么脑筋，只是讲讲笑话而已。"这个"寡妇"为什么是个"冤案"，古华没有细说，值得注意的是下面这段介绍："党的具有历史意义的三中全会的召开，制定了'实事求是、解放思想'的正确路线，使我们国家的政治生活发生了历史性转折。……三中全会的路线、方针，使我茅塞顿开，给了我一个认识论的高度，给了我重新认识、剖析自己所熟悉的湘南乡镇生活的勇气和胆魄。我就像上升到了一处山坡上，朝下俯视清楚了湘南乡镇上二三十年来的风云聚会，山川流走，民情变异……"[1]

1980年代早期的文学，受政治影响颇深，一方面，政治在积极影响文学；另一方面，文学也在努力介入政治。表现方式之一，就在于文学积极参与未来社会的设计。也因此，小说大都采取一种宏大的叙事模式，而其背后的社会"总体性"并未完全消失，依然有一种"远景"。值得玩味的是这个"远景"，一方面是"现代化"

---

[1] 古华，《话说〈芙蓉镇〉》，收入《芙蓉镇》，人民文学出版社，1981年。

（在《芙蓉镇》的结尾反复出现）；另一方面则是作者所言"八亿人口的生养栖息、衣食温饱，对我们国家来讲是举足轻重的"。[1]只有把这二者结合起来，才能帮助我们进入1980年代早期的"总体性"。

这一总体性，落到实处，无外乎"休养生息"四字，也即古华所谓"生养栖息、衣食温饱"。古华所言"三中全会的路线、方针"，也正包含了这"休养生息"的意思，即宣告了阶级斗争的结束。在古华，以及当时其他知识分子的理解中，这是一种退出，从以往的政治（运动）社会中退出，回到"生活本身"。这一"生活本身"，也即一种个人的"小日子"，背后正是一种小生产者的政治、经济和美学理想。[2]在中国，这一理想源远流长。而在1980年代早期，这一小生产者的理想以及现实转化，又被重新设置为通向现代化的正确起点。理解这一点，才有可能帮助我们实际理解所谓中国的20世纪。

中国革命史上，曾经有过三次对小生产者理想的征用，比如，"土地革命"时期的"打土豪，分田地"；"土改"时期的"土地还家"；再有即是1980年代的"土地承包"制度的推行。区别在于，前两次的征用依然服从于"消灭私有制"的意识形态，因此，回到"小日子"，

---

[1] 古华，《〈芙蓉镇〉后记》，收入《芙蓉镇》。
[2] 参见张帆，《两种小生产者及其历史命运——重识新时期文学中的政治经济学与人性论》，《文艺理论与批评》2019年第5期。

重新征用小生产者的政治、经济和美学理想，解决的是底层民众革命的动力问题，但"小日子"终要过渡到现代/革命的"大日子"，而在这一过程中，"小日子"也会走向它的反面，即可能成为现代/革命的阻碍力量。这似乎能够说明，在中国革命的历史上，"改造"为什么始终占据着重要的理论和实践的位置。当然，对1980年代重新崛起的小生产者理想的改造，并不来自意识形态，而是来自1990年代的市场化。市场/城市化真正摧毁了这一小生产者的政治、经济和美学理想。而吊诡之处也正在于，被市场摧毁的这一小生产者的理想，又反过来成为反市场化的小资产阶级的理论或者情感武器。当然，这是后话。

古华对政治的理解（"生养栖息、衣食温饱"），颇有黄老之学的余韵。休养生息，是否是1980年代实际的政治内核，只能留待史家考辨；但这多少折射出当时一种普遍的政治情绪，而这一情绪或情感，则由文学承担。这也意味着，古华有关"寡妇"的民间传说，固然可以使我们联想起《白毛女》的创作过程，但其中有同，也有异。相同之处在于，1980年代的文学，尤其是现实主义文学，受"革命文艺"的影响颇深，篇章布局、人物结构，有很强的社会动员力量。不同之处则在于，《芙蓉镇》的"小日子"并不通向"大日子"，相反，只有"大日子"的解体，才可能保证"小日子"的"生养栖息、衣食温饱"。

二 什么样的日子才算"小日子"

《芙蓉镇》开篇写芙蓉镇的地理概貌:"芙蓉镇坐落在湘、粤、桂三省交界的峡谷平坝里,古来为商旅歇宿、豪杰聚义、兵家必争的关隘要地。有一溪一河两条水路绕着镇子流过,流出镇口里把路远就汇合了,因而三面环水,是个狭长半岛似的地形。……不晓得是哪朝哪代,镇守这里的山官大人施行仁政……栽下了几长溜花枝招展、绿荫拂岸的木芙蓉,成为一镇的风水;又派民夫把后山脚下的大片沼泽开掘成方方湖塘,遍种水芙蓉,养鱼,采莲,产藕……颇是个花柳繁华之地、温柔富贵之乡了。"

在中国当代文学的写作过程中,一直伴随着"地理"的发现。这一地理,首先是"国家地理"的发现,所谓"江山如此多娇"即是。而在"国家"之下,则是地方,这个地方有待开发、改变,甚而改造。所谓工作队、下乡干部,往往承担着"打开"闭塞的乡里空间的叙事使命。因此,这一地理的发现,带有浓郁的现代性色彩。而在1980年代的一些作品中,这一"国家地理"渐渐被悬置,取而代之的是地方乡里空间的重新发现。需要在这一乡里空间中发现的是蕴含其中的美和诗意。沈从文某些作品(比如《边城》)的再度引起注意,甚而被效仿,可能多少和这一"地理"的发现相关。也因此,芙蓉镇的地形("三面环水,是个狭长半岛似的地形"),不仅不再成为"闭塞"的地理象征，反而成了某种类似于"桃花源"般的诗意空间。这一诗意，构成了当时所谓的"地方色彩"。或许因此，《芙蓉镇》的第一章干脆以"山镇风俗画"命名。

这一"乡里空间"，某种意义上也可称为一种乡村共同体，这也是一种传统的共同体形式。这一共同体以地缘或亲缘构成空间的存在方式，同时也是成员情感维系的载体甚至信仰对象。而共同体成员之间的交往，主要是一种"礼物"关系。所以，《芙蓉镇》特别强调："一年四时八节，镇上居民讲人缘，有互赠吃食的习惯。……最乐意街坊邻居品尝之后夸赞几句……便是平常日子，谁家吃个有眼珠子、脚爪子的荤腥，也一定不忘夹给隔壁娃儿三块两块，由着娃儿高高兴兴地回家去向父母亲炫耀自己碗里的收获。饭后，做娘的必得牵了娃儿过来坐坐，嘴里尽管拉扯说笑些旁的事，那神色却是完完全全的道谢。"礼物关系，暗含着的，便是一种情感的交换方式。

这样的写法并非自《芙蓉镇》始，相反，类似细节充斥于"革命文艺"之中，比如《白毛女》的开头，就有"送饺子"的习俗。强调礼物关系，突出的是共同体的温暖；反抗的——在《白毛女》中——是权力的压迫，而在1950—1970年代的文学中，同时还有冷冰冰的商品交换方式。

迄今为止，人类的社会交往方式无非三种：权力、市场、礼物。而如何处理这三种关系，肯定什么，反对什么，则折射出不同时代文学的关注要点。在《芙蓉镇》，同样如此。

《芙蓉镇》写共同体，写礼物关系，凸显的是情感，是一种温暖的人和人之间的交往方式，既有落难时期的不离不弃，比如胡玉音和秦书田；也有超脱尘世的支持和关怀，比如谷燕山和胡玉音；等等。同时，这一交往方式也构成了生活的欢乐，苦难中又生发出欢喜。这一点使得《芙蓉镇》固然吸纳了"伤痕文学"的叙事元素，却又摆脱了"伤痕文学"阴郁压抑的流行趋势。比如，《芙蓉镇》写芙蓉镇的集市和胡玉音卖米豆腐：芙蓉镇的集市尽管历经沧桑，已不复当年"三省十八县客商云集的万人集市"，但生活仍在继续，生活中的欢乐也依然在延续，"近年来芙蓉镇上称得上生意兴隆的，不是原先远近闻名的猪行牛市，而是本镇胡玉音所开设的米豆腐摊子"。因为胡玉音的漂亮、和气，"加上她的食具干净，米豆腐量头足，作料香辣，油水也比旁的摊子来得厚，一角钱一碗，随意添汤，所以她的摊子面前总是客来客往不断线"。当然，客人多了，也会有玩笑。

说起米豆腐，就会想起豆腐，想起鲁迅文章里的"豆腐西施"。《芙蓉镇》少了鲁迅的审视和严峻，但多了对乡风民俗的欣赏和理解（"亲切随和得就像待自己的本家兄弟样的"）。

在中国的乡村，集市并不完全是一个买卖的地方，同时还是一个娱乐空间,赶集往往还有一种节庆的味道:"基层市场社区与农民的娱乐活动息息相关。……正如集日通过提供娱乐机会减轻了农村生活的无聊一样,庙会使村民全年的娱乐活动达到高潮。"[1]当时的偏颇是,只在经济中看见政治,却忽略了经济中还有文化,甚至娱乐。这可能也是若干年后,古华(也包括其他的写作者)写集市,在意的除了经济,还有生活的欢喜。

但是,所有的欢乐都建立在经济的基础上,离开经济,奢谈欢乐,便容易滑向浪漫,甚者,更有伪浪漫主义的嫌疑。1980年代对"文革"的批评,常以"假大空"名之,多少也有这方面的估量。

所谓现实主义,核心要素之一即是经济,离开经济,也有现实,但谈不上什么"主义"。俗而言之,所谓经济,一是生活总需要物质的维持,第二,便是钱从哪里来。鲁迅的《伤逝》,写的是爱情,更是经济。爱情除了山盟海誓,花前月下,也还需要一张床,有床的地方,才是家,家的空间就是房子。有了房子,还需要吃饭,饭是要有人做的,粮油肉菜也是需要买的,这就涉及经济,也牵扯到钱从哪里来。在《伤逝》,便因经济,而到工作,进而深入妇女问题的核心。再绚丽的爱情,若无妇女的工作权,久而久之,也会黯然褪色。文化革

---

[1] 施坚雅,《中国农村的市场和社会结构》,史建云、徐秀丽译,中国社会科学出版社,1998年。

命，倘若离开经济的支持，总难以持久。所以，文化革命总会生发出社会革命的诉求。在《伤逝》，便是因子君的工作，而由文化到了社会。这就是鲁迅那一代人的思考。这一点，王安忆倒是说得很对："小说中的'生计'问题，就是人何以为衣食？我靠什么生活？听起来是个挺没意思的事，艺术是谈精神价值的，生计算什么？事实上，生计的问题，就决定了小说的精神内容。"[1]生计问题就是经济问题，从经济必然进入政治，所谓现实主义，就常常包含着政治经济学的内容。因了文化，重新看到人的生计，又由这生计，而想到经济，再由经济，进入政治，这就是中国的现代史。所谓中国的20世纪文学，实质就是由经济到政治的历史，也是从文化革命走向社会革命的历史。

然而，1980年代，尤其早期，形式上却似乎是一个反向的文学运动，即从政治重新走向经济。其中包含的问题之一，我称之为"赵树理难题"。所谓"赵树理难题"，主要有如下两个方面：一、合作化运动"停止了土改后农村阶级的重新分化"[2]，这是为赵树理认可的；二、集体化同样应该使农民"有钱花，有粮吃，有功夫伺候自己"[3]。

---

[1] 王安忆，《小说中的生计问题》，《小说选刊》2016年第5期。
[2] 赵树理，《写给中央某负责同志的两封信》，董大中主编，《赵树理全集》第五卷，第323页，北岳文艺出版社，2018年。
[3] 赵树理，《公社应该如何领导农业生产之我见》，《赵树理全集》第五卷，第334页。

赵树理认为当时这个问题并没有完全解决，农民"还是靠自留地解决了问题……依靠在自由市场上卖东西……集体不管，个人管，越靠个人，越不相信集体"[1]。客观地说，1980年代文学中的乡村问题，已经包含在1950—1970年代的历史之中，也就是赵树理所谓的"有钱花，有粮吃"的问题。

1980年代狭义的"改革文学"，也就是当时所谓的"农村题材"小说，继续了赵树理"有钱花，有粮吃"的思考，但悬置了合作化"停止了土改后农村阶级的重新分化"。相反，集体化才是真正妨碍"有钱花，有粮吃"的根本因素。何士光《乡场上》、高晓声《"漏斗户"主》等作品，大都持此改革观点，《芙蓉镇》同样延续了这一基本理路。

在传统社会主义意识形态的框架中，合作化就是最大的政治，因此，挑战集体化，本身就具有了"去政治化"的形式特征，并被表征为从政治重新走向经济。在当时，这一"去政治化"获得了各方面的响应，并且远远溢出了农村改革的文学表述。从理论的普遍性吁求[2]，再到新的美学原则的崛起[3]，促使文学远离政治，并生产

---

[1] 赵树理，《在中国作协党组扩大会议上的发言》，《赵树理全集》第五卷，第356页。
[2] 比如，《上海文学》评论员文章《为文艺正名——驳"文艺是阶级斗争的工具"说》，《上海文学》1979年第4期。
[3] 孙绍振，《新的美学原则在崛起》，《诗刊》1981年第3期。

出尔后三十年最大的文学幻觉。但是,这里仍然有两个问题:

一、所谓改革,乃是当时最重要的政治诉求,强调改革,本身就是政治的。所谓"去政治化",只是要求"去"一种旧的政治,而不是真正的无政治。从政治走向经济,在这个经济中,已经包含了新的政治要求,即建构一种新的生产关系。大而言之,1980年代的"去政治化",实际包含的正是这种重新政治化的企图,相比较而言,它只是另外一种政治,无论形式,还是内容。忽视这一点,我们就无法真正理解1980年代。

二、中国革命,包括1950—1970年代,摧毁了,甚至是粗暴地摧毁了一切旧有的生产关系,客观上——起码在形式上——提供了人的一种"起点平等"的可能性。因此,1980年代才有可能从容忽略新的阶级压迫的可能性。这也是赵树理有关合作化"停止了土改后农村阶级的重新分化"的前提得以被悬置的客观原因。只有这种"起点平等",才可能产生1980年代对于"改革"的巨大热情,这一热情贯穿在小说《芙蓉镇》中。

三 怎样才能过好"小日子"

1964年,胡玉音依靠卖米豆腐盖起了新屋:"一色的青砖青瓦,雪白的灰浆粉壁。临街正墙砌成个洋式牌楼,水泥涂抹,划成一格格长方形块块,给人一种庄重的整体感。楼上开着两扇门窗两用玻璃窗,两门窗之间是一道长廊阳台,砌着菱花图案。楼下是青石阶沿,红漆大门。一把会旋转的'牛眼睛'铜锁嵌进门板里。这座建筑物,真可谓土洋并举,中西合璧了。"重要的是,"在芙蓉镇青石板街上,它和街头、街中、街尾的百货商店、南货店、饮食店互相媲美,巍然耸立于它古老、破旧的邻居们之上,可以称为本镇的第四大建筑"。更关键的则是,"而且是属于私人所有!"。

在中国人的心目中,房子是一个重要的意象,有房子才有家,有家才能过好"小日子"。所以,1979年,高晓声发表《李顺大造屋》,即从盖房子入手。李顺大造屋的反反复复,既意味着政治(运动)的反反复复,也意味着李顺大"小日子"梦想的反反复复。而在中国当代文学史上,"房子"也是一个重要的辩论议题。比如,柳青的《创业史》写梁生宝和梁三老汉关于"盖房子"的辩论。梁生宝并不是反对"盖房子",而是希望蛤蟆滩所有人能一起住上新房子;而离开集体,"房子"还会成为一个意识形态的装置,并生产出地主阶级的欲望。这就是所谓的"共同富裕",并确立了集体优先于个人的伦理准则。坦率地说,截至1980年代,这一"共同富裕"的梦想并没有完全实现。同时,也就相应动摇了"集体优先于个人"这一伦理要求。因此,"让一部分人先富起来"开始成为1980年代经济的,也是政治的要求。"共同富裕"只是作为意识形态的愿景,而且事实上是被悬置的。1980年代，还来不及思考"共同富裕"的重要意义，每一个人都显在或潜在地想象自己能够先富起来，而富起来的前提则是脱离社会共同体的制约。这就是1980年代"个人"概念的物质基础，喜欢不喜欢，认同或不认同，它都已经存在。而文学则先期传递出了这一重要的思想史转向的情感信号。

新屋落成，照例要宴客，天一放亮，门口就响起"噼噼啪啪的鞭炮声"，"整整一上午，亲戚朋友，街坊邻里，同行小贩，来'恭喜贺喜'的，送镜框匾额、送'红包'、打鞭炮的络绎不绝"。也有议论，议论由围观者承担："攒钱好比针挑土，想不到卖米豆腐得厚利，盖起大屋来！""比解放前的茂源商号还气派，比海通盐行还排场！""人无横财不富，马无夜草不肥……没个三千两千的，这楼屋怕拿不下。"……在1980年代早期的"改革文学"中，"群众"照例是缺席的，或者隐匿的，偶尔出现，也是作为一种舆论，代表一种旧的主流观念，同时也不乏眼红、嫉妒等个人情绪。这一主流观念是有待突破的，也可以置之不理。这一时期的文学，有时自觉或不自觉地延续着以往"突出英雄"的写作原则，只是"英雄"的时代含义有所变化。

最为引人注目的，是胡玉音新屋的那副红纸金字对联，上联："勤劳夫妻发社会主义红财"，下联："山镇人家添人民公社风光"，横联："安居乐业"。1964年，胡玉音盖屋，而且是如此"排场"，是否真实不重要，重要的是写作时间，这副对联倒是非常1980年代化的。

对联中有几个关键词可以说一下。一是"发社会主义红财"，"发财"的概念被公开宣示，印象中好像是自《芙蓉镇》始。一方面，它意味着政治的松动，而另一方面，"财产"开始被注入私有的含义。[1]而"社会主义"也并不是一个可有可无的装饰性名词，1980年代的改革，仍然依托于社会主义的总体性，因此，胡玉音只是"添人民公社风光"。在当时，私有经济仍然只能作为一种补充性的经济成分存在，这是被时代所限制的叙述，又蕴含了丰富变化的可能性。文学作为一种另类的思想史，常常依托感性和形象，传递出某一时代的无意识变化，先于理论的归纳和总结。

另外一个概念可能同样重要，就是"勤劳"。在1980年代，"勤劳"大概是一个特别重要的概念。这并不是说在1950—1970年代的文学中，"勤劳"的概念消失了，相反，在这一时期的文学中，"勤劳"仍然是一个非常重要的概念，并依托这一概念组织了各种政治或者经济的叙事。差别可能在于，什么样的"勤劳"才是有意义的，为个人，还是为集体。因此，那一时期的文学，强调的是勤劳的"公共性"。1980年代，重新审视集体化，其中包含了一个重要的概念，即效率，而影响公社效率的，

---

[1] 参见林凌，《文学中的财富书写——"新时期"一种文学类型的再考察》第三章，华东师范大学博士学位论文，2012年。

正是人的劳动积极性。这是一个非常重要的变化。[1]何士光《乡场上》先提出了这一问题,冯幺爸的懒惰,是因为集体所有制,而体制的变化,使冯幺爸由"懒惰"变成"勤劳"。懒惰和勤劳的辩论,不仅是1980年代"改革文学"重要的支持理由,而且成为改革的重要共识。至于"勤劳"是否必然致富,这一质疑,要等到1983年王润滋《鲁班的子孙》发表,这是后话。

横联"安居乐业",同样非常地1980年代化,它和政治上的"安定团结"遥相呼应。这也是一个非常小生产者的提法,甚至是一个卑微的政治请求。还有什么比这更能引发人的同情心或同理心的呢?安居乐业,意味着个人生活的自我规划,并不具备扩张性,本身就意味着一种善。这也是梁三老汉在梁生宝的批评下,感到非常委屈的原因之一,也是胡玉音在当时受到广泛同情的根本因素。至于小生产者和小生产者之间,小生产者和社会其他阶层之间,小生产者和市场之间,可能会发生什么,这是1930—1940年代左翼文学持续思考的主题之一,也是1950—1970年代文学严峻的甚至极端的思考主题之一,却不是1980年代早期的文学主题。1980年代,所谓小生产者的理想还未实现,或者说尚在萌芽状态。因此,

---

[1] 比如,赵树理在1950—1960年代,认为影响当时公社生产效率的,主要是官僚的瞎指挥,是浮夸风。参见李洁非,《典型文坛》,第163—164页,湖北人民出版社,2008年。

它也是未完成的、抽象的。而这种抽象性，决定了它的善，甚至美和诗意；也正是这种善、美和诗意，才激发了1980年代蓬勃的生活热情。所有思想史的开端，都闪耀着迷人的星辰。

但这并不意味着，在现代主义登场之前，1980年代早期的文学叙述中，人和人之间就已经是孤独、隔绝的。相反，人和人之间仍然需要联系。因此，在善的个体和个体之间，人道主义的联系被设计出来。但这也并不意味着，1980年代的人道主义，是没有边界的、泛滥的。在善的个体和恶的个体（比如李国香等）之间，人道主义并不适用，"斗争"仍然是一个绝对的政治主题。在这一意义上，"革命文艺"的"幽灵"，仍然被1980年代反复"召唤"。

应该说，1981年，所有的理论准备（无论是意识的还是无意识的）都已完成，此刻小说需要的，是人物的出场。

小说对胡玉音的身世略有交代："据传她的母亲早年间曾在一个大口岸上当过花容月貌的青楼女子，后来和一个小伙计私奔到这省边地界的山镇上来，隐姓埋名，开了一家颇受过往客商欢迎的夫妻客栈。"这是一种源于基因的设计吗？是说胡玉音的美丽和经商才能来自父母的遗传？也许并不是，叙事者后文对此加以解构："胡玉音做生意是从提着竹篮卖糠菜粑粑起手，逐步过渡到卖蕨粉粑粑、薯粉粑粑，发展成摆米豆腐摊子的。她不是承袭了什么祖业，是饥肠辘辘的苦日子教会了她营生的本领。"

然而，胡玉音的身世在小说中也不是可有可无的，起码，以她的出身，她在芙蓉镇的主流社会中，应该还是一个边缘性的存在。

这就是小说的"发现"了，从发现"地理"，再到发现"人物"，以"边缘"而挑战"主流"，同时又包含着一种"正名"的叙事意图。应该说，在1980年代，"正名"是一种全方位的叙事努力。曾经"边缘"的，开始进入"主流"；曾经被"压抑"的，现在开始获得"解放"；曾经被"污名化"的，现在开始被重新命名。这一正名化的叙事，配合了政治上的"平反"，使得1980年代呈现出一种朝气蓬勃的新生气象。而在"正名"的背后，则是一种严肃的，或者自以为严肃的"反思"，反思打开了诸多的写作领域。对于胡玉音来说，被正名的，除了出身，更重要的可能是她的"小商小贩"身份。对于1980年代，小贩的出现，大概可以算是一个文学事件。

与之前的小说不同，1980年代的乡村"改革文学"，包括《芙蓉镇》，人物的身份开始悄悄由"农民"向"小商小贩"转化，其中可能蕴含着一种商业化的时代趋势。形成这一人物身份变化的原因，大概有这样几种：

一、随着1980年代改革的深入，乡村也开始由赵树理的"有饭吃"向"有钱花"发展，其典型的变化轨迹可以高晓声的《"漏斗户"主》到《陈奂生上城》为代表，即农民从土地进入市场。它实际暗含了这样一个命题：在现代化的趋势中，农业并不能解决人的富裕问题。

这个命题和较早的农村改革叙事（比如何士光的《乡场上》）是有抵牾的，因此，它只能隐蔽在文本的无意识深处。这一命题浮出文本的表面，则要到1990年代以后。《陈奂生上城》是一个卓越的文本，面对市场，农民（陈奂生们）也需要重新"组织起来"，而"组织"，则需要"政权"（吴县长）的支持和介入。也就是说，商业的背后，依然是政治。坦率地说，在1980年代，这样的文本很难被彻底打开，陈奂生和吴县长的关系，反而使以启蒙主义自居的批评者感到不适，最后，只能以"现代阿Q"的命名草草收场。但这恰恰就是中国的改革历史。

当"财富"的内涵由"粮食"转换到"金钱"，自然使写作者进而关注乡村的"商业"问题，并深入到中国乡村的传统属性。在这方面，费孝通在《江村经济》中有很精彩的叙述。在费孝通的叙述中，中国的乡村社会被归纳为"农工社会"，农民实际具有"兼业"的身份。而在1950—1970年代的公社经济中，"小商小贩"则是一个极其不稳定的因素，它既威胁到大农业的现代愿景，也可能作为资本主义的萌芽，使人背离工业化的"组织"原则（包括公社）。因此，正是在1950—1970年代，尤其是1960年代，这一"小贩"的叙事元素，不仅在乡村，甚至在城市，也开始受到批评，比如《千万不要忘记》中的丁少纯。因此，重新发现"小商小贩"，意味着写作者开始不满足于"包产到户"的小农业想象，而试图注入更多的经济元素，比如商业。这也意味着，1980年代的乡村改革，背后仍然存在着现代性的背景，并不纯粹是回到传统的重农主义。

二、所谓"小商小贩"，大概也勉强可以被纳入小市民阶层，尽管这个阶层和现代的市民阶层有别，但同样包含着某些共同因素。这个阶层具有一种自由流动的自然属性，同时，对生活有一种自足（自主）性的要求。在某种意义上，这个阶层也是极其脆弱的，尤其面对政治权力。威胁这一阶层的因素很多，但在1980年代，这些因素很容易转换为政治和生活的对立乃至冲突，这是时代的需要，也符合当时的实际情况。毕竟诸如黑社会之类因素，已被其时的政治扫荡干净。因此，围绕胡玉音卖米豆腐所展开的全部叙事，既是围绕人心的善与恶的冲突，也是政治和生活的对立。这是一种基本的"官—民"冲突的文学原型，这一原型在1980年代被重新召唤出来。

三、文学，尤其是叙事文学的意义，基本由两个层面组成，一是题材自身的意义；二是通过这一题材，写作者表达出对自我乃至整个世界的期许和想象。后者常常构成文本抽象的甚至普遍性的意义。那么，在所谓"小商小贩"身上，写作者看到了什么呢？某种意义上，也可以说写作者看到了自我。胡玉音和秦书田的联姻，并不完全是小说结构的需要，艺术（文学）家和小商小贩，都具有一种个体劳动的自然属性，甚至都基本属于一种小生产者的劳动形态，说他们是"同病相怜"也可以。1980年，陆文夫写《小贩世家》，就传递出了这一含蓄的信号。汪曾祺小说中的人物，则大都属于这一类小生产者，小商小贩、小伙计、小手工艺人，《皮凤三楦房子》少见地让人物直接介入现实。1980年代早期，实际上一直暗含着两种叙事，一是围绕"富裕"展开的改革叙事，另一种，则是围绕人的"自主性"展开的启蒙叙事。这两种叙事有分有合，而在"小商小贩"身上，则被含蓄地统一起来，只是后者更为隐晦。而这一叙事被纳入传统的"官—民"冲突的文学母题中，其意义常常不言自明。

因此，小商小贩，这一在1950—1970年代的文学中被压抑、被警惕、被批判的形象[1]，在1980年代被重新命名，并且正典化。胡玉音的形象正是产生在这一背景中。

胡玉音非常漂亮，"黑眉大眼，面如满月，胸脯丰满，体态动情"，这是当时习惯的形象书写。不仅漂亮，而且非常理性，知道什么可以说，什么不可以做，而什么又是必须做的。卖米豆腐就是她必须做的，因为只有如此"经济"，才可以使她摆脱贫穷的生活。在小说中，李国香就看到她"服务周到、笑笑微微的经营手腕"，而且还给她算过一笔账："你每圩都做了大约五十斤大米的米豆腐卖……一斤米的米豆腐你大约可以卖十碗。你的定价不高，量也较足。这叫薄利多销。你的作料香辣，食具干净，油水也比较厚。所以受到一些顾客

---

[1] 这一批判的高潮性表现，可以参见1974年上映的电影《青松岭》中的车把式钱广。

的欢迎。你一圩卖掉的是五百碗,也就是五十块钱,有多无少。一月六圩,你的月收入为三百元。三百元中,我们替你留有余地,除掉一百元的成本花销,不算少了吧?你每月还纯收入两百元!顺便提一句,你的收入达到了一位省级首长的水平。一年十二个月,你每年纯收入二千四百元!两年零九个月,累计纯收入六千六百元!"这笔账把胡玉音也吓到了,"自己倒是从没这样算过哪……"小说中,这不过是正话反说罢了。考虑到胡玉音实际的生活水平(盖新屋),应该也不会差到哪里。"算账",这是一个在中国当代文学中反复出现的细节,也是引入"经济"的必然的叙事结果。比如,周立波《山乡巨变》中,刘雨生就给盛佳秀算过一笔账,那是为了证明合作化优于单干。李国香的这笔账,却反证了集体化不如胡玉音的卖米豆腐,这也是赵树理心心念念的集体化并没有解决农民"有钱花,有粮吃"的问题。

张旭东曾经把经济人的来源归因于人的动物(生存)性,并以此理论对胡玉音做了精彩分析。[1]巴尔扎克无论是写高老头,还是写老葛朗台,都是无与伦比的。那种动物性的贪婪,构成了资产阶级蓬勃的历史热情。但是用这一逻辑描述胡玉音,似乎还不太全面。

胡玉音的根本特征并不完全是动物性(相反,李国

---

[1] 参见张旭东,《作为政治寓言的人道主义情节剧——重读古华的〈芙蓉镇〉》,《文艺研究》2021年第4期。

香才是），而是善良。贫穷（生存）促使她进入"经济"，但善良同样是她的天性。这样的文学修辞，决定了她首先是一个道德人，然后才是经济人，同时开始成为理性人。这就是1980年代的改革叙事逻辑。因此，在对胡玉音的描写中，胡玉音可以有"计算"，但没有"算计"，这是很重要的文学提示。"算计"要到尔后的《鲁班的子孙》中才会出现。只有这样的描写，才可能使阅读者消除对资本的反感和警惕，才可能使当时的改革顺利进行。这可能也是1980年代至今，中国始终没有真正出现巴尔扎克的原因之一。

但是，胡玉音的善良，却和1980年代的"市场"深刻地融合在一起。

因了小商小贩，必然会涉及市场的概念，"买卖买卖，和气生财"，"买主买主，衣食父母"，"这是胡玉音从父母那里得来的'家训'"，也是《芙蓉镇》理解的"市场"。这个"市场"在小说中被直观化为"圩"（集市），也就是做"买卖"的地方。实际上，这才是市场的真正原型。市场早于资本主义，现在已经成为一种基本常识。而在波兰尼的"嵌入"理论中，传统的市场意味着"经济嵌入社会关系"，只有在现代（资本主义）的市场理论中，才相反，"社会关系被嵌入经济体系之中"。[1] 波兰尼的嵌入理

---

[1] 卡尔·波兰尼，《大转型：我们时代的政治与经济起源》，第49页，冯钢、刘阳译，浙江人民出版社，2007年。

论影响很大,有人据此认为,随着资本主义在19世纪的兴起,经济已经成功地脱嵌于社会并开始支配社会。尽管弗雷德·波洛克认为这是对波兰尼的误读,因为波兰尼始终认为这种"脱嵌"的市场经济,只是一项乌托邦建构。但是,波兰尼也并不否认古典经济学家们想要创造一个经济已经有效脱嵌的社会,而且他们鼓励政治家们去追求这个目标。[1] 即使把"脱嵌"看成只是一种理论,那么这个理论也已经成功建构了现代市场的新意识形态。并且事实上,资本也在试图支配社会,尽管这个支配并不完全成功。

1980年代的市场,还是"集市",只是一种地方经济,那个时候大概还很少有人真正理解什么是现代,什么是现代的市场经济。他们常常用传统解释现代,却获得了惊人的叙事效果,甚至意识形态效果。

因此,胡玉音的市场是前现代的,她的经济活动也有效地嵌入芙蓉镇的社会关系之中。既是"买卖",也是"礼物"。她必须考虑她所处的社会环境,包括共同体的熟人关系,更不用说什么支配社会,这在1980年代不可想象。所以,她"加料不加价"。小说中有一个情节,她男人黎桂桂"捎来两副猪杂,切成细丝,炒得香喷喷辣乎乎的,用来给每碗米豆腐盖码子。价钱不变"。经济和社会,个人和环境,有效地统一在一起,只有这样,

---

[1] 卡尔·波兰尼,《大转型:我们时代的政治与经济起源》,第15—16页。

才可能是一幅"山村风俗画",而且画面是生动、欢乐的。这一画面,属于乡村共同体,也属于1980年代想象的现代。

胡玉音的形象塑造,改变了阅读者对"买卖"的看法,经济的自利性获得了美学支持,也降低了人们对未知社会的风险评估。起码在感情上,一个现代的社会,包括它的私有经济属性,是可以被接受的。1980年代的改革成功,是多种因素的合力结果,其中包括了文学艺术的有力介入。

四 芙蓉镇的"政治世界"

从胡玉音的经济,扩展到芙蓉镇的政治。芙蓉镇有这样几位人物:李国香、谷燕山、黎满庚、王秋赦。有正有反。这几个人构成了芙蓉镇的政治小世界,搅得芙蓉镇风生水起。作者本意,或许是想借此写出当代的政治运动史。结果如何,另说。

黎满庚,大队书记,本土干部,算是名义上的芙蓉镇的当家人。人物写得一般,原因是作者太想把他写成一个唯唯诺诺的好人,这种好人很难写。本土干部,有原型,就是梁生宝(《创业史》)、萧长春(《艳阳天》),等等。黎满庚是对这些原型的改写。这类人物,夹在国家和集体之间,国家、集体、个人,三者统一,利益一致,好人也容易写得出彩。一旦这三者之间出现裂痕,利益难以兼顾，黎满庚就不仅唯唯诺诺，还变得窝窝囊囊。1980年代，这类人物写得最成功的，是李铜钟（张一弓《犯人李铜钟的故事》）。这些人物的出现，本身就构成一个隐喻，在计划经济的模式下，地方空间被大大压缩，这是事实。在这个意义上，黎满庚的出现，是有所指的。地方被再度激活，是1980年代改革成功的重要因素之一。

王秋赦，二流子。在中国革命史，尤其是当代文学中，痞子一直处于被改造的状态。从延安时期，一直到1950—1970年代。[1]这是因为，1950—1970年代的文学，致力于建构的是一个理想的主流社会，而这个理想的主流社会是很难容忍"痞子"（二流子）存在的，因此，"痞子"必须得到改造，否则，它的召唤力量就是有限的。《芙蓉镇》再度征用这一"痞子"原型，不是为了改造，而是试图为当代的政治运动史做一个补充说明。不是文学在征用这一原型，而是政治（运动）首先做了征用。而当王秋赦成了新的政治（运动）的象征，那么，这一政治（运动）的道德正当性就是可疑的。他的懒惰恰恰成为胡玉音勤劳的对照，而由这类人物构成的政治（运动）史，就很难通往一个正派的社会。在中国的当代文学中，"正派"一直是非常重要的概念，是衡量一个社会的价值标准，比如赵树理的《李家庄的变迁》。就

---

[1] 孙晓忠，《当代文学中的"二流子"改造》，《文学评论》2010年第4期。

这点而言,《芙蓉镇》仍然延续了中国当代文学的主流性质,只是重新激活了王秋赦这类人物的政治能量,激活的目的,恰恰是为了表征那一时期政治(运动)的非主流(正派)性。

李国香作为胡玉音的对立面而存在,胡玉音的善,反衬出李国香的恶,或者反过来,李国香的恶,才突出了胡玉音的善。1980年代的改革史,由于胡玉音和李国香的冲突,被成功解释为善与恶的斗争史。

李国香的恶很难说清,或者说,很难在理性的范畴中加以把握,这也恰恰是叙事者的用意所在。李国香的恶更多来自非理性,甚至是一种被压抑的性的欲望和潜意识。当然,迄今为止,我也不知道古华是否受到过弗洛伊德的影响。也许这只是写作者对事物的一种直观的感受和想象。

李国香"本是县商业局的人事干部,县委财贸书记杨民高的外甥女",婚事不顺,这是小说着意描写之处。她先是找了一个少尉排长,因嫌人家官小,"很快就和'一颗豆'吹了",又找了一个上尉连长,但不愿意做后妈,"挂筒拉倒"。1956年,党号召向科学进军,于是又找了位知识分子("县水利局的一位眼镜先生"),"可是眼镜先生第二年被划成右派分子",赶忙把脚又"缩了回来"。尽管后来她政治上越来越红,个人生活却"越搞越窄","有时心里就和猫爪抓挠着一样干着急"。而且,"原先黑白分明的大眼睛,已经布满了红丝丝,色泽浊黄。原先好看的双眼皮，已经隐现一晕黑圈，四周爬满了鱼尾细纹。原先白里透红的脸蛋上有两个逗人的浅酒窝，现在皮肉松弛，枯涩发黄……"重点在这里，"人一变丑，心就变冷。积习成癖，她在心里暗暗嫉妒着那些有家有室的女人"。

关键是李国香"正当要被提拔为县商业局副局长时，她和有家有室的县委财办主任的秘事不幸泄露"，只能"下到芙蓉镇饮食店来当经理"。这就是李国香的来历。

李国香也是一种"进入"，意味着某种"政治"进入芙蓉镇的民众世界，这一政治以1950—1970年代某种激进的政治运动为表征。对于这种进入，小说是反对的。这是1980年代早期文学的叙事主流。因为1980年代的文学——无论是内容，还是形式革新——均以对1950—1970年代激进的政治运动的否定为自己的逻辑起点。这一点是我们理解1980年代文学的关键。

李国香的进入，同时意味着她和胡玉音的邂逅，并且把两个人之间的恩恩怨怨，纳入政治的大叙事之中。

李国香和胡玉音的冲突，表面上是国营饭店和小商小贩的冲突，比如，"她特别关注……究竟有多少私营摊贩在和自己的国营饮食店争夺顾客，威胁国营食品市场"。但其背后，仍然有着潜意识的冲动，"原来'米豆腐西施'的脸模长相，就是一张招揽顾客的广告画……这些该死的男人，一个个就和馋猫一样，总是围着米豆腐摊子转……"，这就几近于一种性的忌妒了。

即使李国香进入芙蓉镇的民众世界,这一性的压抑和冲动也一直为小说津津乐道。她先是向谷燕山示意,但为谷拒绝,"在一个四十出头的单身汉面前碰壁"。这让李国香愤怒,"看什么人都不顺眼",而且还平白无故地把一位女服务员批了一顿:"妖妖调调的,穿着短裙子上班,要现出你的腿巴子白白嫩嫩?没的恶心!你想学那摆米豆腐摊的女贩子?还是要当国营饮食店的营业员?你不要脸,我们国营饮食店还要讲个政治影响!先向你们团支部写份检讨,挖一挖打扮得这么花俏风骚的思想根源!"在政治话语中,夹杂着性的愤懑。而在李国香看来,她在芙蓉镇的种种不顺,都和胡玉音相关。李国香在性的压抑中,即使王秋赦,也会使她"竟也有点儿心猿意马"。

在1980年代早期的文学,尤其是伤痕文学中,性的话题并不少见,但常常作为悲剧的结果,比如《在小河那边》,等等。而像《芙蓉镇》这样把性作为政治起源的写法却并不多见。按照古华在小说中的说法,李国香"这样的人,常在个人生活的小溪小河里搁浅,却在汹涌着政治波涛的大江大河里鼓浪扬帆"。到底是李国香成就了政治,还是政治成就了李国香,这个话题会一直纠缠着阅读者。

在这样的叙述中,李国香的性,使她成为一个动物人,也是非理性的人,进而成为一个政治人,这和胡玉音的描写恰恰相反。胡玉音是善良的,是一个道德人,然后成为经济人，同时也是一个理性人。通过这样的叙述，政治被成功地解构为非理性的，这和1980年代早期把激进的政治运动定性为"疯狂"有关。它成功地把后来的研究引向狭义的精神分析学，而不是对其背后的理性做更为深刻的分析。

谷燕山是另一种"进入"，他的进入，得到了芙蓉镇民众的认可，也是小说着力肯定的人物之一，并被戏谑为"北方大兵"。在中国革命史的语境中，北方并不仅仅只是一个方位名词，它还意味着政治和军事的"南下"。谷燕山"随南下大军来到芙蓉镇，并扎下来做地方工作"，成为芙蓉镇的粮站站长。十三年后，一口北方腔，"改成镇上人人听得懂的本地'官话'了"，这是语言的融入；谷燕山面恶心善，镇上居民觉得他"长了副凶神相，有一颗菩萨心"，帮贫助困，"每月都把薪水的百分之十几"用在芙蓉镇的儿童身上，这是人心的融入；谷燕山慢慢成为芙蓉镇这个共同体的成员之一，红白喜事，都会"送上一份不厚不薄的贺礼"，这是人情的融入。谷燕山不能"人道"，这是战争留下的隐疾，这一描写，明的是为了证明他和胡玉音之间的清白，暗的则是消解政治的进攻性。因此，谷燕山的进入，是一种和风细雨的进入。也因此，芙蓉镇的居民信服他，"老谷的存在对本镇人的生活，起着一种安定、和谐的作用"，而谷燕山的行事原则也是"大事化小，小事化了"，有时涉及经济钱财的事，"还根据情况私下贴腰包"。对谷燕山的描写，当然有虚构的成分，虚构中包含了1980年代对政治的期许。理想中的政治应该是清明的，也是无为的，关键是不扰民，多少沾有一些黄老色彩。当然，这个无为不是彻底地不作为，而是有所为有所不为。

有所为，表现在他和胡玉音的关系上。当年谷燕山说胡玉音"肉色洁白细嫩得和她所卖的米豆腐一个样"。这是芙蓉镇的流言，已不可考。但是谷燕山喜欢胡玉音大概不假，而且愿意帮助她。赵树理《三里湾》写村长范登高做买卖，借马有翼之口说，范登高用以商业活动的那两头大骡子"那时候不是没人要，是谁也找补不起价钱！登高叔为什么找补得起呢？还不是因为种了几年好地积下了底子吗？"，这是范登高的原始积累，他的原始积累依赖于干部的特权。

胡玉音的商业活动依靠的是谷燕山的帮助，"每圩批给（胡玉音）米豆腐摊子六十斤碎米谷头子"，老谷为什么要主动帮助胡玉音，叙事者自己也承认"至今是个谜"。因了谷燕山的不能"人道"，大概可以排除男女之间的私情，当然，这是小说着意安排的。那么，不是男女私情又是因为什么呢？叙事者解释，只是"喜欢"，大概觉得这一解释还不够，小说后来又特地做了修补，"镇上的一些单位和个人，谁没在粮站打米厂买过碎米谷头子啊，喂猪喂鸭，养鸡养兔"。当然，别人为什么不用这些"碎米谷头子"做米豆腐卖，大概是因为不善经营。大凡写实类的小说，总要给人物行事寻找理由，这是和现代主义艺术的区别之一。而在寻找理由这一点上，有时是可以玩味的。不管什么理由，胡玉音的原始资本就这样慢慢积累起来了。

因此，1980年代的"去政治化"，并不是不要政治，而是要什么样的政治。

对于《芙蓉镇》来说，理想的政治是清明的，也是不扰民的，所谓"我无为而民自化，我好静而民自正；我无事而民自富，我无欲而民自朴"（老子《道德经》第五十七章），而对政治的需要，则是为了寻求帮助。至于帮助什么人，为什么要帮，叙事者也没说清楚，所以才吞吞吐吐，支支吾吾。但不管怎么说，它传递出了1980年代的某些信号，这些信号，很难说是自由主义的，因为在1980年代，自由主义还未被完整地介绍进来。但是在1980年代的叙事中，已经接近伯林所谓的"消极自由"，即"免于……恐惧"的自由。这样的观念更多来自小生产者的政治理想，是"小日子"的生活诉求。后来，自由主义盛行，不能说和这些生活诉求毫无瓜葛。后者是前者的接受基础。

但是，最重要的仍然是，这些信号包含了这样一个思想史的议题，即政治应该以什么样的方式进入民众的生活世界。如果说1980年代还有什么政治遗产，那么，这就是最重要的遗产之一。

五　芙蓉镇的结局

时间到了1970年代末，故事也趋近尾声，好人终于扬眉吐气，花好月圆。"小日子"的生活理想也在"一个崭新的世代里"美梦成真。"人们从四乡的大路、小路上赶来，在芙蓉镇的新街、老街上占三尺地面，设摊摆担，云集贸易。那人流、人河，那嗡嗡的闹市声哟，响彻偌大一个山镇……"这是新时期文学的抒情方式。市场将会重新结构人和人的关系，但这并不是1980年代首要关注的问题，也不可能是。未来还是抽象的，但开始被现实诠释："山镇上的人们啊，不晓得'四个现代化'具体为何物，但已经从切身的利益上，开始品尝到了甜头。"现代化重新组织了1980年代的叙事，包括未来，拥有极大的能量。至于什么才是现代，什么才是现代化，并不重要，重要的是社会因此而重新获得它的总体性。

这个总体性是抽象的，因为抽象，而获得各种诠释的可能。比如自由。1980年代，自由是最为重要的概念。古华在《芙蓉镇》的后记中，谈到了规范："不再按一个模式搞生产运动了，不再搞既违农时又背地利的'规范化作业'了，实在是我们社会的一个了不得的进步。"由农村的"规范化作业"而想到自己："记得前些年，我自己就有一个颇为'规范化'的头脑，处世待人，著文叙事，无不瞻前顾后，谨小慎微，惟恐稍有疏漏触犯了多如牛毛的戒律，招来灾祸。是党的三中全会的思想路线解放了我，给了我一些认识生活的能力，剖析社会和人生的'胆识'。"在古华，这是思想和写作的自由，而在芙蓉镇，则是买卖的自由。这两者，在小说中被完美地统一起来，并且象征了一个新的时代。无论知识者，还是普通民众，都希望拥有一种选择的自由，至于自由选择将会付出什么代价，并不是1980年代能够考虑的问题。需要考虑的，是知识者在社会的改革中感觉到了自由思想的喜悦，而民众也在小说的阅读中感受到了生活选择的可能性。这就是隐藏在1980年代早期文学辉煌背后的因素之一。

难道这有什么不好吗？没有什么不好。人总是想过好自己的"小日子"，无论哪个时代。1980年代重新开端的"小日子"的美好理想，已经渗透在尔后的各种叙事中。

需要重新辩证的，可能仍然是"小日子"和"大日子"的关系。如果把"小日子"定义为个人生活，那么，所谓"大日子"，指涉的则是公共生活了。如果没有公共生活提供的安全和保护，那么，个人生活则会受到各种因素的侵扰和威胁[1]，对于个人来说，并非每个人都是政治世界和市场社会的强者。同样，如果公共生活不能保

---

[1] 涉及这一点，知识分子的态度往往是暧昧的，对市场的憧憬也有点对人不对己。比如古华在《话说〈芙蓉镇〉》一文中感叹："假若不是社会主义制度的优越性保障了我的基本生活，而到别的什么制度下去参予什么生存竞争，非潦倒饿饭不可。"

证个人生活的美好，那么这个公共生活也是可疑的、形式的，除了"规范"，不会再产生任何的吸引力。

1980年代的"小日子"是对"大日子"的挑战，也是从公共生活逐渐退出的历史过程。退出的不仅仅是公共生活，还有附着于公共生活的各种价值观念，包括传统的有关"公"的价值观念。重新结构这些观念，反而成为今天的工作。

但是，我们已经不可能完全否定"小日子"，否定个人生活的美好追求，这就是1980年代的意义。1980年代提出了一个有关"美好生活"的设想，这个设想拒绝政治的过度干预，但是，反过来，也可以用来抵御任何外在的侮辱、掠夺和奴役。这就是1980年代可能生产的意义。当然，它也限制我们只能在这样的基础上考虑，个人如何让渡出自己一部分的权力，重新结构一个更好的公共生活，进而保障自己的"小日子"，从而获得一种更为美好的生活。不能说，这样的限制是没有意义的，它给我们对未来的想象设定了某种边界。在限制中思考，这就是我们今天工作的重要意义。

补记三

1

《芙蓉镇》的发表,得益于"伤痕"。"伤痕文学"最重要的副产品,是关于《"歌德"与"缺德"》的讨论。这篇文章发表于《河北文艺》1979年第6期,作者是李剑。文章题目很俏皮,也有点油滑。这个油滑引出的,却是非常严肃的争论。争论的结果,"伤痕"派大获全胜,并因此确立了批判的合法性,这个批判包括暴露阴暗面。这实际上是个老话题,1956—1957年就有,而且和苏联的"解冻文学"有点关系,1957年,受到了批判。后来,也就是1979年,上海文艺出版社把当年受到批判的作品重新编辑出版,起名《重放的鲜花》。这是为"伤痕文学"做了追本溯源的工作。

"伤痕文学"后来又分出两支,一支是改革,另一支是反思。改革和反思,互为表里。没有反思,改革就是一个单纯的经济行为；而离开改革，反思就没有现实意义。《芙蓉镇》把这些元素很好地糅合在一起，红极一时，不是没有道理。

《芙蓉镇》有自己独特的意义，这个意义还是"歌德"。改革发展到一定阶段，就不能完全依赖伤痕文学，甚至也不能完全依赖反思文学。它也需要歌颂。所以，歌颂和批判，是辩证的，不是绝对的你死我活。因事而异。只有歌颂，改革才能获得正当性，乃至合法性。

《芙蓉镇》的"歌德"，是对美好生活的歌颂，这个很重要。更重要的是，这个美好生活，指的是私人生活。

2

所谓美好生活，1950—1970年代也有，而且受到了热烈歌颂。不过，那时的美好生活，指的是公共生活，也就是集体生活。当然，这个集体生活中，也有个人生活，"大日子"中也有"小日子"。美好就美好在，个人生活和集体生活，"大日子"和"小日子"，非常完美地统一在一起。这也是有传统的，这个传统，就是抒情。不过，个人抒情容易，集体抒情，就有点难。

这方面，孙犁做得好。孙犁写作，喜欢比喻，喻体，常常是自然。《荷花淀》如此，《风云初记》也是如此，所谓一花一叶总关情。以自然喻现实，也就把现实自然化了。现实的变化，也就有了自然的依据。所以，孙犁的写作，有时就很流畅。

周立波也抒情，很多时候也喜欢比喻，比如《山那面人家》，但在《山乡巨变》中，却多写场景，或者叫场面。那些场景，很多是欢乐的，比如开会，再比如集体劳动，都让周立波写得很欢乐。因为欢乐，"大日子"就有了感召力，公共生活也变得有趣起来。

热爱公共生活的人，都是一些有德性的人，无论赵树理，还是浩然，或者其他一些作家，都喜欢描写人物，并对人物进行道德分类。有德性的人，加入了集体，并为集体奋斗，柳青也是如此。这样，美好生活就有了道德依据。就这点而言，古华倒是继承了这个传统，胡玉音就是一个有德性的人，所以胡玉音象征的私人生活，也就有了道德依据。

技术很重要，但有时候，形成断裂的，并不是技术的原因，而是隐藏在技术背后的生活，浪漫主义也需要现实的支持。个人愿意让渡自己一部分的"小日子"，是希望能从新的"大日子"中获得更多美好的"小日子"，所以，就能接受对公共生活的歌颂。如果久而久之，"小日子"未见更多的美好，连带着，就对歌颂也失去了兴趣。所谓浪漫，终究是想获得现实兑换的。所以，这和歌颂还是批判的关系并不大，关系大的，还是现实生活，是现实的变化。

对于普通人来说，共同没有什么好不好，不好的是只有共同，没有富裕，个人就会有意见，就想从"大日子"中退出,过好自己的"小日子"。这时候,私人生活就变成了一种美好生活。

3

因此,美好生活,在1980年代的语境中,就是所谓的私人生活。这个私人生活是不被干扰的生活,这个没有什么问题,更何况,这个愿望来自极端政治运动,这个运动对许多人造成了伤害,包括许许多多的普通人。所以,1980年代的许多事情,都是有来历的。极左政治引来的,就是各种报复性叙事。这是1980年代叙事的起点。

正是这一不被干扰的私人生活,激发了诸多美好的想象。

在这些想象中,个人被设想成能掌控自我命运的主体,付出总会得到回报,而每一个主体和主体之间,被设计成善和爱的关系,这是1980年代人道主义流行的物质基础。

美好的私人生活来自并不遥远的年代的记忆,不过,这些记忆是经过选择的,也是被不自觉过滤的。选择过的记忆往往都是成功的记忆,失败的记忆消失了,尤其那些被压迫和被侮辱的记忆,更是销声匿迹。

这并不能完全由1980年代承担,所有的记忆都变成未来,很少人会追溯未来中包含的记忆。一切都还未开始,需要个人承担的风险,此刻还踌躇在1990年代。当然,即使到了1990年代,美好生活依然获得歌颂,只是,另一个概念,烟火气,得到了更为广泛的传播。

烟火气更贴近市民的美好生活,无序但又有序。无序是说一种未经安排也即自发的生活状态;而有序则指这一无序的生活状态并不对个人的安全构成威胁。它更多地成为一种风景,外在于许多人的实际生活,却可以召唤人的思想和情感。这是非常中产阶级化的,所以使用频率日渐增高。

4

并不只有在乡村叙事中,才有美好生活,城市也一样。王安忆早期有一个短篇小说,叫《庸常之辈》,说两个里弄生产组的青年男女,避开了"崇高"的烦恼,一门心思过好自己的"小日子"。这是1980年代的典型命题,即个人有没有权利过好自己的"小日子"。这里,庸常获得了优美的美学支持,而这个优美,是从崇高的退出中获得的。王安忆的早期小说,是非常好的,里面埋伏了许多的写作主题,乃至思想线索。

1980年代后期的新写实小说,"小日子"还是在的,但没有了那么多的浪漫,柴米油盐磨损了理想和激情,不过,新写实也并没有重新走向崇高,"小日子"尽管不堪,但也可以忍受。而在不堪的日常生活中,也依然能够找到诗意。所以，池莉的《冷也好热也好活着就好》，就有了这样的结尾："竹床密密麻麻连成一片，站在大街上一望无际……"这是一种踏踏实实的生活，也是小市民的美好愿望，远离崇高，虽然简陋，但也是一派与世无争的岁月静好。这样，我们或许就能够了解，为什么张爱玲的影响长久不衰。

5

汪曾祺很少写现实，却也不是没有，比如《寂寞和温暖》。但在"美好生活"这个主题下，倒也是和1980年代密切相关的。

这个美好生活，在汪曾祺的自叙中，就是一种"内在的欢乐"。尽管欢乐来自旧梦，却映射了现实的希冀。汪曾祺写了各色人物，这些人物主要由小手工业者构成，也就是我们通常所说的小生产者。汪曾祺写美好生活，这个生活是自发的，衣食住行、婚丧嫁娶，所有的规矩都要让位于日常生活，比如《受戒》里的和尚。因此，好的生活是一种不被规训的生活。那里面，有一种自由流动的气息。

汪曾祺对手艺人有偏好，这个手艺人的原型可以追溯到《儒林外史》。《儒林外史》的结尾，出现了四个文人，也是手艺人。吴敬梓这样写，有他的愤懑，愤懑文人的不堪与痛苦。科举，吴敬梓不屑；艺术市场，吴敬梓同样不屑。不屑，是因为这二者都需要攀龙附凤。但人总要生活，王冕固然潇洒，但可望而不可即。唯有手艺，既可以养活自己，也能涵养艺术。吴敬梓表达的，是一种业余写作。业余写作，是艺术的最高境界。武断一点说，汪曾祺是接着《儒林外史》往下写的。所以，汪曾祺的手艺人，也有文人气。

这和汪曾祺的遭遇有关，成也政治，败也政治，所以，对政治风云，汪曾祺是恐惧的，这个恐惧是他作品中最深层，也最隐蔽的部分。汪曾祺对政治恐惧，也对所有政治中心（城市）恐惧，因此，汪曾祺选择的空间是乡镇，人物是乡镇里的手艺人。生活是乡镇里的美好生活，远离城市（政治）的喧嚣。

林斤澜说汪曾祺是最后一个士大夫，此言一出，几成定论。但什么是士大夫，却少有人追究。实际上，汪曾祺的小说，核心也就四个字，自食其力。自食其力，才能傲王侯，乐在其中。自食其力不得，则会愤而反抗。虽不至于揭竿而起，但腹诽会流露在文字里。腹诽的另一面，正是对自然、生活和民众的亲近与赞美。

所以，汪曾祺的生活不是桃花源里的生活，是实实在在的现实生活，这个生活，希望避开的，是官与民的纠缠。这个生活，是1980年代想要的生活，也是现在大多数人想要的生活。汪曾祺对这个生活做了美学上的表述，成就是极高的。

6

不过,"小日子"的想象中,还是有点"消极自由"的现代的影子的。这和1960—1970年代的政治运动有关,因此,免于什么什么的恐惧,也的确渗透到了1980年代的文学中,这是事实。至于自由主义,那是1990年代的事了。但是,万事皆有前因,这个前因,也是在1980年代。

"小日子"很容易成为田园诗,因此,它也很容易脱离经济的范畴,而成为文学的主题,这个主题源远流长。

这个"小日子",无害,没有扩张性,所以也不带来侵略性。但是梁生宝不这样看,梁生宝把这个"小日子"重新拉回政治经济学的范畴,所以梁生宝要批评梁三老汉。在梁生宝看来,这个"小日子"是会生产欲望的,这个欲望是私欲。有了还要再有,小生产者的理想就会成为地主的理想。梁生宝的想法,是1950—1970年代的主流想法。所以,1950—1970年代的特点,是从审美进入政治经济学的范畴,而1980年代,则是从政治经济学重新回到审美,当然,在审美里面,是有政治的,是要重新结构一种新的生产关系。所以,很多东西,不说穿,是文学性;说穿了,就是政治性。

但是,这个审美还是很重要的,它可以批判极左政治,也可以批判过度的市场扩张。而随着城市中产阶层的形成,这个来源于乡村的审美习性,也可以逐渐地中产阶级化。同时,也有了一个更通俗的名称,小确幸,或者小清新。毕竟，人总是渴望一种自足，不受外在的压迫和奴役。这是一种浪漫派的情愫，用审美的眼光打量世间万物。因此，它成了文学性最重要的来源，尽管它的思想能力有限。

7

这种私人生活的美好记忆来自非常遥远的古代。钱穆在《现代中国学术论衡》中曾说："中西文化之不同，其实在于农商业之不同。中国以农立国，五口之家，百亩之地，几于到处皆然。父传子，子传孙，亦皆历世不变。日出而作，日入而息，夫耕妇馌，老人看守门户，幼童牧牛放羊，举家分工合作。春耕夏耘秋收冬藏，同此辛劳，亦同此休闲。其为工人，亦与农民同有规律保障之生活。一家然，一族一乡同然。同则和，安则乐。《论语》二十篇之首章曰：'学而时习之，不亦说乎？有朋自远方来，不亦乐乎？人不知而不愠，不亦君子乎？'孔子之所以教人，实即当时中国农民之同然之心理也。而后人之想象一天人合内外之境界，则从来农人之生活境界也。"

中国知识分子本质上属于乡村，即使是现代文人，也很难完全脱离这一乡村属性。按照钱穆的说法，中国以农立国，小生产者数量庞大，自然生产出诸种思想，尤其在美学上，登峰造极。因此，倘要审美，很难拒绝这一源远流长的艺术传统。

8

在1980年代,这个美好生活是和富裕有关的,并不是什么"采菊东篱下,悠然见南山"。而要富裕,则需要物质支持。1970年代末到1980年代早期,城市的改革还未开始,乡村就成了改革的探索者。先是土地承包,这一时期的小说以何士光《乡场上》、高晓声《"漏斗户"主》等最为著名。这些小说隐含了一种正名的企图。这个名有两种,一是土地的私人所有,但不是地主阶级的土地所有权,而是小土地所有者的权利,也就是所谓的小生产者的合法性;更隐蔽的,是个人的自由,个人可以自由地拥有财富,也可以自由地支配自己的劳动。这就是后来通常所说的,自己为自己干活。这样的观念和传统有关,也和启蒙有关,所以得到当时知识界的呼应。

中国社会,历来有小康的传统,所谓"方宅十余亩,草屋八九间",由此散发的文人想象,历史悠久。同时确立的,正是人和土地的自然联系。

和启蒙有关,是因为包含了个体的确立以及选择的自由。这在1980年代,逐渐成为主流观念。

因此,所谓的1980年代的农村小说,其意义并不局限在乡村的题材领域。作品一旦面世,并进入传播,自然生产出更为抽象也更为广泛的意义。

但是随着欲望的增长,土地(农业)很难持续提供相应的物质支持,同时,启蒙思想也愈来愈要求突破纯粹的乡村题材，也就是说启蒙绝不意味着回到前现代的生产及生活方式。

在这样的背景下，《芙蓉镇》可以说是应运而生。小说涉及的是生意（买卖），尽管这一商业行为属于前现代的市场，但前现代和现代毕竟只有一墙之隔，很容易撞开现代的市场大门。

9

1950—1970年代的乡村经济形态，究竟是什么？是计划经济吗？好像是，好像又不完全是。严格一点说，大概可以称之为半计划半自然的经济形态。半计划好理解，就是行政指令。半自然，是说在计划之外，农民还有自己可支配的经济方式，这个经济方式和自留地有关，也和家庭手工业生产方式有关。胡玉音就是在集体农业之外，做点米豆腐，然后在圩上卖，挣点现钱。不过，这种半自然的经济形态一直是有争议的，争议的地方在于，这种半自然的经济形态，不仅保留而且还在继续生产"私"的观念，这有悖于当时日益激进的意识形态，政治上不太正确，所以，到了1970年代，就会受到限制甚至打压。这是《芙蓉镇》的故事由来。不过，历史证明，这个打压没有效果。

费孝通比较有意思。张浩写过一篇文章《从实求知——费孝通之家庭承包制理解视点变迁》（《开放时代》

2022年第6期），文章说，费孝通几乎不对家庭承包制和农地制度发表看法，但是到了1980年代，这种避而不谈的状况开始改变，他对家庭承包制的态度由初始的怀疑、保留，逐渐转向肯定和赞同。而这种转向，和1980年代乡镇企业的异军突起有关。对乡村工业的关注，一直是费孝通的工作之一。在其早期著作《江村经济》中，就已指出"以传统土地占有制为基础的家庭副业在家庭经济预算中的重要性"，并且认为农场衰败、农民饥饿的根源在于农村手工业的衰落，解决的根本办法在于恢复乡土工业，并使之从传统落后的乡村手工业转化为乡土性的现代工业。1957年重访乡村，又为当时那种"忽视副业和没有恢复乡村工业的情况而忧心忡忡"，1981年三访江村，费孝通高兴地看到，村民的收入从1979年的114元快速上升到1980年的300元，原因就在于村庄大力发展家庭副业，集体经济中的工业大幅增加。他表示："我觉得特别兴奋的是在这里看到了我几十年前所想象的目标已在现实中出现，而且为今后中国经济的特点显露了苗头。"

费孝通是了解乡村的，种地能解决温饱问题，却很难解决富裕问题。但是，家庭副业需要市场来实现交换，产品进入市场，就成为商品。而在1950—1970年代，市场和商品都成为某种意识形态的禁忌。前三十年，问题不在生产，而在交换。因此，胡玉音的根本不在做米豆腐，而在卖米豆腐。而在一般人的观念中，也有着轻商的倾向,说那时候是重农(工)主义,也是可以的。当然,后来掉了个个儿,又变成了重商主义。

《芙蓉镇》的重要,在于它提示出了1980年代的过渡性。1980年代不是铁板一块,它的内部也在缓慢发生变化。即从乡村来说,农地制度的变革,催生出了一批改革小说,像《乡场上》,等等,实则是重农主义的变相延续,《芙蓉镇》《陈奂生上城》等作品的出现,则意味着商业开始进入文学的视野。它缓慢地推动中国社会的变化,也在推动1980年代文学的变化,变化之一,就是开始切断人和土地的自然联系。当种地开始变得不那么重要的时候,1980年代早期重新赋予土地的神圣色彩也逐渐消退,这样才会有铁凝的《哦,香雪》、路遥的《人生》中那种离开土地的冲动。

10

实际上,这种小生产者,或者说,小私有者的理想,正是1980年代最重要的改革资源,这一点,大概很难见诸官方文字,甚至也很难见诸当时的理论表述,却保留在文学之中。文学通过情感的变化,最早触摸到社会实践的无意识,这个时候的思想,融化在情感之中。文学研究需要做的,是把情感中的思想重新整理、演绎和归纳。

正是小生产者的历史记忆,才可能催生出这样一些乡村小说，家庭承包制已经暗含了地权的确立，人们可以自由地支配自己的劳动，也可以自由地支配自己的劳动成果。这就是《乡场上》和《李顺大造屋》所要传递的思想和情感信息。《芙蓉镇》则进一步引入了商业的因素，"买卖"从历史的压抑中获得解放，"市场"（集市）得到了正面的意义表达。这并不新鲜，但是1980年代正是通过对前现代的回溯重新走向现代，这是历史的吊诡。

换句话说，1980年代通过对小生产者的重新征用，打开了通向现代的大门。

这里面，可能暗含了两个最重要的概念：财富和自由。财富的私有性，决定了它的神圣不可侵犯性，而建立在这一财富私有性基础之上的自由，才可能进一步在理论上展开讨论。而由财富和自由构成的私人生活才是真正的美好生活。

可是，所有这些有关私人生活的记忆，都建立在一个浅显的基础上，即乡村地主集团的覆灭。正是这一阶级的消失，所谓的小生产者的理想才可能重新组织1980年代的社会生活。所以，1980年代实际建立在中国革命的基础之上。

也正是这些美好记忆，同时也是现实的社会实践，无论是土地的私人所有（承包），还是买卖的自由流动，在帮助1980年代毫无阻碍地进入1990年代。当然，1990年代开始崛起的现代的市场化过程，反过来又摧毁了这一小生产者的理想。冯幺爸对土地的渴望迅速被进城的欲望湮灭，而胡玉音的米豆腐何去何从也很难说。竞争的概念在1990年代开始逐渐确立，市场开始重新组织社会秩序，真正的现代从1990年代开始。这个现代是残酷的，拒绝了所有田园诗般的美好想象。

但是美好生活这个概念却顽强地保留了下来，并且成为新一代中产阶级的意识形态，它批评市场的盲目扩张，但也拒绝重新回到公共的生活。它逐渐成为文学潜在的主流思想，并以此组织各种叙事。

第 四 章

"小日子"和对"小日子"的反思
重读王润滋《鲁班的子孙》

1983年,上海的《文汇月刊》第8期发表了山东作家王润滋的中篇小说《鲁班的子孙》。作品发表后,褒贬不一,而且有争论,争论持续了一段时间。许多刊物介入其中,比如《文艺报》《当代文坛》《作品与争鸣》《山东文学》等,都相继开辟专栏进行讨论。

批评的声音大都来自改革派阵营,1980年代的批评家,政治上都很敏感。《鲁班的子孙》触及的,正是1970年代末确立,并在1980年代初期成为文学主流的改革叙事。这在1980年代的各种评奖活动中,可略见一斑。

而在回顾这些批评之前,我们不妨先看一下,《鲁班的子孙》到底讲了一个什么样的故事。

一 黄家沟的木匠铺为什么倒闭

黄家沟有个木匠铺,这个木匠铺属于当时的黄家沟生产大队。在中国1950—1970年代的合作化运动中，出现了许多类似的集体企业，因地制宜，吸纳了许多手工艺人。因此，就有了王汶石的《大木匠》，大木匠很像《鲁班的子孙》里的黄老亮，但那个时候的大木匠，朝气蓬勃，一心向往集体。在公和私的冲突中，公占了上风，大木匠也因此成为"时代英雄"。

二十多年过去了，黄家沟的木匠铺却要倒闭了，这就是1980年代，有人兴奋，也有人伤感。兴奋的，成了弄潮儿；伤感的，则被排除在文学叙事之外。《鲁班的子孙》却写了这个伤感的故事，在当时，的确显得突兀，甚至不合时宜："三间草屋，四面土墙，一地散乱的木头木屑，几条工作凳，几只属于个人的已经收拾好的工具箱……这些，便是远近闻名的黄家沟木匠铺剩下的全部财产了。二十多年，什么也没有留下来。"叙事者有点伤感，作者也很伤感。一个时代结束了，面对渐渐远去的时代，有些伤感，也有些沉思，这就构成了《鲁班的子孙》基本的叙事语调。

"倒闭"这节，有些絮叨，也略显枯燥，却是必要的交代。而在写实小说中，交代是一种常见的写法。

黄老亮"看着他的几个伙计"，想的是"人心"："大个子李忠，你一身的牛力气，为咱这木匠铺，硬是把背给累驼了。这工夫，怎么黑着脸一句话不说呢？你有啥章程能叫咱的木匠铺起死回生？黄兴，你又在眯着眼想什么鬼点子？这里边数你手艺高，也数你刁，白天上班来歇身子,晚上回家去干私活儿。你够不上个好木匠,凭天地良心说,够不上!小金子,你是咱木匠铺里的小秀才,心灵手巧,再有半年就能出徒了。可你年轻啊,还不知道做一个好手艺人有多么难。富宽哪富宽,这里边就苦了你了,散了伙你可怎么办?一个八十岁的老爹,一个病恹恹的老婆,一个上大学的儿子,一家六口要你养活,不累断你筋骨才怪呢!……"

这就是黄家沟木匠铺的现状。人心不稳,应该也是倒闭的原因之一。在公和私的冲突中,私占了上风。人心散了,不算什么深刻的洞见,但在1980年代的改革叙事中,恰恰很少对此做深度描写。深度描写的,是黄兴,这类人物从群体中游离出来,成为新的时代英雄,不仅获得了伦理支持,也得到了美学赞赏。

黄老亮却有另一种评价标准,就是他常说的"良心"。《鲁班的子孙》的确有一种道德主义倾向,这也是它招致批评的因素之一,但很难说道德是小说唯一的叙事角度。王润滋在黄家沟木匠铺为什么会倒闭的问题上,一直很冷静。

人都是有良心的,黄兴也不例外。当私利暂时悬置,良心就会出现。伙计们纷纷检讨,富宽说:"怨俺!……是俺拖了大伙的腿,怨俺!……""也怨俺,"李忠瓮声瓮气地说,"干活光知道出死牛劲,没点儿心计,费工费料。""也怨俺,干活不尽力。"黄兴使劲低着头,小声说。"也怨俺。"小金子说。1980年代,某种"公"的价值标准还在，很少有人会理直气壮地为自己的私利行为做道德辩护，理直气壮的反而是文学。

但是良心解决不了问题，这一点，小说很清楚。叙事者列出了三点理由，说明木匠铺的倒闭并非无因可循。

一、原料。"没后门儿，买不来便宜木料……年年赔本儿，大队受损失，社员分不到钱。这不，连大伙的饭碗也给毁了。"这是老木匠的自责。什么是"后门"？什么是便宜木料？1983年，我们终于看到，市场从芙蓉镇的"集市"中脱嵌而出，市场的崛起，也带来议价权的转移。但那个时候，国家的定价权并未完全拱手相让，这就造成了当时的价格"双轨制"。所谓价格双轨制，是指1981年开始，国家允许在完成计划的前提下，企业自销部分产品，其价格由市场决定。这样就形成了计划经济内，产品按国家制定的价格统一调拨，企业自销的产品价格根据市场决定的双轨制。这是中国经济体制向市场经济过渡中的一种特殊的价格管理制度。

这一价格双轨制，造成了权力寻租的现象，也就是黄老亮说的"开后门"。黄兴补充说："巧妇难为无米之炊，上面不批给咱木料，——别说咱，连公社木器厂都背着海参海米出去求爷爷拜奶奶。咱有啥？撅屁股给人家踏？上市场去买，五六百块一立方，贵疯了，你手艺天高，也得赔血本儿。"

二、机器。什么是现代？对黄家沟木匠铺来说，就是机器化。"现时人家开木匠铺，都机器化了，锯料刨平打眼儿，电钮一按就中。咱凭两只手，挣屎吃也没屙的！"机器带来速度，也带来效率。说机器吃人，有点夸张，但机器导致了黄家沟木匠铺的倒闭，却也是事实。1983年，在叙事者的眼里，现代好像变得不再那么浪漫了。

机器是好的，但买机器的钱呢？小金子说："求求书记官，也给咱置一套。"这就显得天真了。"美你的！"李忠顶上了，"置不置对人家有啥益处？人家儿子结婚，从县里拉回一套洋式箱柜，听说是后门货，便宜着呢！"人心散了，散了的，好像也不光是黄家沟木匠铺的伙计们。

进入市场，是需要资本的，并不是每个人都能在此之前完成资本的原始积累。所以，对黄家沟木匠铺来说，机器终究还是奢侈的。

三、时兴。这是黄老亮的总结："都怨俺……打不出时兴家具……"生活毕竟在变化，1983年，中国面对的，是富裕以后。生活富裕以后，就有了消费的欲望，就有了时兴，时兴继续生产欲望。黄老亮面对的，已经不是需求，而是欲望。这个问题，在1960年代已经存在，并引起意识形态的干预，比如《千万不要忘记》。但干预并没有解决问题。1983年，这个问题再度出现，但政治已经不再干预，这时候需要的，是知识。但也并不是所有的人都具备市场所需要的知识。

价格、资本、知识，构成了黄家沟木匠铺倒闭的三个基本原因。在这里，并没有什么道德主义，而是相当冷静的现实主义。面对的，是崛起的现代市场，这个市场，已经开始从原有的社会关系之中"脱嵌"。而面对这一崛起的现代市场，也并不是所有的作家都如王润滋。比如高晓声依托"苏南模式"，选择了另一种叙事方式。

高晓声1980年就发表了《陈奂生上城》及其系列作品。但是高晓声并没有回避资本和市场的因素，后来，在《钱往哪儿跑》一文中，高晓声诙谐地说："社会真有说不出的难处，不便说的苦衷。比如钱这个东西吧，真不好处置。你不让它跑，它就不起作用。你若让它跑，它就绝对跑向旺处。而且轻车熟路，一贯就是那么一条跑道。老百姓叹口气，说'钞票喜欢轧大淘'。到了经济学家嘴里，便称是积累资本也。不管怎么说，靠工资生活的人，家里总不会是旺处。"[1]在1980年代，优秀的作家已经走在了批评家前面，开始面对市场崛起以后的社会以及由此带来的思想和情感震荡。

面对生活，总有人成功，也有人失败。在成功者和失败者之间，王润滋选择了失败者。这才是问题的真正起源，而需要回答的，也正是王润滋为什么要选择失败者，而失败者又可能拥有什么样的思想资源来应对这一生活的挑战。所谓道德主义，也正是在这样的叙述语境中，才可能决定故事的最终走向。

---

[1] 高晓声，《高晓声散文自选集》，第211—212页，作家出版社，1999年。

二 老木匠

老木匠叫黄志亮,也叫黄老亮,是"黄家沟的木匠头儿"。要说原型,可以找到王汶石的"大木匠"(《大木匠》)。不过,黄老亮没有了"大木匠"的天真和朝气蓬勃,时间毕竟在流逝,一个时代也慢慢走向它的尾声。

老木匠学徒的时候,"师傅给他上的第一课是讲鲁班的故事。他教徒弟的时候,第一课讲的也是鲁班的故事。他说要成个好木匠得有两条,一条是良心,一条是手艺,少了哪一条都不成。旧社会出门耍手艺,身边总是带一尊椿木雕刻的鲁师像,过年过节烧支香供一供,磕个头,以示崇拜和尊敬。解放以后说这是迷信,就不再供了,却不舍得丢掉,藏在箱子底下"。也就是说,老木匠的想法,并不是来自新社会,而是旧时代,鲁班成为某种传统观念(良心)的隐喻。

这个世界,尤其在中国,大概并没有什么纯粹的社会主义,总是杂糅着许多复杂的思想元素,包括传统的文化观念,甚至人格类型。因此,如果要建立1950—1970年代中国社会主义的思想光谱,应该把这众多的思想元素考虑在内。这些思想元素混杂在一起,才真正构成一个时代的思想动力,乃至情感动力。其中,尤以文学为甚,这也是文学史不同于纯粹的思想史的地方。

远一点,比如《红旗谱》里的朱老忠,急公好义,打抱不平,天然地倾向革命。近一点,有赵树理的《实干家潘永福》。赵树理写潘永福，也是先写他的历史："潘永福同志和我是同乡不同村，彼此从小就认识。他是个贫农出身，年轻时候常打短工，体力过人，不避艰险，村里人遇上了别人拿不下来的活儿，往往离不了他。抗日战争开始以后，他参加了革命工作……从他一九四一年入党算起，算到现在已经是二十年了。"而且，"在这二十年中，他的工作、生活风度，始终是在他打短工时代那实干的精神基础上发展着的"。这话有点意思。

社会主义，核心是公，这个"公"，勾连起古今中西的文明，对人的要求也就自然变成"毫不利己专门利人"。毛泽东在《纪念白求恩》中说："我们大家要学习他毫无自私自利之心的精神。从这点出发，就可以变为大有利于人民的人。一个人能力有大小，但只要有这点精神，就是一个高尚的人，一个纯粹的人，一个有道德的人，一个脱离了低级趣味的人，一个有益于人民的人。"这既是政治期许，也是道德教化。而在教化的过程中，接纳或容纳了许多相关的传统资源。当然，在这一思想光谱中，有主有从，传统是从。但是，在日渐激进的政治趋势中，杂糅的思想格局逐渐明朗，或纯粹。但过于纯粹的社会主义，也就没有了社会主义。这是历史的教训之一。

因此，在历史的积淀中，许多相关的传统观念实际上都附着于社会主义，进而构成一个复杂的思想体系。一旦社会主义这一主体部分动摇，这些传统元素就会游离开去，或消失，或沉落，或游荡在社会的各个角落。比如，急公好义就会变成游侠文化，并从公的政治领域中退出，构成一种狭义的江湖关系，这一点，北岛在《波动》中已经略有提及。而老木匠的公心，也就自然回到鲁班的良心，孤独地应对一个新的时代的到来。这是老木匠"良心"的历史由来。

而老木匠的"良心"之所以会如此迅速地从社会主义的思想体系中游离出去，则是另一个需要考虑的问题。过去，木匠出门，"身边总是带一尊椿木雕刻的鲁师像，过年过节烧支香供一供，磕个头，以示崇拜和尊敬"，这是良心的仪式化，但是"解放以后说这是迷信，就不再供了，却不舍得丢掉，藏在箱子底下"。社会主义接纳了良心，但否定了良心的仪式。那么，社会主义自身的"礼仪"呢？没有。所以，黄家沟木匠铺解体，老木匠自然会想到鲁班，想到"藏在箱子底下"的那尊"椿木雕刻的鲁师像"。

黄老亮的"良心"，也是有现实来历的。"六〇年上，老婆得了水肿病，一伸腿去了，只留下个五岁的丫子跟他做伴儿。他骑一辆除铃铛不响、浑身都响的破自行车，走村串户找营生做，车前架上装个小木座，把丫子放上去，丫子手里摇个拨浪鼓，南庄北疃响个遍。那年月，三尺肠子空着二尺半，谁还有心思打箱做柜？可一听见拨浪鼓响，都你争我夺地把老亮往屋里拖，不是叫他修修小板凳，就是叫他勒勒风箱里的鸡毛。其实谁心里都明白，那是乡亲们可怜父女俩，有意留他吃顿饭。"有来就有往，"在那些好年月里，老亮不也是这样：这家里修修小板凳，那家里钉钉锅盖，勒勒风箱，谁曾听说他收过乡亲们一分钱的工钱！好心总得好报。人在落难的时候，最品得出人情的滋味"。

1980年代，"人情"还是个很活跃的概念。《芙蓉镇》的开头，讲的也是人情："一年四时八节，镇上居民讲人缘，有互赠吃食的习惯。"这个人情，镶嵌在乡村共同体之内，就是礼物关系。所谓人心换人心，即是。所谓互帮互助，也是。而在1980年代的文学中，人情的叙事功能是多方面的。像《芙蓉镇》这类小说，"人情"是用来挑战极左政治的，要求从一种激进的政治关系中退出，不仅退回到"集市"（买卖），也要求退回到共同体的礼物关系，从而构成一种奇怪的关系。而在《鲁班的子孙》中，人情则被用来应对市场，要求从赤裸裸的金钱关系中退出，回到一种古朴的礼物关系。文学总不是理论，概念的运用没有那么严谨，而对一个概念的辨析，也总要求从上下文中找出它的实际语义。但这恰恰也正是文学的得天独厚之处，思想因此丰富而又庞杂。因此，在人情的使用中，我们会感觉到乡村共同体的思想资源，一直隐蔽在1980年代深处，并为各种叙事力量反复征用。

黄老亮的良心，就是这样具备了历史和现实的双重依据，因此，他看见"在邻村的大街上，一群人围着一个外乡孩子唉声叹气",就会"停下车问个究竟",原来"这孩子是跟他妈出来要饭的,妈妈狠心去了,把孩子留下了,留给这儿的乡亲们了"。黄老亮"心里好难受。罢,罢,罢!领下吧,一头牛是牵,两头牛也是牵"。这是在交代小木匠的来历,也是在讲黄老亮的良心。

但是,这个情节的设置,并不能完全归之于黄老亮的"良心",它还有另外的用意,试图由此牵扯出故事的另一个主题。

黄老亮和小木匠的"养父-子"关系,故事原型可以追溯到柳青的《创业史》。小说开头就写梁三老汉和梁生宝:"梁三老汉……轻轻地抱起一个穿着亡父丢下的破棉袄、站在雪地上的四岁男孩。一个浑身上下满是补丁和烂棉絮的中年寡妇,竟跟他到汤河南岸的草棚屋里过日子去了。"在这一收养的故事中,梁三老汉不仅有"良心",多少也有点"私心"。这也无可厚非,就像黄老亮收养小木匠,也有一点另外的想法,"丫她妈活着的时候,就巴望着有个儿,好接他的木匠家什,可老天爷不睁眼,四十岁上才开怀,还是个丫头。这,就顶了吧"。这些都不重要,重要的是,这一"养父-子"关系,目的是要引出梁生宝和小木匠的真正父亲,也就是社会,这个社会同时也指向政治。柳青和王润滋大概都不相信什么人的自然生长,而是认为人都是被形塑出来的,因此,争夺"子一代"的形塑,就成了政治的关键。在《创业史》中,梁生宝的"新父"是王区委。王区委才是真正把梁生宝带入公领域的引路人,并且塑造了梁生宝。

小木匠的"新父"则是"省里的林局长",这个一直没有出场的人物,是故事的真正把控者。他塑造了小木匠,并且把他带进一个全新的私领域,这个领域,包括这个领域的物,吸引了小木匠,也激起他的不平和愤懑("过去,咱太老实,吃了没鼻子的亏")。

黄老亮能够感觉到的,是小木匠的变化,但他无能为力。"说到底,是他看不惯儿子,自他从城里回来的那天晚上就有些看不惯的地方了。儿子变了,一只看不见的手把他捏得走了样儿,这只多么大多么有力量的手。他自知扳不过这只手。谁也扳不过这只手。"这只手,是省里的林局长;也可以不是,是一种力量,这力量主导了1980年代的社会走向,起码,小说这样认为。它导致权力的寻租,也导致权力和资本的勾连,并且,共同形塑"子一代",这才是小说真正忧虑的地方。

那么,黄老亮需要的是什么呢?是一种共同体的互帮互助,是一种人情,也是黄老亮认为的"良心"。这既是社会主义的,也是传统的,"他老爷是黄家头一辈木匠,老爷死了传给爷,爷死了传给爹,爹死的时候嘱咐他两条:一条是别丢了黄家的手艺,一条是别败了黄家的门风。回顾大半辈子走过来的路,可以毫无愧心地说:他对得起老祖宗的在天之灵。如今他老了,在他要把这祖宗遗训传下去的时候,却没有人接了……不,不,不能随儿子……长此下去,我黄老亮活着没脸见乡亲,死了没脸见祖宗。俺黄家子子孙孙在世为人、下地为鬼，没出过一个孬种！旧社会也好，新社会也罢，提起黄家沟老黄家的木匠，哪州不知，哪县不晓！今天，你黄秀川也不能破这个规"。

那么，黄老亮到底想要什么？想要干什么？想干什么，比较简单，把濒临倒闭的黄家沟木匠铺恢复起来。这个恢复，不容易。先是遭遇伙计们的反对，反对是有理由的，重重困难，怎么克服？"这年月，亲娘顾不上热舅了，还顾什么集体！"再是儿子回来了，黄老亮熄灭的愿望又燃烧起来，"他做梦都想把散了架的大队木匠铺再撑起来，他希望儿子回来能助他一臂之力"。可是，"儿子跟他想得不一样"，而且，"谁也难能改变"。这是黄老亮想要干的，尽管干不了。

黄老亮想要什么，就有点复杂。想要的，不仅仅是他的良心。还要什么呢？说白点，是你好我好大家好，是一个都不落下。说得严肃点，就是共同富裕。所以，在黄老亮的"良心"后面，是有一个"理"的。黄老亮用这个"理"解释现实，也用这个"理"去理解历史："过去的那一套做错了改过来，总不能鸡蛋大粪一锅煨呀！总不能说谁富谁有理，那地主老财、富农、资本家不也有理么？那还要共产党做啥？人哪，走到哪一步都得讲良心。穷也好，富也罢，得长副好心肝。"这个"理"，是重要的，下面我还会继续讨论。

黄老亮并不认可历史的具体政策，也看不惯具体管事的人:"老实说,他看不惯这位(大队)书记官,他那德行,他那作风,够损的了。照他那主义,庄稼人不都得穷死、饿死么?"他实际上也并不反对现行的改革,"爹支持你开木匠铺。过去把这叫做资本主义,扯他娘的淡!咱凭劳动,凭良心,走到天边也说得过去"。不管是历史,还是现实,黄老亮的"理"都很难真正落实,可黄老亮就认这个"理",这就叫坚持。但是在1980年代,这个坚持有点不合时宜。关键是,很难讲得清楚。讲历史,历史有共同,但没富裕;讲现实,现实有富裕,但不能共同。所以,黄老亮的"理",最后只能落实为"良心"。1950—1970年代,传统常常藏在社会主义里,但在1980年代,社会主义往往藏在传统里。这一点,倒是需要细细辨析的。

黄老亮带着他的"理",也带着他的"良心",成为1980年代的孤独者,最后也导致了他和儿子的决裂。

三 小木匠到底是一个什么样的人

小木匠,也叫黄秀川,是黄老亮的养子。这个人物的出现,搅动了黄家沟,也引起了故事的紧张。应该说,黄秀川是小说潜在的叙述焦点,也因此,他一直活在叙事者的审视之中,也活在黄老亮的焦虑和遗憾之中。

在黄秀川出场之前,小说先写黄老亮的回忆:"二十岁头儿上,(黄秀川)就把这木匠行的十八般武艺学了个八九不离十。小伙子性高,要自个儿挑旗子开个木匠铺。爹说别犯资本主义,他不怕,硬是开了张。结果是三天没到黑就叫大队封了门,还开了批判会。书记官在会上指名道姓把他好批一通,连老木匠也挂上了,说是黑后台。批得老头子大半年不敢在人眼前里露脸儿。"这是在交代小木匠的前史。

这个前史,大概是想说小木匠打小就是个不安分的人。这个不安分,可以说一下。我实际上并不赞成把人完全社会化,人之为人,有很多东西,说不清,比如天性。不管在哪个时代,总有一些人,是不安分的。所谓不安分,就是试图偏离或逃离主流社会的规范。1960年代的文/艺中,这类不安分的人,突然多了起来,比如《千万不要忘记》里的丁少纯。而在1980年代,就成了一个普遍现象,比如《人生》里的高加林。不安分的人,生命力总是旺盛的,也有创造性。不过,这个不安分是要表现的,表现出来,就会被社会化,不是被这些因素左右,就是被那些力量征用。藏在心里,那叫念想。念想,很多人都会有,所以,看见文/艺表现出来的不安分,也会被吸引。

这个不安分,有生命力,也有破坏性,破坏的,是主流社会的规则。因此,主流社会对这类人,就会警惕。甚者,就像小说里的书记官,干脆一封了事,再开个批判会。也因此,主流社会的一大难题,就是如何对待这个不安分。理想的,是吸纳,吸纳不了,就成了反对力量,然后合力改变社会。1980年代,看到的就是这种创造性,然后再由这种创造性,改变主流社会的规则。不过,不安分的破坏性,总是存在的,破坏性多了,也会引起新的主流社会的警惕。历史发展,就是这么反反复复。

小木匠的不安分,在城里合法化了,这就是市场。1980年代的市场,鱼龙混杂,还没有什么规则,不安分,就有了用武之地。所以,小木匠的不安分,在1980年代,就被社会化了,也就是说,它以一种社会化的形式出现了。因此,小木匠野心勃勃,他要创造一种新的社会现实,首要的,就是改写黄家沟主流社会的规则。在小木匠的描写上面,王润滋是有点巴尔扎克的。

但是,小木匠遭遇到了老木匠。黄家沟的主流社会,有两个层面,面上的,是书记官;面下的,却是老木匠。这两个层面,有冲突,也有认同,相互缠绕,不死不休。这是1980年代,也是迄今为止,最为复杂的中国现实。

小木匠回到黄家沟,也算是衣锦还乡。不过,这个"衣锦"却引起了黄老亮的质疑。我们在中国当代文学中常见的那种"算账"的叙事方式又开始出现了。算账式的现实主义,总会体现出一种精细,所以,认为这类文学粗糙,常常也只是一种感觉。

小木匠的"衣锦"如下:酒,兰陵、景芝、威海二锅头、即墨老酒……比不上茅台,但在黄家沟,就是上好的酒了;皮货料子,这是孝敬老木匠的;还有一只亮闪闪的手表,是给秀枝的;还有处理胶鞋,减价布料,尼龙袜,花枕巾,爹的帽子,妹的围脖儿,过滤嘴香烟,雪花膏瓶子……炕头上"成了百货摊了"。这还没结束,小木匠咬破了棉背心,里面是钱,"两千元……元哩,都给……爹!……"用老木匠的话说:"儿子发财了。"

黄老亮很欢喜,怎么会不欢喜呢?"要知道,这是儿子头一回用自己挣的钱买东西来孝奉他呀!为人做父母的谁能不欢喜。"

欢喜了,酒也喝了,黄老亮被风一吹,就开始想这钱是从哪儿来的。"秀川咋能挣这么多钱?一天的工钱按规定是二元八,就打三块,刨去饭券子、零使费,刨去寄回来交生产队的,刨去买手表皮袄杂七杂八的……这三刨两扣,不拖一腔饥荒就烧高香了,哪还能剩这么多钱?他说他认得个啥局长,那顶屁用?又不是他亲老子,还能给他个三头二百的?那么钱打哪儿来?"黄老亮没有追问,小说也没有回答。

黄老亮带着疑惑,拿起儿子睡梦中的手,"这哪里像一只小伙子的手:又粗又短的手指,简直像一排磨秃的石钻,每一道指节都凸起老高;虎口间堆了重重叠叠的老皮;手掌几乎全是一块硬茧;拇指让锤头或斧顶打过,指甲死去了,只留下难看的一团肉疗……这是下过苦力的手,是和自己一样的手啊"。过去,许多当代文学作品都会写劳动者的手,比如柳青的《创业史》,写郭二老汉一家："（郭二老汉）当年从郭家河领着儿子庆喜来到这蛤蟆滩落脚，只带着一些木把被手磨细了的小农具……现在和儿子庆喜终于创立了家业，变成一大家子人了。"柳青没有直接写郭二老汉的手，但通过"木把被手磨细了的小农具"，可以想见这一家男人的手。赵树理在《套不住的手》中直接写陈秉真的手："手掌好像四方的，指头粗而短，而且每一根指头都展不直，里外都是茧皮，圆圆的指头肚儿都像半个蚕茧上安了个指甲，整个看来真像用树枝做成的小耙子。"通过对劳动的赞美，强调实干家的精神。那么，王润滋写小木匠的手又是为了什么呢？当然，强调了小木匠的吃苦精神，也强调了他的勤劳。1980年代，"勤劳"会自然带出"致富"。勤劳致富已经被叙述为一个自然法则。在《鲁班的子孙》中，有"勤劳"，但这个"勤劳"能否带出"致富"，却受到了质疑，"这是下过苦力的手，是和自己一样的手啊"。一样的手，说明黄老亮和小木匠一样，都下过苦力，也都是勤劳的，但黄老亮，也包括富宽、李大个子，等等，为什么没有"致富"呢？在这里，"勤劳致富"或者"勤劳革命"，同样受到了来自1980年代的质疑。所以，1980年代并不是铁板一块，许多的声音在这个时候开始酝酿，甚至涌动。

由此，小说开始正面进入对小木匠的叙述。

小木匠回到黄家沟，不仅仅只是为了衣锦还乡，还负有一种神圣的使命，这种使命来自资本逐利的本性。

所以，当他听到大队木匠铺濒临倒闭的消息，本能的反应就是："倒了好，不然的话咱开木匠铺赚谁的钱？"这里，没有任何人情和良心的羁绊，有的，只是逐利的兴奋。小木匠和老木匠毕竟不一样了。时代也不一样了。在这个时代，小木匠开始变得理直气壮起来，这个理，使他对大队的书记官不屑一顾："啥理？啥主义？有饭吃就是理，有钱花就是好主义！这年头，谁先富起来谁就是好汉子，大官儿都说了！怎么，你反对么？唉！"资本对政治是不屑的，但是如果没有更大的政治（"大官儿"）的支持，资本也很难立足。"好不好你去找省城里的林局长？木料是他批的，木匠铺是他叫开的。怎么样？不认识门儿我告诉你！"当然，1980年代，小木匠还是天真了，他试图规训权力，但最后，还是权力规训了资本，或者说，相互规训。

小木匠就这样投入到木匠铺的筹备中，"打鼓开张"一节，再现了小木匠作为"经济人"的一面。应该说，在1980年代，包括现在，这样的描写还是不多的。小木匠作为"经济人"，大概有这样几个性格特征：忘我、专注、决断和贪婪。

先说忘我。小木匠是勤奋的，也是勤劳的，为了赚钱，年也可以不过。黄老亮劝他过完年再筹备木匠铺，小木匠说："啥年不年的，木匠铺得早开起来。"

过了小年过大年，这是黄家沟的习俗。"泥水里滚了一年，难得乐个痛快"，可是小木匠"过了年初一，就动手筹建木匠铺"。资本逐利的天性改变了习俗。

黄老亮劝他去看看姑姑:"秀川,跟你妹去看看你姑吧,咱就那么一家穷亲戚。今年手头宽绰了,去扯件衣服买点东西送去……"可是,小木匠在翻看一本木工书,没抬头,说:"我没空儿呢!"在利润面前,亲情实在有点多余。

晚饭后,秀枝说:"哥,大操场上放电影,《刘三姐》,咱去看看吧。"小木匠在绘制一张电锯安装图纸,没抬头,说:"我没空儿呢。"现在,爱情也变得奢侈起来。

"经济人"的天性之一,是计算。此前,黄老亮告诉他大队木匠铺要倒闭了,小木匠脱口而出:"倒了好,不然的话咱开木匠铺赚谁的钱?"计算已经成为小木匠的天性。所以,小木匠计算了自家木匠铺的成本,就想到了秀枝,对黄老亮说:"爹,俺妹别绣花了,点灯熬夜挣几个钱,让她下木匠铺帮忙吧。"这时候,小木匠忘记了秀枝是个姑娘,也忘记了自己的手,在利润面前,美也是可以忽略不计的。

小木匠忘记的,不仅是他人,也是自我。外面在放电影,小木匠却"趴在小饭桌上,旁边放一摞念中学时的物理课本,画一会翻一会,眉头皱一会,松一会"。秀枝把一碗冲开的点心端到他眼前,小声说:"哥,你喝。""小木匠愣了一下,仿佛忘记了妹妹一直陪在身边。"这是专注。有趣的是如下的描写:"他看着她的脸,看得她低下头。他的一双有些疲倦的眼睛渐渐闪出青年人的火热来。突然他抓住她的手,放在嘴上热烈地亲。他把她往怀里拉,一双大手那么有力气,像两只老虎钳,谁也别想挣脱,他亲她的嘴唇,呵出紧张的、粗热的气。"这是欲望,欲望成为忘我和专注的潜在动力。

你可以不喜欢小木匠,却不能不佩服他。可是,忘我和专注,作为一种性格特征,我们也可以在1950—1970年代的文/艺中看到,比如丛深《千万不要忘记》里的季友良。季友良也是忘我的,同时,也是专注的,在爱情上同样显得麻木而又迟钝。当然,季友良的忘我和专注,来自公而忘私的社会主义理想,小木匠的忘我和专注则来自所谓的商品拜物教。可是,你又不能不承认,在他们身上,都燃烧着一种巨大的激情。在1950—1970年代,新中国在完成社会主义改造后,同时完成的,还有现代化。这种现代化克服了老中国的懒散和闲适,训练出一代具有现代气质的个人。如果说,两个三十年之间具有什么样的关系,这可能是一种秘密的联系,隐蔽极深。

这倒也并不是说,小木匠就是一个天性冷酷的人。小木匠有良心,面对富宽大叔,他也动摇过:"他的心动过,软过,怜悯过……可是不行啊……富宽大叔,你要进了木匠铺,往后的账谁能算得开?""要真像俺爹说的那样去分,荒算你一年要分走俺八千块!八千块能买多少木料?能做多少家具?里外里又能赚回来多少钱?这个账能算么?吃点小亏中,亏这么大不能干,爹干我不干。他老了,往后的日子是我们的,盖新房子,结婚,电视机,录音机,'嘉陵'摩托……用钱的地方多着呢!"这也是算账。最后,理性战胜了感性,金钱战胜了良心。在经济方面,小木匠当断则断,绝不拖泥带水。在小木匠的决断面前,1970—1980年代崛起的那种对人的温情脉脉的、形而上的想象,多少有点柔弱,这也正是小资产阶级和资产阶级的性格分野。

"正月初五,小木匠跑了趟县城火车站,拉回两大卡车木料,是从省城按批发价拨下来的,才一百九十块钱一个立方。满村里,谁看了都眼红。"至此,小说回答了小木匠的钱是从哪里来的,也隐约回答了黄老亮的疑惑:隐隐约约觉得和什么事情"有关系似的"。这个事情,就是市场,就是权力寻租,是利润,而不是工钱。市场导致权力的腐败,而权力则在市场中疯狂寻租。

但是,小木匠接下来的行为却冒犯了整个黄家沟,这就是小木匠撰写的那张价目表:"捷克式大衣橱:250元;日本式双人床:185元;三扇门立柜:190元;……打镢扎:0.2元;换镰柄:0.5元;勒风箱:1元;小桌凳:0.8元;……其他项目,量料量工而定,价钱合理,技术先进,实行三包,欢迎光临!"大衣柜、立柜或者双人床,收费合理,不是说乡村共同体就没有市场关系,也有的,但这个关系"嵌入"整个社会关系之中。镢扎、镰柄、风箱、小桌凳……象征着黄家沟人情式的礼物关系,这种关系维持着黄家沟的社会规则。所以,黄家沟的舆情开始沸腾起来:"打个镢扎真的要两角钱?""这还有假?收钱的时候人家手里连哆嗦都不哆嗦一下!""怎么就好意思?大材上锯下来的下脚料,留着不也烧火了!真他娘的抠到腚眼儿了!""这有啥不好意思,杀不得穷人,做不成财主!旧社会是这样,往后瞧好吧,脱不了也这样……""他小子白吃了黄家沟二十年大粑粑(饼子)!……"

价目表只是一个隐喻,有点类似于波兰尼所谓的"脱嵌",意即经济脱嵌于社会并开始支配社会。而黄老亮的怒砸价目表,则意味着他试图把这个"脱嵌"的经济重新"嵌入"黄家沟的社会之中。1983年,中国的小说家用一种非常感性的文学方式,回应了经济学家的理论思考。

但小木匠在追逐利润的路上是不会停顿的,计算开始成为算计,这是一个重要的变化。在《芙蓉镇》中,胡玉音也会计算,但没有算计。小木匠的木匠铺凭借他的设计、机器加工和黄老亮的亲手安装,一炮打响,"乡下人从没见过这么新鲜漂亮的式样,又有老木匠严丝合缝的手艺,自然出手容易。头一炮打响了,黄秀川木匠铺出名了。订货的人蜂拥而来。那些到了好年龄的青年男女,宁肯不要公家木器厂的家具,宁肯多花几十块钱,多跑几十里路,也得到黄家沟黄秀川木匠铺,买一套结婚的嫁妆"。卖出头一批货就挣回三千块,于是,"小木匠红眼珠子了,爹住院期间,拼死拼活地干。五分的料改成三分；家具后面该开榫的地方改用铁钉钉；木料不干也顾不得烘烤，带湿上……"。第二批家具出手，就出了问题，"这些看上去很漂亮的家具，经过装车卸车几折腾，又让大春的干风一吹，有的散了骨子，有的裂了缝。庄稼人只有结婚成家才勒紧腰带置办一套新家具，一辈子的事儿，有的还要传给儿孙后代，又是好几百块钱的大件子，实在不容易，自然是不肯罢休，就来找小木匠退货。小木匠不认这壶酒钱，说一手交钱一手交货，出了门儿不管，这是买卖场上的规矩。买主们火了，三五成群地串通一块儿，把那些损坏了的家具都拉回来，骂骂咧咧地搬进屋里、院子里，人也赖着不走，要吃大户了！小木匠吓得连面都不敢照……"

小木匠自然是走了，离开了黄家沟。

小木匠这个故事的结尾有点仓促了，意图也过于明显。但不这样写，也难。毕竟，小说的主角是"鲁班"，因此，叙事者要把视线拉回来，拉回到黄老亮，拉回到黄家沟。

四　穷人该如何描写

在中国当代文学中，"穷人"是一个非常活跃的概念。它曾经是革命的依靠对象，也是革命致力的目的之一，所谓"穷人翻身得解放"，即是。而要描写"穷人"，必须给出穷的理由，在"阶级论"的支配下，穷是因为地主的剥削，比如《白毛女》，因此而给出"穷人"的道德正当性，比如《暴风骤雨》中的赵玉林，就属于那种"人穷志不穷"的类型。同时，也赋予"穷人"相应的生活能力和劳动能力，比如《创业史》里的高增福。可是，在1960—1970年代的文学中，这种描写事实上已经面临困难，解除了地主阶级的剥削后，那么，"穷"的原因又是什么呢？应该说，那一时期的文学，多少都回避了这一问题。

1980年代的"改革文学"开始正面回应，给出的答案有二：一、懒惰，比如何士光《乡场上》里的冯幺爸。而冯幺爸懒惰的原因是合作化，集体所有制压抑了劳动者的积极性，所谓"出工不出力"，或者干脆像冯幺爸那样不出工。而所有制的改革，将会重新焕发劳动者的积极性，这就是"勤劳革命"的理论基础。这一逻辑非常简单，但简洁明了，有很强的说服力，是改革的重要理由。二、二流子，比如《芙蓉镇》里的王秋赦。这种人不事生产，是乡村生活中的不安分因素，但被解释为政治（运动）的重要参与力量。而这类人物的出现，也就相应否定了政治（运动）的道德基础。这个叙事力量也是极强的。

《鲁班的子孙》没有采用上述两种写法，而是把富宽的"穷"归结为，一、老婆有病；二、家有老人；三、孩子多。"一个八十岁的老爹，一个病恹恹的老婆，一个上大学的儿子，一家六口要你养活，不累断你筋骨才怪呢！"这样的描写基本否定了"改革文学"的两种穷人形象。第一，富宽是勤劳的、不懒惰的，不是冯幺爸；第二，富宽是个老实人，厚道人，不是王秋赦。

富宽的穷和当时的分配原则有关。所谓"按劳分配"，在农村，实际上是按劳动力分配，这种分配原则对富宽这样的家庭是最不利的。在城市，可以通过"补助"等福利方式给予这一群体一定帮助，在农村，这种福利基本上是不存在的。但小说并不是要探讨富宽"穷"的真正原因，这是社会学家的工作；小说是要通过对富宽的三种不同态度，折射1980年代的社会变化。

第一种是黄老亮的态度，也可以说是乡村共同体的态度，这种态度就是一种互帮互助，弥补了制度的不足。可是，大队木匠铺倒闭了，而且，"这年月，亲娘顾不上热舅了，还顾什么集体！"。黄家沟木匠铺的倒闭，隐喻着乡村共同体的分裂，所以，黄老亮对富宽满怀内疚，也一直念念不忘，既是对富宽的同情，也是对共同体的留恋。

第二种，就是大队书记官了。大队木匠铺倒闭，富宽去找过干部。"去找队长要活干，队长说，听说要责任制了，地又少，农业劳力还分不过来呢，你是大队工，去找大队吧！他去找书记，书记说，不是现在兴做小买卖么？挣钱着呢，你去吧！大队养活不了那么多吃闲饭的。"在书记官这里，穷人成了"吃闲饭的"。于是，富宽"买了二十斤山楂，在糖锅里熬了，扎个草靶子，趁着新鲜正月,卖糖枣去。草靶一扛出门,就围了一群孩子,这个叫大爷,那个喊叔叔,没出村子就分了十几枝。扛到大集上一看,光糖枣靶子就摆出半里地长,跟龙门阵似的,你吆喝他喊,乱嚷嚷的一片。他傻呆呆地在雪地里蹲了半天,冻得流鼻涕,卖了八角钱。回家来,他把没卖完的糖枣往院里一丢,坐在门槛上就哭,大把鼻涕小把泪。一边哭一边骂自己没本事,他哭老婆也哭,哭得左邻右舍都替他犯愁,难过。这一回,他赔了十五块钱,病在炕上至今还没爬起来……"富宽还不知道应该怎样进入"市场",而且,也并不是每个人都能驾驭"市场",于是,就有了"市场"的失败者。这个道理,很多年以后,人们才慢慢明白。有成功,就有失败,但是失败者多了,就会有问题。

第三种,则是小木匠。黄老亮想拉富宽一把,合伙开木匠铺,小木匠自然不愿意,富宽有什么呢?手艺低,只有劳动力,那个时代最不缺的,大概就是劳动力了。小木匠去找富宽,想把事情说清楚。富宽的柿子让他想起温暖的童年往事,但现实必须隔断一切他和历史的联系。"他想吃,可是不肯吃。他不再是爬墙头的孩子了,他长大了,懂事理了。吃人家一口,还人家一顿,眼前的这些个柿子是万万吃不得的。"这就是小木匠的理性。情面虽在,事情还是要说清楚。富宽不愿意合伙,他知道那是黄老亮的善意。"你爹说算咱合伙开,挣的钱三一三剩一地分,俺不同意,俺富宽没本事,还有脸皮！机器是你家的，木料是你家的，俺凭啥？到时候你给多少算多少，一个子儿不给俺也干……"可是小木匠算了一下，还是不行。明面上固然是怕"雇工"惹麻烦，但"八百块"工钱，"不少个数儿了"。他宁愿"施舍"，最后，拿了十块钱给富宽，走了。

不管是大队的书记官，还是小木匠，在他们那里，"穷人"是"搭便车的人"，而不再是合力推车的人。所谓搭便车，在这里实际上已经有了经济学的含义，即个人不承担任何经济成本而又能最终获益。而在这个成本内，劳动是被排除的。在中国革命史的语境中，"穷人"的背后是"劳动创造世界"，因此，它同时还是一个政治概念，革命也就此具有了尊严革命的成分。一旦"劳动创造世界"这个命题不再成立，"穷人"就会成为一个最难描写的群体，可以被同情，也可以被施舍，但不再拥有任何的主体性，甚至不再拥有整洁和明亮。小说有这样一个细节，说富宽的老婆虾子"抓起一个柿子就往小木匠嘴里塞。小木匠紧闭着嘴，推来推去说什么也不肯吃。柿子挤破了，金红色的柿汁溅在小木匠身上，富宽急了，一把推开老婆，拿毛巾给小木匠擦着，擦也擦不净"。你可以说这是巴结，甚至是诌媚，但除此以外，还有什么办法吗？富宽不是《创业史》里的高增福，冻死迎风站的后面，毕竟还有另外一个世界的希望。

五 什么是理

1946年，赵树理发表小说《地板》，围绕"土地"和"劳力"展开辩论。小说开头写王家庄减租，地主王老四不服，不服的，并不是法令："按法令减租，我并没有什么话说"，而是"都说粮食是劳力换来的，不是地板换的"这一"理"。赵树理对这一"理"的冲突非常重视，并借农会主席之口表示："法令是按情理规定的。"因此，这个"理"必须要辩论清楚，辩论清楚了，"理"才能获得多数人的赞同。所以，接下来就是王家庄的辩论会。会上，王老四认为"我的租是用地板换的"，没有"地板"（土地），（佃户们）"到空中生产去"。说白了，这个"理"，就是"土地"（或资本）创造世界。因此，王老四表示，"思想我是不通的"，"一千年也不能跟你们思想打通"。小学教员王老三现身说法，驳斥了王老四的"理"。王老三先说自己"常家窑那地板"，"老契上"写的是"荒山一处"，可是"自从租给人家老常他爷爷，十来年就开出三十多亩好地来；后来老王老孙来了，一个庄上安起三家人来，到老常这一辈三家种的地合起来已经够一顷了。论打粮食，不知道他们共能打多少，光给我出租，每年就是六十石"。在这一叙述中，"地板"被分解成两个概念："荒山"和"好地"。"荒山"属于"老契"，即使默认这一"老契"的合法性，"荒山"仍然只是一种自然状态，本身不可能成为"生活世界"的创造者；相反，只有经过老常他爷爷几代人的劳动,这一"荒山"才可能转换为"好地"。在这一意义上,世界恰恰是由劳动创造的。王老三承认了这个"理"。[1]这是一种普遍真理的自信。

这种"理"的自信,使得1950—1970年代的文学,常常会通过"辩论"的方式推动小说情节的发展。但是,在《鲁班的子孙》中,这个理是什么呢?

黄老亮做了一个梦,梦见"许多许多人把一辆车子往大沟里推,他在前面顶着,顶啊顶啊,终于顶不住,连人带车一起翻进沟里去了"。不过,他"出了一身冷汗",醒来后,"心里倒得到些安慰,都说后半夜的梦是反着的,木匠铺还有!",反着的,意思是说大车还在往前,许多许多人还在推着这辆车。这里面没有"搭便车的人",有的,是许多人的合力向前。所以,黄老亮"觉得黄家沟这个木匠铺不能倒,自己二十多年的心血不能白花,社会主义不能半途而废。共产党领着呼隆了这么好几十年,莫非真的叫大风刮跑了?"。这是黄老亮的愿景,支持这个愿景的,是他的理,这个理,就是他理解的社会主义,大家推着一辆车往前走。

《鲁班的子孙》讲"良心",但是在"良心"的背后,是理的冲突。一种理,是小木匠的,"啥理?啥主义?有饭吃就是理,有钱花就是好主义!这年头,谁先富起来谁就是好汉子……";还有一种理,是大队书记官的,

---

[1] 参见蔡翔,《革命/叙述》,第226—228页。

"黄家沟这二亩三分地里还有个管事儿的没有？"，对于书记官，"社会主义"只是个名词，核心是"管事儿的"；那么，黄老亮呢？小说自始至终没有讲清楚黄老亮的"理"，我们能够意会，也只能意会。因此，黄老亮尽管不同意小木匠和书记官的"理"，但一直没有进行过什么公开辩论，"不同意"都是在心里进行："过去的那一套做错了改过来，总不能鸡蛋大粪一锅煨呀！总不能说谁富谁有理，那地主老财、富农、资本家不也有理么？那还要共产党做啥？"黄老亮想不通，却不能像王老三那样把新的理说出来。

对于黄老亮，也是对叙事者来说，有一个概念是难以跨越的，那就是贫穷。这是改革叙事的最重要理由。1980年代，贫穷并不是真正的社会主义，这一点，深入人心。所以，叙事者不可能简单地回到计划经济时代，那条路是不通的。那么，富裕和社会主义究竟是个什么关系呢？这就是《鲁班的子孙》最大的心理纠结，时至今日，依然纠葛成不同理论的冲突。

在这样的语境中，黄老亮大概很难公开说出自己的"理"，甚至还必须把这个"理"转换为"良心"。也因此，他从外部的世界退回到个人的内心，他的"理"只能通过自我的肯定才能获得坚持的可能。在小说中，黄老亮的内心描写是多的，这也恰恰表明公开的辩论是如何不再可能，并没有什么人在限制，而是自己在限制自己。当黄老亮想大声说的时候，实际上又说不出来。因此，小说中的标点符号用得最多的,是感叹号和省略号。不是抒情,而是感慨。

原来的理在动摇,新的理还没有建立起来,这就是1980年代。因此,除了黄老亮的感慨,就是"群众"的情绪:"杀不得穷人,做不成财主!旧社会是这样,往后瞧好吧,脱不了也这样……";"你说说现时这章程对么?共产党变心眼儿了,不顾咱贫下中农了。"……

倒退已不再可能,往前又一片迷茫,改革的乐观主义情绪在文学中渐渐消退。"啥社会主义资本主义,分不出个曲直了。"这很重要吗?对于1980年代来说,的确很重要,没有了"曲直",也就没有了"理",无理寸步难行。1980年代以后,中国社会一直在寻找自己的"理",并用这个"理"来解释中国历史的变迁。因为"理"的分殊,而导致思想的冲突。在这一点上,1980年代的文学走在思想史的前列。

六　批评家在说些什么

《鲁班的子孙》发表后,引起了一系列的讨论,这些讨论中,有批评,也有肯定,总的来说,态度都还比较缓和。1980年代,自从围绕"伤痕文学"有关"歌德与缺德"的辩论之后[1],对批判类的文学,容忍度有所提高。

---

[1] 参见李剑《"歌德"与"缺德"》一文。

更何况,这是一场有关"改革叙事"的争论。

相对而言,引玉的文章比较激烈[1],主要认为王润滋的创作"所反映的社会问题,常常是发生在相当敏感的区域,带有很强的政治性和政策性。直白地说,他把自己的艺术创作课题同当前的具体政策结合得太紧密了。他选择的这条路子是相当狭窄而充满艰险的,仿佛走在一根细软的钢丝上,很难避免出现倾斜的现象",并且直指王润滋此前发表的《内当家》,"在《内当家》里,这种倾斜现象虽说还不很明显,但他描写人的历史感情和现实政策之间的矛盾,把几十年前的阶级斗争和今天的对外开放政策搅在一起,总让人感到别扭"。而《鲁班的子孙》和《内当家》尽管稍有不同,"但性质却很相似"。所以,引玉批评的依据主要是现行的具体政策,比如他认为小木匠并没有什么"大的过错"。"独立经营、选择伙伴……,计件定价收费……,这三条都是无可厚非,甚至是必要的合理的,更不用说是政策允许的了。"因此,小木匠的行为尽管引起了一些"新矛盾",但只能"以新的合乎社会主义经济规律的办法,加上真正的社会主义思想教育来加以解决"。而老木匠的"旧规范""并不是或不完全是真正社会主义的。它虽然包含着劳动人民的一些传统美德在内,但却同时混杂着一些假社会主义和小生产者狭隘的思想局限"。这是引玉的一些主要观

---

[1] 引玉,《旧规范解决不了新矛盾》,《作品与争鸣》1983年第12期。

点，其中有两点值得注意：一、社会主义经济规律，这是1980年代改革叙事重要的理论依据；二、真假社会主义之辨，因为《鲁班的子孙》，批评者也意识到，在新的历史条件下，必须对社会主义做出重新表述。

雷达在《〈鲁班的子孙〉的沉思》一文中[1]，表示了对作家的理解："据我所知，王润滋早先来自农村，至今与农村保持着密切联系。"但是，尽管"作者的感情是真挚的，值得尊重的，但这感情又是偏激的，缺乏时代眼光的"，而且，"仅仅歌颂'传统美德'就够了吗？如果只抓住了'传统美德'而忘记了时代变革，岂不是刻舟求剑？"。何况，"无条件地歌颂这种'传统美德'就有可能和落后的社会力量站到一起，就会限制作家在更广阔的视野和更高的历史立足点上反映生活，臧否人物"。在雷达的文章中，感性和理性是对立的，而所谓"理性"，就是认识到历史变革的合理性。1980年代，黑格尔的"存在即合理"还是有着一定的影响力。所以，雷达对小木匠表示了理解，并且认为这是"新政策下讲究效率和新陈代谢的不可抗拒的法则"，同时还希望作家除了"关心感情领域之外"，还能"多关心一下经济、政治、法制、管理体制等领域"。可是，《鲁班的子孙》不是一直在关注"经济、政治、法制、管理体制等领域"吗？为什么批评家还要他们"多关心一下"呢？只能说，在1980年

---

[1] 雷达，《〈鲁班的子孙〉的沉思》，《当代文坛》1984年第4期。

代,对这些"领域"的理解,作家和批评家之间出现了分歧。

曾镇南在《也谈〈鲁班的子孙〉》中[1],同样对作者表示了理解,但也认为这是"没有能够正确认识到农村经济改革的历史合理性而产生的一种错觉",甚至认为小说中的某些言论包含了一种"政治偏见"。饶有趣味的是,这些文章都把黄老亮的行为归结为"小生产者"的狭隘意识。也许,这里的"小生产者",指的是一种因循守旧,也即所谓"保守"。这也是1980年代对"保守"的一种习惯性修辞。

作为老一代的编辑家和批评家,梅朵的《我读〈鲁班的子孙〉》稍有不同[2],认为小说具有"对生活的深沉思考",没有"回避生活的复杂性",同时,作者明确反对"图解政策":"但当作品接触某些政策时,我们评论作品的方法,依旧是不管作品的实际内容如何,而简单地以是否直接符合政策为标准,来判断作品的是非曲直。"梅朵的辩护则是小说"只是为了引起人们沉思,丝毫也不意味着对我们这场改革持什么怀疑态度"。

应该说,围绕《鲁班的子孙》的批评,尽管严厉,但还不算严苛,即使严厉的批评,也都对作家表示了理解,这也是一种时代进步的表现。但是,辩护的声音相

---

[1] 曾镇南,《也谈〈鲁班的子孙〉》,《文艺报》1983年第11期。
[2] 梅朵,《我读〈鲁班的子孙〉》,《文艺报》1983年第11期。

对弱了，这也是时代的表现。而这些批评，实际提出了两个问题：第一，对写政策怎么理解。在中国，所谓现实总是和政策联系在一起，要写现实，总会和政策相遇。和政策相左怎么办？这个问题，1950—1970年代没有解决好，1980年代同样没有解决好。这也是1980年代现实主义逐渐式微的原因之一，尔后的作品，在遭遇"政策"的时候，大都以"文化"或者"审美"的路径进入，放弃了政治经济学直面现实的方法。第二，在激进的政治趋势下，文学能不能持一种相对保守的文化立场，这个问题，在1980年代开始提出，除了《鲁班的子孙》，还有其他的许多作品，比如张承志《北方的河》，等等。而在"寻根文学"的浪潮中，则得到了全面的回应。但同样，这些回应，包括相应的写作，仍然退守在"文化-审美"领域。1980年代统一的启蒙主义阵营，毕竟因了现实的急剧变化，而开始出现了一丝裂痕。

结　语

对于当年的文学批评，仍然要给予一种同情的理解，实际上，我们又何尝不是如此。1980年代，区别了改革与保守，而支持改革的，正是一种历史进步主义的信念。道路是曲折的，但前途总是光明的。所有的问题，也都会因为"现代化"迎刃而解。在这一历史进步主义的信念笼罩下，有时候，理性反而变成一种非理性的信念执着。当然，这种信念执着阻止了历史的倒退，改革因此一路向前。

相较于批评家而言，作家因了对生活的感性认识，有时候会有另一种发现，发现问题，也发现历史的复杂性，甚至预言了一个新的时代的到来。他可能不喜欢，但也无可奈何。《鲁班的子孙》就夹杂着这一无可奈何的情绪。

"贫穷"这个概念始终支配着小说的叙事，而对贫穷的恐惧，才真正造成了小说的无可奈何。贫穷阻止了历史的倒退，因此，小说可以质疑现实，但不会否定改革，有关"富裕"的叙事已经深入人心。也因此，小说常常陷入前后失据的困境。这就是1980年代，随着改革的深入，一种悲观主义的情绪开始出现。这种悲观主义围绕"人心"展开，也围绕新的富裕和贫穷的对立展开。而随着对《鲁班的子孙》的批评，新的富裕和贫穷，渐渐淡出写作者的视野，而悲观主义，则向"人心"蔓延，即从政治经济学转向文化−道德领域。

这一转向也体现在《鲁班的子孙》的写作中，尤其在小说的结尾。小木匠再次出走，老木匠"望着高远的天空，喃喃自语道：秀川，回来吧……"，写作者也从巴尔扎克走向雨果。谁也不知道明天会怎样，"这个家，这座小院子，明天将会发生什么呢？明天的故事谁来讲下去？……"

随着1980年代早期的叙述铺垫，在文学领域，改革已经获得了正当性乃至神圣性，所谓进步/保守的分野已经不复存在。人们忧虑的，只是改革产生的问题，而不是改革本身。因此，明天的故事还会继续讲述，但已经不是以现实主义的方法，而是代之以此后崛起的现代主义运动。它的核心是异化，但这一异化并不指向现实社会，而是历史-文化-心理。

补记四

1

讨论《鲁班的子孙》,要讲它的前史,前史就是合作化。

赵树理《三里湾》,先写旗杆大院。旗杆大院的前主人,是刘举人,土改以后,旗杆大院就成了村委会的办公地,合作化了,又成了社委会。赵树理这样写,有深意。

土改是了不起的大事件,改天换地。政权更迭,是改天,土地改革,就是换地。换的,不仅是地,还有中国乡村的基本结构。中国社会,上面是郡县制,下面是封建制,封建制的表现就是宗法社会。宗法社会的领导者,就是士绅。晚清以后,士绅没落,土豪劣绅化。土改,干脆就把这个土豪劣绅改掉了,连带着把宗法社会也摧毁了。不过,土改是有后续影响的,影响之一,就是中国的乡村社会迅速进入无序状态,而在此之前,乡村是有组织的,组织就是宗法制度。村一级的现代政权，能否组织乡村，是土改以后要考虑的问题。这方面，赵树理走在前面。赵树理担心的，一是坏干部，像《邪不压正》《小二黑结婚》等，都有这方面考虑；二是干部自顾自，《三里湾》写村长范登高，买了骡子做小买卖，靠的，是土改分了好地，完成了资本的原始积累。干部有权力，再加上有经济实力，就有可能成为农村新的压迫者阶层。这个顾虑来自基层第一线，不是没有道理。柳青的《创业史》，也写了郭振山。这里不存在谁影响谁，是乡村现实共同影响了这些作家。这个现实，就是土改以后的现实。

合作化，有政治考量，通过合作社，重新把乡村组织起来。组织起来，才能办大事，这个大事，是多方面的。所以，梁漱溟尽管和毛泽东有分歧，有争论，但是认同合作化，这个认同，包括组织，他认为中国的要紧之处是"团体组织、科学技术这两面"，所以他说："中国想要进步，一定要把散漫的农民组织起来，组织起来才好引用进步的科学技术。事实上大家只能走一条路。"[1]

梁漱溟的认同，有对现代化的憧憬，实际上，那一代人大都有现代化情结，土改只是手段，不是目的，目的是现代化，农业现代化。这是那一代人的理想主义。土改完成的，只是一种小农业的经济形态。这个形态，很难承载那一代人的现代化理想。所以，土改尽管改天

---

[1] 梁漱溟，《这个世界会好吗》，第87页，东方出版中心，2006年。

换地,但土改小说并不多,多的,是合作化小说。小说总是有两个层面,一个层面是题材,题材有题材的意义;另一个层面,是作家通过题材表达对世界乃至自我的更高期许。这个层面承担的,是普遍意义的生产。所以,《三里湾》里就有了"三张画",农场成为三里湾的明天,而这个农场是现代化的。因此,合作化还有经济方面的考量,这个经济是现代经济。

美国学者马克·赛尔登写过一本书,《革命中的中国:延安道路》,其中讲到陕甘宁边区土改后的状况,他说:"陕甘宁边区土地革命的一个带有讽刺意味的后果是强化了小农生产,削弱了传统的劳动互助。"[1]宗法社会的解体,带来的影响是多方面的,其中包括伦理。土改以后,相互间的联系弱了,互帮互助,也渐渐淡了,这就意味着共同体的破裂。而重建共同体,是土改以后迫切需要做的事情。这是合作化在伦理上的考量。

土改在意识形态上的影响也是大的。土地改革,分给每家每户的,不仅仅是土地,同时还有地主阶级的梦想。小生产者不是天生的,而是竞争失败的结果,这个结果,使小生产者安于现状,与世无争。成功是少数,失败是多数。所以中国乡村是小生产者的汪洋大海。土改不一样,所有的人都成了小生产者,在同一起跑线上。

---

[1] 马克·赛尔登,《革命中的中国:延安道路》,第226页,魏晓明、冯崇义译,社会科学文献出版社,2002年。

不仅中农想当地主，贫农也想，想是正常的。所以有了《创业史》里的梁三老汉。梁三老汉想发家，这个发家是有样板的，样板就是地主，因此，梁生宝说他最终还是想成为地主。这一点，梁三老汉默认了。这里面是有逻辑的。根据这个逻辑，梁生宝要教育梁三老汉，梁三老汉是可以争取的。这是柳青对中间人物的态度。而中间人物实际上也只是一种状态，有人上，也会有人下，这个"中间"实际上又是最不稳定的。柳青焦虑的，是这个"中间人物"不仅会生产新的"地主"，更重要的是可能会持续生产"地主"的梦想。这种梦想会破坏共同体的重建。所以，《创业史》有政治教化的倾向。这是合作化在意识形态上的考量。

这四方面的考量，政治、经济、伦理和意识形态，在土改以后的中国乡村，也是现实存在的。这种现实，在1980年代的乡村改革中，我们也能感觉得到。

2

合作化，是一个统称，也是一个历史进程，在这个历史进程中，乡村被重新组织起来。这里面，有工业化的需要。

工业化，不是想化就能化，需要资本，这个资本是国家资本。国家资本的原始积累，在当时，只能来自农村。这是中国国情决定的，这里面，有很多的无奈。陈寅恪说对历史要有"了解之同情",这就是了解之同情。梁漱溟对毛泽东有批评,但对农村的"组织起来",很支持。晚年,他在和艾恺的对话中,有真正心声的披露。那一代人,了不起,胸怀坦荡,毛泽东和梁漱溟有一个共同的愿景,这个愿景,就是现代化。

现在也有很多学者讨论小农经济,其中不乏肯定者。这是今天的意见,今天的意见有今天的背景。这个背景就是中国已经开始实现现代化,城市有足够的能力反哺农村。但在那个时代,分散的小农经济能否给现代化提供有力的支持,还是可以讨论的。

当然,这并不是说,合作化没有问题。合作化如果没有问题,也就不可能有1980年代的农村改革。这个,要细说。

3

合作化,是一个过程,这个过程由四个部分组成,呈阶梯式发展:互助组—低级农业合作社—高级农业合作社—人民公社。低级和高级的区别之一是,低级社有土地分红,高级社则取消了这一分红制度。后面,是有意识形态因素的,不承认也不行。从低级到高级,有浩然的《艳阳天》,这里面,就有意识形态。人民公社更进一步,是完全的政社合一,甚至政社教合一,是一个大型的乡村组织形态。这个制度是否符合中国乡村的实际情况，也是可以讨论的。

人民公社，有意识形态的支持，也有浪漫化的理想主义。人民公社，有彻底改造乡村的意图。这个意图来自现代化。改造有两方面，一方面，是改造人心，通过公有制，进一步克服小生产者的私有观念，这方面的作品，有电影《李双双》。另一方面，是植入工业化的因素，这就是社办企业的设想。农业利薄，那一代人是明白这个道理的。

但是，这两方面的改造都遭遇了困难。人心改造，很难一蹴而就。更何况，人民公社并没有解决农民"有钱花，有粮吃"的实际问题，自留地，就是这个问题解决不了的妥协方案。所以，赵树理担心农民"还是靠自留地解决了问题……依靠在自由市场上卖东西……集体不管，个人管，越靠个人，越不相信集体"。1980年代的农村改革，有人心基础，也有物质基础，这个基础，就是"自留地"。社办企业，也有困难。中国的实际问题，是资源少，有限的资源留给了城市工业。所以，那个时代的社办企业，雷声大雨点小，尤其在城市工业的挤压下，社办企业的发展空间并不大。农村起不来，工业也上不去。没有工业的支持，原来设想的大农业，也很难。所以，人民公社最后也并没有彻底改变小农经济的生产形态。

同时，还有外部的因素，冷战是必须要考虑的重要因素。1980年代，反思历史最常见的，是"闭关锁国"。但是，这个"锁"，是别人给你锁上去的。自力更生，是需要的，但完全的自力更生，并不容易。1950—1970年代，首要解决的是吃饭问题，这就是所谓的"以粮为纲"。粮食不够，副业就上不去，副业上不去，粮食就更紧缺。老百姓说，肚里无油饭量大。很多问题并不深奥，但要解决，也不容易。1980年代，有天时，有人和，也有地利。天时是改革的时机，人和是人心思变，地利则是冷战困境开始被打破。比如说，对于土地，肥料是重要的，但是中国农村最缺的，就是肥料。1980年代，农村有大变化，变化的根本原因是土地承包，但是化肥能够大量供应也是很重要的。

4

1950—1970年代，中国农村最缺的，是流通。这里面，有统购统销的因素，统购统销，研究很多，应该也是"了解之同情"的一部分。但也不完全是，里面还有对市场的警惕。市场分两种，一种是前现代的市场，这个市场嵌入社会关系之中；另一种就是现代的市场，现代市场试图从社会关系中"脱嵌"，进而支配整个社会。两种市场之间有联系，但也不能混为一谈。市场可以为善，也可作恶，关键是利用。

实事求是地说，1950—1970年代，这个问题没有解决好。对于商品交换，是有理论分歧的。比如顾准，但顾准后来被批判了。1970年代，走向极端，其中，有对资本主义萌芽的恐惧。关键还是缺乏自信，缺乏驾驭资本和市场的自信。1970年代的问题，就在于过度追求一种纯粹的社会主义。这种社会主义实际上是不存在的。这是1970年代的政治正确，这种政治正确导致了很多社会问题的产生，也是1980年代文学主要的反思对象。

但是，老百姓对商品交换的要求不可能消失，物质调拨受到很多因素的制约。集体分配的原则，对乡村不可能完全适用，也不可能彻底实行。所以赵树理会说农民最后"还是靠自留地解决了问题……依靠在自由市场上卖东西"。集市（尽管）受到限制或者控制，但商品交换一直以各种方式存在，只是，这种自发的交换方式，由于规模太小，解决不了问题，尤其是解决不了乡村的副业生产。乡村副业，是费孝通毕生思考的问题（《江村经济》）。

所以，当时的农村问题，不仅仅是土地，还有市场。《陈奂生上城》《芙蓉镇》等作品之所以重要，就在于把"市场"问题重新引入当时农村改革的视野。市场是农村改革的活棋。当然，因为"市场"，更多的问题也随之产生，这就是《鲁班的子孙》的意义。

5

合作化是有优越性的，这一点，得承认。

合作化的优越性之一，就在于农村的基础建设，水利、垦荒，等等，离开合作化，不可能。中国农村，水利是件大事，千百年水患不断，谁能否认？一家一户的小农经济，对此只能望洋兴叹。

所以，写合作化的小说，都有这方面的描写。《创业史》写合作化的优越性，着重描写终南山。终南山砍竹子，谁都知道有利，但是个人进不去。梁生宝的成功，就在于组织，把农民组织起来。这就等于给合作化打了一个广告，组织才有出路。《三里湾》写西大洼，开发西大洼是三里湾农民祖祖辈辈的梦想，这个梦想只有在合作化以后才可能实现。《风雷》（陈登科）写治理黄泥荡，开水渠泄洪，牵扯的，不仅是农户，还涉及乡与乡之间的利益，没有政府协调，怎么可能？对于农民来说，这都是实打实的好处，所以农民也并不拒绝组织。王汶石的《黑凤》写建设水库，干脆用准军事化的方式把农民组织起来。文学家用"自由"这个概念来解释历史上发生的一切，是解释不通的。

对于青年男女来说，集体化的生产方式，使劳动变得热闹起来，改变了小农经济单调沉闷的劳动方式。周立波的《山乡巨变》精彩地再现了这一劳动过程。这也是事实。顺便说个很不学术的故事，我有一个朋友，农民出身。他说当年离开家乡的原因，有一点，就是忍受不了重新单干的劳动方式，太沉闷了，干半天，连个姑娘都看不到。最后，扔下锄头，出去看世界了。

合作化的存在，不是完全没有理由的。

不过，合作化也有它的"边界"，越过"边界"，合作化的优越性就没有那么明显了。这个边界就是生产方式。

合作化从根本上来说,并没有改变传统的精耕细作的农业生产方式。原来设想的机械化也好,大农业也罢,并没有实现。随着人口增加,投入的劳动也多,但产量并没有大增长。投入越多,产出越少,就形成了黄宗智所谓的"内卷化"。这个"内卷化",在合作化时期,也是存在的。这一点,也得承认。更何况,集体化的劳动方式,在精耕细作的小农经济形态中,并没有什么优越性。有时候,情况可能适得其反。所以,合作化小说,凡是矛盾,都发生在田里,比如赵树理的《锻炼锻炼》。这并不是作家的心血来潮,而是实实在在的生活。那一代的作家,是真懂农民,也真懂乡村。

中国农村最大的问题,是人多地少,如何解决农村的剩余人口,才是根本。这一点,在1950—1970年代无法解决,农村的根本问题,实际上和合作化并没有多大关系,而是和冷战有关系,也和当时的国策有关。1980年代改革开放的意义,是没有办法不承认的。这个开放关键就是市场的开放。城市化解决了农村的剩余人口。至于市场化带来的问题,也得承认。一码归一码。

1980年代的农村改革,恰逢一个很重要的时机。这个时机就是,农村的基础建设基本完成,农民也重新回到精耕细作的生产方式之中。合作化的矛盾也越积越多,所谓优越性,也就基本体现不出来。这个时候,土地承包,顺应了民意。这个因素,也是需要考虑的。

6

1980年代的土地承包,实际上并没有引起赵树理担心的"农村阶级的分化",这是事实。这个事实来自国家政策,政策并没有支持土地自由进入流通领域,而且,要根据人口的实际变化,灵活调整户均拥有的土地数量。因此,土地承包会产生新的贫富问题,但不可能造成贫富的极端分化。

真正形成农村贫富分化的,是市场的崛起并逐渐进入乡村。《鲁班的子孙》讲的是一个有关市场的故事,而不是土地的故事。

商品经济加剧了乡村的贫富分化,这就是现代市场。市场具有一种虹吸效应,能迅速地集中财富,从而完成资本的原始积累。这是单纯"种地"所无法比拟的。而在1980年代,由于双轨制的实际存在,这个市场又是不完善的,资本和权力迅速地走到一起。权力寻租现象开始产生,而资本也在对权力的依附中获取了超额的利润。所以,老木匠对小木匠的经济来源产生了疑惑。

在1980年代,现代市场刚刚崛起,但已经试图从社会关系中"脱嵌",并进而支配整个社会,这个支配,就是重新制定社会规则。这是老木匠很难接受的。《鲁班的子孙》里的市场和《芙蓉镇》里的市场是不一样的。《芙蓉镇》里的市场是前现代的,"嵌入"社会关系之中。古华是用前现代来解释现代,这样就降低了社会对现代市场的风险评估。但是在《鲁班的子孙》中，这个市场已经发生了蜕变，具有了现代性质。

这个现代市场带来了两方面的效应，一方面是商品拜物教的兴起，小木匠就是一个商品拜物教的教徒；而另一方面，市场进入农村，是要把熟人社会改造成陌生人社会，商品的交换关系全面替代礼物关系。这实际造成的，就是乡村共同体的瓦解。这在中国历史上，是史无前例的。即使1950—1970年代的现代化改造，也没有从根本上摧毁乡村共同体。

这样，1980年代的乡村共同体，实际上就面临着双重威胁，一方面，因为土地承包，乡村公共性面临流失的危险；另一方面，市场的进入，开始瓦解熟人社会的礼物关系。

这是《鲁班的子孙》中，所谓"人心"的历史语境。

7

山东作家喜欢讲"人心"，也就是道德。除了王润滋，还有矫健，比如他的《老霜的苦闷》。公社解体，老霜有点不舍，这个不舍，是对共同体的留恋，对人心变化的苦恼。张炜的《秋天的愤怒》，从审美角度切入道德问题的讨论，对土地承包形成的对乡村的冲击做了另一种解读。这些作品都有一种道德主义的倾向。这种道德主义倾向里面，是有社会主义因素的，这个因素来自公有化。

公有化吸纳了中国传统文化中"公"的元素。当公有制趋于实际上的解体,这些"公"的观念便转化为道德因素,并以道德主义在小说中出现。这后面,是有政治经济学支持的。这种道德化的倾向,可以理解为一种保守主义。适当的保守主义对社会是有益的,可以矫正进步主义的激进趋向。山东作家的这种道德主义倾向,余韵不断,1990年代,还有刘玉堂《最后一个生产队》这样的作品出现。不过,在当时,这样的写作似乎不合时宜,最后招致批评,也很正常。

这里面,应该还有地理的因素。当初,热情支持农村改革的,比如何士光、古华等人,都来自西南山区。高晓声所在的江苏武进县,在江苏境内属于比较贫穷的县。俗话说,穷则思变,但这个穷,原因也不一样。西南山区,人多地少,公有制也解决不了这个问题。实际生活中的小岗村,地处凤阳,受水患影响,地是盐碱地,入不敷出,人心涣散。这些,都和改革有关。中国地方大,每个地方情况不一样,不一样的地方,采用同一种制度模式,本身也是有问题的。但是,土地承包也并没有实际解决这个问题。高晓声有两篇小说,一篇是《"漏斗户"主》,另一篇是《陈奂生上城》,讲的都是陈奂生的故事。土地承包解决了陈奂生的吃饭问题,但没有解决陈奂生有钱花的问题,陈奂生要想有钱花,还是得靠副业(商业),这就有了陈奂生上城的故事。

一地有一地的传统,一地有一地的风情。南方地少,农民就有"兼业"的习惯,小商品经济发达。费孝通的《江村经济》选择地处苏南的江村作为人类学田野调查的对象,偶然里面又有必然。

王润滋、张炜和矫健等人都来自胶东。胶东有胶东的传统,也有胶东的风情,不能一概而论。当然,这种地理因素在文学中可能并不是最重要的,最重要的,还是作为"这一个"的作家。

王润滋是比较独特的,喜欢写政策,但又对政策表示疑惑,这就容易招致批评。比如,他还写过《内当家》:随着两岸政策的变化,当年的地主重新回到家乡,而且,是回乡投资,理所当然地受到政府的欢迎。李秋兰("内当家")的疑惑就是怎样重新看待历史。小说的结尾是"和解",这种"和解"只能诉诸人性(同情)。两岸问题实际上非常重要,它涉及的是历史的评估。但这个问题至今也只见于《内当家》。当然,也可能是我所见有限。

8

《鲁班的子孙》写了一个失败者,这个失败者就是老木匠,老木匠是个好人,好人失败了,所以,老木匠的失败,也是德性的失败。

这种写法,历史很悠久。最早的,可能是《史记》。司马迁写项羽和刘邦,把德性分配给了失败者,而把成功者写得很无耻。项羽兵败垓下，和虞姬难舍难分，"虞姬虞姬奈若何"。刘邦面对项羽的威胁，只是大笑："吾翁即若翁，必欲烹乃翁，则幸分我一杯羹。"失败者是有情的，成功者却是无情的。有情和无情的对立，是失败和成功的对立，也是美学和政治的对立，是小叙事和大叙事的对立。有情对无情的挑战，既包含了美学的无奈撤离，也蕴含了对更美好的政治生活的追求。后来的文学叙事，大都对这种失败者给予最高的同情，比如诸葛亮、关羽，等等。这是一种对德性的尊重，并逐渐形成一种叙事类型，在这一类型中，成功总是伴随着不择手段，来自对现实政治的不信任。

但是1950—1970年代的文学，把这一叙事传统颠倒了过来，德性开始归属于成功者。这种写法生产出了所谓的正面人物，比如《创业史》里的梁生宝。这后面，是对政治的信任，这种信任催生出政治的有情性。美学和政治、有情和无情的对立，开始消融。所以，1950—1970年代的文学，是一种建设者的文学，他们相信政治，并愿意借助政治实现自己的社会理想。但是"文革"摧毁了这种美学和政治的统一，有情和无情再次对立，这是"伤痕文学"和"反思文学"共享的叙事方法。在这种叙事方法中，德性再次归属于失败者（受难者）。实际上，1950—1970年代的文学是一个非常特殊的历史存在，那种有情和无情的高度统一，也只是一闪而过。

所以，《鲁班的子孙》对失败者的描写并不来自

1950—1970年代的文学传统，相反，和"伤痕文学"或者"反思文学"有更直接的方法上的联系。只是，失败的内涵发生了变化。

在这样的叙事结构中，小木匠的成功伴随着不择手段，而老木匠的失败则是德性的失败。这里面，包含了对市场的不信任，也蕴含了对可能到来的新的时代的不信任。如果说，1980年代的文学有其自身的特点，那么这个特点，可能就是文学开始表达出异议的声音。这个异议，从"伤痕文学"开始，一直没有间断，尽管异议和异议不同，却是1980年代文学一以贯之的精神。这个异议也可以表现为怀疑和追问。而最重要的则是，在这种异议中，失败者的美学意义开始被生产出来。因为异议的存在，同时产生了文学内在的冲突。当最早的异议变成新的主流，就会开始压抑新的异议的出现。这就是围绕《鲁班的子孙》而形成的争论背后的原因。

但是老木匠的德性却来自1950—1970年代，只是在叙事中，社会主义开始以"失败者"的形象出现。老木匠的正义感来自社会主义的挫败，公有制的解体并不意味着德性的消失。这种对失败者的描写，在1980年代并没有形成一个文学潮流，相反，这种描写是孤独的。对1950—1970年代的反思，压抑了这种失败者的生产。不能说，这种压抑是没有意义的，它阻断了社会的倒退。即使是老木匠，也没有回到过去的意愿。只不过，反思应该在更深的层面上继续展开，这是1980年代没有完成的任务。但是，这种挫败感还是在1980年代文学中非常隐秘地存在着，不过转移到了美学领域，并陆续引导了后来的文学潮流，比如所谓的"寻根文学"。

9

老木匠对"理"有一种执念，这个"理"是大道理，大道理能管小道理，也可以看成一种普遍性的真理。

晚清以后，中国最为深刻的危机，就是这种普遍性真理的消失。而重新寻找这种普遍性的真理，则构成一代又一代人的使命。1980年代，也概莫能外。

但是，寻找并不意味着简单地回到过去的"大道理"。这一点，老木匠有点简单，这个简单，也是叙事者的简单。简单的表现就是，过去的"理"是对的，错的是具体的政策，尤其是执行政策的"书记官"。但是"政策"的后面是"理"，不能说"理"和"政策"之间没有关联。

过去的"大道理"能管"小道理"，但"大道理"不能兼顾各种"小道理"的利益诉求，这也是事实。所以，大道理和小道理之间的联系，未必像我们想象的那样牢固。老木匠想要的"大道理"，实际上是那种公私兼顾的"大道理"。既要允许小木匠发财，但这个发财又不能越界。更重要的是，这个"大道理"必须是公平正义的，在这个公平正义的世界里，才有穷人的活路，不仅仅是活路，还有穷人的尊严和存在感。只是，老木匠说不出来，1980年代，也说不出来。1980年代，是各种"小道理"蜂拥而至的时代，这些"小道理"是有阶层性的。有时候，某些"小道理"因为强势，而想成为"大道理"，但是，"大道理"是要承认的，这个承认就是同意。同意的后面是斗争。人有同意的权利，也有不同意的权利。老木匠就不同意，既不同意书记官的"理"，也不同意小木匠的"理"。1980年代，在"理"的问题上，实际上是有冲突的。

但是，对这种普遍真理的追求，却是1980年代，也是迄今为止，最为艰苦的追寻过程。

而在追寻这种普遍真理的过程中，会爆发冲突，这是正常的，也是最为宝贵的。不正常的是，"小道理"横行，"大道理"缺失。把真理的普遍性降格为特殊性，必定缺乏争夺领导权的能力，最后争取到的"理"，也只能是一种"小道理"。

10

1980年代中后期的文学，实际上是在回应1980年代前期的问题，其中，包括农村问题。

土地承包，自由市场，对共同体带来了冲击，说瓦解，可能有点言重，但逐渐地空洞化，也是事实。实际上，许多作家也看到了这一现实存在，尽管没有王润滋这么直接，这么激烈，但对现实的感觉上，是有共同点的。有两部作品可以说一下，一部是贾平凹的《腊月·正月》，另一部是陈忠实的《白鹿原》。在贾平凹和陈忠实的写作后面，都有重建共同体的愿望，都看到了1980年代乡村的结构性问题，也都意识到了文化领导权的重要。

《腊月·正月》的故事围绕社火展开，故事很简单，但意思复杂。商州某镇有两个人物。韩玄子，乡村知识分子，掌控着地方文化的领导权；王才，创业成功者，新富的代表，想从经济进入文化领域。贾平凹的想法很单纯，有经济实力的人才可能成为新的乡村领导者，造福一方。贾平凹的想法实际上是有代表性的，也是1980年代的主流想法，所谓先富带动后富。不过，后来的历史证明，贾平凹的这一想法还是过于天真，资本逐利的本性是不会改变的。不过，1980年代的特点之一，就是天真，这个天真对世界释放出最大的善意。

《白鹿原》的写作年代稍后，陈忠实的想法更为复杂。就思想和艺术体量而言，《白鹿原》是本大书。

《白鹿原》的野心非常大，它要总结中国的现代乡村史，这个总结和反思结合在一起。小说指向传统，这个传统就是"士绅结构"，而"士绅结构"的背后，是儒家意识形态和宗法社会，缺一不可。《白鹿原》对这一"士绅结构"表达了敬意和相应的浪漫化处理。

对于文学来说，这些具体的想法实际上并不怎么重要，重要的是，这些作家意识到乡村结构的重要性，并愿意做出各自不同的想象。在这些想象性的叙事中，给出了不同的重新结构乡村的方式。

1990年代的出现，包括1990年代的市场化和城市化，实际上，既终结了1980年代土地承包带来的小农业的幻想，也终结了王润滋等作家的现实焦虑。城市化加速了乡村的空洞化。但是这些作家的意义依然存在，他们渴望的公平正义的世界超越了乡村，具有更普遍的意义，这个意义同样对1990年代乃至以后的时代有效。而重建共同体，争夺实际上的文化领导权，也依然是一个极为重要的文学命题。

第五章

工业化，还是去工业化
现代化在1980年代

1980年代的所谓"改革文学"，大致可以分为两个层面。一个是广义的，囊括了当时乡村和城市的各种变革，包括体制性的改革；另外一个则是狭义的，专指这一时期的工业文学，而引领风尚者，一般都以为是蒋子龙的《乔厂长上任记》(1979)。

关于狭义的"改革文学"，也即围绕1980年代工业题材的写作，近年的研究大有进展，而且大都以蒋子龙的创作为研究中心。我读这些论文，获益匪浅。但因此想到的，却是另外一些问题。

在我的阅读记忆中，一直有某种困惑。一方面，1980年代是一个再工业化的时代，但是另一方面，围绕工业题材的文学，好像并不是特别多。以此困惑作为问题的兴起，主要和现代化这个概念有关。1980年代，现代化是一个重要的概念，某种意义上，承担着组织各种叙事的功能，从而推动着改革文学的发展。但是，这个概念进入各个不同的题材领域，想要表现的和表现出来的，并不完全一样。因此，从工业题材领域的现代化出发，可以大致描述出现代化在文学领域的移动轨迹。

一　为什么要写工厂

为什么要写工厂，这话不太通。有工厂，自然就会有人写，就好像有乡村，就会有对乡村的书写，这还需要讨论吗？换一个说法可能更好，就是写工厂的意义究竟在哪里。但是这个意义也要看时代，要看时代对意义的需要。

1950—1970年代，围绕工业化，有很多叙述，不仅作家多，作品也多，意义自然就很丰富。

这个意义有两方面，一方面是工业化自身带来的意义，另一方面是工业化经过虚构以后，重新生产出来的意义。前者的意义来自题材，后者的意义来自叙述，缺一不可。

1950—1970年代的工业化书写，意义大概有这样几个方面：

一、工业化和国家有关。要建设一个现代国家，就必须发展工业，这就是现代化。说这里面有现代性，也可以。因此，这一时期的工业化书写，背后是有国家的，或者说，工业化通向了现代国家。在这个意义上，工业文学的意义，不完全在工业，而在国家。这个国家，就是新中国。这一国家的意义，被文学源源不绝地生产出来，并且构成整个社会的愿景。即使乡村书写，也渗透着工业化的因素，《创业史》就隐隐约约写了西安的工厂。《三里湾》没有写工厂，但写现代化的农场，这个农场构成了三里湾的愿景。工业化勾连了城市和乡村，形成一个整体的社会景观。这个景观是现代的，也是整个国家发展的愿景。它关系到国家的现代化，也和冷战引发的安全焦虑有关，因此，1950—1970年代的工业化书写的背后，还有世界的因素。关键是，这个世界还是危险的。这一点，不可不察。

二、工业化和组织有关。工厂是一个组织，这个组织是严谨而又精确的。组织的运行依靠科层化的管理制度。以为1950—1970年代废除了科层制，是不对的。这一时期的工业化，依然有严格的管理，并依靠这一现代的管理制度，维持着组织的高速运行。工业化的文学叙事，持续生产着"组织"的意义。通过现代的组织，克服前现代社会的懒散乃至分散。它的意义同样超越了具体的工厂形态，并以一种新的政治和文化的方式，重新组织社会。在某种意义上，1950—1970年代的特征之一，即是以工业化的方式重新组织乡村，而以乡村的生活方式克服城市的现代异化。因此，它的文化总是具有两个方面，一方面是激进的，以现代的方式激烈地颠覆传统，并重新组织一个新的社会；但另一方面，又是保守的，保守性主要体现在生活方式以及相应的道德规训上，这在丛深的《千万不要忘记》中，表现得淋漓尽致。

在组织的意义上,或者说在科层的意义上,工厂和军队有异曲同工之妙,都具有典型的现代性特征。因此,在1950—1960年代的相关工业化叙述中,优秀的新工人常常来自军队,转业军人几乎没有阻碍地成为优秀工人的代表,比如《百炼成钢》中的秦德贵。这并不完全是巧合。

三、工业化和岗位有关。当工业化的意义越出工厂,同时开始根据工业自身的特点,将社会组织成一个庞大而精准的机器。机器的背后,是科学,而在科学的意义上,一些准则开始逐步确立,比如,团体优先于个人。正是在工厂中,人们意识到,放任自流的个人主义将会损害机器(工业)的正常运行,因此,必须对个人权益做出某种必要的限制,这一限制既来自工厂的规章制度,也来自政治规训。

但是,工业化并没有完全驱除个人的作用,个人依然是有用的,但对个人又必须加以限制,包括空间的限制,这个限制就是岗位。每一个岗位都必须激励起工人的最大热情,完美的人物表征同样来自《千万不要忘记》,比如其中的季友良。而有关岗位,则有一个最合适的概念,即所谓的螺丝钉。这个概念完美地诠释了个人和团体的关系,也就是机器的部分和整体的关系。

但是问题并没有完全解决,以上的意义最多说明了1950—1970年代现代化的含义,这一点,没有问题。社会主义,本身就是现代的,而新中国,也正是根据现代的意义进行了重新地创造,并同时构建自己新的文化形态。但问题也正在这里,如果一切都是现代,那么中国社会主义的人文特点究竟是什么?也就是说,除了科学主义,还需不需要一种新的人文主义?这一点,文学感受尤深,毕竟,文学需要创造人物,改造人和人之间的关系。早在1959年,魏金枝就已经指出工业要跳出单纯的"机器或场景的描写","能够站在高处","专重于人物的描写……写他们心情的变化,写他们相互间的关系",等等。[1]而毛泽东在1959年就指出:"在劳动生产中人和人的关系,也是一种生产关系。在这里,例如领导人员以普通劳动者姿态出现,以平等态度对人,改进规章制度,干部参加劳动,工人参加管理,领导人员、工人和技术人员三结合,等等,有很多文章可做。"又说:"所有制方面的革命,在一定时期内是有底的……但是人们在劳动生产中的相互关系却有很多变化。"[2]显然,文学和政治都关注到了人和人之间的关系,关注到了人的主动性问题。政治的最终表现就是著名的"鞍钢宪法",但是在此之前,"鞍钢宪法"的一些主要想法,都在文学中或明或暗地得到表现。显然,面对怎样现代化或者说要什么样的现代化,文学和政治在人文的意义上

---

[1] 魏金枝,《上海十年文学选集·短篇小说选(1949—1959)》前言,上海文艺出版社,1959年。
[2] 毛泽东,《读苏联〈政治经济学(教科书)〉的谈话》,《毛泽东文集》第八卷,第135、136页。

具有某种默契。比如《百炼成钢》和《乘风破浪》等作品，都相继强调了工人突破岗位的限制，积极参与管理，而在1954年，唐克新的《古小菊和她的姊妹》已经强调了"技术公开"。因此，在1950—1970年代，围绕工业化的文学书写一直存在两个层面，一个层面就是所谓的现代性；另一个层面，用汪晖的话说，就是反现代性的现代性，通过对现代的质疑和克服，寻求一种更完美的现代性，因此，现代性一直处在一种未完成的状态之中。这两个层面一直相互缠绕，交替存在，并源源不绝地生产出自身的意义，这一意义有时甚至是相互矛盾的。而在工业文学中，这一对现代性的质疑，具体来说就是对科层制的质疑，这一质疑表现在"鞍钢宪法"之中，而"鞍钢宪法"质疑的前提正是苏联的"马钢宪法"。

"鞍钢宪法"的核心正是革命性，在1950—1970年代，革命仍然是一个潜在而活跃的因素。这一革命首先要求工人成为主人，不仅是工厂的主人，还是国家的主人，是继续革命的主体，要改革一切不合理的规章制度。这样，势必要求工人从具体的工作岗位走向国家乃至更为广阔的世界。可是在具体的实践中，这样的设想仍然有一定的困难。岗位和国家/世界的关系究竟应该怎样处理？《千万不要忘记》乃至后来的《海港》给出的回答，仍然是立足本职工作。可是立足本职工作就能承担那种宏大的政治使命吗？而如果不能承担这一政治使命，工人的主体性又如何完成？在工业化的格局中，工人实际上很难摆脱螺丝钉的规定性，可是，革命又要求个人不仅仅成为机器的一部分，而是要控制机器。这种对人的主体期待，和个人在实际的生活境遇中的职业身份，仍然有一定的裂痕。如何缝合这一裂痕，应该说，1950—1970年代的工业化叙事并没有完全成功，正是这一裂痕的存在，才可能导致1980年代城市改革文学的产生。究其原因，可能在岗位（职业）和国家（远景）之间，并没有形成一个完整而清晰的中观世界。

但是，在另一方面，也就是在生活世界中，"鞍钢宪法"又是成功的。工人和工厂的关系获得重组，而在工厂内部，人和人的关系越出了冷冰冰的科层制度。在严格的管理之外，同时获得一种德性的补充。实际上，科层制本身有一定的合理性，但并不是万能的，尤其是到了车间以及车间以下的基层，依靠的往往还是核心的技术工人和工人的责任心，即使从管理角度来看，革命时代重视基层的主动性，还是有道理的。而在这一微观世界的变化中，工厂就不仅仅是工厂，还是"单位"，在这个单位里面，理想的工厂同时还应该是一个温暖的生活世界。因此，1950—1970年代的工业文学，能够真正打动读者的，并不完全是工厂，而是工厂里面那个温暖的生活世界。工人通过对工厂的积极参与获得主体的尊严，人和人的关系里面包含一种情谊。工人和工厂构成的，是一种相互依赖的关系，这一关系，既是经济的，也是情感的。

以上的描述，是简略的，也是粗疏的，但在这一简略而又粗疏的描述中，我想说的是，这些意义，在1980年代，还需要吗？或者说，哪些需要，哪些并不需要，哪些尽管需要但又很难继续生产？

二 还是要从《乔厂长上任记》谈起

《乔厂长上任记》是个老话题，讨论1980年代的城市改革文学，严格一点说，1980年代的工业文学，都会从这篇小说入手。研究很多，也很精彩，再谈，也不会有什么新意。但是为了叙述需要，还是要从这篇小说谈起。

小说发表在《人民文学》1979年第7期，某种意义上，它和刘心武的《班主任》（1977）、卢新华的《伤痕》（1978）构成了所谓"新时期文学"的起点。实事求是地说，这个起点不算太高，但意义非凡。意义就在伤痕和改革。有伤痕，就需要反思历史，而反思历史的目的，则在于现实的改革。这里面的逻辑和当时的政治/社会的实践，是遥相呼应的。《班主任》和《伤痕》侧重前者，《乔厂长上任记》顺应了后者的需要，尽管蒋子龙婉拒了"改革文学"的称号，说："我写工业题材小说时还不知'改革'为何物，至今也搞不清'改革文学'的概念"[1]，但是，

---

[1] 参见李静，《社会主义文化与科学话语的复杂张力——蒋子龙工业题材小说综论（1975—1982）》，《中国当代文学研究》2022年第5期。

《乔厂长上任记》呼应了当时的改革需求,也是事实。所以,这篇小说甫一发表,就得到了改革派的热烈赞扬。其热烈程度,超过了蒋子龙1976年发表的《机电局长的一天》,尽管前者是后者的延续。这就是时势,时势造英雄。

《乔厂长上任记》和《机电局长的一天》之间的关系,吴俊做了先期的资料梳理[1],李静《社会主义文化与科学话语的复杂张力——蒋子龙工业题材小说综论(1975—1982)》一文则有更详细的材料补充。按照李静的描述,《乔厂长上任记》原名《老厂长的新事》,《人民文学》的编辑涂光群在复审时将其改为《乔厂长上任记》。[2] 从编辑的角度说,这个修改是成功的,更有文学色彩。但是从李静的材料梳理中,我们更能窥见这篇小说的创作肌理。

乔光朴是个"老干部",但更是个技术干部,技术干部的文学前身是《乘风破浪》里的宋紫峰。在"鞍钢宪法"的语境里,宋紫峰有点压抑,但乔光朴不是宋紫峰,他临危受命,整顿重型电机厂。"整顿"是1970年代末1980年代初的关键词,乔光朴的"新事"就是"整顿"。1970年代末,农村是逐步地"放开",企业则是"整顿",

---

[1] 参见吴俊,《环绕文学的政治博弈——〈机电局长的一天〉风波始末》,《当代作家评论》2004年第6期。
[2] 参见李静《社会主义文化与科学话语的复杂张力——蒋子龙工业题材小说综论(1975—1982)》一文。

这是不一样的。农村的放开,包含了自由,所以当时的作家更愿意写乡村,因为在农村题材中感受到了非农村题材的意义。企业的整顿,则是收缩,收缩中整顿秩序。这个秩序是经济秩序,但也隐喻了政治秩序和社会秩序,在这里面,写作者能看到什么,在后面再说。整顿,不是在1970年代末才有,而是在1975年邓小平复出就已经开始。《乔厂长上任记》不仅是《机电局长的一天》的文学延续,也是1975年的历史延伸。

所以,乔光朴的"新事"就是"整顿",在这一点上,蒋子龙说"我写工业题材小说时还不知'改革'为何物,至今也搞不清'改革文学'的概念",的确不是自谦之词。后来说,摸着石头过河,这是1980年代改革的真实写照。但是,这个整顿也是有内在逻辑的,这个逻辑就是被"鞍钢宪法"试图规训的另一面,是"一长制",是科层制的管理方式,这种管理方式被视为"科学"。所以,乔光朴不是宋紫峰。科学,在1980年代是个非常重要的概念,和启蒙有关,和知识有关,也和知识分子有关,它试图规训政治,当然,它最后变成了一种新的政治,一种新的意识形态。而在科学的机械规训下,真理(正确)同样只有一种,它所需要的,仍然是一种服从性人格。因此,理解1970年代末的改革,需要深入到1950—1970年代,许多想法实际上早就存在于那个时期的复杂结构之中。

管理科学的介入,把工厂区隔为两个阶层:管理者和被管理者。所有复杂的关系都被简化,从共同体意义上的单位还原为生产意义上的工厂。正如李海霞所说,是"一种新的科学与人性信条"[1]。

先说管理者。管理者由乔光朴、石敢和童贞构成。石敢是党委书记,"文革"前能言善辩,但在"文革"遭受批斗时不小心咬掉半截舌头,成了口齿不清的半哑巴,李静认为,"石敢被设置为'半哑巴',实则颇有深意"[2],这个"深意"可能就在于,乔光朴反对"用政治的方法管理经济",而强调"用经济的方法管理经济",这是专业主义最早在1979年的表现。这里面,有时代因素,1979年企业变革的焦点是扩大自主权,这就需要打破约束,包括政治约束,这是一种悬法之下的"例外状态"。[3]但是在文学的意义上,"党委书记"历来难写,包括1950—1970年代的工业题材小说,比如《百炼成钢》中的梁景春和《乘风破浪》里的唐绍周,等等。党委书记连接着两个世界:政治世界和生活世界,承担的是双重使命,对管理者施以(政治/道德)规训,对被管理者给予(思想/生活)关心。对于党委书记的形象,比如梁

---

[1] 李海霞,《新的科学与人性信条的诞生——对新时期改革文学的再认识》,《文学评论》2010年第6期。
[2] 李静,《社会主义文化与科学话语的复杂张力——蒋子龙工业题材小说综论(1975—1982)》。
[3] 张帆,《从"机电局长"到"乔厂长"——蒋子龙与改革初期的文化政治》,《东方学刊》2020年第3期。

景春，一方面，专业评论家认为"单薄"，但另一方面，工人读者却"感到亲切"。[1] 而工人的这种情感活动在《乔厂长上任记》里是被压抑的，一直到《赤橙黄绿青蓝紫》中才再度复活。当然，如果两个世界存在裂痕，党委书记的角色就会相对模糊。这个难题并不仅仅存在于工业题材的小说中，其他题材领域的文学亦如是。而在专业主义的影响下，1980年代的"改革文学"要求政治退出管理，也相对构成一种态势。石敢的难写，难就难在，怎样规训乔光朴，乔光朴还需要规训吗？至于关心，当工人成为被管理者，怎样关心？关心和科层制又是怎样一种关系？所以，石敢的形象是模糊的，模糊才有意思。

乔光朴和童贞曾是恋人，这样的关系，想说明什么呢？也许作者并不想说明什么，这样写起来可能更顺手。童贞是工程师，是改革需要依靠的对象，但也必须配合乔光朴。乔光朴需要的，是贤内助，这是改革文学理想的权力—专业—管理的关系。这样的写法并不讨好。1980年代需要的，可能相反，是专业—权力—管理，这比较符合启蒙主义的精神。

形象鲜明的是乔光朴，说他是铁腕人物，也可以。乔光朴是改革者，他要重建电机厂的秩序，就需要颠覆机器厂原来的秩序，这就有点"战时"的味道。而乔光朴身上，也有点军人气质。只有"战时"，才可能悬法，

---

[1] 参见蔡翔，《革命/叙述》，第318页。

才可能通过"例外",进入新的常规状态。因此,他需要他人的服从,既需要石敢的配合,也需要童贞的配合。

1973年,通过批判的方式,苏联的"改革"戏剧,比如伊·德沃列茨基的《外来人》,进入中国读者的视野。任犊、奚文熙在《"外来人"带来的是什么》一文中,不仅附录了《外来人》的剧情梗概,同时指出"切什可夫的'科学管理'方法却强调'纪律',他要求'很快摧毁'涅列什的'相互间像一家人的宽容态度'"[1]。1980年代,已经有研究者注意到《乔厂长上任记》和《外来人》的关系,比如无为的《乔厂长与外来人——〈乔厂长上任记〉与〈外来人〉的比较研究》就注意到了"两部作品有许多惊人的相似之处"。[2]当然,乔光朴不是切什可夫,也不是"外来人",但是他离开电机厂已经很长一段时间,这样的时间设计,也不是没有深意。乔光朴重新回来,对电机厂已经有点陌生了,陌生才好办事。这里有历史因素。单位制包含了终身制,三十年下来,工厂已经变成熟人社会,不仅有亲情,还有血缘关系。《千万不要忘记》中,丁海宽和丁少纯就是父子关系,此外还有夫妻关系、兄妹关系,等等。工厂变成一个共同体,一个熟人小社会,乔光朴要做的,就是把这个熟

---

[1] 任犊、奚文熙,《"外来人"带来的是什么》,《学习与批判》1973年第4期。
[2] 无为,《乔厂长与外来人——〈乔厂长上任记〉与〈外来人〉的比较研究》,《外国文学研究》1984年第4期。

人社会重新变成陌生人社会，只有在陌生人社会中，科层制才能畅通无阻，这就需要管理科学的介入，科学本身就意味着一种服从。所以，《乔厂长上任记》和《外来人》有某种巧合，是因为他们面临的，是同一个困境。

说到苏联，张帆有自己的观察："一九五七年，乔光朴在苏联学习的最后一年，到列宁格勒电力工厂担任助理厂长。"结合小说中乔光朴的管理模式，张帆详细讨论了乔光朴的"一长制"和苏联"马钢宪法"的关系，以及"马钢宪法"和泰勒制形式上的亲缘关系。[1]

1970年代末，中国的改革资源实际上是相对匮乏的，在乡村，征用的是小农业的思想/情感记忆；而在城市，能够借鉴的，大概也就是苏联/东欧社会主义国家的改革经验。这是当时的现实状况。

管理科学的介入，同时生产出了被管理阶层。这种管理，在某种程度上，的确降低了管理成本，同时也简化了人际关系。在这种简化的过程中，工人被还原成"做工的人"，原来附着于工人身上的各种身份也随之消失。同时，严格的科层制管理要求的是一种服从型人格的确立。这是一种单向的垂直性关系。

但是，为什么要对工人进行这种严格的管理，小说

---

[1] 详见张帆，《从"机电局长"到"乔厂长"——蒋子龙与改革初期的文化政治》。

必须给出理由,这就是青年工人杜兵的形象缘由。[1]这里面,有实际存在的因素。杜兵的形象,可以追溯到《千万不要忘记》里的丁少纯。这些青年工人已经不同于老一代的工人,老工人的主人意识来自强烈的翻身感,这一点,新工人是缺乏的。他们身上多的是不安分,是青春期的叛逆,这种性格特征和大工业,尤其是科层制的管理模式,有一种内在的格格不入。而如何规训这一新出现的青年群体,实际上在1960年代,已经成为文/艺想要表达的主题,比如《家庭问题》《千万不要忘记》《年青的一代》,等等。而《乔厂长上任记》里的杜兵,建立在1960年代规训失败的基础上。因此,乔光朴重新启用科层制的管理模式,也是为了应对这一新出现的青年群体,是一种没有办法的办法。

乔光朴的管理办法,很重要的一点,是物质刺激,不能说这个办法不合理,当政治乌托邦消失之后,工人实际的生活状况就会凸显出来。所以,物质刺激,工人是欢迎的。至于"绩效社会",虽然是后来的事情,但是,这里面却有着逻辑关系,很多事情,是不以人的主观意愿为转移的。蒋子龙后来说:"1983年,城市改革逐渐起步,大工业的改革不同于农村的分田到户。我所熟悉的工厂生活会变成什么样子?无法预测。没有把握,

---

[1] 对杜兵的详细分析,参见石岸书,《"群众"的再想象与改革寓言的生成——重述乔厂长的故事》,《文艺理论与批评》2022年第1期。

没有自信。"[1]但是，1979年的整顿启动了改革的逻辑，至于逻辑的发展和演变，则需要社会多种因素（时间/空间）的参与，时也，势也，这又的确是蒋子龙"无法预测"的。

杜兵的对照，是德国西门子公司的青年工人台尔，这个设置倒是意味着一个新的时代的开始。德国工人身上具有的"螺丝钉"精神，季友良都有。可是，为什么不是季友良呢？季友良意味着一种规训，这种规训来自理想，也来自政治，来自意识形态。问题在于，用物质刺激作为管理的重要手段，就必须排除所有非管理的因素；更深的原因可能在于，当经济回归经济本身，政治的宏大叙事也因此解体。当工人成为单纯"做工的人"，工业题材本身就很难继续生产非工业的意义。因此，台尔的工作/生活状况就成为管理科学下最好的工人状态，"他的特点就是专、精。下班会玩，玩起来胆子大得很；上班会干，真能干；工作态度也很好"。这种状态本身也意味着工厂成为一种单纯的生产空间。

不能说乔光朴的管理没有效果，政治的因素被剔除干净，在所有制不变的情况下，大概也只能如此。但是，所谓工业题材，能够生产的文学意义也就相对有限，工业文学转化成生产文学、管理文学。1980年代初，所谓

---

[1] 蒋子龙，《"重返工业题材"杂忆——答陈国凯》，《蒋子龙文学回忆录》，第59页，广东人民出版社，2017年。

"铁腕人物"指向权威,也指向秩序的重建,所以,它能生产出当时需要的"改革"意义。但是,当这种意义试图向其他领域蔓延时,就会受到质疑。其实,当时就有论者指出乔厂长改革措施的滞后性:"他致力于变革的目标,是恢复与重建'一长制'模式。它之所以被人们接受,是因为它本身固有的毛病还没有显露。"而"那些经验在产生它的母国也早已陈旧了"。[1]另有学者从管理学演变的角度做了更为明确的表述:"乔厂长治厂,靠的是规章制度,办法是惩罚",但"它同现代管理科学之间,还有很大的距离","多少接近于目前已被西方大多数企业管理者放弃的X理论。这种理论的主要缺陷,就是忽视人的因素,忽视人的积极性的发挥"。[2]更激进的批评来自三十年后的经济学家。厉以宁认为乔光朴"是一个改革者的悲剧。因为扩大企业自主权的改革是治标不治本的,并不足以使国有经济单位成为真正的企业,所以不能从根本上改善企业经营。也正因为如此,国营企业的改革在八十年代初期陷入了困境"。[3]厉以宁的批评暗示了1980年代的命运,它打开了1990年代的大门,但又必将被后来的历史所否定。

更激进的批评,针对的不是《乔厂长上任记》,而是

---

[1] 吴亮,《变革者面临的新任务》,《上海文学》1981年第2期。
[2] 鲁和光,《谈现代管理科学——从两本小说讲起》,《读书》1983年第1期。
[3] 厉以宁、马国川,《股份制是过去三十年中最成功的改革之一(上)——厉以宁谈股份制》,《读书》2008年第5期。

柯云路的《新星》，当"铁腕人物"进入政治领域，就会受到启蒙精神的质疑，这种质疑的背后，是政治的现代化，也是"法治"对"人治"的警惕。

《乔厂长上任记》并不代表蒋子龙对工业改革的复杂思考，实际上，真正有力的反思恰恰来自作家本人，这就是蒋子龙发表在《当代》1981年第4期上的《赤橙黄绿青蓝紫》。

三　新工人怎么管理

在蒋子龙的小说中，我比较喜欢《赤橙黄绿青蓝紫》。四十年前，我写过一篇文章，题目就叫《什么是刘思佳性格》。四十年过去了，重新讨论这篇小说，觉得还是应该把它和《乔厂长上任记》放在一起进行对读。

这个对读的意义在于，《赤橙黄绿青蓝紫》是对《乔厂长上任记》的引用、改写甚至解构。只有在这种引用、改写甚至解构中，蒋子龙思想的复杂性，包括对工业改革的许多想法，才能淋漓尽致地表达出来。这些想法，坦率来说，有许多和《乔厂长上任记》很不一样。这个不一样，就是乔光朴式的"科学管理"和工人之间产生了矛盾。

先说小说表现的空间。

故事的背景是第五钢铁厂的汽车运输队。选择这个叙事空间，作家应该有自己的考虑。一个大型企业的汽车运输队，不同于工厂的其他部门，比如车间。这个地方比较特殊，第一是流动性强；第二是比较散漫；第三，也是最重要的，就是人的主动性强。这样一个地方，天生就和科层制的管理格格不入。蒋子龙选择这个题材，对自己是个挑战，也是对《乔厂长上任记》的挑战，对乔光朴式"科学管理"的进一步质疑。换句话说，是对科层制进入基层的怀疑。因此，第五钢铁厂的汽车运输队又不仅仅是一个特殊的地方，它所呈现的，是一个真实的基层，这个基层由普通工人构成。如果说，《乔厂长上任记》讲的是一个工厂的故事，那么，《赤橙黄绿青蓝紫》则想讲一个工人的故事。

《赤橙黄绿青蓝紫》的故事有一个引子，这个引子是一个"事件"，刘思佳卖煎饼。小说写1980年代第一个春天的早晨，第五钢铁厂门前一派热闹景象。叫卖农产品的小商贩包围着这个生产钢铁的国营企业，而围墙内却高炉吃不饱，生产萧条。但是这一天的买卖却全被钢铁厂运输队的司机刘思佳和何顺抢去了。他俩合伙卖煎饼，招惹了厂里一大堆人看热闹。上班后，党委书记祝同康接到好几个电话，全是车间支部书记们询问党委对刘思佳卖煎饼的态度，报告职工对此事的反应。

这个开头，有些意思很隐晦。

高炉吃不饱，是原材料的来源出了问题。原材料有问题，生产就会萧条，生产萧条，经济效益就会下降，生产效益下降，工人的收入也会随之出现问题。第五钢铁厂的问题，已经不仅仅是问题，而是问题链，这个问题链反过来也说明，工业，尤其是重工业，并不是一个工厂的问题，而是关乎整个国家的经济运行，包括经济体制。这种写法，和《乔厂长上任记》有关系，但不是和乔光朴有关系，而是和郗望北有关系。郗望北认为乔光朴"不了解人的关系的变化"，是给乔光朴改革浇的一盆凉水。《乔厂长上任记》压抑了这个问题，也只能压抑这个问题，否则叙事就没办法进行。但问题并没有消失。1981年，这个问题成为《赤橙黄绿青蓝紫》的开头。1980年代的文学，有一个特点，反思性特别强，这个反思不仅仅指向外在的社会和历史，也意味着自我的反思。所以，一个主题刚刚确立，就会迅即被另一个主题所质疑，这是1980年代文学"创新"的一个重要来源。

所以，《赤橙黄绿青蓝紫》建立在《乔厂长上任记》改革的基础上，是对乔光朴"科学管理"的质疑和反思。因此，这个开头隐含的另一个隐晦的意思是，乔光朴不见了。所谓的行政管理退居幕后，曾经在《乔厂长上任记》中逐渐引退的石敢，重新走向前台，这就是《赤橙黄绿青蓝紫》里的党委书记祝同康。不过，祝同康不是石敢，祝同康开始成为管理者，但是这个管理者好像也不太成功。这样的角色变化，可能意味着叙事者的某种思考，即工厂还需不需要政治，政治和行政的关系，以及如何政治，等等。应该说，小说这方面的叙述并不成功，但思考本身却很重要，重要的地方在于，人这个概念重新进入了工业题材的小说。这个人，不是抽象的人，而是活生生的，有血有肉、有思想有情感的人。

这是钢厂内部。钢厂外部却是另外一种景象。"这座五十年代建成的现代化的十里钢城，现在被一片农村经济繁荣的产物——自由市场包围着……叫卖声此起彼落，唤醒了沉睡的钢城，盖住了厂内钢铁的轰鸣。"当然，同时也扰乱了工厂的人心。1981年，"整顿"这个概念已经不怎么适合工厂，整个的社会秩序都在重构，工厂也很难例外。但何去何从，还没有成为社会的首先议题，不过，文学已经敏感地察觉到工业题材的尴尬处境。

《赤橙黄绿青蓝紫》和《乔厂长上任记》的视角不一样。《乔厂长上任记》的视角是从上往下看，《赤橙黄绿青蓝紫》的视角是由下往上看，视角不一样，看到的东西也不一样。

刘思佳卖煎饼，是小说的核心事件，是工人内部的事情。这些事情，祝同康看不到，乔光朴也看不到，但是事情却很简单。"孙大头的老婆从农村来治病，一住就是半年，已经确诊是胃癌，没有几天熬头了。大头为老婆治病拉了一屁股账，老家还有四个孩子……"孙大头也是汽车运输队的职工，是刘思佳的工友。不过，这个事情好像大家并不怎样清楚，起码何顺就不太知道。

孙大头不说，应该是他要面子，说得学术点，是尊严，工人也有尊严。不管怎么说，同情是好的，但同情里面，多少也有点优越感。何况，在同情的语境里，被同情者实际上也会自卑，穷人也有自尊。所以，在中国革命史的语境中，同情始终不曾占据最重要的位置，强调的是社会整体的变革，这里面，是有考量的。被管理者如此复杂的心理，所谓管理科学实际上很难察觉。

那么，管理者的态度是怎样的呢？孙大头打过报告，有困难找单位，这是习惯。1980年代，传统社会主义的体制惯性还在，这个惯性实际上还在影响一般民众的生活态度。但是在现代管理制度下，"找单位"好像也不那么容易了，"上个月写了申请，请求补助二十元，一级一级地审批，最后只给了十五元。这个月再写申请还能再补给他吗？"。当然，工厂也有困难，"厂里连买手套、买肥皂的钱都没有了，这个月的工资到现在还没有着落呢，靠厂子靠得住吗？厂长们还顾得过他来？"。这里面有工人对工厂的理解，也有管理者和被管理者的分层。工人对工厂的理解，延续了"单位"的共同体精神，管理者和被管理者的分层则开始解构这一共同体。1980年代，两者还勉强统一在一起，而在1990年代，比如谈歌的《大厂》试图重新恢复这一共同体精神时，却遭遇了重重困难。

这就是刘思佳卖煎饼的原因，祝同康不知道，刘思佳也不会说。后面，是1980年代的"三信危机"，对刘思佳们来说，就是所谓的"信任危机"。

乔光朴努力做的，是要把电机厂的"熟人社会"转化成"陌生人社会"，这样，科层制的管理模式才可能顺利实施。而刘思佳卖煎饼,则意味着他们要把这一科层制重新变成一个共同体模式。对工人来说,他们本来就生活在熟人社会中,想要他们装成"陌生人",是困难的。这一点,乔光朴是想不到的,但蒋子龙是明白的。所以,被乔光朴的叙述所压抑的东西,在刘思佳这里,又重新复活了。在1980年代的作家中,蒋子龙是最懂工厂,也最懂工人的,既知道上面的难处,也明白下面工人实际的情况。

小说的叙述焦点是刘思佳。刘思佳是当代青年,这个青年不同于以往,来源于1960年代,有想法,独立性强,桀骜不驯,说白点,不服管。但刘思佳不是何顺,而是有抱负也有理想的青年,只是时运不济,有点落难公子的味道。刘思佳这样的人,已经超越了所谓工业题材,在1980年代,相当典型,比如《人生》里的高加林。这些青年,属于同一个谱系。既有的管理体系很难容纳他们,根子上,他们不是"工具人"。他们需要的,是一个广阔天地,可以大显身手,但是1980年代还很难给他们提供这样一个空间。不要说1980年代,越往后,越难。《人生》把这类人物的命运推到极致。推到极致,就成了悲剧。刘思佳不是高加林,他已经从农村来到城市,他的命运也不像高加林那样跌宕起伏。但越是这样,刘思佳给人的感觉,就越是压抑。蒋子龙本意是想通过刘思佳这个人物写出1980年代的青年问题,这也意味着,1980年代还有一个愿望,希望在管理之外,有另一种更好的凝聚人心的方法。所以,重要的可能既不是乔光朴,也不是刘思佳,而是在乔光朴和刘思佳之间留下的空白。这个空白是什么,说不清。这个说不清,就是1980年代。

刘思佳这样的人,是一个天然的工人领袖。他有号召力,这个号召力和他的人格魅力有关,和他急公好义的性格有关。当然,也和他的技术有关,在工厂,一个技术好的工人,容易在人群中建立威信。

面对刘思佳,管理和政治都遇到了困难。

管理科学需要做的,是把劳动者转化为劳动力。[1]但是刘思佳不愿意成为这样一种劳动力,他渴望一种更有意义的生活。什么是意义?小说一直在努力地描述,但又好像说不清。勉强说,刘思佳的生活意义,还是和工厂联系在一起,对他来说,工厂应该是一个意义世界,而不是单纯的生产空间。所以他一直在操心,既操心工友的生活,也操心工厂的问题。因此,小说设计了一个细节,就是所谓的八卦图。这个八卦图,如果在"鞍钢宪法"的语境里,就是所谓的合理化建议。艾芜《百炼成钢》就有这样的细节描写。"鞍钢宪法"的理论基础是,工人不仅是工厂的员工,还是工厂的主人,工人和工厂,构成的是一种命运共同体的关系。刘思佳想恢复这种关系,但好像有点困难,所以他把八卦图扔在地

---

[1] 黄平,《〈机电局长的一天〉〈乔厂长上任记〉与新时期的"管理"问题——再论新时期文学的起源》,《当代作家评论》2016年第5期。

上,把自己的建议托付命运。"鞍钢宪法"里,有一种制度设想,就是所谓的"三结合",但是,这一制度设想的实行,在乔光朴式的管理构架中,大概有一定困难。在专业主义刚刚兴起的1980年代,想要实行这一制度设想,有困难。更何况刚刚过去的时代,阴影还在。

而政治规训好像对刘思佳也没有什么很大的作用。

党委书记祝同康,高高在上,办法不多,但问题还不在这里,而是祝同康本身也官僚化了。政治本来承担的职能之一,是规训科层制,以弥补科层制本身带来的官僚化问题,但是,如果祝同康也成为这一官僚系统的成员,那么,他和乔光朴式的管理的差异又在哪里?而且,当政治也成为管理,它的特点又在哪里?从小说来看,祝同康的管理也是依靠层层上报,这是现代化的大企业对政治系统的一个极大挑战。比较有特点的是解静。

解静,"文革"中成长起来的干部,"文革"后受到批评,一度消沉,主动要求到汽车运输队。蒋子龙对这类人物似乎有点感慨,比如《乔厂长上任记》里的郗望北。解静刚到运输队,很不习惯,这也说明,无论行政,还是政治,管理者和被管理者脱钩已久。解静为了融入运输队,学会了抽烟喝酒。不过,刘思佳对此不以为然。他觉得解静真正应该做的,是说话:"你是搞政治的还不懂这个?做人的力量就在说话里边……"可是对解静来说,真正的困难正是说话。这个困难,蒋子龙是明白的,所以,在《乔厂长上任记》里,他把石敢设计成"半哑巴",从一个最会说话的人,变成不能说话的人,这里面,有深意。

解静能说什么呢?老话变成了空话、套话和假话,她不能说,也不愿说。那么新话又是什么呢?她不知道,刘思佳实际上也不知道。这是1980年代政治表达的困难。这个困难,也蔓延在文学中,叙述推动故事,而不是对话推动故事,更不用说重新征用"辩论"的叙事方式。但解静也不是一无是处,她融入了运输队这个新的集体,重新获得了工人的信任。1980年代,信任的重建,变得困难重重。

无论是解静,还是刘思佳,身上有一种可贵的品质,就是忠诚,对人、对国家和对工厂的忠诚,所以,写作者设计了"救火"这一细节。忠诚是1980年代非常需要的意义,可是,1980年代能够持续生产这一意义吗?忠诚需要认同,可是刘思佳能够认同什么呢?忠诚必须超越自我,可是1980年代能够超越自我吗?当整个社会都在向自我回归,那么对自我的超越依靠什么?当然,1980年代并没有放弃忠诚这个概念,比如王蒙的《布礼》,依靠的是重建信仰;再比如张承志,始终忠诚于人民这个概念,但并没有成为那一时代的文学主流。

而在刘思佳,具体地说,钢铁厂的官僚系统,能够持续地生产"忠诚"这一意义吗?

刘思佳有刘思佳的苦闷,刘思佳的痛苦在于他有劲无处使。他并不满足于眼前的生活,骨子里也瞧不上何顺这样浑浑噩噩的人。当时,工厂里颇多刘思佳这样的人,有能力,但也心高气傲,这是体制的"剩余物"。体制很难解决,尤其是管理科学支配下的体制,但这样的人又必须是体制所要面对的人物,这个问题解决不好,体制就会日渐丧失活力。而1980年代的另一个问题,就是基层积累了很多人才,这些人才需要出路,所以,那个时代流行龚自珍的一首诗:"我劝天公重抖擞,不拘一格降人才。"

但是祝同康有自己的无奈,管理者也出现了问题,典型如运输队的队长,"老奸巨猾,保命、保官、保权,成事不足,败事有余。除去一身官场习气,别无所长"。而他自己呢?按照刘思佳的说法:"党委书记吧,谁也不能说他是坏人,可他到底是了解人,还是了解工厂?"不了解工厂,容易,外行变内行不是没有。不了解人,就成了大问题。可是,1980年代的人是什么呢?又该怎样了解?这些事情,说起来容易,做起来难。所以,《赤橙黄绿青蓝紫》的重点,只能是刘思佳,而不是祝同康。

蒋子龙的本意,也是要写当代青年。应该说,这个目的,是达到了。写工厂里的青年工人的,当时不多,但也有,比如郑万隆的"当代青年三部曲",等等。1980年代的社会问题,核心之一,就是青年。青年的问题,有生计的苦恼,也有思想的苦闷。思想的苦闷很复杂,源头之一,就是所谓的"潘晓来信"。这方面的研究已经很多,无须饶舌。

1979年,蒋子龙写《乔厂长上任记》,还很乐观,乐观的原因无非两点,一是科学管理,二是物质刺激。改革的目的就是提高效率。这种写法后来成为"改革文学"的典范,比如张洁《沉重的翅膀》、李国文《花园街五号》、柯云路《三千万》,等等,讲的,都是效率。所以,尽管"沉重",沉重里毕竟还有希望。但是到了《赤橙黄绿青蓝紫》,骨子里,却是悲观。悲观的原因,是"青年"进入了写作领域。当然,还有其他因素,比如性别,后来,就有了张洁的《方舟》,也有了张辛欣的《在同一地平线上》。这些,都不是"管理",也不是"物质"所能解决的。这些问题的出现,都要求文学突破题材的限制,寻求一种更为广阔的表现空间以及相应的表现形式。比如像刘思佳这样的人,既可能出现在工厂,也可能出现在乡村。所以,文学革命,根子还在社会。

从《乔厂长上任记》到《赤橙黄绿青蓝紫》,只有三年,这个三年发生了什么,不仅是社会史要研究,也是文学史需要关心的问题。

蒋子龙当时曾有这样的描述:"国家政治生活的动向发生了变化,许多概念都不一样了。有些口号依旧,其内涵也有了根本性的改变。宪法改变了,婚姻法也改变了……社会政治生活的现状改变了,群众的舆论改变了,人们的兴趣和追求也发生了变化。新的憧憬与旧的习俗发生了冲突。新的观念与传统的道德发生了抗争。新生活要破坏旧生活的轨道。有人积极去适应新的观念,有人则更喜欢旧的秩序。爱情、婚姻、家庭、道德、法律等观念都在有所改变,生活处在一个十字路口,人们的精神世界,也处在一个十字路口。"[1]

当然,《赤橙黄绿青蓝紫》写的还是工厂,属于工业题材范畴。这个时候的工厂,不同于《乔厂长上任记》里的工厂。不是整顿不彻底,而是整顿出现了新问题。这个时候的工厂,摇摇晃晃,要么回到1950—1970年代,显然,这不可能;要么市场化,但是,1980年代,市场化还未开始。

对于工业题材的文学来说,这时候的困难则在于,这一题材领域还能继续生产什么样的意义。像乔光朴这样的铁腕人物,集权力于一身,一旦延伸到其他领域,就会受到质疑,比如柯云路《新星》里的李向南。而刘思佳这样的人物,在另外的题材中,甚至能得到更好的表现,比如路遥的《人生》。因此,工业题材的意义,是被时代限制的,并不是文学想要怎样就能怎样的。

这样,工业题材越来越难写,尽管还有作家在坚持,比如天津的肖克帆,但有影响的作品愈来愈鲜见。当然,也有例外,比如煤矿题材,有影响的作家有周梅森、刘庆邦、谢友鄞等,但这些作品很多指向的,是劳动的

---

[1] 蒋子龙,《谁的心里不鸣奏着生活的交响曲》,《中篇小说选刊》1983年第2期。

异化，异化和自由相关，而自由则是1980年代最重要的概念。

所以，1980年代，一方面是社会的再工业化，比如社办企业的崛起，这里面，当然有作家所熟悉的，但另一方面，则是文学的去工业化趋势，工业化题材日渐枯萎。可是，离开工业化，现代化还剩下什么呢？

四　那么科学呢？

1982年，徐迟发表《现代化与现代派》一文，加入了当时的"现代派"论争。里面有段话比较有意思："我们将实现社会主义的四个现代化，并且到时候将出现我们现代派思想感情的文学艺术。"[1]在徐迟的表述中，现代化与现代派构成了一种逻辑关系。徐迟对于现代派的真实想法，这里暂且不论，但在徐迟的表述中，我们能感觉到的是，1980年代初期，现代化仍然具有一种总体性的力量，并实际整合着社会和文化。

那么，什么是现代化？按照官方的正式表述，是四个现代化，即工业现代化、农业现代化、国防现代化、科学技术现代化。可是，当这四个现代化进入文学领域，叙述上则表现不同。

工业题材已如上所说，遭遇了意义生产的困难。农

---

[1] 徐迟，《现代化与现代派》，《外国文学研究》1982年第1期。

业，当社会实际进入小农经济时代，现代化怎么叙述？1950—1970年代，现代化仍然是农业愿景，因此，"农技员"的形象不时在文学中出现。[1]可是这个形象在1980年代的小说中基本隐匿。国防，也就是军事题材，由于1980年代"安全"问题逐渐淡化，现代化好像也并不怎么被这一题材领域的叙述所重视。剩下的，就是科学技术的现代化了。

科学技术和知识分子有关，而知识分子题材，始终是1980年代最热衷的表现领域之一。这个领域的表述也有变化。从刘心武的《班主任》，到谌容的《人到中年》，讲的是知识的重要性以及知识分子的忍辱负重；而"反思文学"中知识分子的惨痛遭遇，更是得到全社会的同情，它成功地把中国当代史转化为中国知识分子史。这里面不乏深刻之处，揭示出的，是革命史错误的一面。其惨痛教训，不可不为后世铭记。而值得注意的，是王蒙的《春之声》，在这篇小说中，"世界"这个概念开始进入文学。

《春之声》并不是没有故事："这个小故事可以概括如下：一个探亲过年回家乡的科研干部，坐在一辆条件恶劣的闷罐子车里，本来有些不快，但没想到在闷罐车中还有人放录音机、学德语，这又使他快活起来。"[2]这

---

[1] 李哲，《伦理世界的技术魅影——以〈创业史〉中的"农技员"形象为中心》，《上海大学学报》2018年第4期。
[2] 王蒙，《关于〈春之声〉的通信》，《小说选刊》1980年第1期。

个故事的素材来自王蒙的亲身经历,"不同的是我不是科研人员,我父亲也不是地主,其次,我听到的录音不是德语也不是约翰·斯特劳斯的'春之声'"。那么,为什么要进行这样的虚构呢?王蒙对此做了非常详细的解释:"我主要采取了两方面的措施。一方面,我改动了小说主人公和录音机的主人的身份和其他有关状况。请主人公担任科研工作,又刚刚出国考察归来,这样,才能加强'闷罐子车'给人的落后感、差距感,这种感觉的抒发不是为了消极失望,而是为了积极赶上去。我又加上了主人公的家庭出身、童年、曾有过的'没完没了的检讨'等描写,这样不仅有了横的、空间的对比(例如,欧洲先进国家与我国、北京与西北小县镇的对比),而且有了纵的、历史的对比,有了历史感,也就有了时代感。这种历史感既回顾我们已经取得的进展和成就以增加信心,也痛心地记取我们走过的弯路,表达我们再不要重蹈覆辙的愿望,更表达我们珍惜已有的拨乱反正的成果,一定要把四化事业搞上去的决心。至于录音机的主人,写得虚一些,这样也许比写实了更真切也更耐人寻味一些,我又把录音机的主人从男人改成一个抱小孩的女人,这样,就增加了色彩,也强调了大家都在为四化而抢时间努力学习的热劲。"虚构生产意义,但虚构可以有不同的选项,比如,主人公可以是王蒙式的文人,也可以是考察归国的科研干部,当然,也可以是催讨债务的郗望北式的人物,录音机的主人也可能是长发披肩的青年,那可能更真实。所以，虚构和写作者的"观念"有关，并不是随心所欲的。而王蒙如此虚构，有自己的想法："几个歌曲和乐曲，当然是为了'歌德'，歌唱我们生活中的转机。最后我写道：'如今，我们生活的每一个角落都充满着转机，都是有趣的、充满希望的和不应忘怀的……'这就是小说的主题思想所在。"[1]

所以，《春之声》尽管借鉴了"意识流"的写法，但主题是明确的，逻辑也很清晰。王蒙自己也承认，"我不必否认我从某些现代派小说包括意识流小说中所得到的启发"，但是，"我写的，确实与某些西方意识流手法所表现的那种朦胧、神秘、孤独、绝望甚至带有卑劣的兽性味道的纯内向的潜意识完全不同"。[2]这是对的，"绝望"这个概念并不是1980年代早期所要表现的对象，这个时候，多的，还是希望，而希望来自"现代化"的召唤。

小说主人公经过这样的身份置换后，"世界"才可能就此呈现。岳之峰的出国考察，核心是"震撼"。如果我们考察1980年代这些作家的出国游记，可以感觉到这类"震撼"的存在。而在这一"震撼"中，世界的概念发生了语意的变化，更多指代的是"欧洲先进国家"，"第三世界"的意义开始淡化；而在这一世界面前，岳之峰深刻感觉到自己国家的"落后"，但是，落后导致的，不是

---

[1] 王蒙，《关于〈春之声〉的通信》。
[2] 同上。

"挨打"，而是"贫穷"。这是非常重要的变化。"挨打"是1950—1970年代焦虑的核心问题之一，在这一焦虑中，"挨打"和"安全"联系在一起，并以此组织各种叙事。而在《春之声》中，和"落后"紧密联系的，却是"贫穷"。只有在这样的联系中，"富裕"才可能真正获得它的现代意义。也就是说，这一富裕从《乡场上》的小农经济和《芙蓉镇》的小商业模式，上升到国家层面，也就此引进了现代化的概念。改革和开放，在《春之声》中获得了真正的统一。而这一统一，只有在国家层面的叙事中，才可能完成。

在1980年代前期，"现代化"首先意味着富裕，然后指向制度的改革，所以《芙蓉镇》的结尾才会把小商业模式和现代化捆绑在一起，"山镇上的人们啊，不晓得'四个现代化'具体为何物，但已经从切身的利益上，开始品尝到了甜头"。这是中国真正的改革史，通过对小生产者生活理想的征用，推动改革的进展，然后又陆续将其纳入现代化的宏大叙事之中。所以，《春之声》采用了"闲谈"的叙事方式，通过对"闲谈"的听，论证了改革的正当性。当然，能够听到什么，这是经过叙事者过滤了的，过滤了什么，留下了什么，是为写作者支配的。那几年，王蒙整体上是乐观的，这个乐观，也是1980年代前期的整体特点。所以，那个时候，王蒙很喜欢用"转机"这个词，不仅《春之声》表现了"我们生活的每一个角落都充满着转机"，而且，还用"转机"这个概念评论高晓声的《陈奂生上城》:"《夜的眼》还有一个主题,这也是我在最近才明确的,就是写了我们生活中的转机。高晓声同志的《陈奂生上城》的主题现在正在争论不休。如果我来说,和他的本意也可能不尽相同,他是写了生活的转机。所谓'转机',充满了艰辛,充满着历史的负担,但又开始有了新的东西,大有希望。"[1]所以,王蒙把《春之声》看成是"一篇真正'歌德'的小说"[2]。当然,也有评论家对王蒙的这种乐观颇有微词,认为他在"幽默诙谐的外貌下,回避自己感受到的更尖锐的问题……"不过,王蒙并不同意,而是认为自己真正"成熟"了。这就是王蒙和晓立(李子云)有关"少共"精神的争论。[3]也正是在这篇通信中,王蒙为自己"成熟"的辩护理由是"懂得了羊腿的价值","生产的发展,生活的提高,靠的不是惊人的高论或一时的热血沸腾,而是持久的、耐心的、点滴的工作"。这是1980年代最早的关于革命和后革命的讨论。

所谓转机,无非指历史的转折带来了新的机遇,这样,在叙事中就会相应加入时间的因素,这个因素,就是对历史的反思。这个反思,按照王蒙的说法,就是"纵的、历史的对比……这种历史感既回顾我们已经取

---

[1] 王蒙,《在探索的道路上》,王蒙等著,《〈夜的眼〉及其他》,第223页,花城出版社,1981年。
[2] 王蒙,《关于〈春之声〉的通信》。
[3] 晓立、王蒙,《关于创作的通信》,《文学评论》1980年第6期。

得的进展和成就以增加信心,也痛心地记取我们走过的弯路"。

在这样的反思中,王蒙的时间脉络是清晰的,也是理性的,的确不同于现代主义的非理性或者潜意识(参照伍尔芙《墙上的斑点》)。这条历史线索可以大致勾画如下:华北的小山村—铁匠铺—北平—学生运动—没完没了的检讨—法兰克福—喷气式飞机—闷罐子火车。这样的叙述想说明什么呢?重点是走过的"弯路",这个"弯路"既是没完没了的检讨,也是无休无止的革命。可是,这里面有个问题,在王蒙的历史反思中,"林震"(《组织部来了个年轻人》)的位置该怎样安放?这就是晓立对"少共"精神的留恋。而王蒙则坚持"成熟",告别"小林",那么,"刘世吾"是成熟的吗?遗憾的是,这场讨论没有持续下去,它涉及太多的问题。

这并不是晓立和王蒙的问题,而是1980年代的问题。1980年代并没有给这些问题留下太多的讨论空间。1980年代关心的,是现代化。

所以,《春之声》虽然难懂[1],但是非常符合1980年代的主流精神,也就是王蒙所说的"天心民意"。现代化重新规划了历史发展的路线图,而在这样的规划中,所谓的弯路也清晰可见。革命的目的被重新提炼出来,就是现代化,是富裕,而现代化和富裕都需要开放。文学家

---

[1] 参见王蒙,《关于〈春之声〉的通信》。

的思考，远远领先于后来理论家概括的"吃饭哲学"。

现代化从来都是中国革命的题中之义，辩论的焦点，却是怎样现代化以及什么样的现代化，这意味着不同的历史进路。当历史被视为"弯路"，那么，必然有一条更为正确的道路。1980年代的反思，有其深刻之处，历史的教训实实在在地放在那儿。可是在现代化的总体性之中，如何重新结构人和人的关系，则是一个更为重要也更为困难的叙事主题。

岳之峰的"震撼"，提示了1980年代现代化真正的情感来源，震撼于"欧洲先进国家"的"喷气式飞机"，也震撼于"闷罐子火车"的落后。贫穷构成改革最重要的情感动力，这是1980年代极为真实的文学表现。无视这个真实，就是掩耳盗铃式的理想主义，也就是王蒙所谓的"惊人的高论"。

可是，"震撼"里面也的确包含着崇拜，这也很真实。1980年代的崇拜，首先是一种物的崇拜，大到"喷气式飞机"，小到"三洋牌录音机"，这是1980年代的"船坚炮利"。在中国现代史上，这样的物的崇拜早已有之。而物的崇拜，会导致制度崇拜，进而是意识形态崇拜，这样的逻辑，在中国现代史上，也是存在过的。可是，这一逻辑在1980年代并没有充分展开，文学家想的也没有那么复杂。文学家不是先知，我们也不是，没有人能预料历史的曲折发展，那需要多种因素的复杂介入。文学家能够把握的，是现代化这个概念能够有效地重新组织并动员整个社会的改革，而改革的目的则是发展（富裕），也就是王蒙所说的"羊腿的价值"。

但是，怎样现代化的命题也依然存在，现代化是需要落实的。重新崛起的小农经济是否能承担农业现代化的要求，依然是一个问题。那么工业现代化呢？国营企业正陷入各种各样的困境，这一困境引起一些作家的思考，比如蒋子龙。离开这些现代化的基础，王蒙"持久的、耐心的、点滴的工作"，又该怎样落实呢？

文学家能够寻找到的，是学习，这就是《春之声》中青年妇女的形象来源。在嘈杂的闷罐子火车里坚持学德语，无论这样的描写如何地生硬，但的确折射出1980年代真实的一面。联系那个时代狂热的英语热、出国热等，你就不能不承认，学习是1980年代同样重要的一个概念。这就是"师夷长技"的当代翻版。

王蒙说的"转机"是重要的，它使得1980年代生机勃勃，也使这个时代感觉到了发展的各种可能性。而现代化则是一个有效的判断概念，它可以用来判断制度的有待改善，也可以用来提高生产效率；它可以用来克服贫穷，也可以推动社会的发展。一项可能的研究是，1980年代，现代化这个概念是怎样运用的，指涉的是哪些对象，而在实际的运用中，它和现代化的本义又是否一致。但不论怎样的研究，都可能说明，在1980年代，现代化是一个有效的概念，尽管这个概念的所指在逐渐空洞化。但也唯其空洞，才可能被填注各种语意，并以此臧否社会。但另一方面，现代化和"欧洲先进国家"的紧密联系，却并不空洞，它一方面促进了1980年代的学习热情，但也开始逐渐动摇这个时代的自信。

五 作为意识形态的现代化

1980年代，尤其是它的前期，文学和现实的结合非常紧密，当然，也不一定，有些地方甚至还会出现裂痕，这些裂痕都不大，只能算是缝隙。但即使是缝隙，也给我们提供了一些讨论空间。

1980年代，最好写的是农民，因为在乡村改革中，农民获得了某种自主性，这非常符合1980年代兴起的主体性理论，所以作家和批评家都会在那里找到社会乃至自我的期许。最不好写的，是工人。1980年代，工人的自主性是什么呢？这个问题，批评家好像没有什么讨论，但作家绕不开这个问题。在1950—1970年代的工业题材的脉络中，所谓工业，主要是写工人。离开工人，工厂很难写。1980年代重新崛起的工业题材的文学，碰到的，就是这个问题。离开工人，就只能写工厂的管理，在管理者的视角下，工人一定会变成"问题工人"。蒋子龙从管理者的视角转向被管理者，对这些"问题工人"给予了足够的理解和同情，但再往下写，确实很困难。这样，在文学和现实之间，就会出现缝隙。

所以，一方面，是社会的再工业化，这个再工业化，实现了严格的管理。管理没有问题，即使是1950—1970年代，管理也很严格。只是在1980年代开始的再工业化，所谓的严格管理，导致的是工人的"劳动力"倾向，尤其是1990年代以后，对这类工厂管理进行"深描"的，不是文学，而是社会学。在社会学的"深描"之后，才是文学，比如曹征路的《那儿》。但是《那儿》接续的，是左翼文学的批判传统，这个传统不可能在1980年代复活。当然，即使在今天，曹征路也没有被所谓的文学界接纳。

另一方面，工人的"劳动力"倾向，也不可能被1980年代的文学完全认同。不被认同的原因，主要不是缺乏左翼的理论支持，而是不符合1980年代的主体性理论。一个缺乏自主性的工人形象，很难承担通向未来的重任。更何况，传统社会主义的理论惯性还在，多多少少制约着单纯的管理者视角。所以，当蒋子龙回到工人之中，就不可能无条件地支持这种所谓的"科学管理"。所以，一方面是社会的再工业化，另一方面则是文学逐步地去工业化。蒋子龙之后，我们很难看到有影响的工业题材的作家和作品，包括蒋子龙自己。

一方面，现代化作为一个总体性的概念，实际上在重新组织社会，也在重新组织文学。但是另一方面，怎样现代化？问题也随之出现。

乡村改革，固然打开了重新通向现代化的道路，但小农业的经济形态，能否承担农业现代化的使命，还是个问题。工业现代化，离开工人，这个现代化怎样描写？它一定会导致文学追问：谁的现代化？当然，这个追问不会在1980年代出现。但是追问不会停止，因为工业化一直在生产意义，问题是生产什么样的意义。最困难的仍然是，谁是主人？这个问题牵涉社会主体的选择，也是迄今为止，最为艰难的理论思考。

离开农业和工业，现代化的主要立足点自然倾向于科学和技术，这方面，既有《人到中年》《春之声》这类小说，也有《哥德巴赫猜想》《李四光》等报告文学。科学和技术，涉及的是知识分子，即使所谓"反思文学"，讲的主要也是知识分子的故事。因此，所谓春天，在文学表现中，主要还是知识分子的春天。这和知识分子在历次政治运动中的遭遇有关。但是，离开经济，知识分子有再多的想法也很难落实。所以，在实际的概念使用中，"现代化"的所指逐渐空洞化，但是作为能指反而日趋活跃，可以指向任何一种有待改革的领域。

因此，在1980年代，现代化逐渐转移到两个领域，一是政治现代化，二是人的现代化。政治现代化要求的是制度改革，这个改革强调的仍然是效率，推动的是反官僚主义（比如人浮于事）。比如柯云路的《三千万》、张洁的《沉重的翅膀》、李国文的《花园街五号》，等等，即使高行健更具现代派色彩的《车站》，内含的仍然是效率。人的现代化，则是对"干涉"的拒绝，内含着对自由的要求，比如李陀的《余光》、冯骥才的《高女人和她的矮丈夫》,等等。对"余光"的拒绝,即是对他人干涉的拒绝。这样的写作,发展出自由一脉。像这样的内涵,是否还属于现代化的范畴,事实上已经不重要,重要的是,借助于现代化这个能指,文学表达出了更为广泛的改革诉求,这个诉求从经济领域扩展到更为广阔的社会思想等领域。

但是,现代化仍然有其特定的概念内涵,即使作为一种控制性的观念,这个观念也会被现实世界所规定,这不是个人可以随意界定的。现代化是有方向的,这个方向就是"欧洲先进国家"。当"欧洲先进国家"成为一个有意义的大他者,并实际控制了我们的想象,观念会继续上升为意识形态。雷迅马将其概括为第三世界"作为意识形态的现代化",并说"在大量学术术语的背后,现代化理论核心部分的那些概念都集中在以下几个互有重叠互有关联的假设之上:(1)'传统'社会与'现代'社会互不相关,截然对立;(2)经济、政治和社会诸方面的变化是相互结合、相互依存的;(3)发展的趋势是沿着共同的、直线式的道路向建立现代国家的方向演进;(4)发展中社会的进步能够通过与发达社会的交往而显著地加速"[1]。对于1980年代来说,雷迅马概括的第(3)、(4)点可能尤为重要。

---

[1] 雷迅马,《作为意识形态的现代化——社会科学与美国对第三世界政策》,第6页,牛可译,中央编译出版社,2003年。

现代化作为一种意识形态，势必倒逼经济变革，所谓工业现代化，也会从单纯的管理制度进入所有制的改革。这个改革，就在1990年代。但是文学已经开始远离工业这个过于敏感的题材领域。

问题仍然存在，这个问题就是如何现代化，怎样现代化，什么样的现代化。追寻现代化贯穿了一百年的中国现代史，从而结构了一个现代中国，但是追寻一个什么样的现代化同样贯穿在现代中国的历史之中。从现代化到现代性，不仅仅是单纯的概念变化，它表征出的，是1980年代以后，对现代化的反思，是追寻什么样的现代化的思想表现。这可能也是汪晖提出"反现代性的现代性"问题的背景之一。而在1980年代，对现代化的反思也已经开始，这就是1985年开始崛起的"寻根文学"。

补记五

1

1980年代，现代化是个重要的概念，1980年代的文学，依托这个概念组织了各种叙事。但是，这个概念的产生，要早于1980年代。

从1949年中华人民共和国成立到1954年，毛泽东等中共领导人逐步提出实现"现代化的工业、现代化的农业、现代化的交通运输业和现代化的国防"的设想。后来，又逐渐确立了"现代化"的战略目标。1957年2月27日，毛泽东在"关于正确处理人民内部矛盾的问题"的讲话中说："将我国建设成为一个具有现代工业、现代农业和现代科学文化的社会主义国家。"1957年3月12日，毛泽东在中国共产党全国宣传工作会议上的讲话中说："我们一定会建设一个具有现代工业、现代农业和现代科学文化的社会主义的国家。"1959年12月到1960年2月，毛泽东在《读苏联〈政治经济学（教科书）〉的谈话》中说："建设社会主义，原来要求是工业现代化，农业现代化，科学文化现代化，现在要加上国防现代化。"由此，毛泽东首次较完整提出了"四个现代化"的内容。

1960年2月中旬，周恩来在读苏联《政治经济学（教科书）》时，将"科学文化现代化"改成"科学技术现代化"。1963年1月29日，周恩来在上海市科学技术工作会议上明确指出："我国过去的科学基础很差。我们要实现农业现代化、工业现代化、国防现代化和科学技术现代化，把我们祖国建设成为一个社会主义强国，关键在于实现科学技术的现代化。"同年9月6日到9月27日召开的中共中央工作会议，提出分两步走："第一步，建立一个独立的、比较完整的工业体系和国民经济体系，使我国工业大体接近世界先进水平；第二步，使我国工业走在世界前列，全面实现农业、工业、国防和科学技术现代化。"同年11月17日到12月3日召开的第二届全国人民代表大会第四次会议号召全国人民"奋发图强，自力更生，为把我国建设成为一个具有现代农业、现代工业、现代国防和现代科学技术的强大的社会主义国家而奋斗"。这是"四个现代化"的完整表述。

1964年12月，周恩来在第三届全国人民代表大会第一次会议上代表国务院所作的《政府工作报告》中表示："我们必须打破常规，尽量采用先进技术，在一个不太长的历史时期内，把我国建设成为一个社会主义的现代化强国。"1964年12月20日到1965年1月4日，第三届全国人民代表大会第一次会议举行，周恩来在会上向全国人民宣布实现"四个现代化"的任务：

> 今后发展国民经济的主要任务，总的来说，就是要在不太长的历史时期内，把我国建设成为一个具有现代农业、现代工业、现代国防和现代科学技术的社会主义强国，赶上和超过世界先进水平。为了实现这个伟大的历史任务，从第三个五年计划开始，我国的国民经济发展，可以按两步来考虑：第一步，建立一个独立的比较完整的工业体系和国民经济体系；第二步，全面实现农业、工业、国防和科学技术的现代化，使我国经济走在世界的前列。

1975年1月，在第四届全国人民代表大会第一次会议上，周恩来遵照毛泽东的指示，在《政府工作报告》中重申了在第三届全国人民代表大会第一次会议《政府工作报告》中提出的分两步走、全面实现四个现代化的战略。周恩来在《政府工作报告》中宣布："从第三个五年计划开始，我国国民经济的发展，可以按两步来设想：第一步，用十五年时间，即在一九八〇年以前，建成一个独立的比较完整的工业体系和国民经济体系；第二步，在本世纪内，全面实现农业、工业、国防和科学技术的现代化，使我国国民经济走在世界的前列。"

这是1980年代"现代化"概念的前史。

2

现代化通常被用来描述现代发生的社会和文化变迁的现象。对于发展中国家来说，这种社会和文化的变迁常常指向发达的工业社会。

因此，现代化包含了一个以现代价值为目标，寻求新的出路的过程，通常包括技术、工业、政治、都市、世俗生活等重要因素，也因此不可避免地会与西方化的内涵相近。

正是这种西方化的可能性，引起了革命的内在警惕，这种警惕贯穿于1950—1970年代，同时构成了这一时代内在的紧张。

简要地说，这种警惕性正是来自现代化本身：既要现代化，又要避免现代的西方化，也就是资本主义化。这就是汪晖所谓的"反现代性的现代性"。

但是在1950—1970年代，这种对西方化的警惕，同时还表现在对苏联化的警惕上。或许同为社会主义国家，对苏联化的警惕，更能表现出汪晖的"反现代性的现代性"。而对苏联化的警惕，在毛泽东而言，主要表现在对生产关系的重视上，而在生产关系上，又主要表现为人和人的关系。

所以，一方面是"学习"，学习怎样现代化，"我们首先要学习苏联，但是美国也是我们的先生"。"过去干的一件事叫革命，现在干的叫建设，是新的事，没有经验。怎么搞工业……""这是新问题，不能调皮，要老老实实学习。如果粗心大意、调皮、充好汉，一定会跌跤子的。革命事业是不容易的，是科学，经济建设也是科学。"[1]而另一方面，则是什么样的现代化，毛泽东《读苏联〈政治经济学（教科书）〉的谈话》是一篇重要的文献。

毛泽东特别重视劳动者的权利："这里讲到苏联劳动者享受的各种权利时，没有讲劳动者管理国家、管理军队、管理各种企业、管理文化教育的权利。实际上，这是社会主义制度下劳动者最大的权利，最根本的权利。没有这种权利，劳动者的工作权、休息权、受教育权等等权利，就没有保证。"劳动者的权利是防止异化的根本，也是什么样的现代化的基本内涵之一。现代化也可能带来异化，因此，生产关系，尤其是人和人的关系，就变得重要起来，"生产关系搞好了，上了轨道了，才为生产力的大发展开辟了道路，为物质基础的增强准备了条件"。而"在劳动生产中人与人的关系，也是一种生产关系"。"所有制方面的革命，在一定时期内是有底的……但是，人们在劳动生产和分配中的相互关系，总

---

[1] 毛泽东，《经济建设是科学，要老老实实学习》，《毛泽东文集》第八卷，第72页，人民出版社，1999年。

要不断地改进,这方面很难说有什么底。"这种人与人的关系,根本上是平等,是劳动者的权利,"在这里,例如领导人员以普通劳动者姿态出现,以平等态度待人,改进规章制度,干部参加劳动,工人参加管理,领导人员、工人和技术人员三结合,等等,有很多文章可做"。[1]这就是"鞍钢宪法"的基本精神,"鞍钢宪法"的基本精神已经超越了具体的工业范畴,指向的是这样的现代化,也就是以平等为导向的现代化。

3

现代化不容易,对1950—1970年代的中国来说,更是困难重重。要技术没技术,要资本没资本。说当时"一穷二白",没错;说"白手起家",也是对的。

现代化是要花钱的,这个钱,就是资本。国家资本,也是资本。资本需要积累,但积累的前提是开源。这个源哪里来,就是个问题。

中国没有殖民的历史,社会主义中国更不可能殖民,何况,冷战时期,也基本断绝了所有资本和技术的引进。所有的问题,必须内部解决。内部解决,不容易。

解决办法一,是从农村汲取资源。合作化的背景,

---

[1] 毛泽东,《读苏联〈政治经济学(教科书)〉的谈话》,《毛泽东文集》第八卷,第129、131、135—136页,人民出版社,1999年。

就是现代化。这就需要排序，国家优先，集体次之，个人只能再次之。所以，缴公粮，卖余粮，就成了那一时代乡村小说的常见细节。这个细节里，有农民的辛酸，也有国家的辛酸。这些辛酸，隐藏在理想主义的光芒中。

解决办法二，是分配。分配额度少，只能搞平均，大锅饭是没有办法的办法，但能解决当时的问题。大锅饭留下了隐患，大多数人满意，少数人不满意，不满意的少数人，成了1980年代的"能人"。

解决办法三，是伦理。勤俭节约，是那一时期的美德。所以，现代化是中国人民勒紧裤腰带干出来的。

解决办法四，是精神。自力更生，独立自主，都是那一时期的主流表述。这种精神转化为一种气质。

计划经济，既控制生产，也控制分配，有限的资金，流向现代化，完成了现代化需要的国家资本的原始积累。

这就是1950—1970年代的基本国策，毛泽东用"大仁政"和"小仁政"加以概括。在毛泽东看来，所谓"仁政"有两种，一种是为人民的当前利益，是"小仁政"；另一种是为人民的长远利益，是"大仁政"。两者必须兼顾，不兼顾是不对的。但在工业化起步阶段，重点应当放在"大仁政"上。现在"我们施仁政的重点应当放在建设重工业上，要建设，就要资金。所以，人民的生活虽然要改善，但一时又不能改善很多。就是说，人民生活不可不改善，不可多改善；不可不照顾，不可多照顾。照顾小仁政,妨碍大仁政。这是施仁政的偏向"[1]。

1950—1970年代的矛盾,实则就是"大仁政"和"小仁政"之间的冲突。没有"大仁政","小仁政"是句空话;但只有"小仁政","大仁政"实际很难持久。这些都是没有办法的办法。前提,就是现代化。

这个现代化,在1950—1970年代,是和"安全"结合在一起的,落后就要挨打,晚清以后,深入人心。这和1980年代不一样,1980年代,落后开始和贫穷结合在一起,前提是安全问题基本解决。

1980年代,从某种意义上说,正是被1950—1970年代压抑的"小仁政"的复活,复活有复活的道理。这个道理,就是现代化,尤其是工业化的基础已经基本完成,这个时候,"小仁政"就有了正当性。

1950—1970年代可以批评,但是批评要在点子上。

4

1950—1970年代的现代化,是一个重要的转折,这个转折才真正完成了中国的现代转型。这个转型是多方面的。

重要的是组织,庞大的中国被组织进一个现代的装置之中。没有这个装置,现代的意义很难被生产出来。

---

[1] 毛泽东,《抗美援朝的伟大胜利和今后的任务》,《毛泽东选集》第五卷,第105页,人民出版社,1977年。

不仅城市,乡村也被组织为现代的"公社"。这种现代的组织性,克服了老中国的分散和懒散。当然,同时压抑了地方。

组织的背后,是工业,工业提供了组织的范式。1950—1970年代,工业化几乎渗透在各个方面。这些渗透,有些是明显的,有些则是隐蔽的。乡村的合作化,就是工业化模式的隐蔽渗透。这种渗透,有利有弊。有利的是,重构了乡村秩序,有弊的也是这种乡村秩序的重构。这种秩序的重构,指向的是大农业的前景;但是,在现实小农业的经济形态中,其效果仍然是可以质询的。1980年代就是对乡村现代化的意义质询。

现代化推动了城市化,但是这个城市化,是生产的城市,而不是消费的城市,城市成为大型的工厂。被压抑的消费,固然促使有限的资金流向生产,但同时压抑了生产的需求。1980年代,关注更多的,不是消费,仍然是生产,但是这个生产开始指向消费,指向消费中的欲望。欲望成为质疑1950—1970年代的重要依据。这就是高晓声《李顺大造屋》的时代意义。

现代化必须颠覆各种封建性的束缚,唯其如此,现代的个人才能被生产出来。在这一意义上,1950—1970年代仍然承续了"五四"传统。区别在于,这一被现代化生产出来的个人,仍然需要被安放在"组织"之中,并成为有意义的"螺丝钉"。但是也因此形成了个人和集体之间的潜在冲突,组织试图规训个人,而个人则试图游离于组织之外。这是1950—1970年代最重要的潜在冲突。1980年代,这个"个人"被重新召唤出来。

但是,现代化极大地改变了整个中国社会的"气质",更具现代意味的"气质"被生产出来。这些气质包括对事物的专注、传统的断裂、摒弃迷信、创新精神,等等。这些气质推动了1980年代的转型。

这些气质的转变,是各个方面的,既包括对小市民阶层的性格改造,也包括对中国文人传统的颠覆。1950—1970年代对知识分子的改造,其中就包括对文人传统的批评。那种文人的闲情和雅趣,开始从文学中陆续退出。但是,这种文人传统也并不可能因此而彻底消失。1980年代的文学,开始复活这种文人传统,毕竟,无论闲情逸趣,还是对事物的形而上的思考,都是需要的。"山林"总是文化的必需品格。更何况,现代化同样需要质询。对现代化的质询,也会生产出同样重要的意义。

但是,1950—1970年代,更为重要的质询,来自社会主义的意识形态,这一意识形态包含了以平等为导向的现代化目标。因此,对生产关系,尤其是生产关系中人与人的关系的重视,显得更为重要。人与人的关系,最重要的当然是一种平等的关系。

5

1977年,《历史研究》第5期发表了林春的文章《论生产力在历史发展中的作用》,在文章中,林春强调,"生产力在历史发展中起着最终的作用,这本来是历史唯物论的基本原理,是马克思主义的常识。我们所以要回到这个题目上来,是由于在长时期中,它几乎被'四人帮'及其御用'理论家'们用乌烟瘴气的宣传所埋葬。……其结果……人们不敢理直气壮地讲生产力的作用,甚至怀疑生产力起决定作用的原理是否已经过时"[1]。林春后来对"生产力"问题有反思[2],但是在当时,这是一个明确的信号,意味着国家战略的重大转移,经济建设将成为重中之重。所谓拨乱反正,这个正,包括经济。也就是说,现代化将重新开始。

1980年代的现代化,从生产力开始,这是1980年代改革的逻辑起点。

现在来看,当时的改革,是大步走,但是现代化,却是小步走。一是温饱,也就是解决"有饭吃"的问题;二是小康,就是"有钱花";三才是全面的现代化。这和1950—1970年代的现代化,有了一点区别。

1950—1970年代的现代化,重点是工业化,工业化中,重工业又是重点,重工业需要国家介入,这和安全有关,要解决的是"挨打";1970年代末重新开始的现

---

[1] 林春,《家国沧桑——改革纪行点滴》,第12页,社会科学文献出版社,2008年。
[2] 林春,《〈论生产力在历史发展中的作用〉后记》,《家国沧桑——改革纪行点滴》,第38页。

代化，首要解决的是人民的温饱，目标是小康，也就是"吃饭"的问题。两个时代的现代化，各有各的侧重点，后者是前者的延续，前者是后者的保证。

这是国家层面的现代化，这个现代化，得到了文学的支持，用王蒙的话说，就是"羊腿的价值"，这也是当时的"民心"，谁也不愿意过苦日子。这是改革文学的历史和政治背景。

还有一个现代化，来自启蒙，侧重"开放"，指向未来。开放推动的是学习，1980年代是一个学习的时代，王蒙《春之声》里那个"学德语"的青年女性形象，浓缩了这个学习时代。从"以俄为师"到"以美（西）为师"，跨过了不同时代。

这两个现代化，各有各的侧重点，改革开放，各取所需。有一致，也有不一样。有相互支持，也有内在冲突。

6

1984年，四川人民出版社出版一套丛书，预计出100种，最后实出74种，这就是著名的"走向未来"丛书。

1980年代，现代化的意义远远越出了"四个现代化"的具体范畴，而指向未来，这个未来既包含了美好生活的愿景，也包含了人对自我的期许。启蒙主义获得了现代化的支持，或者说，现代化承诺将有效地改变现有。

这个未来并不是虚幻的，它是"欧洲先进国家"的投影，因此，现代化同时也就意味着西方化。

1980年代是一个学习的时代，学习西方，甚至模仿西方。

这个学习时代并不始自1980年代，晚清以后就已经开始了。学习的动力来自落后，落后的参照正是现代化。其间的变化则是从"以俄为师"到"以美为师"。

思想解放和改革开放是互为表里的，意味着意识形态的突破，而突破的目的是提高生产力，生产力是1980年代重要的思想概念。通俗一点说，改革是为了把蛋糕做大，但如何做大，则需要学习，而学习则需要开放。

中国现代史，就是一部学习史。

学习意味着对妄自尊大的克服，所以，"天朝模式"（殷海光语）就必然成为批判的对象。这样一个学习时代奠定了后来发展的基础。

经过这样的学习，重新区隔了"过去"和"现在"，"走出中世纪"（朱维铮语）成为学界共识。这样的区隔在中国现代史上一直是存在的，但是区隔的标准有一样的，也有不一样的。一样的地方是"封建/现代"，不一样的是"封建/现代"的内涵发生了某种变化。

1980年代的现代化，多了一种"科学"的意味，"科学"成为现代化的标准，也成了一种新的意识形态。

1980年代，学习和开放并存，这是一个重新开始的学习时代。

而在文学，学习则意味着打开了一个新奇的领域，

"现代派"的崛起，正是1980年代学习的成果。被1950—1970年代搁置的西方现代主义，是1980年代主要的学习对象。那样一种表现手法，是中国当代作家闻所未闻的。

在任何一个时代，学习都是重要的。落后的时候需要学习，强大的时候更需要学习。这个传统不能中断。

7

1980年代，传统与现代再次对立，重要的是，1950—1970年代也被纳入传统的范畴，同样是需要走出的"中世纪"。这是1980年代对1950—1970年代的封建性定义，所以，在1980年代，所谓传统，主要是指1950—1970年代，这一点，和"五四"不一样。而所谓封建，也主要指人治，和法治对立。

现代化推动的，不可能是单纯的经济领域的发展，"经济、政治和社会诸方面的变化是相互结合、相互依存的"。因此，现代化带动的是整个社会领域的改革，而改革的理论依据则是"发展的趋势是沿着共同的直线式的道路向建立现代国家的方向演进"。在这条"直线"式的发展道路上，没有"例外"。这是1980年代"科学"最为重要的思想背景。

而"发展中社会的进步能够通过与发达社会的交往而显著地加速"，这是推动1980年代向西方学习的根本动力。这样的"学习"（交往）不仅仅是经济或者技术领域，实际上蔓延到思想文化领域。

1988年的政论片《河殇》，则把这种"交往"引入到了文明领域。在这一领域中，并不存在文明的冲突，而是文明等级论的再度复活。蓝色文明和黄色文明，被设置为一种等级存在。因此，现代化需要的，不仅是对传统的克服，更是对自身文明的否定。

8

1985年前后，出现了所谓的"文化热"，有两个事件。在知识界，是三联书店"文化：中国与世界"编委会组织的辑刊和系列丛书的编辑和发行；在文学界，则是所谓"寻根文学"的崛起。二者之间，有异有同。

同的是，二者都开始关注现代化过程中人的异化问题，对现代性的质疑呼之欲出。这种质疑意图打破的，正是过度的西方化。

异的是，"文化：中国与世界"系列丛书重点是译介，更多的是关注世界，是西方对西方的质疑。这种质疑打开了国人的眼界，而重要的是，现代化的迷思开始动摇。"寻根文学"更多的是关注本土，关注本土的文化。在"寻根文学"中，对传统的批评并没有停止，但是开始思考传统的价值。纯真的主体性开始转向和他者有意义的对话，这个他者就是传统，所谓寻找，正是寻找那种有意义的他者。

对于文学，文化的意义在于，在上层建筑和经济基础之间，找到了"文化"这个范畴，这个范畴勾连了上层建筑和经济基础。可以说，这也算是一个中观世界。因此，"寻根文学"暗含的是以文化改造世界，最起码，可以改造人心。这个人心，是现代化中的人心。

如何成为更有意义的个人，仍然是"文化热"潜在的主题。

但是，文化的意义究竟有多重要，仍然是可以讨论的；离开生产关系和生产力，文化的重要性究竟应该怎样体现，这些问题一直困扰着1980年代。

在今天，生产关系的重要性被重新凸显出来，而在生产关系中，人和人的关系也重新得到重视。怎样现代化以及什么样的现代化，开始成为一个重要的思想主题，这也是文学开始重新从审美转向政治的一个潜在原因。

第六章

反1980年代的1980年代

一 释题

有两个1980年代，第一个1980年代，围绕社会领域中的改革、启蒙、现代化等概念展开，基调是反思，强调的是应该怎么样，反思打开了诸多的写作领域；第二个1980年代，有点不一样，它来源于第一个1980年代，但是对第一个1980年代提出了质疑，所以，这个反，不是反对的意思，而是更多带有质疑的意味。质疑也带来反思，但是这个反思开始指向人本身。因为反思进入个人内心，就有了沉思的美学风格。

两个1980年代，有两个1980年代的美学风格。第二个1980年代，后来也会以"纯文学"来进行命名。但什么是"纯文学"，也有一定的歧义。钱穆谈文学，说："中国文学亦可称之为心学……心统性情，性则通天人，情则合内外。不仅身家国天下，与吾心皆有合，即宇宙万物，与吾心亦有合。合内外，是即通天人。言与辞，皆以达此心……言而文，则行于天下，行于后世，乃谓之文学。"[1]这里，关键是内外，外即事，事事物物，就是社会。这个事里也是有心的，事里见心，是好的；事里不见心，容易被社会规训，成为钱穆说的"机器人"。内就是心，是性灵，也是情感，但心是在事里的，见心不见事，就容易虚幻，就容易个人，这个个人就会凌驾于群体之上。内与外，不易区别，心寓于事，事见于心。但在现代，又大致引申出两种写作趋向。一是写事，写问题，也就是围绕社会展开的叙事，多用写实方法。而另一种则专注于人的内心，写生命，写自然，多有形而上的思考。叙事上，则以抽象或象征为主。如果两者都走极端，就各有各的问题。前者机械，后者虚幻。

简单一点说，写作趋向上，还是有点区别。讲事的，关注社会，可以称之为社会文学；讲心的，关注个人，可以称之为个人文学，后者，通常以"纯文学"视之。钱穆就说："有文人，斯有文人之文。文人之文之特性，在其无意于施用。其至者，则仅以个人自我为中心，以日常生活为题材，抒写性灵，歌唱情感，不复以施用撄怀，是惟庄周氏所谓无用之用，荀子讥之，谓之有天而不知有人者，庶几近之。循此乃有所谓纯文学，故纯

---

[1] 钱穆，《现代中国学术论衡》，第245页。

文学作品之产生,论其渊源,实当导始于道家。"[1]时人所谓文学性,也一般会以这类文学为例。

当然,这只是大致的划分。讲文学史的变化,还是要从作品谈起。

二 从反思到改革

1980年代发端于"伤痕文学",这一点,是为文学史家公认的。最早的,是刘心武的《班主任》(1977),其次,有宗福先的《于无声处》(1978),但影响最大的,却是卢新华的《伤痕》(1978)。相较于《班主任》和《于无声处》,《伤痕》结构简单。虽简单,却产生了力量,这个力量来自小说的政治立场和历史态度,所以费正清说:"卢新华的小说成了'伤痕文学'的典范,这类作品描写了'文化大革命'期间正直人所受的苦难,不管这类暴露文学的真正动机如何,它再次显示出它们是服务于某个政治目的:它支持彻底消除'文化大革命'后果的邓小平派。"[2]所以,文学史的评判标准,有时并不完全来自文学性。

王琼的博士论文《作为文艺思潮的"伤痕文学"

---

[1] 转引自余英时,《士与中国文化》,第343页,上海人民出版社,1987年。
[2] 罗德里克·麦克法夸尔、费正清编,《剑桥中华人民共和国史(1966—1982)》,第696页,金光耀等译,上海人民出版社,1992年。

（1976—1984）》对"伤痕文学"的前前后后做了较为详细的资料整理。在论文中，王琼援引了马达的回忆："(《伤痕》)这篇作品不是一般地批判'四人帮'罪行，更重要的是，促使人们重新审视'文化大革命'，认识这场'革命'不是什么'完全必要'的，'完全正确'的，而是造成全国的大灾难，造成万千干部和人民难以弥合的苦痛，由此引出必然的也是唯一正确的结论，就是必须彻底否定'文化大革命'……但是为慎重起见，我还是写了封信给市委宣传部副部长洪泽。第二天晚上，老洪打电话给我，他在电话中说：'这篇文章我看了，很好，我完全同意你的看法。'八月十一日，小说《伤痕》以一个整版的篇幅发表了。"[1]洪泽时任上海市委宣传副部长，是1970年代末至1980年代前期上海文学变革的重要支持者，所以，1980年代的文学，并不完全是知识分子单纯的个人思考，而是得到了党内改革派的支持。现在，文学史家喜欢讲文学的生产机制，包括制度，但制度是明的，暗的，却有政治人物的介入。不过，这方面资料搜寻不易，依靠的，只能是个人的点滴回忆。

"伤痕文学"征用的，是"好人受苦"这一文学原型，这一原型是各个时代各种类型的文学都习惯征用的，

---

[1] 马达，《〈伤痕〉发表前后》，《湖北档案》2005年第1期，参见王琼，《作为文艺思潮的"伤痕文学"（1976—1984）》，华东师范大学博士学位论文，2009年。

包括"革命文艺"。所以，也可以说，"伤痕文学"是1980年代的"诉苦文学"。1980年代前期的文学，受"革命文艺"的影响颇深，所以有很强的社会动员力量。但是这个"诉苦"是一个颠倒，人物、主题、思想，等等，都是颠倒，只有结构，被完整地保留下来，所以，形式是有相对独立性的。

"伤痕文学"的主旨是退出，从"政治"（运动）中退出，回到另一种乌托邦。这个乌托邦大致如下：

一、包括但不限于亲情（卢新华《伤痕》），比如爱情（宗璞《三生石》，1980）。1950—1970年代的文学，也写亲情和爱情，但这个亲情和爱情必须服从于政治（宗璞《红豆》，1957），这是那个时代的总体考量。"伤痕文学"重写亲情和爱情，目的是否定政治（运动），真正的亲情和爱情必须通过这一否定或退出才能获得。因此，它要求重新结构一种共同体，这一共同体由亲情和爱情构成。它实际瓦解的是由所谓"阶级爱"构成的政治共同体，而经由这一瓦解，"阶级爱"这个概念实际上很难重新建立。

二、建立在亲情和爱情基础上的，是爱，这个爱指向个人，而不是阶级。这和1950—1970年代不一样。1950—1970年代，爱是有阶级属性的，典型如报告文学《为了六十一个阶级兄弟》（1960）。爱成为1980年代最重要的概念，这个概念重新联结了个人和个人之间的关系，它超越政治和经济，尽管空洞，但有很强的召唤力量。而在爱的对立面,是斗争,斗争具有政治属性。政治必须区分敌我,敌我之间,只有斗争。因此,爱的描写,本身就具有了去政治化的叙事功能。经由这样的描写,亲情和爱情自然呼唤出人性和人道主义的理论解释。

三、人道主义是1980年代前期最主要的思想理论,在"伤痕文学"中,主要质疑的是阶级斗争理论,因此,人道主义实际承担的是去阶级斗争的叙事功能。人道主义重新结构了人和人之间的关系,它的理论基础是人性而不是阶级性,由此又生发出"共同美"的美学主张。伦理上,则趋于善,具有极强的普遍性召唤力量,并因此构建出一个几近完美的乌托邦世界。与此相关的小说有戴厚英的《人啊,人!》(1980),等等。但是,1980年代前期的人道主义,并不是无原则的,它只适用于善的领域,对于恶,斗争的概念实际上并没有被放弃。因此,"伤痕文学"在很大程度上仍然继承了"革命文艺"的斗争传统,也就是善和恶二元对立的叙事方法,只是放弃了阶级分析的方法,进而将政治转移到伦理范畴加以表现。但是在后来的文学发展中,人道主义无论在历史或者现实的描写中,都遭遇了不同困难。它对人性的近于完美的设想很难进入历史和现实的深处,但是它的影响一直存在。

"伤痕文学"也遭遇了批评,这就是著名的"歌德与缺德"的争论。围绕李剑《"歌德"与"缺德"》的争论,曾经在1957年被迫中断的"批判"概念,得以在当代文学中重新复活,比如上海文艺出版社1979年重新结集出版了《重放的鲜花》。这是一个标志性的事件,意味着"歌德与缺德"的最终定论。尽管后来几经变化,对历史与现实的批判,一直若隐若现地存在于当代文学之中,并成为对当代文学的潜在要求之一。

经由"伤痕文学"而提出的人道主义,同时伴随着一个重要的概念,即所谓的异化。这个概念先是由哲学家提出,比如高尔泰的《异化辨义》、墨哲兰的《巴黎手稿中的异化范畴》等。后来进入文学界,这就是周扬的文章《关于马克思主义的几个理论问题的探讨》。周扬的文章受到胡乔木的批评,并引发了关于人道主义和异化的争论。[1]但是"异化"这个概念并没有完全消失,而是曲折地进入了当代文学的写作之中,最后成为现代派小说重要的理论支撑。当然,所谓异化,也从政治权力的异化,转向抽象的人的异化。这是当代文学另一个重要特征,即从政治转向美学。

但是,"伤痕文学"最重要的成就,是因此建立了一套完整的历史叙事,这个叙事几乎是不可颠覆的,它笼罩了后来的文学发展,包括自许为远离政治的先锋文学。我们不妨想象一下,假设你是一个作家,如果你要表达死亡、苦难、暴力等主题,你的故事会选择哪个时代。这一叙事的重要性在于,尽管后来的历史变化多端,但

---

[1] 参见顾骧,《晚年周扬》,文汇出版社,2003年。

成功阻止了社会另一路向的发展。当然，也阻止了当代文学向历史深处更为深刻的追问。

所以，把"伤痕文学"设定为1980年代文学的开端，是对的。

"伤痕文学"最后的式微，固然有"向前看"的要求，但也和"伤痕文学"逐渐地通俗化有关，比如，陈国凯的《我应该怎么办》（1979），孔捷生的《在小河那边》（1979），等等。最后，已经不是通俗，而是情节的离奇，这本身也能说明一部分问题，那一段历史很难承担所有的质询。

1977—1979年，许多作家都卷入了"伤痕文学"的写作。但是，我们不能以"伤痕"的标准去评论所有的"伤痕文学"作品。作家作品的丰富性要远远超过文学批评的判断标准，比如刘心武。

谈及"伤痕文学"，就会涉及最早的"伤痕文学"作品，比如《剑桥中华人民共和国史》就认为，"'伤痕文学'的第一次表露，也是实际上的宣言，应推刘心武1977年11月发表的《班主任》"[1]。刘心武自己也说，《班主任》"这篇作品是'伤痕文学'中公开发表最早的一篇"[2]。但《班主任》和《伤痕》是有差异的，《班主任》

---

[1] 参见《剑桥中华人民共和国史（1966—1982）》"毛以后的时代"。
[2] 刘心武，《关于〈班主任〉的回忆》，《我是刘心武——60年生活历程之回忆》，天津人民出版社，2006年。有关《班主任》和"伤痕文学"的关系，参见王琼，《作为文艺思潮的"伤痕文学"（1976—1984）》。

属于"教育小说"的文学类型,其中渗透的,是启蒙理念。刘心武是1980年代最具影响力的作家之一,他所涉及的,大都是社会问题,而其理念,和启蒙主义有关。启蒙主义把某种普遍性理念植入文学,并由此确立"过去/现在"的叙事结构。贺桂梅的《"新启蒙"知识档案——80年代中国文化研究》,对1980年代和启蒙主义的关系,做了详尽的理论分析,可以参考。[1]

启蒙主义影响下的文学,关键是植入了"过去","过去"是需要否定和反思的,而否定和反思的目的则是"救救孩子",这个"孩子"指向现在和未来。更重要的是,"过去"的问题,是愚昧,愚昧则需要文明来否定。这就引入了"文明与愚昧"的主题,其源头可以追溯到1970年代的《公开的情书》。

启蒙主义并没有构成一个单独的文学潮流,但启蒙精神渗透在1980年代的文学之中,比如古华《爬满青藤的木屋》(1981)。这篇小说在结构和人物设置上,比较接近劳伦斯的《查特莱夫人的情人》,但主题完全不一样。启蒙者(李幸福)—被启蒙者(盘青青)—看林人(王木通),其最后的结局说明了一切。

启蒙首先需要确立启蒙者,这个启蒙者由知识分子担任,而当知识分子被赋予启蒙的职能,就势必动摇原

---

[1] 贺桂梅,《"新启蒙"知识档案——80年代中国文化研究》,北京大学出版社,2010年。

有的大众—知识分子的"隐性的二元结构",这个结构"将知识分子设定为尴尬的甚至是危险的角色"[1],并转而构成知识分子—大众的教育结构。在1980年代前期,知识分子是个热门的叙事题材,比如徐迟的《哥德巴赫猜想》(1978)、谌容的《人到中年》(1979),等等。知识分子(包括他们的命运和遭遇)受到整个社会的关注和同情,和"伤痕文学"有关,也和启蒙有关,他们实际成为"现代"和"文明"的象征;但也和他们的利益诉求相关,这个利益诉求是带有阶层性的。1980年代,个人崛起,但在个人背后,是阶层,是阶层和阶层之间的利益博弈,这一博弈,影响了尔后数十年的文学叙事。有些阶层,获得了强大的诉求能力;而另一些阶层,则逐渐丧失了自己的代言人。这和知识分子的位置变化有关。

值得注意的是,1980年代,启蒙并不满足于自己的精神史位置,而是逐渐向日常生活蔓延,其中,著名的有冯骥才的《高女人和她的矮丈夫》(1982)、李陀的《余光》(1983),等等。无论是《高女人和她的矮丈夫》,还是《余光》,都强调了个人生活领域的不可侵犯性,拒绝流言(语言)和目光(监视)对人的伤害。而在这样的叙述中,个人应享的生活权利开始被确立。这一权利甚至表现为享受美食的权利,比如陆文夫的《美食家》(1983)。

---

[1] 南帆,《四重奏:文学、革命、知识分子与大众》,《文学评论》2003年第2期。

当启蒙转向日常生活，"庸众"的概念开始复活；而与"庸众"相关的，则是改造国民性的主题。在这方面，比较突出的作家，是吴若增。吴若增的短篇小说非常优秀，他的"蔡庄"系列小说，隐含了改造国民性的主题。当然，这一主题并非吴若增独有，像陈建功后来的《辘轳把胡同9号》，表达了相同的理念。这些都和"大众"转为"庸众"有关，也和"伤痕文学"确立的历史叙事有关。

启蒙主义需要建立一个宏大的叙事结构，这个结构包括过去/现在的时间要素。但是如何叙述过去，则成为一个问题，这个问题同样来自"伤痕文学"。"伤痕文学"确立的"过去"，很难满足1980年代文学持续的历史追问。而在这样的追问中，自然就有了所谓的"反思文学"。"反思文学"包括但不限于"五七作家"，因此，这一批作家的作品也被称为"归来者文学"。

"反思文学"将追问的历史延伸到1957年，这就是当时的反右运动。其中比较著名的，有鲁彦周的《天云山传奇》(1979)。《天云山传奇》针对的是反右运动中的"群众"，这个群众成为一个"愚昧"的群体。不过，当时的阅读者可能没有注意，《天云山传奇》中的"群众"仍然是知识分子，因此，所谓"国民"的劣根性，应该也包含知识分子这一阶层。但是，由于在1980年代，知识分子实际承担了启蒙者的使命；所谓国民性批判，一直没有指向知识分子本身，这和鲁迅的传统是不太一样的。也因此,所谓"国民"一直是一个相对模糊的群体,而张弦的写作则主要集中在爱情题材的领域,比如他的《挣不断的红丝线》(1983)。

比较激烈的,是张贤亮,他的《灵与肉》《土牢情话》,都是传诵一时的名篇。张贤亮小说的主角,都是受难者,是因言获罪的受难者。对于言论罪,最早的批评不是文学,而是1974年"李一哲"的大字报《关于社会主义民主与法制》。需要指出的是,张贤亮小说的主题主要不是启蒙,而是受难。在受难的过程中,知识分子和大众遭遇,在这个时候,大众不是庸众,而是"圣母",比如《灵与肉》中许灵均和李秀芝的关系。这一关系一直延续到后来的《绿化树》,比如章永璘和马缨花。但是,这一结构是不牢固的。不牢固的原因,正是文明这一概念的嵌入。文明不仅仅是一个有关教养的概念,它还意味着文明者(知识分子)应享的实际的社会地位。当章永璘走上红地毯,即意味着知识分子和大众关系的解体,同时也就意味着"反思文学"的终结。但是,"反思文学"成功地把中国复杂的当代历史,转化为知识分子的苦难史。实际上,"反思文学"是把苦难当成田野进行"深描",是一种成功的民族志的写法,这是"反思文学"文学性的来源。

"反思文学"中,最具影响力,也最有思想深度的,是王蒙的《蝴蝶》(1980),其中包含了一种"我是谁"的身份主题。在1980年代的文学中,"我是谁"是一个最重要的叙事主题。这个主题有三重来源，一、变幻莫测的政治运动，这是生活来源；二、庄子梦蝶，这是本土的思想来源；三、卡夫卡，这是西方现代主义的文学来源。这个主题一直延伸到后来的现代派文学和寻根文学之中，甚至包括1990年代贾平凹的《废都》。《杂色》（1981）则是一篇重要的政治总结，强调的是思想的多元性，并且对"纯洁化"表达出一种深刻的反思。王蒙实际希望的是一种"开明政治"，这非常符合1980年代的政治期待。

个人生活的复杂经历，成就了这一代作家；但也因为过于沉湎"苦难"叙事，这一代作家中，真正能走下去的，也并不是很多。有些作家，后来成为所谓"新京味"小说的实践者，比如邓友梅（《那五》，1982），趣味主义开始浮现，表现的是闲趣或者雅趣。但无论怎样说，"反思文学"是1980年代重要的文学潮流，成就超越了"伤痕文学"。

"反思文学"中比较特殊的，是茹志鹃的《剪辑错了的故事》（1979）、刘真的《黑旗》（1979）和张一弓的《犯人李铜钟的故事》（1980），它们将反思引入公社化时期，并对这一时期的政治经济进行了认真的总结和思考，这些思考和改革有关。

无论"伤痕文学"还是"反思文学"，写的都是大时代里的个人命运，这个主题不好写。只写大时代，不难，光写个人命运，也容易；但处理大时代和个人命运的关系，相对比较困难，就是今天，也没有处理好。当然，比较容易的，是把大时代处理成一个充满暴力和谎言的时代，这种叙事方式，一直延续到后来的"先锋文学"。

但是，"伤痕文学"和"反思文学"，特征都是"向后看"，这一点，符合当时政治的需要，这个需要就是"拨乱"。可是，政治还有另一个要求，就是"反正"，这个正，就是改革。所以，"向后看"催生的是现在，这个现在也是被政治规定的现在，"伤痕"或者"反思"，目的也是为了现在的改革。这里面，有着内在的政治—文学逻辑。当文学转向1980年代的现实，就产生了所谓的"改革文学"，这个"改革文学"也分两种走向，一是乡村，二是城市，城市主要集中在工业题材。

农村改革，主要从土地承包制度开始，这方面的作品，首推何士光的《乡场上》（1980）和高晓声的《"漏斗户"主》（1979）、《李顺大造屋》（1979），等等。集大成者，是古华的《芙蓉镇》（1981）。土地承包，是一个大事件，说是"二次土改"也可以。但是这个"二次土改"动摇的，是集体，农村公有制的实际解体，是有一系列后续问题的。这些问题有些和土改相似，比如乡村社会的相对无序，干部的村霸化，等等；有些，则是1980年代特有的。公有制的实际解体，使得附着于这一制度上的"公"的观念也实际动摇，公私之间的博弈，暂告一段落。这些问题，在1990年代以后逐渐浮现。

不过，这些问题在1980年代前期，并不是改革所要考虑的，改革需要一个突破口，这个突破口应该是最薄弱的地方，乡村正是这样一个突破口。1950—1970年代，农民是获益相对最小的群体。

1950—1970年代的合作化，有其历史成因，但问题也多，最大的问题是贫穷。所谓"有共同，无富裕"，贫穷是1980年代最重要的改革理由，这个理由是政治的，也是经济的，和人的生活状况有关。1980年代的乡村改革及与其相关的文学作品，生产出许多观念。最重要的，是富裕，富裕压倒了共同，并和共同构成了对立关系。富裕构成的，是一种美好生活的想象，个人财富成为新的追求目标，更重要的是，因为"富裕"，引发了对"贫穷"的恐惧，这一恐惧使得改革一路向前，即使对改革的批评，也不是为了回到过去，而是希望有一种更好的改革。这在《鲁班的子孙》（1983）中，表现得非常明显。1980年代，保守派（主义）最终式微，这是很重要的原因。

"勤劳"的概念也因此产生，但是这个"勤劳"背后，有意识形态的因素。完整的表述就是，集体化滋生了懒惰；集体化的终结，则催生了勤劳。勤劳才能富裕，这就是勤劳革命的内在逻辑和感性基础。"一心为集体"转为"一心为自己"，这个转变在1980年代变得非常自然，几乎没有遭遇大规模的理论对抗，这里面，既有对贫穷的恐惧和对富裕的憧憬，也有对勤劳的伦理肯定。

1980年代的改革，经验资源是相对匮乏的。在城市，主要是工业方面，借鉴的是苏联和东欧社会主义国家的改革经验；而在乡村，则主要征用了小生产者的理想，也就是回到一种小农业的经济形态。但正是这种小农经济形态，激起了文学的强烈共鸣，并在其中发现了某种普遍性的意义。所以，1980年代乡村改革的意义，经由文学的叙述，已经不再局限于乡村本身，而是拥有了超越乡土的抽象意义。

这个意义，首先是在小农经济形态中，发现了某种自主性，个人拥有了自我规划的可能，所谓"自己为自己干活"。这不仅在1980年代，即使在今天，也是一个充满诱惑的理想。而在这一基础上，政治也被重新定义，理想的政治形态应该是"无为"的，不再粗暴干预民众的生活世界。1980年代，自由主义尚未大规模地进入中国，但对政治干预的拒绝，多少接近了"消极自由"这一概念，这是自由主义的接受基础。显然，"伤痕""反思""启蒙"等等，在1980年代的乡村改革，也即小农经济形态中，找到了某种物质性的基础。这对小说的表现，是有益的。当然，这种自主性，同样可以用来反抗市场经济的过度扩张，1980年代乃至以后，小生产者的理想，是一个可以被各方征用的思想资源。

但是在乡村改革的过程中，文学敏锐地感觉到新的变化，这就是商业化的崛起，比如高晓声的《陈奂生上城》（1980）。古华的《芙蓉镇》也写商贩（买卖），但古华还是把市场"嵌入"社会关系中，是一种前现代的市场形态。陈奂生遭遇的市场，和《芙蓉镇》的市场有了区别，多了现代的色彩。因了现代市场的崛起，文学开始重新定义政治。吴县长不是可有可无的，只有政治的介入，才可能帮助陈奂生组织生产并进入商品（市场）的流通领域，这实际就是中国真实的改革历史。但1980年代的文学，还生活在自主性的美好理想中，作家们感觉到生活的变化，但还是愿意把更多的美好投注在小商贩身上，比如陆文夫的《小贩世家》（1980）。只有在"小贩"身上，才可能有更多的自我期待。

1980年代的乡村改革，前因在1950—1970年代，我概括为"赵树理难题"。所谓"赵树理难题"，主要有如下两个方面：一、合作化运动"停止了土改后农村阶级的重新分化"，这是为赵树理认可的；二、集体化同样应该使农民"有钱花，有粮吃，有功夫伺候自己"。[1] 赵树理认为当时这个问题并没有完全解决，农民"还是靠自留地解决了问题……依靠在自由市场上卖东西……集体不管，个人管，越靠个人，越不相信集体"[2]。客观地说，1980年代文学中的乡村问题，已经包含在1950—1970年代的历史之中，也就是赵树理所谓的"有钱花，有粮吃"的问题。

---

[1] 赵树理，《公社应该如何领导农业生产之我见》，《赵树理全集》第五卷，第334页。
[2] 赵树理，《在中国作协党组扩大会议上的发言》，《赵树理全集》第五卷，第356页。

实事求是地说,1980年代的改革,并没有导致"赵树理难题"中"农村阶级的重新分化",这主要因为土地只是承包,并不能自由"买卖"。真正导致农村贫富分化的,是市场(商业)的进入,这就是王润滋《鲁班的子孙》的写作背景。在《鲁班的子孙》中,市场开始脱嵌,并试图支配社会,从而加速了农村的贫富分化。但是《鲁班的子孙》更重要的,是在思考个体和个体之间的关系,谁才可能拥有更多的自主性,等等。《鲁班的子孙》宣告了乡村改革文学的终结,1980年代进入改革之后,沉重的思考初期替代改革初期的一往情深。

相对应的,是城市的改革,主要集中于工业领域。相比较于农村,工业改革更加困难,这个困难就在于改革并不触动所有制关系。所以,严格来说,工业改革,只是一种整顿。经由整顿,希望建构一种更有效率的管理模式。表现这一改革诉求的,是蒋子龙的《乔厂长上任记》。《乔厂长上任记》的核心,就是从"鞍钢宪法"回到"马钢宪法","马钢宪法"是苏联的改革经验。乔光朴的改革,就是通过严格的管理建立起一套完整的生产秩序,这个秩序的核心是效率,也就是利润。《乔厂长上任记》的视角是从上往下的,他的管理也是一种严格的科层制模式。可是,这种重新的组织化,并经由组织(强人)建构一种严密的管理体系,很难走出工厂。这个时候,社会思潮要求的恰恰是"去卡里斯玛化"(去魅),是"法治"压倒"人治"。对个人主体性(自主)的诉求,使得文学很难接受这种重新组织(管理)化的改革。所以,乔光朴的意义很难走出工厂,从而获得更为普遍抽象的文学共识,这从后来柯云路的《新星》(1984)遭遇的批评可以看出。即使在工业领域,乔光朴的改革也会遭遇困难,这就是郗望北对乔光朴的提醒。在工厂内部,乔光朴的改革可能是有效的,但这种改革无法覆盖更为复杂的工厂和工厂之间的关系。

即使在工厂内部,随着改革的进展,乔光朴式的"管理"在文学叙述上也出现了新的问题,这个问题就是如何描写工人。在《赤橙黄绿青蓝紫》(1981)中,小说的视角发生了变化,是一种由下往上看的叙事方式。这种叙事视角再现了工人的复杂诉求,这一诉求包括了工人的情感。一旦叙事进入工人的情感领域,那么,工厂的改革就不仅仅像乔光朴的"管理"那么简单。但1980年代的工业改革,已经不可能重新回到"鞍钢宪法"。"鞍钢宪法"的存在需要多方面的条件支持,其中最重要的是由信仰构成的"主人意识";而且要求工厂不仅是一个生产单位,同时还是一个生活世界,是一个情感共同体。

1980年代的城市改革,指向的是"单位"。由于并不触及所有制,因此改革的诉求相对简单,其中,反官僚(拖沓)作风是一个很重要的叙事主题。这方面,有柯云路的《三千万》(1983)等等。相对来说,李国文的《花园街五号》(1983)、张洁的《沉重的翅膀》(1981)等更为厚重。这些作品描写的改革都指向复杂的人事纠葛。

改革需要的是一种更为单纯的人和人的关系,这些关系服从于一种更为有效的管理,而有效的管理才可能提高效率获得利润。但最重要的是,这些改革都要求专业性的介入,要求确立专业人士的位置,反对"外行领导内行",这里面,有知识分子的专业诉求。

但根本的问题是,工业领域的改革应该生产什么样的意义。工业题材本身就比较难写,这个"难写"包括人和机器的关系。工厂的空间是相对封闭的,严格的管理制度增加了这种空间的封闭性。1950—1970年代的工业题材小说,很大程度上,是努力将生产空间转化为人的生活世界,从而生产出各种生活意义。但是这种转化是有风险的,它并不能彻底弥合生产和生活这两个世界。1980年代的改革,则是要求工厂从生活世界转化为单纯的生产空间,这就是1980年代对"单位"的批评。

因此,一方面是社会的再工业化,另一方面,则是文学的去工业化。工业题材很难持续生产1980年代所需要的意义。

这方面,应该提及孔捷生的《普通女工》(1982)、王安忆的《庸常之辈》(1981)等作品。之所以提及这些作品,是因为写作者跳出了"管理",而直接描写普通工人的实际生活,包括他们的情感生活。普通人的生计,已经越出了传统的工业题材,职业并不是那么重要,重要的是普通人以及普通人的生活,知青小说在某种意义上承载了这方面的题材表现。梁晓声最早以《今夜有暴风雪》（1983）名世，有一种理想主义的情愫。但后来的作品，比如《雪城》（1986），讲的却是老百姓（知青）的艰难困苦。

知青是一个独特的时代现象，也是观察历史的一个视角。知青题材分散于各种文学潮流中，比如"伤痕文学"以及后来的"寻根文学"。

1980年代，重要的概念是现代化。这个概念超越了具体的所指，比如工业现代化、农业现代化等等，而成为一个重新组织社会以及历史进程的总体性概念，是一个非常活跃的能指。但这并不是说，现代化已经完全脱离所指，实际上，这个概念逐渐向文明领域转移，希望建构的，是一个现代的文明社会，这个文明社会是有所指的。

这方面的作品，有王蒙的《春之声》（1980）等等。《春之声》吸纳了西方意识流小说的某些写作技巧，但究其根本，仍然是理性的，因此，叙事上有很强的逻辑性，时间和空间的线索都很清晰。《春之声》强调的，仍然是富裕，这是1980年代的社会共识。现代化重新结构了"革命叙事"，革命的目的被表征为建构一个文明和富裕的现代化国家。这样的表征简化了复杂的"革命叙事"，却获得很好的叙事效果。而现代化必须有知识的介入，这个知识是现代知识（小说的表述是"欧洲先进国家"）。这就是小说里"学德语"的青年女性形象，这个形象象征着"春之声"。这样，改革开始向开放延伸。

由于现代化的进入，"文明"就实际具有了明确的所指，文明论本身也重新回到了等级化的状态，对这一"文明"的等级化状态进行详细描述的，是《河殇》（1988）。在这样的描述中，现代化逐渐要求社会现代化、制度现代化，直至人的现代化，现代化实际上也开始成为一种新的意识形态。1980年代，在很多时候，现代、现代性和现代化这些概念的内涵是含混不清的。

三 例外的作品

文学写作，总会遵循某种主流要求，这个主流要求，有可能来自政治，也有可能来自业内。1980年代前期的一个特点，是文学与政治有过一个亲密的合作时期，这个合作由"改革"构成。在这个合作框架内，政治能够容忍启蒙，文学也能接受改革。但也有例外，这些例外的作品，提出了主流以外的问题，并且引导了文学的另一种发展态势，比如张辛欣。

张辛欣是1980年代很重要的作家，作品主要有《在同一地平线上》（1981），等等。《在同一地平线上》的故事在家庭内部展开，但意义不在家庭。小说用孟加拉虎形容男女主人公，实际要讨论的，是主体和主体之间的关系，有点类似后来流行的哈贝马斯的"主体间性"。主体性是1980年代很流行的理论，在文学界，这个理论由刘再复倡导。主体性理论推动了个性解放，是启蒙主义在1980年代的进一步深化。但这个理论没有解决的，是谁才能够拥有主体性，主体和主体之间可能会构成什么样的关系。

《在同一地平线上》讲的是一个竞争的故事，而且这个竞争在亲密爱人之间展开。在这个故事中，主体性的获得必须通过竞争，那么，"他者"该如何处理，更关键的是这个"他者"是互为"他者"。每个人既是主体，又是另一个主体的"他者"。主体对于主体，是相互威胁。男性是主体，女性也是主体，那么，谁应该让步？而让步则意味着个人的非主体化。

在主体性理论的笼罩下，这个主体是浪漫化的，基本排除了和他者对话的可能，而所谓主体性的获得常常通过独白和抒情的修辞方式，这就是泰勒所说的"本真性理想"。这种"本真性理想"要求"我们内心的每一种声音都讲述着我们其中独一无二的东西。我不仅不能按照外部的一致性模式塑造我的生活，我甚至不能在我自己之外寻找这种模式。我只能在自身之内发现它"。因此，这种本真的主体性通常以独白和抒情的形式存在。[1]

但是现实并没有这么浪漫。主体和主体总是纠缠在一起，选择也意味着斗争和冲突，这使得当时有些批评

---

[1] 泰勒，《承认的政治》，汪晖、陈燕谷主编，《文化与公共性》，第295页，生活·读书·新知三联书店，1998年。

家认为其受到社会达尔文主义的影响。[1]斗争和冲突，原来是将其置放在阶级的范畴中加以表现。当阶级这一概念实际解体之后，斗争和冲突便转移到个人领域。值得注意的是，《在同一地平线上》引入了性别视角，这样，个人之间的冲突便转化为性别冲突。而在冲突中，女性实际上还是处于弱势地位。这样，斗争和冲突便由阶层转化为性别，介于阶级和个人之间，具有某种集体性。性别视角的重要性，在于表达出了对浪漫化主体的某种不信任。

张辛欣是一个很敏感的作家，她的《疯狂的君子兰》（1983），比较早地表达出对市场和物欲的某种担忧。实际上，类似张辛欣这样的作家还有很多。文学研究的一个任务，就是如何在文学史"规定"的"潮流"之外，重新讨论那些"例外"的作家作品。

《在同一地平线上》同时引导了女性主义的崛起。因为"弱势"概念被性别视角重新激活，这些作品大都带有忧郁悲观的叙事色彩，比如张洁的《方舟》（1982）、铁凝的《玫瑰门》（1990），等等。这和她们在其他题材领域的叙事风格很不一样。同样重要的，是王安忆的"三恋"系列。在汹涌的情欲退去之后，是母性的升华和自我拯救，流露出对个人的迷恋、警惕甚至恐惧。这种对个性的复杂情绪是1980年代前期的文学所不

---

[1] 参见曾镇南，《评〈在同一地平线上〉》，《光明日报》1982年7月29日。

具备的。

路遥的《人生》(1982)在1980年代引起了很大的震动。路遥不仅在文学史，而且在社会史上都具有相当重要的地位。但是路遥并不属于1980年代的任何文学潮流。与其相近的，还有张承志。

《人生》传达出的，是个人主义进入平民阶层所引起的震荡。或者说，是一种平民化的个人主义运动。平民的个人化，首先需要的，是一种物质性的基础，在高加林，就是城市户口和相应的职业，而如何获得这些以及因为这一获得而失去什么，是《人生》着重表达的主题。这和此前的《哦，香雪》(铁凝)不太一样。《哦，香雪》是一种城里人想象的农民进城，是对现代化的一种浪漫主义叙述。《人生》是一种沉重的现实主义书写。对于平民来说，个人是被逼着成长的，被生活所逼。高加林原来安于乡村教师的位置，这个时候，他并不个人。只是因为村支书高明楼的徇私舞弊，迫使他离开教师岗位，这才逼迫他成为个人。因此，平民成为个人，首先是因为生存，精神则是次要的。

但是，对于高加林来说，理想还是存在的，这个理想就是成为小资产阶级。小资产阶级的叙事来源于1970年代的《波动》和《晚霞消失的时候》，这两部作品都改写了1950—1970年代的小资产阶级形象。小资产阶级成为文化阶层的代表，并要求掌控文化领导权。但是对于高加林，更重要的是怎样才能成为小资产阶级。这是杨讯(《波动》)和李淮平(《晚霞消失的时候》)所难以理解的。只要阶层分化仍然存在,高加林的意义就会持续地生产出来。

《平凡的世界》(1986)是对《人生》的引用、改写和扩展,因此,这两部作品实际构成的正是一种互文的关系。不过,《人生》中的一些尖锐的主题在《平凡的世界》中被悄悄改写了,主要是个人主义的发展逻辑。这些改写未必完全出于政治的考虑,更多的,可能来自路遥的复杂性格。路遥一直具有某种英雄主义的情结(《惊心动魄的一幕》,1980),这种英雄主义和高加林的利己性是有冲突的。在《平凡的世界》中,路遥通过孙少安重新接续了他和柳青的关系。不过,孙少安是对梁生宝的改写。孙少安是一个失败的梁生宝,在孙少安身上,路遥表达出一种清醒的现实主义态度。1980年代,社会给孙少安的表现空间是有限的。孙少安和群众的关系,本质上仍然是一种"英雄"和"庸众"的关系,这个关系是被1980年代规定的。"群众"如何成为"庸众",其中固然有文学的叙事视角的变化,但也有时代的规定,这是一个有待研究的课题。孙少平的浪漫主义建立在孙少安失败的基础之上。孙少平是另一种类型的"英雄",这个"英雄"是孤独的,他通过"离开"来完成自己的成长。但是孙少平的"离开"和高加林的"离开"不一样。孙少平的"离开"排除了高加林的功利性目的。某种意义上,《平凡的世界》就是孙少平的成长小说。孙少平渴望拯救世界，但这个拯救是抽象的，更像孙少平精神上的自我救赎。这和1980年代先锋文学的崛起有一点隐秘的关联，但也和小说内在的逻辑有关。孙少安的失败成就了孙少平的浪漫主义。只要孙少平不放弃拯救世界的理想主义情结，他就只能进行这样的浪漫主义的行走。而最后，拯救世界也就只能变成拯救自己。他和工友遗孀惠英嫂的关系，可以使我们联想起柔石《二月》中萧涧秋和文嫂的故事。这是小资产阶级必然的故事结局。当小资产阶级无力改变社会，最后只能通过这样的关系来改变自己，并完成自我的精神救赎。

1980年代，在改革叙事和现代主义兴起之间，有一段极为活跃的短暂的文学时期。这个时期的特点，是有许多文学潮流之外的"例外"作品，比如，有强调英雄主义的《迷人的海》（邓刚，1983），也有回归传统的《东方女性》（航鹰，1983），有反思革命历史的《灵旗》（乔良，1986），有描写三年困难时期的《犯人李铜钟的故事》（张一弓，1980），也有金河的《重逢》（1979），等等。但是，有一个小小的文学高潮需要提及一下，那就是"反特权"的文学现象。

1970年代末，社会的不平等逐渐开始产生，其中引起社会普遍反感的，是"特权"现象。这些"特权"现象，主要集中在那些高干子弟身上。这方面的作品，著名的有话剧《假如我是真的》（沙叶新等，1979）、《炮兵司令的儿子》（周惟波等，1979）等。反特权的文学中包含着一种对社会平等的要求,这是1960年代的精神在1970年代末的延续,因此,也引起不同的批评意见。这些意见有些来自批评界,有些则是来自内部的政治批判。比如,张军在回忆中就提到《上海文学》1979年刊发的一篇评论《反对官僚主义是社会主义文学的重要使命》,这篇文章在不同的内部会议上受到批评,并认为"文章有严重政治问题",以至于张军感慨说:"反官僚主义还是很难的,毛主席几次提出反对官僚主义,但都没有真正实行过,过去反官僚主义就变为反对领导、反党,现在社会进步了,也宽容、宽松多了,但还是要挨批评的。"[1]这些都导致"反特权"文学的终结。1980年代,政治对文学的干预并没有完全停止,从当年的"苦恋"风波,再到对周扬《关于马克思主义的几个理论问题的探讨》的批评,直至"清除精神污染"和"反资产阶级自由化",只是这种批评的激烈程度有所降低,这也是时代进步的一个表现。

可是,在这种批评面前,现实主义的表现方式也的确受到限制。后来,文学的"向内转"很难说和这种政治批评没有关系。当然,"向内转"同时也有着文学自身的发展因素。

---

[1] 张军,《历史是留给后人的——"文革"后上海作协恢复过程(中)》,《上海作家》2010年第3期。

四　现代派从形式创新开始

1980年,《文艺报》于"六月二十五日和七月十四日分别在北京、石家庄召开了座谈会,着重漫谈文学表现手法探索问题",并将与会者的发言"以笔谈和发言纪要的方式"分别刊载在《文艺报》1980年的第9期和第12期上。[1]这次会上,北京作家和河北作家在观念上有一定分歧,北京作家比较强调文学表现手法的艺术探索,河北作家更强调坚持现实主义的文学道路。[2]而触发这次讨论的,是王蒙《春之声》等"意识流"作品。王蒙事实上成为这次会议的主角。

王蒙在发言中,涉及了五个问题:一、强调"百花齐放",允许艺术实验。二、对"一些传统的文学观念,需要探讨,允许突破,否则,就会形成艺术上的条条框框,艺术上的禁区"。三、对写人的质疑,"文学要写人,这是不成问题的。但人是否就等于人物?人物是否就等于性格?不见得"。四、强调对外开放,"我国的现代小说和新诗,都是大大地借鉴了外国文学的艺术成果的",并举了赵树理和高晓声的例子,强调他们的"手法是寓洋于土"。五、"懂"和"不懂"的问题,这也是王蒙的

---

[1]《文艺报》"文学表现手法探索笔谈"编者按,《文艺报》1980年第9期。
[2] 现代派运动是否真正席卷了当时的文学,这是一个值得讨论的问题,参见李海霞,《后革命时代的青年文学——关于〈寻找〉及其续篇的完成》,《文学评论》2007年第2期。

自我辩护，他强调"可以有不同的读者群作对象"，实则是强调"注意提高"，"照顾少数"。[1]

李陀呼应了王蒙的发言，但态度更坚决，指出"目前，我国文艺各领域争论的焦点集中在艺术形式上"，并举"电影界关于电影语言现代化的探讨"为例。而"文学界关于王蒙小说看得懂看不懂的争论，等等，都是形式问题。这不是偶然的，它的合理性在于新的社会生活要求文学艺术家探索新的表现形式"。这和后来徐迟的《现代化与现代派》有相似之处。李陀特别强调"提高"："既然认识到下里巴人和阳春白雪是普及与提高的关系，那么，就应该认识到阳春白雪对文学艺术发展的重要意义和作用。应该充分认识它在文艺发展史中的重要地位。文艺的发展主要是靠阳春白雪来带动的，也就是靠提高了的文艺，靠文艺的精华来带动的。当然，它们最初一出现，总是不为群众所承认；但最后文艺潮流总是跟着阳春白雪发展，这也是事实。"王蒙和李陀都强调了"提高"，这个提高和"少数"有关，强调"少数"呼应了当时社会的"精英"化趋向，这个"精英"包括但不限于文化精英。但是，在当时，强调"提高"是有合理性的。这个合理性一方面来自文学内部的专业性发展要求，这个"专业性"可以视为对"技艺"（形式）的追求，这是文艺内在的逻辑之一。另外，毛泽东《在延安文艺座谈

---

[1] 王蒙，《对一些文学观念的探讨》，《文艺报》1980年第9期。

会上的讲话》之后,"普及"已经成为文学现实,不仅是文学现实,甚至成为新的艺术上的"条条框框",这是王蒙和李陀发言具体的历史语境。所以,李陀更强调突破,直言"在文学变革的时期不要过多强调继承……应该讲打破传统……",并以鲁迅为例。创造总是在传统和现实的断裂处产生的,这个"断裂"应该视为1980年代艺术创新的总体特征。而且,文学性总是通过"反文学性"才能真正生产出来。1980年代,当现实主义的某些手法成为新的"条条框框",就成了一种旧的"文学性",新的"文学性"只有通过对这一旧的"文学性"的挑战,才能合法化。而这一新的"文学性",就是西方现代的"非现实主义诸流派"。所以,李陀发言最后的点题就是:"大胆地打破传统,大胆地吸收西方现代文学有益的营养,对于我们文学艺术的发展,是完全必要的。"[1]在李陀的发言中,"现代派"已经呼之欲出。当然,1980年代开始的新的"文学性"探索,在今天已经成为旧的"文学性",甚至成为新的"条条框框",需要重新打破。但是,不能以"今天"去理解"历史"。

需要注意的,还有宗璞和张洁的发言。宗璞是一个很特别的作家,写"外观"常用浪漫化的手法,写"内观"则强调细节真实。这个真实,很多和心理有关。浪漫化的写法有《三生石》(1980),强调心理真实的,有

---

[1] 李陀,《打破传统手法》,《文艺报》1980年第9期。

《我是谁》（1979）等。这些作品涉及"身份焦虑"，也就是卡夫卡的异化主题。事实上，宗璞也受到了卡夫卡的影响。吴婷婷在其硕士论文《野葫芦里的宇宙——宗璞及其对现代中国的想象》中整理了卡夫卡对宗璞的影响：

> 宗璞并不讳言卡夫卡对自己创作的影响。一九六〇年代，宗璞在《世界文学》编辑部工作期间，曾因工作需要接触到西方现代文学，"卡夫卡、乔伊斯的作品都读过"（施叔青：《又古典又现代——与大陆女作家宗璞对话》，《宗璞文集》第四卷，华艺出版社，1996年，456页）。作为一项批判课题，一九六六年春，宗璞还在卞之琳先生的指导下较系统地阅读了卡夫卡的作品。"提纲尚未拟出，'文化大革命'开始了，一切付诸东流。"（宗璞：《小说和我》，《宗璞文集》第四卷，315页）然而，也正是"文革"带来的巨大冲击让宗璞真正理解了卡夫卡的绝望。一九六六年八月十八日，哲学社会科学部红卫兵揪斗宗璞，她在被斗时想到了卡夫卡《在流放地》中被精心研制出的杀人机器。在《三生石》中，宗璞借梅菩提之口表达了对昔日批判卡夫卡的忏悔："那时怎么会去批判那病态的作家呢？他把人在走投无路时的绝望境界描写得淋漓尽致。一定要到自己走投无路时，才会原谅他吗？"在谈到写《我是谁》的契机时，宗璞描述了在学校食堂看

到物理学泰斗叶企孙先生打饭的情景：由于历经批斗会的"锻炼"，叶老走路时弯着背，"弯到差不多九十度"，"简直像一条虫"（施叔青：《又古典又现代——与大陆女作家宗璞对话》，《宗璞文集》第四卷，463页）。面对这样的惨象，宗璞难过而愤怒。"文革"的残忍把人变成虫！生活中人已变形了，怎能不用变形手法呢？[1]

对于1980年代的文学来说，卡夫卡"我是谁"的主题影响很大，这和"文革"经验有关，同时引申出心理真实的概念。这是1980年代"现代派"文学的一个很重要的接受基础。相类似的作品还有王蒙的《蝴蝶》，而且，这个主题还一直延续到"寻根文学"，比如韩少功的《归去来》。所以，宗璞在发言中支持了王蒙的创新，强调要使"文艺形式更好地适合所要表现的内容"，"现代的生活复杂，节奏快，文艺形式也要现代化"。而且以自己为例："我从去年春天想到艺术探索的问题，写了《我是谁》，可能不够成功。"这是宗璞的自谦之词。宗璞同时提到了"心理时间"这个概念："如果能够很好地从'心理时间'出发，可以从人物意识的流动选择场景，突出要突出的，略去该略去的。"因此，艺术要"广收博

---

[1] 吴婷婷，《野葫芦里的宇宙——宗璞及其对现代中国的想象》，上海大学硕士学位论文，2009年。

采,推陈出新,西方的意识流手法完全可以为我所用"。和李陀的激烈表述不太一样,宗璞反而强调"永不能忘对自己民族传统的继承……我们要创作出世界文学中第一流的,而又是富有中国味的作品"[1]。这和宗璞的知识背景有关。

张洁一方面支持文学的形式探索,但又强调,"传统的现实主义的表现手法,仍然是最重要的基本功,一切是从这里开始的。丢掉这个传统,是我不能接受的"[2]。这也说明,1980年代,仍然有许多作家希望能坚持现实主义的写作方法。

1980年代的形式探索,主要借鉴的是西方现代主义的写作技巧。这里仍然离不开多方面的支持,包括理论支持。

钱谷融发表于1957年的《论"文学是人学"》,在1980年代再度受到重视。这篇文章契合了当时的人道主义潮流,人道主义使得1980年代从"阶级立场"回到"人"的立场。有了这一抽象的"人"的假设,才可能推动所谓的形式探索。而我们此前的文学实际上是围绕"阶级"这个概念展开的,包括它的表现手法。而人的情感活动,也应该在这个层面加以理解。所谓情感,实际指向"同情"这个概念。比如张洁就希望文学能够"探

---

[1] 宗璞,《广收博采 推陈出新》,《文艺报》1980年第9期。
[2] 张洁,《文学艺术面临着一场突破》,《文艺报》1980年第9期。

求人的感情生活,如人性美、人类的同情心这样普遍关心的问题"[1]。

西方的现代主义为1980年代提供了具体的借鉴对象。实际上,《外国文学研究》季刊从1980年第4期就开始组织一场对西方现代派文学的讨论,持续了一年多。而董衡巽、袁可嘉、郑克鲁选编的《外国现代派作品选》(上海文艺出版社,1980)以及相关学者对现代派的研究,比如袁可嘉、柳鸣九等,一方面打开了中国作家的视野,另一方面实际颠覆了茅盾在《夜读偶记》中对现代派的批评。[2] 1980年代的文学,受西方文学影响颇深,这方面的研究已经展开,但还应兼顾到具体的作家,这是一个有待进一步开拓的领域。实际上,这方面的资料容易收集。那个时代的作家喜欢谈自己的阅读,其中不乏对外国文学的阅读。通过对作家阅读的分析,可以更好地进入文本内部。

而在理论上,哲学和心理学开始进入1980年代文学的视野。哲学上,萨特的存在主义引起当时文学的注意,尤其是萨特关于选择和存在的论述。尽管这些接受都有"误读"的因素,但是"误读"里面也包含了创造,这和主体性理论有一定关系。弗洛伊德的精神分析学,尤其是他的意识和无意识的区分,给文学的"向内转"提供

---

[1] 张洁,《文学艺术面临着一场突破》,《文艺报》1980年第9期。
[2] 茅盾,《夜读偶记》,百花文艺出版社,1958年。

了理论支持。抽象的人的描写，在此得到了精神分析学的启发。

在这样的背景下，现代派的出现就成了一件顺理成章的事，标志性的事件就是李陀、刘心武、冯骥才三人围绕高行健《现代小说技巧初探》展开的讨论。[1]

在1980年代的文学转型中，李陀是一个重要人物。李陀是一个优秀的小说家和批评家，同时也是卓越的文学组织者和事实上的推动者。比如阿城的《棋王》、余华的《十八岁出门远行》、刘索拉的《你别无选择》等等，都与李陀的鼓励和推动有关。李陀有非常好的艺术感觉，鼓励艺术创新，有强烈的反主流倾向。但是，李陀仍然有其自身的内在逻辑。李陀一直认为自己强调的是"现代小说"，而不是"现代派小说"。[2]这里面包含了双重意思：一是认同西方的现代派艺术，这和他支持先锋文学有关；二是强调"中国味"，所以他也支持"寻根文学"，同时肯定汪曾祺的艺术成就。如果要说文学性，李陀是最具"文学性"的批评家。但是，李陀身上同时有着强烈的社会关怀和政治干预性，这在他早期的小说《愿你听到这支歌》中可以看出。在1980年代，李陀身上的政

---

[1] 李陀、刘心武、冯骥才，《关于当代文学创作问题的通信》，《上海文学》1982年第8期。

[2] 李陀："我写这封信，思想上有个小变化，到现在我坚持认为的，'现代小说'不等于'现代派'，中国要创造一种现代小说，但是不能搞西方现代派。"参见王尧，《"现代派"通信述略》，《文艺争鸣》2009年第4期。

治性通过美学形式表现出来，是1980年代政治向美学转化的典型例证。但是李陀的政治性并没有消失，只是隐藏在美学之中。这是1980年代人们共同的性格特征。所以，1990年代以后，在李陀身上，这种政治性开始突破美学的限制，重新回归现实主义，并对"纯文学"进行批评。[1]这是李陀自身逻辑的自然发展，只是李陀更具有自觉的自我反思性，并敢于否定自己。而且，1990年代以后，李陀一方面重新强调现实主义的重要性，但另一方面并没有放弃对"现代小说"的推动，这表现在他对格非《戒指花》的评论中。[2]所以，李陀前后，实际上又是一以贯之的。

关于"现代派"的讨论，受到了有关方面的批评，而且牵扯出更复杂的人事关系，同时这一批评也隐晦地表现在当时的"反精神污染"运动中。[3]但是对现代小说的追寻一直在延续，最后表现为"寻根文学"和"先锋文学"的崛起。

现代派文学的创作实绩并不算多，比较重要的有周立武的《巨兽》（1982），茹志鹃在《上海文学》1982年第4期上发表短评肯定了《巨兽》的象征手法。另外有谭甫成的《荒原》等等。李陀的《自由落体》（1982）在

---

[1] 李陀、李静，《漫谈"纯文学"》，《上海文学》2020年第1期。
[2] 李陀，《腐烂的焦虑》，《读书》2006年第1期。
[3] 详见王尧，《"现代派"通信述略》，《文艺争鸣》2009年第4期。

当时受到广泛关注。《自由落体》探寻人的内心活动,恐惧作为一种心理-生理现象,脱离了社会范畴。小说较早地引入了内心叙事的方式,在封闭的空间里,写人的意识和潜意识。小说的背景是工厂。工厂,尤其是工厂封闭的空间,是非常难写的。《自由落体》退出了工厂的社会关系,而转向人的心理活动,这对小说的主题和表现手法做出了有益的拓展,同时也是对王蒙"意识流"小说的一种更激进的形式探索。刘索拉的《你别无选择》(1985),颠倒性地引入了萨特的存在主义哲学。在1980年代的文学探索中,刘索拉也是一个很重要的作家,她的作品还有《蓝天绿海》等。同样重要的,是残雪。残雪注重的,是哲学意义上的人的概念,她的"黄泥街"系列小说影响很大。而且,残雪一直坚持现代主义的探寻,这在中国作家中是相对罕见的。而在戏剧文学界,则有高行健的《车站》等。《车站》可以让人联想起贝鲁特的《等待戈多》,但更多启蒙主义色彩。艺术形式的探索,并不局限在文学,而是1980年代各个艺术领域的共同行为,比如第五代电影导演的崛起,作品有《黄土地》《一个和八个》等等。这和西方现代艺术的影响有关,也和对人的探索有关。

相较于文学创作,现代派讨论激起的理论探索要更为复杂。其中,有两篇文章可以谈一下。

韩少功的《文学创作的"二律背反"》发表于《上海文学》1982年第11期,这是讨论1980年代文学形式变革非常重要的一篇文献。这篇文章实际导致的是思维方式的变革，而不再仅仅局限在形式层面的讨论。比如说，在文章中，韩少功批评了单纯的"一因一果"的因果关系，认为在生活中，也可能有多因一果，或者一因多果，等等。严格的因果律是情节小说的逻辑基础，韩少功的批评，实际上瓦解了这一小说类型的逻辑基础。1980年代初期，曾经流行过福斯特的《小说面面观》。福斯特区别了"圆形人物"和"扁平人物"，同时举例说，国王死了，王后因为悲伤过度也死了，这是小说；国王死了，王后也死了，这是故事。但是，现代小说的一个特点，恰恰是把故事从情节中解放出来，从而构成一种新的小说形态，人物形象也趋于扁平化。这是后来"寻根文学"与"先锋小说"共享的一种写作方式。

但更重要的是，这一思维方式的变革，延续了1970年代开始的对"一元论"的质疑，从思想自由过渡到表述自由，再到思维解放，这样的变革诉求对后来的文学发展有着很重要的意义。但是这种思维方式付出的代价，则可能是行动的丧失。一方面，在当时，对实践有着更为谨慎的要求，但另一方面，复杂性导致了不确定性的增加。这种不确定性，固然否定了简单粗暴的思维专制，但也容易滋生出相对主义的思想倾向。文学力量逐渐衰弱，也和这种复杂的思维方式有着隐秘关联。简单产生粗暴，也会产生力量。尤其是如果社会自身提出了行动性的要求，这时候，文学就很难面对。当然，1980

年代的文学变革，某种意义上退出了对现实生活的描写，这种文学品格逐渐和主流（改革）叙事产生了分歧。比如李庆西回忆某次会议："讨论到跟'寻根'有关的什么问题时，冯牧面露愠色，指着我说：'那时候我们在前边替你们顶雷，承受多大压力啊。可你们这帮小鬼还净给添乱。'陈荒煤插上说：'那时候晚上听到电话铃响心里都发怵。'"[1]

鲁枢元《论新时期文学的"向内转"》发表于1986年10月18日的《文艺报》，是对"新时期文学十年"的一个总结，但引发了长达数年的争论。在文章中，鲁枢元认为："二十世纪的文学较之十九世纪的文学，在文学与人、文学与生活的关系方面进行了明显的调整，文学呈现出强烈的'主观性'和'内向性'，成了整个西方文艺从十九世纪向二十世纪过渡时的一个主导趋势，而令人讨厌的'现代派'们，却在这一历史性的转换中打了先锋。"而"一种文学上的'向内转'，竟然在我们八十年代的社会主义中国呈现出一种自生自发、难以遏制的趋势"。这种"向内转"通过"割舍了情节的戏剧性、人物的实在性、主题的明晰性之后，换来了基调的饱满性、氛围的充沛性、情绪的复杂性、感受的真切性"。鲁枢元是1980年代重要的理论家之一，因为受到钱谷融《论"文学是人学"》的影响，从人的情感进而深入到心理层面，

---

[1] 李庆西，《开会记》，《书城》2009年10月号。

比如其《论创作心境》等。批评意见主要集中在文学和现实生活的关系上，当然，这个现实是改革的现实。比如，林焕平就认为："'向内转'既然是'必由之路'，那么，作家还要不要深入生活、体验生活、认识生活？"[1]周崇坡则指出，"那些过分'向内转'的作品，由于作家不同程度地忽视了社会生活实践"，"因而在他与时代的关系上，往往不同程度地缺乏鲜明有力的时代精神，缺乏鼓舞人们投身变革的使命感，缺乏直面人生、揭示现实矛盾的贴近感"。[2]对此，鲁枢元曾有回应，认为"向内转""不但不会导致作家脱离生活，反而会要求作家必须'深入'生活，而在我看来，最'深'的'深入'便是'心'入……"[3]这也意味着，在如何表现改革现实的问题上，改革派阵营产生了分裂。激进的形式探索者，要求文学进入人的无意识层面，实际要求的是人的进一步现代化。而在这后面，是1980年代政治向美学转化的要求。

这方面的文章，有周介人的《创作论：从政治性到认识性到审美性的发展》。周介人是一个卓越的文学组

---

[1] 林焕平，《略论"向内转"文学》，《文艺报》1987年12月26日。
[2] 周崇坡，《新时期文学要警惕进一步"向内转"》，《文艺报》1987年6月20日。
[3] 鲁枢元，《文学的内向性——我对"新时期文学'向内转'讨论"的反省》，《猞猁言说：关于文学、精神、生态的思考》，第148—149页，社会科学文献出版社，2001年。

织者，也是当时颇负盛名的编辑家，同时更是一个优秀的批评家。正是在《创作论：从政治性到认识性到审美性的发展》这篇文章中，周介人敏锐地察觉到文学的变化，提出"审美性质的创作论认为，作家必须以人为注意中心"。不仅批评文学的政治化，也批评创作的认识论倾向："这样一种创作论要求文艺从服从于政治，转移到服从于生活。"[1]这样一些理论主张，都越出了改革派对"现实"的规定性。当然，这种对美的强调，也导致了后来文学的"去政治化"倾向。对于1980年代的研究来说，政治向美学的转化，是一个极为重要的课题。

1980年代的形式探索，同时对现实主义的各种理论命题提出了质疑和挑战，比如围绕"典型环境中典型人物"展开的辩论等等。现在许多习以为常的说法或者写法，在当时，还是遭遇了一定的困难。

围绕"现代派"展开的讨论，数年后，得到了先锋文学的回应，比如，余华在《虚伪的作品》一文中就强调说："我并不认为人物在作品中享有的地位，比河流、阳光、树叶、街道和房屋来得重要。我认为人物和河流、阳光等一样，在作品中都只是道具而已。河流以流动的方式来展示其欲望，房屋则在静默中显露欲望的存在。人物与河流、阳光、街道、房屋等各种道具在作品中组合一体又相互作用，从而展现出完整的欲望。这种欲望

---

[1] 周介人，《文学：观念的变革》，第100页，人民文学出版社，1987年。

便是象征的存在。"[1]其中,重要的是欲望和象征的概念。欲望和本能有关,象征则是现代小说共有的表现手法。

五 "知青一代"和"寻根文学"的崛起

在"寻根文学"崛起之前,应该提及一位作家,这位作家就是张承志。

在《北方的河》(1984)的题记中,张承志写道:"我相信,会有一个公正而深刻的认识来为我们总结的,那时,我们这一代独有的奋斗、思索、烙印和选择才会显露其意义。但那时我们也将为自己曾有的幼稚、错误和局限而后悔,更会感慨自己无法重新生活。这是一种深刻的悲观。"悲观什么呢?又如何深刻?关键可能是"无法重新生活"。这种悲观来自1960年代精神的某种挫败感,或者说,是理想主义的挫败。这种挫败感拉开了张承志和主流(改革)叙事的距离。这是我们理解张承志的重要的切入点。

可以这样说,张承志所有的写作,都是为了克服自己的这种挫败感,这种挫败在1960年代后期就已经开始。因此,他的挫败感又是和自我反思联系在一起的。知青经历给了他重新走向民众的可能,他在1980年代的写作,都和民众有关。当然,这个"民众"是美学化的,这也

---

[1] 余华,《虚伪的作品》,《上海文论》1989年第5期。

是1980年代政治向美学转化的一个经典案例。但是经过这种美学化的处理,"人民"这个概念被张承志重新召唤回来,这就是他最早的作品《骑手为什么歌唱母亲》(1978),母亲的意象延续到他后来的《黑骏马》。

这种和主流(改革)的疏离,形成了他作品中独特的孤独感。这种孤独是追寻真理中的孤独,典型如他的短篇小说《大坂》。张承志是一个追寻真理的作家,他的作品中总是缠绕着"寻找"的意象,而这一"寻找"激起了后来"寻根文学"的强烈共鸣。张承志又是一个执着的问道者,因此,他的真理带有终极真理的色彩。张承志是1980年代最后一个浪漫主义者,同时又是高度抒情化的,这种抒情化使他天然地靠近现代小说的叙事方式。他通过独白和抒情来表达自己,这种表达里面,包含了一种异端的反抗方式。张承志对1980年代的青年有着很强的感召力量,比如他的《GRAFFITI——胡涂乱抹》。

《北方的河》是张承志1980年代的写作中,少见的与现实直接碰撞的作品。河(理想)与现实(世俗)直接碰撞,没有给自己留下任何和解的机会。张承志在对待理想问题上,非常决绝,这使他的叙事非常彻底,里面有对绝对真理的坚持,他是当代文学中少有的知行合一的作家。张承志拒绝了城市的世俗生活,这个世俗社会因为徐华北的存在,而变得小市民化。对庸俗的小市民趣味的排斥,正是来自1960年代的文化影响。因此,张承志实际上很难融入这个正是由小市民趣味构成的新的主流社会。他的理想主义是以排斥世俗社会为前提的，这也形成了他叙事上的困难。他总是在寻找理想的社会主体，而不是改造现实的社会，这是1980年代理想主义的根本困境，也是政治向美学转化而形成的困境。最后的方式只能是"游击战"，而不是"阵地战"。这也是张承志亲近格瓦拉的原因之一。从根本上说，政治向美学的转化，加速了他的小资产阶级激进化倾向。

因此，《北方的河》的叙事时间设置在辞职后、考研前，这样，他的理想主义才可能免除世俗（职业）时间的障碍；同时，他在小说中自嘲说，因为弟弟的存在，才可能使他得以不局限在"八平方米的小屋"，而承担沉重的日常生活。在这一点上，在理想主义和世俗生活的缠绕关系上，张承志一直很清醒，所以，他也经常会用自嘲的语气来解释这样一种矛盾的困境。这种自嘲，实际上为我们理解1980年代的理想主义，包括它的困境，提供了一种研究路径，即改造社会的无力感。这种无力感，使这一代人开始疏离现实主义的写作方法。但是，恰恰是这种对现实主义的放弃，反而使张承志这一代作家获得了更为开阔的表现自己的叙事空间。对作家，我们不能过于苛刻。

张承志的理想主义，对于"寻找"的执念，尤其是在《北方的河》中强调的对历史文化的承续，给当时的文学提供了一种重新开始的可能性。这种可能性凝聚了一些作家，这些作家，我们可以统称为"50后作家"，也可称之为"知青一代"。

在共和国史上，"知青一代"相对比较特殊，也可视为中国的"战后婴儿潮"一代。他们的经历，空前绝后。在他们身上，凝聚了共和国精神，富有英雄主义情结，在集体主义的熏陶中成长，同时又在这种集体主义中，追求个人的独异性。他们的集体性格非常矛盾，既有对信仰的渴求与忠诚，同时又具有反潮流的叛逆性。他们大都有过"上山下乡"的知青生活，对中国的底层社会有着深刻的体认。他们对中国社会的世俗发展有着清醒的认识，但是又常常耽于幻想。他们身上有着浓厚的政治情结，但是由于理想的幻灭，又从政治中撤离，他们对历史的反思带有更多的自我沉思的色彩。也因此，在他们的叙事中，非常隐秘地存有一种挫败感。当他们回首往事，既有对自我的批评，也有对青春的纪念。即使启蒙色彩相对浓厚的陈建功，也有《飘逝的花头巾》（1981）这样的作品。由此也可看出，在对历史的看法上，1980年代文学的内部氛围还是相对宽容的。

在"寻根文学"之前，知青一代的写作，实际上分散于各种文学潮流之中。但也表现出一些特殊性，比如韩少功的《西望茅草地》《风吹唢呐声》等，尽管也可视为"伤痕文学"，但毕竟有了不一般的写法。文学史上，也有"知青文学"的提法，但还没有完整地表达出这一代人的想法。如果说，第一个1980年代，也就是围绕启蒙和改革展开的集体叙事，实际是由"五七一代"作家塑造的，那么，"寻根文学"的崛起，则意味着"知青一代"对这个"1980年代"提出了自己的质询。当然，质询里面又包含着继承。这意味着，此前分散在各种文学潮流中的"知青一代"的写作，恰恰是带着这些潮流的核心概念，比如伤痕、改革、反思、启蒙等，重新进入"寻根文学"的写作，所以断裂永远和继承并存。但是，有一些特殊的想法开始出现。这些想法有明有暗，明的多，比如文化；暗的，非常隐蔽，可以说是一种无意识，这种无意识构成了文本隐秘的层面。在这一层面中，忠诚是一个极为隐晦的概念，忠诚于理想、人民和土地。寻找，实际上是渴望一种更有意义的美好生活。这一美好生活和"文化"纠缠在一起，而文化是属于集体的。因此，"寻根"巧妙地把已经断裂的"集体"（或者国族等共同体形式）重新引入了文学之中。

1984年末召开的"杭州会议"，可以视为"寻根文学"的征兆。[1]但是在此之前，"知青一代"作家已经有了独具风貌的作品，除了张承志，还有阿城的《棋王》（1984）、李杭育的《最后一个渔佬儿》（1983），等等。"杭州会议"实际上是这些作家的自我总结和相互磋商。

---

[1] 参见蔡翔，《有关"杭州会议"的前后》，《当代作家评论》2000年第6期。

尽管议题相对分散，但是已经表现出对当时文学主流的挑战，主要在于，一、对改革叙事的质疑，实际是对那种简单的写事的文学的质疑；二、对现代派的反省，也即对个人主义的批评，反对的，是西方主题的"横移"。在这次会议上，"文化"的概念被反复提及，文化被视为一种集体无意识，而如何从"文化"中寻找意义就成为一个重要的会议共识。而这里的文化，指的是本土文化，和"人心"有关。拉美的"魔幻现实主义"给了这些作家直接的文学信心，尤其是马尔克斯的《百年孤独》，为当时的中国作家提供了一种新的写作的可能性。

真正的"寻根"宣言是在"杭州会议"之后，这就是韩少功的《文学的"根"》、阿城的《文化制约着人类》、李杭育的《理一理我们的"根"》、郑万隆的《我的"根"》，等等。这些，是极为重要的文献。

在《文学的"根"》中，韩少功开宗明义地说："如果割断传统、失落气脉……势必是无源之水，很难有新的生机和生气。"所以，"文学就不能没有传统文化的骨血"。[1] 不过，在韩少功这里，传统文化并不是抽象的，而是饱含着浓郁的地方性，而只有通过"地方"才能真正进入传统。"寻根文学"有着浓厚的地方性色彩，所以，韩少功赞赏贾平凹、李杭育、乌热尔图等的文学探索。可是，这个"地方"仍然有着一个前提，这个前提

---

[1] 韩少功，《文学的"根"》，《作家》1985年第4期。

就是民族。显然，在韩少功看来，中国的民族文化是多元一体的文化，这个"体"就是中华民族。因此，通过地方，可以更深刻地抵达民族文化的内部，这个民族文化是统一的，而不是分裂的。

那么，所谓的"寻根"对于韩少功意味着什么呢？在某种意义上，"根"是用来"克服"的，克服现代性带来的焦虑。比如，《归去来》（1985）涉及了"我是谁"的身份困惑。"我是谁"这一卡夫卡式的主题，在此前宗璞的《我是谁》、王蒙的《蝴蝶》中，都有涉及。韩少功的不同之处在于，只有通过"文化的根"才能克服这一被现代异化的身份焦虑。《爸爸爸》是"寻根文学"的代表性作品，具有多种解读的可能性。比如，"丙崽"可以视为无法言说的焦虑，而仁宝则意味着一种"言说"的过剩，所谓"过剩"恰恰是"西方"构成的现代话语。最后，鸡头寨的民众重新返回东方，以寻找一种新的言说可能。韩少功对语言有着一种特别的关注，这一关注一直延续到他在1990年代创作的《马桥词典》。对于韩少功来说，语言不仅是交流的工具，同时还参与构造历史和现实。这一时期，韩少功可能受到了结构主义的影响。所以，韩少功强调"寻根"，有着明确的现实指向性。

阿城在发表《文化制约着人类》一文前，已经有《棋王》问世，并轰动文坛。《文化制约着人类》体现了阿城的文学思考。在限制中创造，即使放在今天，也是非常重要的文学思想。某种意义上,它也是"寻根文学"对共和国文化的一种不自觉的回应,是"山沟沟里也能出马克思主义"的文学延伸。尽管阿城对共和国文化有反思,也多有批评,比如他在《适得其志,逝得其所》一文中就认为张爱玲不可学,不可学的原因则在于:"要学她,得没有受过多少共和国文化的浸染……或与张爱玲有相近的文化结构、感情方式……"[1]但是这一共和国文化却一直在他身上顽强地存在,并不自觉地流露。《棋王》讲生道和棋道,实际讲艺术和人生。但是王一生最后一战,却透露出强烈的战斗精神,这种战斗精神只能在共和国文化的脉络中才能理解。《孩子王》实际要说的是修辞,推崇简洁,这里面又有对共和国文化的反省和批评,要求回到事物的根本,是对烦琐修辞的拒绝。《树王》表现了一种更深刻的对人和自然关系的思考,不过,稍微引申一下,可以使我们联想起鲁迅所谓"伪士当去,迷信可存"。在1980年代,重提信仰,是重要的,哪怕这一信仰以迷信的形式出现;抨击的,是各种现代的"伪士"。

郑万隆在《我的"根"》中,涉及的是文化的重要性,这一重要性涉及个人的行为方式和背后的集体无意识。陈建功亦持相同观点。不过,在具体的文学写作中,则有差异。陈建功在意的,仍然是民众的愚昧,而这一愚

---

[1] 阿城,《适得其志,逝得其所》,《亚洲周刊》1995年9月24日。

昧则有着文化根源，比如他的《辘轳把胡同9号》，这些想法，多少有着启蒙主义的支持。类似地，则有李锐的《厚土》系列。郑万隆的《老棒子酒馆》（1985）张扬的是人的生命力（个性），不过，这个个性，有着反理性的色彩，是一种原始的生命力量。后来则有莫言的《红高粱》（1986），"野性"成为生命中重要的概念。这些写作表现出对历史进步主义的某种质疑，而历史进步主义正是1980年代主流叙事的重要特点。显然，"寻根文学"并没有摒弃现代派的思想，而是在"寻根"中曲折再现了现代派的某些主题。所以，比如莫言，既是"寻根文学"的重要成员，同时也常常被批评家纳入"先锋文学"的谱系中加以考察。

"寻根文学"的重要作家，个人与个人之间的差异是很大的，很难用一种"模式"进行笼统地概括。李杭育的"葛川江系列"，比较重要的有《最后一个渔佬儿》、《沙灶遗风》（1983）等，强调的是一种生活方式，是在现代化的总体性中，能否保留地方以及个人"怀旧"的权利。而个人存在的意义，恰恰是通过对现代化的质疑获得的。郑义是另一位重要的"寻根文学"作家，他的《远村》（1983）写"拉帮套"的古老习俗，在对"落后"的批评中，又对"落后"给予了充分的"了解之同情"。这是对底层人民的深刻理解。《远村》的写作，跳出了"文明与愚昧"的思想纠缠。而在《老井》（1985）中，我们看到的是一种英雄主义的献身精神，这里面，既有梁生宝式的集体主义传统，也有丹柯式的自我献祭。在这一代人身上，共和国文化的影响是深刻的，"寻根文学"激活了这一影响，只是他们更愿意把这种文化置放在一个更为久远的历史脉络中进行考察和重新叙述。

王安忆的《小鲍庄》(1985)，常常被视为"寻根文学"的代表性作品。王安忆并没有参加"杭州会议"，她的思想变化和台湾左翼作家陈映真的影响有关。在陈映真的影响下，她开始反思现代性以及现代性带来的问题，包括物质主义。[1]《小鲍庄》讲述了一个道德的故事，利他的伦理意义被重新强调。王安忆的经历也可说明，这一时期，社会发展带来了各种各样的问题，这些作家实际希望的，是在发展过程中，能有一个暂时的冷静的思考瞬间，这些思考对社会是有益的。当然，"寻根文学"并不能概括这些作家复杂的思考和创作经历，只是在这一个"点"上，这些作家从四面八方汇拢了过来，然后又星散开去。王安忆是一个相对经典的案例。

王安忆是一个善于发现自己"天性"以及这一"天性"蕴含的深刻矛盾的作家。对一个成功的作家来说，这是相当重要的。王安忆是一个性格矛盾的作家，她对"安全感"有着一种天然的要求，同时对陌生的世界又有着强烈的好奇心。但是，过于激烈的世界又常常会引起

---

[1] 参见茹志鹃、王安忆，《母女同游美利坚》，中信出版社，2018年。

她的恐惧。因此,她常常会通过克服恐惧获得一种新的安全感。这种矛盾的性格,使得她早期作品的主题相对庞杂,线索繁多。有些批评家比较关注作家的"晚期风格";也有些批评家,比如项静,特别重视作家的"早期作品",并通过对这些"早期作品"的分析,来讨论作家后来是怎样"改写"这些"早期作品"的。项静关注的,不仅有王安忆的"早期作品",还有韩少功的。她的《韩少功论》的第一章与第二章,分别讨论了"'公民写作'与问题小说:韩少功的早期作品"和"早期作品的'修改'与作家的主体意识"。

对一个作家来说,过早的风格化未必是一件好事。王安忆似乎一直在抵制自己的风格化,任由自己的天性进入自己的写作。因此,她既有《庸常之辈》这样亲近日常生活的作品,也有"三恋"系列这样冒险与克服自身恐惧的小说。安全与恐惧是王安忆作品中潜在的主题,这一矛盾后来分裂地体现于她的《启蒙时代》。在小说中,现实主义与浪漫主义相互纠葛,从而进入一个重要的思想空间。

《小鲍庄》只是王安忆的一个小小的中介,但是这个中介意味着王安忆努力走出"弄堂",走向一个更为开阔的世界,在这个世界中,安全和恐惧的纠葛才使她获得更为重要的表现空间。

类似王安忆的,还有史铁生。史铁生的中介是他的《我的遥远的清平湾》(1983)。在此之前,史铁生已有

《午餐半小时》(1979)等作品。而在此之后,史铁生的写作进入了一个更为开阔的世界,当然,史铁生的世界是形而上的,里面充满了对生命的思考。

对于"知青一代"来说,所谓"寻根文学"给他们提供了一种从个人走向世界的可能,在一个更为开阔也更为抽象的世界里,他们对人的思考,显得更加成熟。有时候,对人和社会的思考,现实主义并不是唯一的可能。

对民族性的思考,同时带来艺术上的另一种可能,这种可能体现在贾平凹的"商州"系列中。贾平凹的这类写作带有古代笔记小说的特征,那种文人性因此得到体现。在这种写作方式中,"故事"脱离"情节",所以,李庆西有《新笔记小说:寻根派,也是先锋派》一文,对这类小说加以理论上的概括。也正是在"寻根文学"的浪潮中,汪曾祺的意义被重新"发现"。在汪曾祺的写作中,他们看到"事里见心,心外有事"的可能性。李陀后来有《汪曾祺与现代汉语写作》一文,对汪曾祺的写作进行了全面的分析。与汪曾祺并列的,是林斤澜,林斤澜的短篇小说造诣极高,叙事上极其"讲究",当然,有时候过于"讲究"也会造成语言的膨胀。对林斤澜小说的深度论述,有黄子平的论文《沉思的老树的精灵》等。

实际上,"知青一代"是带着各自不同的思想背景进入"寻根文学"的,比如张炜。他一直有着人道主义情结，在其小说中，人道主义不仅用来反思历史（《古船》，1986），也被作为批评现实的依据（《秋天的愤怒》，1985）。本质上，张炜是一个抒情诗人。因此，在整体思想上，"寻根文学"显得相对庞杂，同时又有点暧昧。但是，因为"寻根文学"的崛起，他们才真正摆脱第一个1980年代的影响。他们有对抗现代性的一面，这一面促使他们回归传统。但是，对抗现代性的动力同样来自现代，所以，他们并不可能完全舍弃启蒙主义，那种宏大叙事的诱惑始终若隐若现地在召唤他们的写作。所以，"寻根文学"同样来自广义的"现代派"的思想脉络；他们不满于教条化的现实主义，对"现代派"又有所质疑。他们试图通过"地方"进入"传统"，但有时候显得造作。他们渴望创新，并以此挑战主流，但也因此形成一种创新的焦虑。对这些作家来说，困难的地方仍然在于如何把"真实"虚构/建构为一种"现实"。最后比拼的，不是技术，而是思想的创造力。在这一点上，先锋文学要显得更为彻底。先锋文学的出场，预示着这一文学潮流将更为粗暴地解构各种"说法"，包括"寻根文学"的"说法"。

六　先锋的出场

1980年代，有两首关于大雁塔的诗。一首是杨炼的《大雁塔》，另一首是韩东的《有关大雁塔》。

杨炼的《大雁塔》(1980)的背后，仍然是启蒙，是启蒙支持下的一种宏大叙事。在启蒙精神的观照下，时间被区隔为过去、现在和未来："我被固定在这里/已经千年/在中国，古老的都城/……山峰似的一动不动/墓碑似的一动不动/记录下民族的痛苦和生命……我的心被大洋彼岸的浪花激动着/被翅膀、闪电和手中升起的星群激动着/可我却不能飞上天空，像自由的鸟……"通过杨炼的《大雁塔》，我们可以感觉到的是，1980年代，启蒙主义的影响是巨大的，这种影响构成了"今天"诗派的潜在底色。

韩东的《有关大雁塔》(1983)可以看作是对杨炼《大雁塔》的解构："有关大雁塔/我们又能知道些什么/我们爬上去/看着四周的风景/然后再下来……"

韩东的《有关大雁塔》预示了新一代诗人的崛起，同时包含了后来"先锋文学"的若干主题。对于历史，我们实际上是不知道的，真相难以探寻；英雄只是一种自我满足的行为，拯救世界毋宁说是拯救自我；所有关于世界的说法都是一种虚构，唯有日常生活才是一种真实的存在，等等。

韩东的《有关大雁塔》因此放弃了改造社会和人心的企图，同时也和启蒙主义拉开了距离。这些想法同时带来了语言的变化，这种变化，预示了对"广场"式的言说方式的舍弃，也就意味着放弃了语言社会动员的功能，写作转向内心，变成一种自我言说的方式。

韩东的《有关大雁塔》给我们提供的启示在于，文学史上，总是会有一些作品，从后设的视角看，具有某种预言性的功能，这种预言犹如打开下一个时代某些文学主题的钥匙。比如，萧也牧的《我们夫妇之间》隐藏了1960年代的某些主题（《霓虹灯下的哨兵》），北岛的《波动》提供了进入1980年代文学的某些路径。而韩东的《有关大雁塔》则预示着后来"先锋文学"的产生。事实上，"先锋文学"的产生本身就和"第三代诗人"的崛起有关，其中的扭结点就是韩东创办的《他们》杂志。如果说，《今天》杂志和"知青一代"有着密切关系，那么，"先锋文学"则和《他们》有关。而"先锋文学"的一些重要作家，比如马原等，本身就是《他们》的成员。[1] "先锋文学"所习惯使用的写作方式，包括语言，也和诗歌有着密不可分的关系。像孙甘露、苏童等人，本身就有着诗歌创作的经历，而且是不俗的诗人。

"先锋文学"拒绝了本质主义，而且带有更强烈的解构特征。在美学上，他们挑战"崇高"；在讲述的方式上，拒绝宏大叙事。他们远离必然，强调偶然；他们收敛了远视的目光，更关注身边的人和事。他们承认世界是不可把握的，真相难以追寻。"先锋文学"的主体是所谓的"60后"，也可泛称为"后知青一代"，和"知青一

---

[1] 参见张元珂，《韩东论》第三章"结社与编刊"，作家出版社，2019年。

代"有着较为明显的代际差异。他们实际上是"伤痕文学"哺育的一代,那种忧郁和阴暗,对苦难和阴谋的敏感渗透在写作之中。他们是真正的"我不相信"(北岛)的一代,以另一种隐蔽的方式回应了1980年代初期的"潘晓来信"。而在"知青一代"和"后知青一代"之间,马原是一个过渡。

马原的《冈底斯的诱惑》(1985)开启了"先锋文学"的写作。《冈底斯的诱惑》也是一个有关"寻找"的故事,但是所有的"寻找"都是徒劳,每一个故事的结束都是戛然而止。马原的"寻找"和"寻根文学"有着根本的不同。在"寻根文学"中,有一种"信",这个"信"是政治信仰的美学转换。但是马原并不是虚无主义者,这一点和后来更为激进的"先锋文学"作家不同。马原本质上是一个神秘主义者,这可能和他的西藏生活有关。他对"神秘"有一种尊重,而最好的尊重是保持距离,远远地眺望。神圣和世俗之间,是不可随意跨越的。马原放弃了将彼岸转换为此岸的努力,意味着放弃了改造世界的可能性。这一点,对"先锋文学"的影响是巨大的。但是马原没有否认"寻找"的意义,在《冈底斯的诱惑》的最后,马原用这样的句子结尾:"不如常在途中,于是常有希冀。"马原更为激进的小说实验,是他的《虚构》,在世界的"虚构"中,真实性被彻底放弃。马原的《冈底斯的诱惑》早于"寻根文学"的宣言,并在1984年末的"杭州会议"上得到李陀等人的首肯,从而发表在1985年的《上海文学》上。[1]这里面，既有1980年代艺术上的宽容，也意味着"寻根文学"和"先锋文学"之间既有差异，但也存在着隐秘的联系。

李洱曾经回忆格非的早期写作，说"（吴洪森）先把《迷舟》给了《上海文学》，周介人觉得是通俗小说，他（吴洪森）很生气，竟然要跟周介人翻脸，他又把小说给了《收获》"[2]。这个故事流传甚广，随着周介人先生的逝去，也难以对证，只能存此一说。不过，假如李洱的回忆能够成立，那么，周介人的"误判"很能说明"先锋文学"的某些特点，就是如何"戏仿"了通俗小说。

"戏仿"是"先锋文学"作家经常使用的一种修辞手段，《冈底斯的诱惑》就"戏仿"了民间传说。《迷舟》"戏仿"通俗小说的特征比较明显，这可能是周介人"误判"的原因。那么，"先锋文学"为什么要"戏仿"通俗小说？这可能和通俗小说的叙事特征有关。通俗小说的特征之一是"虚的空间"（古龙），这个"虚的空间"才是现代艺术追求的目标之一。现代艺术本质上是一种观念艺术，这种观念艺术渴望的是突破具体的空间和时间限制，从而表征出自己对世界的看法，"先锋文学"也不例外。因此，"戏仿"通俗小说，给"先锋文学"带来的，恰恰是这样一种"虚的空间"，而在这个"虚的空

---

[1] 参见蔡翔，《有关"杭州会议"的前后》，《当代作家评论》2000年第6期。
[2] 李洱、张英，《李洱：做一个比较清醒的写作者》，《作品》2023年第3期。

间"里,《迷舟》才能表达出对偶然性的看法,这个偶然性组织了小说中的各个故事。

《迷舟》戏仿了多种文学类型,比如,战争、言情、间谍,等等。无数的偶然性构成诡秘的历史结局,任何一个突发的事件,都可能导致事态的转移。偶然性的介入,打开了另一个写作空间,同时,也是对历史进步主义的一个致命打击。

戏仿也是苏童习惯采用的一种叙事方式,主要集中在对历史的戏仿,像《红粉世家》《我的帝王生涯》等。在这些"戏仿"中,历史(政治)呈现出黑暗、阴谋、暴力的一面。苏童的本性有忧郁和温情的一面,这一面构成了"枫林镇"系列小说。忧郁和温情使得苏童面对暴力和黑暗产生一种恐惧,而在对恐惧的描写中,又会生产出某种迷恋的美学意义。苏童的《妻妾成群》因为被改编成电影(《大红灯笼高高挂》)而声名大噪。《妻妾成群》是对"五四"个性解放的一种"戏仿",其中,有对"五四"的致敬,也有对"五四"的解构,那种对"毁灭"的美学迷恋,构成了另一种叙事形态。

相较于马原等人,余华的小说结构没有那么复杂,反而有些简单,但是简单产生了一种直接的力量,余华小说的叙事力量是相当强悍的。余华对暴力、死亡等有着很多描写,他和苏童等"先锋文学"作家一样,拒绝暴力和死亡,又对暴力和死亡产生美学迷恋,这种似乎矛盾的形态,使小说生产出更多的有关"生命"的思考。

这些思考并不复杂，最后指向的就是"活着"的重要性。所有这些对死亡、暴力、黑暗、阴谋等的思考，都来自"伤痕文学"的潜在影响。区别在于，"先锋文学"将"伤痕"转移到美学领域，并将其推向极致。

在"先锋文学"中，孙甘露是把语言和结构推向极致的作家。孙甘露的书面语色彩非常浓厚，这种书面语很多来自西方文学的翻译语言，但是孙甘露把这种书面语转换为诗性语言。孙甘露的小说结构非常精巧，同时又很复杂，说是"迷宫"也可以，这种"迷宫"式的写法，体现在他的《访问梦境》(1986)、《信使之函》(1987)等小说中。那种对空间的复杂处理，可以说是独一无二的。孙甘露对"本质"有着一探究竟的窥视欲望，但又不得其门而入，这一点，又和其他的"先锋文学"作家不太一样，同时也构成他小说文本内在的焦虑。这种难以进入本质的焦虑，在叙事形态上和卡夫卡形成一个有趣的对比，卡夫卡是要从"洞穴"走出，孙甘露则渴望对世界有更深入的认识。因此，在孙甘露的小说中，始终有一种"好奇"的知识追求。气质上，孙甘露更接近学院。

"先锋文学"常常给人以"看不懂"的阅读感觉，但"看不懂"并不是"先锋文学"的根本特征。"先锋文学"中，有"看不懂"的，也有"看得懂"的，比如苏童、叶兆言等人的小说，就相对比较好看。"先锋文学"的特点在于它的"解构性"，而质疑则是解构的前提。李洱对现代小说有过这样一段评述:"现代小说已不是单纯讲故事那么简单了,对小说家提出了相当高,甚至是绝对性的要求,就是必须带有某种研究的性质,是自我质疑、自我认识能力的呈现。"[1]李洱的这段总结,可以帮助我们更好地理解"先锋文学"的写作特征。

"先锋文学"这一代作家,大都受过完整的大学教育,在艺术上有很强的叛逆性。"先锋文学"的写作方式给他们提供了一种更加抽象的艺术表现空间,比较适合"60后"一代人的写作。而后来的作家,和"60后"一代作家的经历愈来愈相似,这也是"先锋文学"能够召唤几代作家的原因之一。

"先锋文学"同样有着深刻的时代背景。1980年代中后期,改革进入"深水"期,开始遭遇困难。当时的青年中间弥漫着困惑与迷惘,陈晓明曾以"文化溃败主义"来概括"先锋文学"的内在特征,是比较有见地的一种说法。[2]

但是"先锋文学"的成功,同样离不开传播媒介的支持。这些支持包括:一、重要的文学杂志的支持,比如《上海文学》《收获》,等等。没有这些杂志的扶植和支持,"先锋文学"很难成功。二、当时所谓"青年批评

---

[1] 李洱、张英,《李洱:做一个比较清醒的写作者》,《作品》2023年第3期。
[2] 陈晓明,《无边的挑战——中国先锋文学的后现代性》,广东人民出版社,1993年。

家"的支持，比如吴亮、李劼、朱大可，等等。这些批评家的意见有时比作家还要激烈。吴亮和程德培合编过《探索小说集》，影响很大。吴亮不仅对"先锋文学"有过理论性的阐释[1]，还对"先锋文学"的作家，进行过详细的艺术分析，比如他的《马原的叙述圈套》。而对"先锋文学"进行系统性分析和研究的，则有陈晓明的《无边的挑战——中国先锋文学的后现代性》。三、这些"青年批评家"大都又在大学任职，因此把"先锋文学"引入大学的文学教育，并培养了"先锋文学"的数代读者，这也是"先锋文学"作家长盛不衰的原因之一。

"先锋文学"在当时影响颇大，像李洱、毕飞宇等人，都或多或少有过"先锋文学"的创作经历。

从"现代派"的争论，再到"寻根文学"，直至"先锋文学"，构成了1980年代广义的"现代主义"的文学谱系，"先锋文学"将这一文学探索推向极致。这些文学对现实主义进行了全面的质询和挑战，而在这些挑战中，1950—1970年代的文学影响开始受到去除，因此才可能有学术上的"重写文学史"的要求。但是同时，"先锋文学"也在解构1980年代前期生产出来的乐观情绪，包括主体性理论、审美主义、选择和存在等曾经激动过人心的概念。相比于"现代派"和"寻根文学"，"先锋文学"带有更多的后现代色彩。这些影响是持续存在的，

---

[1] 吴亮，《真正的先锋一如既往》，《文学角》1989年第1期。

即使后来有回归现实主义的要求，但回归本身已经打上了这些文学探索的印记。在文学史上，很难用功过是非这样的概念来评价具体的作家作品以及文学潮流，但是，"先锋文学"依然必须面对后世的质询，就像它们曾经挑战其文学前辈那样，尤其是"先锋文学"的去政治化或者去社会化的写作倾向，已经形成了新的艺术上的"条条框框"，而曾经被它们轻视的"人民""生活"等这样的概念，也有必要重新召唤到文学的内部。

七　走向1990年代

但人心总是要落到事里，不同的人心落到事里，同一个事就会表现出不同的故事形态。"先锋文学"也要落到事里，通俗点说，就是走出"虚构"，回到现实生活。回到现实生活，"先锋文学"就分化出两个走向，一个是所谓"新写实"，另一个，就是王朔。"新写实小说"和王朔，是"先锋文学"的近支。

在讨论"新写实小说"和王朔之前，应该先提及一个作家，这个作家就是陈村。陈村是个很优秀的作家，短篇尤佳，题材的涉及面很广，早期的《蓝旗》（1982）等作品，影响很大。但陈村一直在各种潮流之外，有点特立独行的意思。1980年代中后期，陈村有两篇小说，一篇是《一天》（1985），主人公叫张三，讲的是张三在工厂里的"一天"的故事。这个一天，也是一生，日复一日。《一天》会使我们想起后来池莉的小说《烦恼人生》。陈村的另一篇小说叫《李庄谈心公司》，有点黑色幽默，这篇小说，会使我们想起后来王朔的《顽主》。不是说陈村影响了"新写实小说"和王朔，而是说"新写实小说"和王朔，也不是无源之水，同样植根于1980年代中后期的文学氛围中，这个氛围固然主要由"先锋文学"构成，但改革的挫败感，是这种氛围后面更重要的因素。

"新写实小说"以池莉的《烦恼人生》（1987）为开端。1989—1990年，《钟山》杂志举办了"新写实小说大联展"，这类小说方才得到正式命名，代表性的作家有池莉（《烦恼人生》）、方方（《风景》，1987）、范小青（《杨湾故事》，1990）、刘震云（《一地鸡毛》，1987），等等。所谓"新写实小说"，是批评家和杂志的联合命名。命名讲的是共同性，忽略的，是作家的复杂性和差异性。共同性是暂时的，差异性是长期的。所以，不能用这个命名去格式化其中所有的作家。不过，共同性还是有的，这个共同性有两点：一、写实；二、日常生活。

写实是现实主义的基本品格，但写实不等于现实主义。而所谓"新写实"又新在哪里？还是两点：一、"新写实小说"的"实"是什么；二、怎样去写这个"实"。

在"新写实小说"中，现实生活成为一种日常生活。什么是日常生活？可能是相对于人的政治生活和经济生活而言的生活形态。日常生活从属于现实生活，有一定的独立性。但现实生活的范畴更开阔些，比如说，要维持人的日常生活，就要考虑"生计"问题，考虑"生计"，就会进入"经济"，进入"经济"，必然会遭遇"政治"，政治生活和经济生活都是日常生活所构造的，同时反作用于日常生活，这是现实主义内在的叙事逻辑。所以，如何界定"日常生活"固然重要，更重要的可能是"新写实小说"为何要把日常生活从现实生活中抽离出来，并确立为一个单独的写作范畴。

日常生活的当代原型，可以追溯到韩东的《有关大雁塔》，英雄只是瞬间，转角处的"人群"才是永在。这个日常生活，实际上是"先锋文学"潜在的叙事背景，而由"政治"构成的大历史，则是"先锋文学"反讽的对象，所以，"先锋文学"具有一种"去政治化"的艺术属性。这里的"政治"指的是一种改变生活的力量。这一点，和1980年代前期的"改革文学"不同。"改革文学"的"去政治化"，只是要求去掉一种他们认为不好的政治，但并不反对更好的政治进入日常生活。所以，"改革文学"实质上是非常政治化的。"先锋文学"更多的是一种悲观，在他们看来，生活是无法改变的，任何一种试图改变生活的努力，最后都可能是徒劳的。因此，"新写实小说"里的日常生活，实际上就是一种不变的生活状态。因此，当这些作家从"先锋文学"的氛围中走出来，发现生活还是一种老生活，是不变的，单调的，也是重复的。而最能表达这种不变的生活的，恰恰是一种

"底层"的生活，或者"市井"的生活。而在怎样写的问题上，"新写实小说"固然习惯用一种白描的手法，但在这种白描里面，更多的是一种"重复"的修辞方式。这种不变，近因是对"改革"多少有了一点失望，里面有一种疲惫感。

池莉的《烦恼人生》影响很大，但最能表达这种单调、重复的日常生活的，还是她的《冷也好热也好活着就好》（1991）。小说开头写"猫子"（药店营业员），有顾客来买温度计，但是温度计刚拿出来就爆了，这是形容武汉的炎热。猫子后来不断地重复这个故事，而重复所表达的，是一种无聊。无聊是一个深刻的文学主题。无聊意味着"新颖的震撼"的消失，意味着日常生活的重复和单调，意味着日常生活不再具有把"陌生的"转变成"熟悉的"的能力。[1] 王朔的小说中也充满着无聊感。这种无聊感一直蔓延到1990年代，比如在席飚的《青衣花旦》（1990）中，性成为一种无聊，这和1980年代将性视为个性解放的象征很不一样了。

无聊需要克服无聊的努力，猫子的努力是重复，重复将无聊转换为一种有趣，这就是流言，小市民式的流言，给日常生活带来一点趣味。

猫子安于这样的生活，他拒绝了"四"的启蒙（"人"

---

[1] 本·海默，《日常生活与文化理论》，第6—7页，周群英译，台湾韦伯文化国际出版有限公司，2005年。

的命名），无论怎样的无聊，活着仍然是最重要的，而且活得还要有趣，所以，即便炎夏，他也不忘和女友亲热一下。世俗生活中也仍然有着诗意，小说最后，通过"粗口"，通过路边的凉床，表达出这种诗意，并用这种诗意克服着日常生活的重复和单调。这也意味着，一路高歌猛进的"改革"，到了1980年代后期，已经呈现出某种疲惫之态。生活依旧，活着就好。余华后来写《活着》，尽管形式上有了变化，但根本的想法仍然来自"先锋文学"的余脉。

刘震云的《一地鸡毛》可以视作《人生》的后传，小林也可视为成功进城的高加林。只是，小林没有了高加林的意气风发。迎接小林的，是豆腐白菜洗尿布，是办公室的钩心斗角，是对女老乔的厌恶而又必须迎合，等等。刘震云表达的，不是日常生活的温馨，而是艰辛和无聊。这是"新写实小说"共同的写作倾向。无聊难以克服，也失去了克服的冲动，个人面对生活在根本上是无能为力的。如果说"先锋文学"表达了对历史的无能为力，那么，"新写实小说"只是把"历史"替换成了"日常生活"而已。正是在这一点上，"先锋文学"和"新写实小说"都具有一种"反乌托邦"性质。生活有变，也有不变，"新写实小说"着重写不变，这不变的一面是存在的，也会持续吸引读者。而这种"反乌托邦"性质可以被各种力量征用，可以挑战各种理想主义，包括市场理想主义。

王朔是1980年代后期最为重要的作家。王朔的语言具有一种"废话"的特征，在这一方面，京城方言的"贫嘴"和"饶舌"给王朔的"废话"提供了很好的语言表达方式。"废话"指向语言的剩余，也指向意义的多余。王朔的"废话"有效地解构了意识形态，也同时解构了各种理想主义。王朔把"先锋文学"的"解构"引向了现实生活。

王朔小说中的人物来自"大院子弟"，这是"大院子弟"中的另一群体，这个群体可以追溯到北岛的《波动》。《波动》的"大院子弟"除了杨讯，还有王胖子等人，这也是"大院子弟"中"知青一代"和"后知青一代"的区别，是理想主义和去理想主义的区别。

王朔小说中的人物是城市的游荡者，游荡者有效地卸去了日常生活的烦恼以及职业的束缚。游荡者有效地勾连着城市的各个部分，白昼与黑夜，表面与内里。即使小说中的人物"方言"，也因了文化馆不坐班的性质，而成了实际上的游荡者。

王朔小说中的人物有一种"看穿"世情的特点，又有点心不甘情不愿，他们对待理想的态度非常矛盾，既对理想不屑，又留恋理想的纯粹。这一矛盾的心态表现在他的《空中小姐》（1984）中，也隐蔽地渗透在他的各类叙事之中，所以，他的小说常常会不由自主地跳出"小时候……"的句式。王朔表现出来的是"顽主"，后面则是纯情。

王朔在小说中，把这种理想转换成个人的梦想，比如《顽主》(1987)。戏谑性地完成梦想，多少有一点苦涩。"先锋文学"同样如此，去理想化的另一面，仍是理想的存在，只是在"躲避崇高"（王蒙语），崇高对他们始终是一种存在的压力。

王朔并不拒绝金钱（市场），但王朔未必沉迷于金钱，所以，王朔小说的人物并不是"成功者"，而是"失败者"。追逐金钱的努力，更多地被表征为一种克服无聊的努力，这种努力产生了一种快感。快感指向本能，来自生理的刺激。

王朔不仅解构官方意识形态，也同时解构"崇高"，解构各种理想主义，解构任何一种可能被格式化的生活形态，包括启蒙主义。因此，王朔受到来自人文主义者的批评。这种批评和1980年代末的时代背景有关。而饶有意味的是，在对王朔的批评中，那些未来的自由派和新左派，那些启蒙主义者和保守主义者，构成了一个暂时的人文主义者的联盟。

无论王朔，还是"新写实小说"，小说中人物的前提，依然还是"衣食"。他们的衣食虽不丰足，但也能维持生计；生活尽管重复和单调，但也只能通过制造一些小小的"奇特"，维持日常的"趣味"。奋斗的结果已经显现，现实依然沉重。实际上，在王朔之外，尚有徐星《无主题变奏》(1985)、刘西鸿《你不可改变我》(1986)，等等。无聊已经无法克服，或者无须克服。而在这些作品的后面,则是一个渐成雏形的中产阶层。

正是在"新写实"和王朔这里,1980年代"改革文学"开创的"美好生活",回到了一种无聊和重复的日常生活。

结　语

1980年代,是怎样的一个时代,新见频出,沉渣泛起。各种力量纠葛在一起,激进的、保守的,相互攻讦,又在合力打开一个新时代的大门。1980年代,没有倒退一说,"伤痕文学"彻底关上了那一扇大门。各种力量的辩论,只在于什么样的新时代才是更好的时代。没有永远的战友,只有某一时段的"同路人"。眼花缭乱的创新,构成了那一时代的文学景观。1980年代的思想和文学,谈不上多么深刻,也没有多么厚重,一切都刚刚开始。唯一记忆犹新的,可能是单纯和天真,而一个新的时代,就在这种单纯和天真的呼唤中,冉冉而至。

1990年代才是真正变革的开始,这种变革,和1980年代的设想完全不同,到处都是成功的人、富裕的人、失意的人和潦倒的人。但是1980年代的惯性还在,这种惯性使得文艺家难以真正面对一个新的时代的到来。言辞失措,在所难免。

任何已逝的时代都无法真正召回,1980年代同样如此。真正激动人心的永远是"现在",哪怕这个"现在"

怎样地不如人意，不如人意也能生产新的思想。但并不是所有的人都能把握"现在"，无法把握"现在"的人，比如我，只能把目光投向"过去"，"过去"毕竟是我们的来路。如此而已。

补记六[1]

所谓"回到文学本身",实际上内含着这样一层意思:文学完全独立于国家、社会、政治、意识形态等公共领域之外,从而是一个私人的、纯粹的、自足的美学空间。这一说法之所以能够被确立,显然是来自"纯文学"这个概念的有力支持。2001年,我在主持《上海文学》日常工作的时候,曾经就"纯文学"这个概念组织过一场相关的讨论。这场讨论的缘起是《上海文学》2001年第3期发表的李陀的文章《漫说"纯文学"》,正是在这篇文章中,李陀对"纯文学"这个概念进行了具体的历史梳理,并且率先提出了批评。而在以后开展的讨论中,韩少功、南帆、罗岗、薛毅等人都对此发表了自己的意见。[2]

---

[1] 本文原刊于《当代作家评论》2002年第6期。
[2] 参见《上海文学》2001年第3期至第9期的相关文章。

近二十年来,"纯文学"是一个极为重要的核心概念,它不仅创造了一种崭新的文学观念,同时也极大地影响并改写了中国的当代文学。这个概念有效地控制了具体的文学实践,同时,也有效地渗透到了文学批评甚至文学教育之中,任谁都很难对此漠然视之。而在某种意义上,甚至可以毫不夸张地说,"纯文学"这个概念在中国的产生、兴起乃至对整个文学史的控制,都留下了现代性在当代中国的影响痕迹。因此,在今天,对"纯文学"这个概念的重新辩证,实际上亦暗含了对现代性的重新思考,以及对中国社会发展的重新认识。而对一个概念的辩证,也就自然转化为一种具体的历史叙事,一种对思想源流的追溯与描写。

1

近二十年来,在我的记忆和阅读印象中,尚未见有人对"纯文学"这个概念的外延和内涵做过完整而明确的定义,这似乎也暗合了当代文学史上一个惯常的现象:愈是所指模糊的概念,愈能得到广泛传播。因此,在我们进入文学史的时候,常常会发现,有时候某些概念本身并不重要,重要的是它作为一个语词,一个"移动的能指",或者"一个叙事范畴",使当代文学依靠"纯文学"这个概念究竟讲述了一些什么样的"故事"。因此,把"纯文学"概念历史化、阶段化就显得非常必要。只有这样,才能如杰姆逊所说"对未来做考古学的发掘"[1]。

"纯文学"概念具体的产生时间,现在还未有人做过专门考证,但是可以大致确定在1980年代初期。而这个概念产生的特殊历史背景,倒是正如李陀所说:"'纯文学'这种说法在中国出现并且存活下来,有一个70、80年代之交的特殊历史环境,那就是:'文革'刚刚结束,非常僵化的文学教条还严重地束缚着文学——比如'文艺从属于政治',文学一定要写'典型环境中的典型人物',以及从样板戏里总结出来的'高大全',等等,这些'艺术原则'都成为不能违背的教条,成为文学'解放'的严重障碍。在那种情况下,作家只有冲决、抵制、批判这些文学教条,写作才能解放,才可能发展一种新的写作。'文革'以后,最初是'伤痕文学'受到全社会的认同和喜欢,批评界当时普遍认为这是一种新的文学发展(所谓'新时期文学'),把它看成'拨乱反正'在文学领域的具体实践,具有非常的创新意义。但是我一直对这种写作评价不高,觉得它基本上还是工农兵文学那一套的继续和发展,作为文学的一种潮流,它没有提出新的文学原则、规范和框架,因此伤痕文学基本上是一种'旧'文学(我这些看法后来在《1985》这篇文章里有较详细的论说)。由于当时主流批评家们对伤痕文学的评价

---

[1] 杰姆逊,《现代性的神话》,《上海文学》2002年第10期。

非常高(现在也还有人对它评价非常之高),而对此持怀疑、反对态度的人也不是我一个,于是围绕着'伤痕文学'就有了很激烈的冲突,这种冲突到1985年前后尖锐化,对80年代有着决定性影响的'新潮批评'也由此而生。"[1]韩少功也认为:"'纯文学'的定义从来就是含糊不清的。在我的印象中,80年代'纯文学'意念浮现是针对某种偏重宣传性和社会性的'问题文学',到后来,主张自我至上者,主张形式至上者,主张现代主义至上者,甚至提倡严肃高雅趣味从而与地摊读物保持距离的作家,都陆续被划入'纯文学'一类——虽然他们之间有很多差别。"[2]作为当年"纯文学"运动的当事者,李陀和韩少功的说法大致可信。

概念的意义常常产生在事物的对立之中,正是由于所谓"旧的文学"的存在,"纯文学"才有可能在文学史上获得它的合法性地位。因此,所谓"旧的文学"的存在,正是"纯文学"概念在当时赖以成立的先决条件。而李陀所谓"旧的文学"实际上指的是那种把传统的现实主义编码方式圣化的僵硬的文学观念,这种文学观念在1970/1980年代仍然具有一定的影响力,而且直接派生出"伤痕文学""改革小说"等"问题文学"。正是在这一特殊的历史环境中,"纯文学"概念的提出就

---

[1] 李陀,《漫说"纯文学"》,《上海文学》2001年第3期。
[2] 韩少功,《好"自我"而知其恶》,《上海文学》2001年第5期。

具有了相当强烈的革命性意义。这一意义在于，它对传统的现实主义编码方式的破坏、瓦解甚而颠覆，在"形式即内容"的口号掩护下，使写作者的个性得到淋漓尽致的发挥，从而获得了一种真正意义上的内在的创作自由。而现代主义在中国的兴起，则使"纯文学"概念不仅得到了文学实践的强力支持，而且进一步推动了这一实践的向前发展，正是在这一现代主义运动中，"纯文学"借助于现代哲学、美学以及心理学，得以深入人的内心世界，转向一种内心叙事，即当时所谓的"向内转"，极大地丰富了中国当代文学的叙事手段。而更为重要的是，借助于"纯文学"概念的这一叙事范畴，在当时成功地讲述了一个有关现代性的"故事"，一些重要的思想概念，比如自我、个人、人性、性、无意识、自由、普遍性、爱，等等，都经由"纯文学"概念这一叙事范畴，被组织进各类故事当中。因此，在某种意义上，"纯文学"概念正是当时"新启蒙"运动的产物，它在叙述个人在这个世界的存在困境时，也为人们提供了一种现代价值的选择可能。应该承认，在1980年代，经由"纯文学"概念这一叙事范畴而组织的各类叙事行为，比如"现代派""寻根文学""先锋文学"，等等，它们的反抗和颠覆，都极大地动摇了正统文学观念的地位，并且为尔后的文学实践开拓了一个相当广阔的艺术空间。

然而，我们还是不能把"纯文学"概念仅仅放在文学领域进行考察和辩证，这样的话，就会低估这一概念在当时的革命性意义。如果我们把福柯的"话语"理论引入对"纯文学"概念的分析之中，就会发现，在话语冲突的背后，同样隐藏着一种权力斗争。作为"新启蒙"或者"思想解放"运动的产物，"纯文学"概念的提出，一开始就代表了知识分子的权利要求，这种要求包括：文学（实指精神）的独立地位、自由的思想和言说、个人存在及选择的多样性、对极左政治或者同一性的拒绝和反抗、要求公共领域的扩大和开放，等等。所以，在当时，"纯文学"概念实际上具有非常强烈的现实关怀和意识形态色彩，甚至就是一种文化政治，而并非如后来者误以为的那样，是一种非意识形态化的拒绝进入公共领域的文学主张，这也是当时文学能够成为思想先行者的原因之一。因此，在1980年代，"纯文学"曾经是一个非常有用的概念，正如南帆所说，"如果传统的现实主义编码方式已经被圣化，如果曾经出现的历史业绩正在成为一个巨大的牢笼，那么振聋发聩的夸张就是必要的。如果文学之中的社会、历史已经变成了一堆抽象的概念和数字，那么，个体的经验、内心，某些边缘人物的生活就是从另一方面恢复社会、历史的应有含义。如果武侠小说、卡通片、流行歌曲和肥皂剧正在被许多人形容为艺术的全部，那么，提到'纯文学'是另一种存在又有什么不对？……'纯文学'的概念正是在八九十年代的历史文化网络之中产生了批判与反抗的功能。这个概念从另一个方向切入了历史",同时也帮助知识分子确立了自己的批判立场。[1]

不过,也正如南帆所说,在"纯文学"切入历史的时候,历史的辩证法也在同时启动,"这个概念很快就敛去了锐气而产生了保守性","'纯文学'开始被赋予某种形而上学的性质。一些理论家与作家力图借用'纯文学'的名义将文学形式或者'私人写作'奉为新的文学教条。它们坚信,这就是文学之为文学的特征。这个时候,'纯文学'远离了历史语境而开始精心地维护某种所谓的文学'本质'。电子传播媒介、现代交通和经济全球化正在将世界连为一体。种种新型的权力体系已经诞生。历史正在向所有的人提出一系列重大的问题。然而这时的'纯文学'拒绝进入公共领域。文学放弃了尖锐的批判与反抗,自愿退出历史文化网络。'纯文学'的拥护者不惮于承认,文学就是书斋里的一种语言工艺品,一个语言构造的世外桃源。先锋文学的激进语言所包含的意识形态解构已经为漫不经心的语言游戏替代。这与艺术之中的其他领域一致——所有的拼贴或者即兴的恶作剧都有理由自称为先锋艺术——没有深度,没有什么含义,不必与那些纷杂的历史文化发生深刻的联系[2]",等等。

---

[1] 南帆,《空洞的理念》,《上海文学》2001年第6期。
[2] 同上。

一个概念必须依赖于其特定的历史语境方能存在,并获得它存在的合法性依据。一旦时过境迁,这个概念如果不能及时地调整自己的外延和内涵,就极有可能成为一种新的理论教条,只有那些本质论者才会顽固地认定这个世界上存有某种永恒不变的事物本质。同样,当中国进入1990年代以后,整个的历史条件和社会关系都产生了剧烈的变化,当初"纯文学"概念赖以存在的某些具体的历史语境也已发生极大的变化,这个时候,如果我们继续自囿于"纯文学"概念,并且拒绝历史新的"召唤",就极有可能成为新的文学的教条主义者和保守主义者。然而,这只是问题的一个方面,问题的另一个方面是,在"纯文学"这个概念产生的同时,已经预设了一种理论上的保守可能。

作为"思想解放"运动或者"新启蒙"运动的积极倡导者和参与者,知识分子无疑在中国社会的历史性变迁中起到了决定性的作用。但这同时,也培养了知识分子的精英心态,而社会在其发展过程中,也逐渐孕育出一个相对的知识精英阶层,这两者之间的相辅相成,构成了1990年代中国一个新兴的利益集团。然而在1980年代初期,知识分子尚是社会的一个弱势群体,不仅他们的坎坷遭遇引起了整个社会的同情,更重要的是,在这一时期,知识分子的权利要求,比如对现代化的憧憬、对人性化生活的向往、对自由和民主的追求、对极左政治的反抗和拒绝,等等,都在某种程度上吻合了整个社会的利益需要，从而与社会的大多数阶层结成了一个利益同盟，这正是"思想解放"运动的广泛的群众基础。因此，所谓的"纯文学"，在当时非常隐晦、曲折地传达了某种时代精神。即使其中较为激进的"先锋文学"，由于它对意识形态激烈的破坏和解构作用，也仍然拥有一定的革命性意义，这也是"纯文学"能获得社会支持的原因之一。到了1990年代，种种新的权力关系开始形成，社会重新分层，利益要求与权力要求也开始分散化，1980年代的社会同盟事实上已经不复存在，这个时候，知识分子作为一个集团或者一个阶层，也已经很难代表弱势群体的利益要求。因此，当"纯文学"继续拒绝进入公共领域，在更多的时候，就演变成一种"自恋"式的文字游戏，同样，"怎么写比写什么更重要"这个1980年代的著名口号，因其对传统的现实主义编码方式的破坏而发展出一种新的写作可能，虽然夸张仍不失为一个有效的文学主张，但是一旦失去其反抗前提，也就自然转化成形式至上或者技术至上主义，而其保守性也就愈加明显地暴露出来。

对于1980年代的知识分子来说，其思想更多的是来自现代性的有力支持，而在"纯文学"这个叙事范畴中，现代性不仅表述为一种具体的西方想象（包括对西方现代理论的过度迷恋），同时还转化成一种本质化的思维方式，比如习惯于把概念抽象化和普遍化，而不是把它放在具体的历史语境中加以考察和辩证。这种思维方式严重地削弱了中国知识分子的观察能力和思想能力,尤其是在知识分子日益精英化以后,更加阻碍了他们继续发现问题和提出问题。尽管现代主义为"纯文学"提供了一种反抗现代化的文本实践(这在"寻根文学"中可以找到某些蛛丝马迹),但是,现代主义在其本质上又是与现代化共存并且认定了它的美好未来,因此它的反抗又只能是不彻底的。而这种在现代性的召唤下形成的"集体性"想象,在今天,遭遇了现代性所可能遭遇的许多问题,这些问题包括:个人、自我、主体性、自由、国家、政治、意识形态,等等。而正是这些话语,构成了"纯文学"概念的衍生物——"回到文学本身"。

2

在1980年代,曾经流传过一个著名的比喻,意思是文学这架马车承载了太多的东西,现在应该把那些不属于文学的东西从马车上卸下来,而这些不属于文学的东西自然是国家、社会、政治、意识形态,等等。这实际上就是对什么是"文学本身"的一个极为形象的概括。在当时,这一说法广为流传,不仅形诸文字,还渗透到大学的课堂教育或者即兴演讲之中,以致今天仍有不少年轻人记忆犹新。[1]

---

[1] 薛毅,《开放我们的文学观念》,《上海文学》2001年第4期。

在从文学这架马车卸下来的东西当中，意识形态显然是一个极为重要的概念。如果我们把意识形态做一简单的历史化、阶段化处理，就会发现它所指涉的内容极为复杂。在特雷西时代（据说是他发明了这个词），意识形态被用来命名为一个新学科——观念学。而在半个世纪以后，马克思在其《德意志意识形态》一书中使用了这个词，刻画一种狭隘的、利己主义的世界观（即资产阶级的观点），也就是说，意识形态是特定的社会阶级为了最大限度地维护自己的阶级利益而扭曲真实的社会关系的结果，是一种"虚假意识"或者"错误观念"，而它注定是要被科学取代的（反映了工人阶级的观点），这就是马克思主义有关意识形态的经典认识。曼海姆则在这两种意识形态之间做了进一步区分：一种是没落阶级的思想偏见——"意识形态"，一种是新兴阶级的思想观念——"乌托邦"，并且认为乌托邦是不属于任何阶级的知识分子的创造。第二次世界大战以后，丹尼尔·贝尔表达了对意识形态和乌托邦的失望情绪，进而宣告了意识形态的终结。他这样说的时候，想到的主要是马克思主义，认为马克思主义正让位于一种温和的、非意识形态的、基于对政治局限性认识的自由主义。[1]可是意识形态并未如丹尼尔·贝尔所想象的那样已经终结，而

---

[1] 参见华勒斯坦，《自由主义的终结》，第72页，郝名玮、张凡译，社会科学文献出版社，2002年。

是在当代理论的重新解读下，展示了另一片生机勃勃的新天地。在有关意识形态的种种新的解释中，阿尔都塞给意识形态的定义是"对个体与其现实存在的想象性关系的再现"，也就是说，意识形态的整体感是一种想象性功能，并且与理想自我联系在一起。这一说法显然存有精神分析学说的痕迹（比如盖格尔把意识形态看成是以"理论"的形式掩饰着的原始情感、审美情趣和价值判断）[1]，尤其是拉康理论。杰姆逊在介绍阿尔都塞的意识形态理论时，虽然坚持了"阶级"的概念，"没有阶级这个概念便不可能有意识形态的观念"，"意识形态是个中介性概念，是辩证法所说的个别与一般事物之间的中介。所有的意识形态都包括个体性与集体性两个层次，或者是群体意识，或者是阶级意识"[2]，不过，意识形态中的个体因素还是引起了许多人的注意，齐泽尔在拉康的影响下，认为"意识形态不是掩饰事物的真实状态的幻觉，而是构建我们的社会现实的（无意识）幻象"。而且意识形态本身并不是一种"社会意识"，而是一种"社会存在"。这样，意识形态不仅是一种思想和观念，一种信仰，更是一种行为和"实践"。[3] 因此，意识形态不仅没

---

[1] 参见齐泽尔，《意识形态的崇高客体》"译者前言"，第13页，季广茂译，中央编译出版社，2002年。
[2] 杰姆逊，《后现代主义与文化理论》，第27页，唐小兵译，陕西师范大学出版社，1988年。
[3] 参见齐泽尔，《意识形态的崇高客体》，第45页。

有终结,相反,它已经渗透到我们的日常生活当中,我们实际上被各种各样的意识形态所包围。就像杰姆逊在介绍阿多诺时所说的,"阿多诺说过一句话:商品已经成为它自己的意识形态。这句话的含义是指出意识形态的变化。……我们现在已经没有旧式的意识形态,只有商品,而商品消费同时就是其自身的意识形态。现在出现的是一系列行为、实践,而不是一套信仰,也许旧式的意识形态正是信仰"[1]。而意识形态的作用或者功能也依然存在,因为意识形态毕竟为人类体验世界提供了某种模式,没有这种模式人类就会失去认识世界和体验世界的可能性。正是意识形态的这种"无所不在",使得文学事实上无法非意识形态化,相反,如果真有"文学本身",那么,这种所谓的"文学本身",也正是意识形态或者意识形态冲突的一种"场合"。

不过,在1980年代,我们对意识形态不会有如此复杂的认识。那个时候,我们把意识形态仅仅理解为一种主流意识形态,更具体一点说,就是极左政治的意识形态。这种意识形态不仅控制了我们的全部生活内容,同时也控制了文学写作,使文学仅仅成为某种政治主张的简单的"宣传机器",而所谓的"再现",只是再现了这种意识形态的虚假图像而已。因此,在这一特定的历史环境中,当时"纯文学"强调的"非意识形态化"显然有着

---

[1] 杰姆逊,《后现代主义与文化理论》,第23页。

相当积极的意义。它借此拒绝了极左的政治-意识形态对文学的控制,从而使文学得以独立地表达当时时代的声音。[1]可是,我们同样可以说,这种拒绝本身亦是一种意识形态,具体而言,就是在个体和现代化之间,重新确立了某种想象关系,也就是"人的现代化"(个性解放、自由、权利等)。而要实现这种"人的现代化",就必须首先消解意识形态这种"错误意识"对人的控制。这样,在历史和现实之间就产生了一种真正的"断裂",以往的历史很轻易地被处理成为一种"荒谬",或者,干脆就是一个"笑话"。而在"意识形态终结"的背后,正是现代性在1980年代中国的最后确立,所有对未来的想象最后都指向现代性,指向"进步"和"发展"这两个现代性的核心概念。而我们所有的一切(包括文学),都只不过或者只能是对现代性"母本"的复制。这些在中国当代文学中,似乎形成了一种"宿命",由于放弃了对未来多种可能性的探索,因此,一方面是对现实的激烈解构,另一方面又自动放弃了新的历史乌托邦的想象甚至冲动。"先锋文学"就明显表现出如上两种特征。[2]对意识形态的这种片面和简单化的理解,实际上使我们逐渐丧失了"去蔽"和"乌托邦"这两种能力。在以后很长的一段时间

---

[1] 比如70年代末关于文学是否是阶级斗争的工具的讨论,参见《为文艺正名》,《上海文学》1979年第3期。
[2] 参见蔡翔,《日常生活的诗情消解》,第52—66页,上海人民出版社,1994年。

里，我们面对市场、资本、商品等新的社会现象，都只能持一种道德化的批判姿态，而没有能力认识到商品消费同时就是其自身的意识形态，是对现代性的一种回应，是一种新的想象关系的确立。而"去蔽"能力的缺乏，同时还因为我们"乌托邦"能力的丧失。当我们以现代化（西方化）为唯一的未来蓝本时，实际上就意味着我们"乌托邦"资源的枯竭。而当我们无法确立自己和现实存在条件的想象关系时，也就无法建立起自己的意识形态。因此，当各种意识形态都在运用自己的"说服-训练"功能，以使自己代表的事物"合法化"时，"纯文学"又在或者说又能够做些什么呢？[1]

而就在"纯文学"强调非意识形态化时，另一种与此相应的说法也随之产生，这就是所谓"原生态的生活"。什么是原生态的生活？这句话在今天看来语义上显得非常含混，在当时却的确为写作提供了一种新的想象空间。这是因为，当意识形态作为一种"错误观念"出现时，就会掩饰、遮蔽和篡改人的日常经验，相对而言，文学提供的也只能是一种虚假的生活图像。因此，所谓"原生态的生活"，实际上是为写作者打开个人的记忆之门而提供的一种理论支持，并以自己的日常经验对抗和消解作为"错误观念"的意识形态。但是，这

---

[1] 有关意识形态的"说服"和"合法化"，参见杰姆逊，《后现代主义与文化理论》，第57页。

一说法本身又相对隐藏了另一种可能性,也就是说,它默认在这个世界上的确存有某种可以在意识形态之外独立存在的"本真"的生活,因此,生活是需要寻找的。这一说法的直接后果之一,就是"纯文学"日渐轻视我们直接置身其中的现实的日常生活,而把想象力更多地投注于内心,这样,不仅在某种程度上加快了"纯文学"和社会存在的疏离,也使"纯文学"逐渐丧失了关注现实和把握现实的能力。而另一方面需要追问的是,个人的日常经验究竟是怎样浮现到我们的意识表层的,而这扇记忆之门又是如何被打开的?实际上,即使是"原生态的生活",也来自另外一种意识形态的支持,是一种对"现代性"的回应方式。我们只要读一读1980年代的作品,就会发现围绕"原生态的生活"展开叙事的,大都是"个性解放"这样一类日常经验和生活要求。这里,也许有一个例子可以说明问题。1999年,我在主持《上海文学》日常工作时,曾经在刊物上开设了一个名为"城市地图"的栏目,当初为这个栏目撰稿的作家,年龄多在四十五岁左右。也许是受个人经历、家庭出身和社会背景的影响,这些作家描写的对象大都集中在城市的北部,提供的是一个历史的、底层的上海。大概在一年多以后,一批更年轻的作家开始出现,也就在这个时候,淮海路、南京路、徐家汇等所谓的"高尚地区"在这些作家的笔下频频出现,他们提供的场景、人物、情节等也时有雷同之处。这些作家未必都生活在这些区域,其个人记忆也未必都能由这些生活概括。显然,在选择生活的背后,正是意识形态在起作用。这些作家所接受的,正是当下媒体制造并提供的一种生活模式,或者说是一种意识形态的幻象。我们实际上一直生活在意识形态之中,并没有绝对的"原生态的生活"。问题只在于我们用什么来使自己的日常经验浮现到意识表层,并打开个人的记忆之门。

当然,我们不能把"纯文学"的"退出社会"完全归因于"历史终结"或者"意识形态终结"的思想影响,这样未免过于武断。事实上还存有另外一些因素,比如某种政治高压[1],1980年代同样存在着思想斗争的残酷性。而正是这种残酷性,迫使作家开始回避现实,而强调审美的重要性。但是,现代性的影响痕迹也同样明显存在。正是对"自我"的过于强调,文学日渐轻视和疏离国家、社会、群体等这样一些概念。

有关"自我"在当代文学中的确立和发展,已为许多作家和批评家论及,韩少功就曾这样认为:"'自我'似是'纯文学'诸多概念中很重要的一个。我曾经也十分赞同文学家要珍惜自我,认识自我,表达自我,反对写作中那种全知全能的狂妄和企图规制社会的独断与僭越。我至今以为这种说法一般说来仍然有积极意义。"[2]文

---

[1] 比如"清除精神污染""反对自由化",等等。
[2] 韩少功,《好"自我"而知其恶》,《上海文学》2001年第5期。

学也因为"自我"而同时发现了另外一个与之相应的概念——"主体性",围绕"主体性"这个概念展开的各种叙事活动,在1980年代的文学中,主要是"个人主体间为赢得承认而展开的斗争"[1]。由于当时的这一"自我"大都含有弱势背景,因此在文学中尽管以"个人主体"的形象出现,却又具有相对的群体性(比如早期女性文学的杰出文本《在同一地平线上》)。但是,"自我并非与生俱来,而只能产生于特定的社会环境与文化过程,只能产生于公共群体之中"。因此在"纯文学"退出社会之后,"自我"就逐渐演变成一个封闭的概念,"'自我'说确实在一些作家那里诱发了自恋和自闭,作家似乎天天照着镜子千姿百态,而镜子里的自我一个个不是越来越丰富,相反却是越来越趋同划一,比如闹出一些咖啡吧加卧床再加一点悲愁的标准化配方"。我近年在审读小说来稿时也发现,越是接近"私人化"写作标准,作品越是趋于雷同。这只是问题的一个方面,问题的另一个方面是,"自我中心化"的过程,同时也是一个不断扩张的过程,一个对"他者"殖民化的过程,其结果必然造成一种精英心态,"'自我'甚至成为某些精英漠视他人、蔑视公众、仇视社会的一个伪贵族的假爵位。意必固我的偏见乃至放辟邪侈的浪行往往都是在这一说法之下取得

---

[1] 杰姆逊,《晚期资本主义的文化逻辑》,第357页,张旭东编,陈清桥等译,生活·读书·新知三联书店,1997年。

合法性。在一个新旧权贵自我扩张、资源越来越多于平民的资本自由化时代，这种倾向会产生什么样的人品和文品，当然不难想象"[1]。

这样，在国家、政治、社会、群体、意识形态等都从文学这架马车上被卸下来之后，文学这架马车还剩下些什么呢？是自我和主体性，还是审美和诗意？这时候，有两个人引起了人们的注意，就是海德格尔和博尔赫斯。我们从"林间小路"找到了"诗意的栖居"的文化装饰性，而博尔赫斯的书斋写作则为我们提供了最好的知识借口。但是，谁知道我们是在多大程度上篡改和阉割了这两位作家和哲学家。

问题并没有到此结束。在文学退出社会拒绝现实的背后，可能还隐藏着一种对世界的建构愿望，这种愿望来自人性是一种静止的、永恒不变的本质。于是，在文学中，欲望、个人、主体性、权利、性、无意识、自由等概念的组合就相应建构起一个新的世界，而自我的同一性也正是在这样一个被建构起来的虚幻的情境中得以完成（现在，这种虚幻性正在向大众文化转移，"人性化的空间""人文关怀"等诸如此类的字眼充斥于各类广告，而文化工业的从业者，有许多正是当年的文学青年）。因此在这种情境中完成的自我同一性就显得相当可疑，它同时也造成了现实中价值—事实之间的辽阔距离。

---

[1] 韩少功，《好"自我"而知其恶》，《上海文学》2001年第5期。

当文学沉迷于这个世界并且认定它就是真实的存在本身时，实际就压制了"关于历史的思想的作用"，也就此失去了把握永恒变化着的历史和现实的能力。

3

一个梦想已经破灭，世界并未能如我们想象的那样，在现代性的语境中，完成自由、民主、平等和公正的统一，历史的辩证法仍然存在，"幻想人性会剧烈改变，现行制度的社会关系也会随之改变，只不过是胡思乱想，乌托邦罢了"[1]。我们曾经执着或者迷信过的一些观念，终于遭到现实的致命一击。

阶层分化早已开始，"穷人"和"富人"的概念也早已在消费时代变得日渐明晰，大多数人重新"沉默"，他们的声音不仅难以得到"再现"，而且我们几乎无法听见。当有些人继续拒绝政治、阶级、利益、对抗、意识形态这类语词，并且搬出个人的历史体验，来形容对这些语词"不堪回首"的个人感觉时，他们不知道，这些语词早已又一次转化为现实，而现实也变得更加严峻和急迫，只是，知识分子已经无法"体验"罢了。

"自由"这个语词曾经帮助人们挣脱同一性控制，我们至今仍然心怀感激。但是，假如我们不把这个概念放在

---

[1] 杰姆逊，《后现代主义与文化理论》，第212页。

新的历史语境下重新进行考察,而是继续幻想用这个(以及相近的)概念作为本质去建构世界,那么,这个概念就将成为一种新的陈词滥调。它除了使"精英立场"变本加厉,使文学更加"小家子气",更加"伪贵族",还能为我们提供些什么呢?即使我们继续使用这个语词,如果我们不考虑新的"沉默的大多数",那么,这个概念的普适性又在哪里呢?它还是一个普遍的"本质"吗?

不仅仅是当下的媒体,即使当下的知识,也在拒绝这个"大多数",以至于他们显得更加(或者强迫他们)"沉默"。但是,正是这个新的"大多数"的产生或者存在,才促使我们反省现代性,反省资本化的过程,反省"历史终结"或者"意识形态终结"的神话。因此,关注这个"沉默的大多数",实际上是让我们更深地切入现实,寻找问题所在,以及一种新的乌托邦可能,而不仅仅是简单地持一种道义的立场。任何一种对底层人民的同情甚或怜悯,不过是旧式人道主义的翻版,在今天,毫无新意可言。因此,如何使"被压迫者"的知识成为可能,并且进入文学的叙事范畴,就成为一个相当重要的问题。[1]

由于对"启蒙""公意"这类概念的反省,以及文学中"全知全能"的叙事者角色的退出,我们对"代言人"这个概念深为警惕。的确,在很长的一段时间内,隐藏

---

[1] 罗岗,《"被压迫者"的知识如何成为可能》,《上海文学》2002年第7期。

在"代言人"背后的,是知识分子的"精英"姿态和一种规制社会的狂妄企图。但问题是,如果不经过知识分子的"转述",这个"沉默的大多数"的声音能够进入知识领域吗?而他们的政治和利益诉求,又如何能够得到体现?也许,我们可以使用另外一个词:"代表"。实际上,社会的任何一个阶级、阶层、群体或者团体,都能够在知识领域中找到他们的"代表",既然如此,这个"沉默的大多数"同样需要自己的代表,以使自己被忽略、被遗忘甚或被压抑的"声音"得到"再现"。而在这一"代表/再现"的过程中,知识分子的任务就不仅仅是"代表",更要学习如何"再现",正如萨义德所说:"知识分子是以表述/再现的艺术为业的个人。"[1]

可是,在文学中,这种"表述/再现"会显得困难重重。不仅仅因为我们一不小心就会陷入"阶级意识"的传统陷阱,还因为在今天的中国,"阶级意识"实际上显得非常模糊不清。文化工业的兴起固然是一个极为重要的因素,媒体对人的大面积覆盖,模糊或者缝合了阶层差别。而作为传统的阶级分析的单位之一——家庭(比如"革命家庭"),今天也显示出它的多义性,就像王晓明在《90年代的中国与新意识形态》中所描述的,在一个家庭中,可能母亲退休,父亲下岗,然而子女却

---

[1] 萨义德,《知识分子论》,第17页,单德兴译,生活·读书·新知三联书店,2002年。

有可能是公司白领，是证券投资者甚至私营企业的老板……正是这一多种成分的并存，使"阶级意识"变得极为复杂甚或模糊不清。

可是，正是这种复杂或者模糊不清，为文学提供了一种"表述／再现"的叙事可能。

4

我们正在与某种体系性的哲学观念告别，这类观念代表了一种要发现一个一举解释所有事物的根本概念的企图，或者说是一种有关人类本性或人类实质的理论。可是这样一来，我们所要面对、所要把握的现实就变得更加复杂、更加不可琢磨。而辩证法也"不是一种一劳永逸的，来自主观的原则，而是人与环境和历史的永恒变化之间近于绝望的搏斗。在这场斗争中，人们不得不一次又一次地与自己的主观性决裂而去接受严酷的现实法则，却一次又一次地被来自主观和环境的假象所包围而回到这场斗争的起点。在此，真理是一个稍纵即逝的瞬间，为了在这个瞬间找到一个讲述历史变化和现实矛盾的叙事，人们不得不永无休止地向时间的激流、矛盾的不可穷尽的复杂性以及种种意识形态的蒙昧发起攻击"。能够传达这一真理的过程已经不是哲学，"而是一场永无止境的文学实验"。[1] 这

---

[1] 参见《晚期资本主义的文化逻辑》编者序言，第3—4页。

是迄今为止对文学最为乐观的估计。

可是文学如何才能把握这个永恒变化着的现实？如何才能再现历史境遇，再现那个稍纵即逝的瞬间？即使我们承认文学就像那只"密涅瓦的猫头鹰"，艺术家"不过是新现实的记录仪"[1]，那么这个新的现实又是什么，我们究竟怎样来进行"记录"？文学最后总是要诉诸一定的审美形式，更重要的是，文学必须通过个体的存在才能再现历史境遇，因此，个体与群体的诸种复杂关系就成为文学叙事所必须面对的问题。

福柯在《词与物》中有过关于"知识型"的论说，他认为每个时代都标志着一个确定其文化的潜在外形，一个使每个科学话语、每个陈述产品成为可能的知识框架，这就是所谓的"知识型"，意即确定和限定一个时代所能想到或不能想到的东西的深层基础。每种科学都是在某个知识型的范围中求得发展，因而也就与其他同时代的科学发生联系。[2]如果我们借用福柯的这一理论，就会发现，在1980年代的"纯文学"周围，与之发生联系的正是现代美学、哲学和心理学这三门人文学科。应该说，"纯文学"从这三门学科中获取了相当多的思想资源，从而丰富了自己的叙述内涵乃至表现形式。而在某

---

[1] 参见《晚期资本主义的文化逻辑》编者序言，第29页。
[2] 参见迪迪埃·埃里蓬，《权力与反抗：米歇尔·福柯传》，第188页，谢强、马月译，北京大学出版社，1997年。

种意义上，这三门学科和文学有着天然的血亲关系，它们共同诉诸人内在的观念、情绪、精神、意识乃至无意识，可以毫不夸张地说，正是在1980年代，这几门学科实际上是在共同完成"人的现代化"。而对于1980年代的"纯文学"来说，更为有利的条件是，它在西方现代主义文学中找到了可以借鉴和模仿的"蓝本"，这也是1980年代文学获得辉煌成果的原因之一。

而在1990年代，当我们把目光重新投向外部世界，有另外的三门学科开始引起文学的注意，这就是政治学、经济学和社会学。当文学把自己的注意力从人文学科转向社会科学时，实际上意味着文学开始切入现实，关注社会和群体，以及产生了获得另外一种思想资源的企图。的确，在反省1980年代的伟大传统当中，人们意识到，如果丧失和经济结构的联系，对权力的认识和反抗就会陷入某种片面性。我们只要重新解读一下1980年代的一些小说（比如贾平凹的《腊月·正月》等），就会发现，对当时发生在中国的经济改革，写作者更多注意到的，是个人主体性在这一改革中如何得到确立，而忽视了这一改革的全部复杂性，以及新的危机的产生可能，更不用说随之产生的社会分层和种种新的权力关系的确立。在这一意义上，社会科学为文学打开了另一扇思想之门，或者说，提供了另外一种认识模型。可是，随之而来的问题是，社会科学和文学毕竟相距甚远，而且它们之间缺乏一种天然的血亲联系。如果说，社会科学的注意力更多地投向社会和群体,那么,文学则更多地围绕人的个体性存在展开自己的叙事活动。尽管近年来,社会科学成功地渗透到文化研究领域,但是我们仍然鲜见社会科学直接进入文学的成功可能。相反,如果文学"生搬硬套"社会科学的研究成果,倒极有可能成为一种新的拙劣的图解,无论在文学观念还是叙事方式上,都是一种严重的倒退。因此,如果我们要寻找一种新的写作可能,就必须处理好知识和知识之间的转化。

进入现实并不是文学的最终目的,如果是这样,那么近年来,我们并不少见那些所谓反映现实的作品,然而我们从来不会认为这些作品为我们提供了一种新的写作可能。不是说这些作品没有揭示社会新的矛盾,而是说它们除了缺乏一种对现实的深刻洞见和把握,在其叙事过程中,也隐约可见传统的现实主义编码方式的复活。因此,文学的最终目的仍然是如何通过一定的审美形式来"再现"现实。

然而,"现实"是什么呢?就是目前正在发生的人和事?那么这和我们传统的理解又有什么不同?也许,我们可以使用另外一个词:语境。的确,在一些当代的理论著作中,我们常常可以看见这个词和"现实"的并列或者交叉使用。可是语境又是什么?这个从现代语言学挪用过来的概念到底在指涉什么?是实在之物还是非实在之物?一个抽象但也只能如此的回答或许是,它既是政治、经济、社会等意义上的此时此刻，又不仅仅是这一此时此刻，它是实在之物，但更多的是非实在之物，它的语义常常需要在一个时段中才能慢慢呈现。它汇集了现实中的种种矛盾、关系以及关系之间的互动，然而它又是分散的零碎的……可是经由这样的解释，现实也相应地变得暧昧起来，游移不定又难以捉摸，总之，这个所谓的"语境"使得文学的"再现"遇到了极大的困难。可是，文学的叙事性在此也体现出了它强大的力量，就像杰姆逊在《晚期资本主义的文化逻辑》中说的："艺术作品（包括大众文化产品）的形式本身是我们观察和思考社会条件和社会形势的一个场合。有时在这个场合人们能比在日常生活和历史的偶发事件中更贴切地考察具体的社会语境。"而"再现"的困难性也相应地激发起艺术创新的勇气和动力。

在1980年代，我们常常把"艺术创新"简单地理解为一种"为艺术而艺术"的形式探索，而忽略了正是由于"再现"的障碍性才激发起追寻一种新的表现形式的内在动力。当我们失去了这种内在动力，艺术创新就会停滞不前。正是在这个意义上，近十年来的小说呈现的，或者是传统的现实主义编码方式的复活，或者是继续沿着内心叙事的轨迹向前滑行，却鲜见艺术的创新。今天，我们已经很难在技术上对这些作品继续进行诘难和挑剔，即使一些新人的创作，其文字也是十分流畅。但是过于流畅的文字不正暴露出思想的独异性已经不在？而正是在近年的小说中,我们已经很难"更贴切地考察具体的社会语境"。

尽管"语境"呈现出它非实在之物的特性,但是我更倾向于认为,它仍然在某种意义上依靠着实在之物的支持。而这种支持,为文学提供了某种新的写作可能。正是在最近的一些作品(比如王安忆的《上种红菱下种藕》)中,我们看到了一种"细节"的写作倾向。在这些作品中,细节不再仅仅是一种环境的装饰之物,或者展示人物性格的一种技术手段,而是有其独立的地位乃至意义。由于细节来自生活本身,因此它具有浓郁的现实意味;由于细节总是附着于一定的民族情境,因此它所暗示的问题就带有相当明显的本土性特征……而由这些细节构成的图像(比如路边的一家小发廊,或者一条广告),不仅形成了艺术作品的一个生活"场合",而且无不暗示着我们存在的"语境"本身。

寓言也许是另一条通向"再现"的道路,杰姆逊曾经就这个问题有过一段精彩的论述,他说:"至于寓言,我想这是不同的事情。这是一种再现事物的模式。尽管我们说要抓住历史变化中的环境,打破旧有的关于变化的叙事形态,并着眼于活生生的事物间的矛盾,但这一切没有一样是实物。随之而来的问题便是怎样描述这些事物,怎样为你的意识找到一个模型。寓言就在此刻出现。它提醒我们,告诉我们,即使我们强调环境,环境却并不是一个实在之物供我们简单地'再现'。即使我们信奉叙事，叙事却不是一件轻而易举的事情。说世界自有其叙事结构，不等于说你能够以一个小故事就把它说得清清楚楚，不等于说世上有现成的表现技巧可供人调遣。同样，重视矛盾并不意味着矛盾是看得见摸得着的东西，或我们可以画出一幅矛盾的图示。强调寓言因而便是强调再现深层现实的艰巨性甚至不可能性……"不过，在寓言问题上，杰姆逊多少持有一种悲观倾向，因而反复强调它的艰巨性和不可能性，"寓言是一种知其不可为而为之的再现论"。[1]可是，我们在汉语中或许能够找到这种寓言的可能性，不仅因为我们拥有一个强大的寓言传统，而且汉语由于本身的多义性、联想性乃至模糊性，经过一定的剪辑、拼贴，也为这种寓言写作提供了某种语言上的支持，韩少功最近出版的《暗示》似乎也暗示了这种可能性的存在。

谁也无法事先给出一个完整的新的写作可能性，但是这种可能性已依稀可见，也许一种新的伟大的文学就酝酿在这一可能性之中，尽管它困难重重。

随着对历史和现实不同的体验和理解，一场文学观念的分裂也会随之而来。一种最为乐观的预期是：分裂将会使文学世界变得更为丰富多彩。但是在今天，同样会出现另外一种情况，一些伪"多元论"者常常会以

---

[1] 杰姆逊，《晚期资本主义的文化逻辑》，第38页。

维持"多样性"为借口,而拒绝新的写作可能性的出现。不会再有人愚蠢到企图重新一统天下,因此,伪"多元论"者的借口实质上只是为了维护既有的文学秩序而已。我们所需要的,只是在这个多样化的文学世界中,再发展出一种新的写作可能。

任何一种写作,最终都是一种个人的写作,就这点而言,强调写作的"个人化"并无不当之处。问题是,如果把这种"个人化"的写作主张推向极致,并成为文学拒绝进入公共领域的借口,进而丧失知识分子最基本的批判立场,这种文学主张就会显现出它的保守性。正是在1990年代,"纯文学"开始被主流意识形态渐渐接受,并默认它是一种"有益无害"的写作。这种默认不正暴露出"纯文学"在今天的尴尬境遇吗?

文学不是时代精神的简单的"传声筒",同样,它也不可能成为某种意识形态的拙劣图解,尽管在其背后仍然有着意识形态的支持。我更倾向于认为,文学是一个场合,一个矛盾和冲突的"场合",唯其如此,文学才能成为一个"叙事者",一个历史和现实境遇的伟大的"记录仪"。

我一直怀念1980年代,这个伟大的时代造就了一个伟大的文学传统,但是时过境迁,新的问题的提出,迫使文学进行新的叙事选择。然而这并不意味着一个新的"决裂"的开始,所有的选择实际上都是在传统的延续中进行。这样说并不是一种策略或者妥协,而是提醒我们在反省"纯文学"的历史化过程中,继承一切可以继承的伟大传统,也唯有如此,我们才能避开危险。在文学的小桥两边,左右都是陷阱,稍有不慎,就会铸成大错。

参考书目

北岛、李陀主编,《七十年代》,香港牛津大学出版社,2008年

北岛主编,《暴风雨的记忆:1965～1970年的北京四中》,生活·读书·新知三联书店,2012年

汪民安主编,《文化研究关键词》(修订版),江苏人民出版社,2020年

皮埃尔·布尔迪厄,《区分——判断力的社会批判》,商务印书馆,2015年

季红真,《文明与愚昧的冲突》,华东师范大学出版社,2014年

汪晖、陈燕谷主编,《文化与公共性》,生活·读书·新知三联书店,1998年

厚夫,《路遥传》,人民文学出版社,2015年

德勒兹,《普鲁斯特与符号》,上海译文出版社,2008年

施坚雅，《中国农村的市场和社会结构》，中国社会科学出版社，1998年

李洁非，《典型文坛》，湖北人民出版社，2008年

卡尔·波兰尼，《大转型：我们时代的政治与经济起源》，浙江人民出版社，2007年

《毛泽东文集》第八卷，人民出版社，1999年

雷迅马，《作为意识形态的现代化——社会科学与美国对第三世界政策》，中央编译出版社，2003年

钱穆，《现代中国学术论衡》，生活·读书·新知三联书店，2001年

余英时，《士与中国文化》，上海人民出版社，1987年

罗德里克·麦克法夸尔、费正清主编，《剑桥中华人民共和国史（1966—1982）》，上海人民出版社，1992年

顾骧，《晚年周扬》，文汇出版社，2003年

贺桂梅，《"新启蒙"知识档案——80年代中国文化研究》，北京大学出版社，2010年

张元珂，《韩东论》，作家出版社，2019年

陈晓明，《无边的挑战——中国先锋文学的后现代性》，广东人民出版社，1993年

本·海默，《日常生活与文化理论》，台湾韦伯文化国际出版有限公司，2005年

卡尔·施米特,《政治的浪漫派》,上海人民出版社,2004年

梁漱溟,《这个世界会好吗》,东方出版中心,2006年

马克·赛尔登,《革命中的中国:延安道路》,社会科学文献出版社,2002年

《毛泽东选集》第五卷,人民出版社,1977年

林春,《家国沧桑——改革纪行点滴》,社会科学文献出版社,2008年

费孝通,《江村经济》,商务印书馆,2001年

米歇尔·克罗齐埃,《科层现象》,上海人民出版社,2002年

陆梅林、盛同主编,《新时期文艺论争辑要》,重庆出版社,1991年

后　记

多年前，我就想写一本有关1980年代的书，但一直没有想好怎么写，直到现在，还是没有想好。原因之一，就是杂乱，经历的事情太多，不杂乱好像不太可能。有时候，经验未必是好事，反而限制了写作。这一拖，就是很久。

自从程光炜、李杨等先生倡导"重返八十年代"以后，这方面的研究蔚然成观，读了之后，心生感佩，感佩之余，就觉得再也写不出了，好像也没什么必要了。这一拖，又是很久。

然后，日渐衰老，不是老之将至，而是已至。通俗点说就是，写不动了。

今年，也就是2023年，我七十岁，可以退休了，退休，也是拖了很久。总觉得，要有一个交代，算是退休前的一份作业。所以，勉为其难，把这些年的部分讲课内容重新整理了一下。当然，这也是一种偷懒的表现。

这就形成了这本书目前的写作风格，有点不伦不类，谈不上什么严格的学术著作，勉勉强强，大概可以看成一种随笔性的漫谈。因为这种漫谈式的写作，又突发奇想，干脆在每章后面，都作了一个补记，索性漫谈到底了。所以，最后，更加地不伦不类。

即使是整理，也耗费精神，最后一章，本来计划是分成三到四章的，但是写不动了，结果变成了一篇纲要式的文章。

1983年，我发表了第一篇文学评论，恍恍惚惚，四十年过去，回头看看，好像没有什么成就感。既没有成为一个优秀的批评家，也没有成为一个好的学者，天赋所限，生性又有点懒散，成就不大，也是理所当然。

值得庆幸的是，写作为我谋得了一份职业，这份职业还算稳定，保证了我基本的衣食，虽然不富足，但和我的同龄人相比，和我的那些知青兄弟相比，已经算是很幸运了。所以，这么多年，我也一直能够云淡风轻。感谢命运。